PARA CASAR COM O PECADO

RECEBA ESTA ALIANÇA
LIVRO 2

OBRAS DA AUTORA JÁ PUBLICADAS PELA HARLEQUIN

TRILOGIA DOS CANALHAS
Como se vingar de um cretino
Como encantar um canalha
Como salvar um herói

RECEBA ESTA ALIANÇA
Para conquistar um libertino
Para casar com o pecado

Suzanne Enoch

Para Casar com o Pecado

RECEBA ESTA ALIANÇA
LIVRO 2

tradução
Daniela Rigon

Rio de Janeiro, 2021

Copyright © 2006 by Suzanne Enoch. All rights reserved.
Título original: Meet Me at Midnight

Todos os personagens neste livro são fictícios. Qualquer semelhança com pessoas vivas ou mortas é mera coincidência.

Direitos de edição da obra em língua portuguesa no Brasil adquiridos pela Editora HR LTDA. Todos os direitos reservados. Nenhuma parte desta obra pode ser apropriada e estocada em sistema de banco de dados ou processo similar, em qualquer forma ou meio, seja eletrônico, de fotocópia, gravação etc., sem a permissão do detentor do copyright.

Direitos exclusivos de publicação em língua portuguesa cedidos pela Harlequin Enterprises II B.V./S.À.R.L para Editora HR Ltda.

A Harlequin é um selo da HarperCollins Brasil.

Contatos: Rua da Quitanda, 86, sala 218 — Centro — 20091-005
Rio de Janeiro — RJ
Tel.: (21) 3175-1030

Diretora editorial: *Raquel Cozer*

Editor: *Julia Barreto*

Copidesque: *Marina Munhoz e Julia Barreto*

Revisão: *Thaís Lima*

Imagem de capa: © *Ilina Simeonova / Trevillion Images*

Capa: *Renata Vidal*

Diagramação: *Abreu's System*

CIP-Brasil. Catalogação na Publicação
Sindicato Nacional dos Editores de Livros, RJ

E51p

Enoch, Suzanne
Para casar com o pecado / Suzanne Enoch; tradução Daniela Rigon. – 1. ed. – Rio de Janeiro: Harlequin, 2021.
320 p.   (Receba esta aliança ; 2)

Tradução de: Meet me at midnight
ISBN 978-65-5970-072-1

1. Romance americano. I. Rigon, Daniela. II. Título. III. Série.

21-72518

CDD: 813
CDU: 82-31(73)

Leandra Felix da Cruz Candido – Bibliotecária – CRB-7/6135

Para Cheryl e Mark...
Abraços e beijos.

Capítulo 1

Lady Victoria Fontaine jogou a cabeça para trás e riu.

— Mais depressa, Marley!

Com Victoria nos ombros, o visconde Marley apertou as pernas dela com força e começou a girar ainda mais rápido. Os demais casais que dançavam fugiram para os cantos do salão de baile, embora o som da quadrilha continuasse, e seus olhares reprovadores e sussurros invejosos se transformaram em borrões. Aquela seria a *última* vez que seus pais a manteriam presa em casa por três dias. Ensiná-la comedimento... Até parece! Rindo sem fôlego, ela abriu os braços.

— Mais depressa!

— Vix, estou ficando zonzo — ofegou Marley, e suas palavras foram abafadas pelo vestido amarrotado de seda verde.

Ele a levantou mais alto.

— Gire para o outro lado!

— Vix... ah, inferno!

Marley cambaleou e acabou levando os dois para o chão reluzente do salão de baile.

— Opa! — gracejou Victoria ao ver que seus pretendentes chegavam para ajudá-la a se levantar. Pobre Marley, precisou sair do caminho para não ser pisoteado. — Ora, isso foi divertido.

Ela cambaleou para o lado e piscou, ainda sentindo a sala girar.

— Nossa, Vixen* — sussurrou Lionel Parrish, apoiando-a em seu peito. — Você quase mostrou bem mais do que deveria para o duque de Hawling. Imagina se você cai de novo e causa um ataque apoplético no homem.

— Meu mundo está girando, Lionel. Vamos, me ajude a sentar.

Como Vixen já estava novamente de pé, seus admiradores se compadeceram de Marley, ajudando-o a se levantar. Quando encontraram um lugar para se sentar, ele atirou-se numa cadeira.

— Vixen, sério, você me deixou enjoado.

— Você precisa treinar mais esse giro — disse ela, rindo e sem fôlego. — Alguém poderia me trazer um ponche, por favor?

Metade dos seus pretendentes correu para a mesa de bebidas, enquanto a outra metade ocupou os lugares vagos. A banda começou a tocar uma música dançante. Enquanto o salão de baile enchia novamente, Lucy Havers fugiu dos olhares de sua mãe e correu para se sentar ao lado de Victoria.

— Minha nossa! Você se machucou? — exclamou ela ao agarrar a mão de Vixen.

Victoria apertou os dedos de Lucy.

— Que nada. Marley amorteceu minha queda.

Ele lhe lançou um olhar feio.

— Vix, se você fosse uma grandalhona, eu não estaria aqui para contar a história.

— Se eu fosse uma grandalhona, Marley, você não teria conseguido me tirar do chão.

Sorrindo, ela voltou sua atenção para a amiga.

— Meu cabelo tem salvação?

— Talvez, mas você perdeu uma presilha.

— Está comigo, Vixen — anunciou lorde William Landry enquanto segurava a delicada peça de marfim. — Devolvo-a para você… é só me dar um beijo.

Ah, sim, que surpresa. Enquanto tentava arrumar seus cachos escuros como a meia-noite, que estavam mesmo caindo de um lado, lançou um sorriso para o terceiro filho do duque de Fenshire.

---

* Em inglês, o apelido de Victoria, *Vixen*, significa raposa fêmea. A palavra também traz a conotação de uma mulher maliciosa, atraente ou rebelde. (N.E.)

— Só um beijo? Essa é minha presilha favorita, sabia?

— A noite é uma criança, Vix. Por enquanto, um beijo é o suficiente.

— Muito bem. Lionel, beije o lorde William por mim.

— Nem por quinhentas libras.

Embora todos rissem, Victoria suspirou. Sabia que, quanto mais prolongasse a situação, mais ele se gabaria e insinuaria que ela lhe devia alguma coisa — e, bem, aquela *era* sua presilha favorita. Então se levantou, ajeitou a saia e encarou William Landry. Na ponta dos pés, encostou rapidamente os lábios em sua bochecha, antes que ele pudesse transformar o gesto em um beijo demorado. O rapaz cheirava a conhaque, mas aquilo não a surpreendeu.

— Devolva minha presilha, por favor — disse ela estendendo a mão, sem conseguir esconder a petulância na voz.

Ele já deveria saber que Vixen era imbatível.

— Você considera isso um beijo? — protestou William, emburrado, enquanto os demais zombavam dele.

— Claro que foi um beijo — interveio Marley.

— Ande logo — disse Lucy. — Lady Franton está olhando para nós de novo.

— Ah, aquela velhota — murmurou William ao devolver a presilha. — Se fosse mais fria, já teria sido confundida com um cadáver.

— Talvez ela precise ser rodopiada pela pista de dança — sugeriu Lucy, rindo.

— Consigo enumerar muitas coisas de que ela precisa — acrescentou Marley em tom sombrio. — Mas não vou ajudá-la nem morto.

Lucy ficou corada. Victoria gostava de sinceridade, mas não queria assustar seus poucos amigos civilizados. Ela bateu na mão de Marley com seu leque.

— Pare com isso.

— Ai! Está defendendo os oprimidos de novo? — Ele massageou os dedos atingidos. — Lady Franton é muito mais importante que seus projetinhos de caridade.

— Você é uma péssima influência, Marley — respondeu ela, começando a ficar irritada. Victoria estava acostumada com os flertes e com os insultos à sua filantropia, mas seus pretendentes nunca traziam assuntos novos para discutir. — Acho que não vou mais falar com você.

— Hum. Azar o seu, Marley — disse Lionel Parrish. — Por favor, abra espaço para o próximo.

Não demorou até que eles começassem a se empurrar, e Victoria não sabia se estavam brincando ou falando sério. Eles esperavam que a atenção a deixasse lisonjeada, mas, na verdade, aquilo tudo era muito, muito maçante. Quase tão maçante quanto a clausura na Casa Fontaine. Quase.

— Decidi fazer um voto — afirmou ela.

— Espero que não seja de castidade — disse lorde William às gargalhadas.

Franzindo o cenho para a brincadeira, Lionel Parrish aproximou-se de Lucy.

— Aqui não é lugar para esse tipo de conversa.

— É melhor esconder seus dedos, William — concordou Marley, afastando as próprias mãos de Victoria.

— Lorde William, temo que meu voto não lhe seja favorável — devolveu Victoria. Sorte a dela que seus pais estavam na galeria de retratos de lorde Franton admirando as novas aquisições. William seria mais um dos inúmeros delitos daquela noite que ajudariam a convencê-los a mandar Victoria a um convento. — A partir de agora, pretendo conversar apenas com homens decentes.

Todos receberam suas palavras com muita surpresa, até que Stewart Haddington começou a rir.

— E você conhece alguém além de cafajestes como nós, Vixen?

— Hum — ponderou ela, tentando recuperar o equilíbrio e o senso de humor. Talvez Marley a tivesse desestabilizado com tantos rodopios. — Isso é, *sem dúvida*, um problema. Marley, acho que você conhece alguns cavalheiros apresentáveis. Sabe, aqueles que sempre evita.

— Claro, conheço alguns embustes. Eles, no entanto, a entediariam depois de um minuto.

Ele se aproximou, decerto tentando retomar sua posição oficial ao lado dela, mas Vixen fingiu procurar Lucy e deu um passo para o lado. Ela não sabia por que, mas não conseguia se livrar da sensação de que já tinha feito tudo aquilo antes e que nunca fora muito divertido.

— Como você sabe que eu ficaria entediada?

— Homens decentes são chatos, minha querida. Por isso você está aqui comigo.

— Conosco — corrigiu lorde William.

Victoria fez uma careta para eles. Infelizmente, Marley estava certo. Homens decentes *eram* chatos — e conservadores, travados e sem graça. Seu repertório de elogios à aparência dela e insultos às suas ideias eram os mesmos, mas pelo menos os canalhas aceitavam girá-la pelo salão.

— Eu só os tolero, senhores, porque vocês obviamente não têm nenhum outro lugar para ir — disse ela com altivez.

— Triste, mas é verdade. — Lionel assentiu com a cabeça, nem um pouco abalado. — Somos dignos de pena.

— Eu tenho mesmo pena de você — disse Lucy, dando uma risadinha e corando novamente.

Ele beijou os nós de seus dedos.

— Obrigado, querida.

— Nós… ah, por Deus — sibilou Marley, seu olhar fixo em alguma coisa do outro lado do salão. — Maldição, não acredito nisso.

Victoria ameaçou repreendê-lo até que viu o que — ou melhor, *quem* — havia chamado a atenção dele.

— Quem é aquele? — perguntou ela, sentindo o coração bater rápido e forte contra as costelas.

Lucy também se virou para olhar.

— Quem é… Minha nossa. Vixen, ele está olhando na sua direção, não está?

— Acho que não. — Seu pulso se acelerou. — Você acha?

— Maldito — resmungou Marley baixinho.

O homem parecia familiar, mas ela sabia que nunca o tinha visto. A sensação era de que um deus grego havia entrado no antiquado e abafado salão de baile de lady Franton. Seus trajes escuros e elegantes, somados aos passos confiantes com que se movia pela multidão, denunciavam sua nobreza. A maneira como ele mantinha a atenção nela enquanto cumprimentava alguns conhecidos denunciou que se tratava de um libertino. Ela conhecia todos os libertinos de Londres, mas nenhum deles jamais a deixara daquele jeito, ansiosa e inquieta, sentindo o sangue correr nas veias.

— O pecado em carne e osso — resmungou lorde William.

— Althorpe — disse Lionel.

O sentimento de surpresa a invadiu.

— Althorpe? Irmão de Thomas?

— Ouvi mesmo dizer que o filho pródigo tinha voltado — acrescentou Marley ao pegar uma taça de vinho com um dos criados. — Talvez o dinheiro dele tenha acabado.

— Talvez ele tenha sido expulso da Itália. — Soturno, lorde William observava lorde Althorpe caminhar a passos firmes na direção deles.

— Achei que ele estivesse devastando a Espanha.

— Ouvi dizer que era a Prússia.

— Seria possível expulsar alguém de um continente inteiro? — indagou William.

Ao redor deles, Victoria ouvia especulações semelhantes, murmúrios tensos e esbaforidos que se misturavam aos acordes animados da melodia. Mas ela não prestava tanta atenção às reações à sua volta, porque intuía que algo importante estava prestes a acontecer. Sentir aquilo era ridículo, naturalmente. Libertinos a encaravam o tempo todo.

— Ele se parece muito com o irmão — disse ela em voz baixa, tentando se recompor. — Embora Thomas sempre tenha preferido cores mais leves.

— A alma de Thomas era mais leve — rebateu lorde William, dando um passo à frente quando a obscura figura masculina se aproximou deles. — Althorpe. Que surpresa encontrá-lo em Londres.

O marquês de Althorpe inclinou a cabeça.

— Eu adoro surpresas.

Victoria não conseguia tirar sua atenção dele. Sem dúvida, todas as mulheres no salão estavam com os olhos grudados naquele corpo esguio e imponente. Ela conhecia muitos libertinos, mas nenhum deles parecera tão… perigoso. O elegante casaco cinza abraçava os ombros largos de Althorpe e enfatizava a cintura esbelta, e a calça preta marcava coxas musculosas. O novo marquês imprimia uma força e um poder que eram atraentes de um jeito quase feroz.

Seus olhos, de um âmbar dourado como um bom uísque, não sorriram enquanto esquadrinhavam a legião de admiradores de Vixen. Por um segundo, ela acreditara que Althorpe estava vindo em sua direção para jogá-

-la por cima do ombro e fugir, mas ele parou de maneira civilizada para cumprimentar os cavalheiros que cercavam as duas mulheres.

A voz calma e grave arrepiou seu corpo, e ela tentou sem sucesso ignorar a sensação. Uma mecha de cabelo preto caiu na testa dele, e os dedos de Victoria coçaram com o desejo abrupto de tirá-la do rosto bronzeado. Os lábios sensuais de Althorpe se curvaram em um sorriso leve e discreto, e ela se sentiu zonza — e dessa vez não por conta dos giros da dança.

— Vixen, Lucy, permitam-me apresentar Sinclair Grafton, o marquês de Althorpe — disse William. — Althorpe, lady Victoria Fontaine e senhorita Lucy Havers.

O olhar cor de âmbar pousou no rosto dela mais uma vez, estudando-o e avaliando-o. Ele pegou sua mão coberta pela luva e curvou-se sobre ela.

— Lady Victoria.

Althorpe então se virou, cumprimentando Lucy da mesma maneira, e um ciúme inesperado e incomum invadiu Victoria. Era ridículo, mas ela não queria compartilhar sua nova descoberta. Com ninguém.

— Lorde Althorpe. Lamento muito pelo seu irmão — disse Vixen, interrompendo-o deliberadamente.

Ele voltou sua atenção para ela.

— Obrigado, lady Victoria. Marley, você soube que...

— Não há de quê. Eu teria expressado meus pêsames antes, é claro, mas você não estava disponível.

O olhar de Althorpe a percorreu por inteiro.

— Se eu soubesse que você estava em Londres esperando para me confortar, teria voltado muito antes — murmurou ele.

— O que o traz a Londres? — perguntou Marley.

O tom do visconde não parecia particularmente amigável; ele sem dúvida detestava ter ainda mais competição. Ao longo das duas últimas temporadas, o grupo desenvolvera uma hierarquia interna que deixava Marley com os maiores privilégios em relação a ela. Vixen não gostava daquilo, mas escolhera relevar já que os outros eram tão entediantes quanto Marley, e a hierarquia minimizava conflitos.

O marquês deu de ombros.

— Já faz um tempo desde a última vez que estive aqui, e agora que tenho o título minha posição melhorou. Conte-me, Marl...

— Pelo que me lembro, o senhor tem o título há dois anos — interrompeu Victoria mais uma vez, ignorando o olhar surpreso de Lucy.

Maldição. Ela não queria que Althorpe saísse com Marley para beber e falar sobre mulheres e apostas.

Ele voltou a encará-la. Ela desejou não ser tão pequena, para que não precisasse levantar a cabeça para olhar o nobre à sua frente, mas mal batia em seu ombro.

— Você tem razão. — Algo cintilou naquele olhar âmbar, mas desapareceu tão depressa que ela não conseguiu identificar o que era. — Tem algum interesse pessoal no título de Althorpe, lady Victoria? — continuou ele com a fala arrastada.

— Seu irmão era meu amigo.

Daquela vez, Victoria percebeu que algo aguçou a expressão dele.

— Ora, ora. Não achei que alguém conservador como meu irmão mais velho conhecesse pessoas que andem sem a ajuda de uma bengala.

Aquilo soou extremamente insensível, e ela se perguntou se a intenção dele era provocá-la. Ainda que não soubesse o motivo, não toleraria tal disparate nem mesmo do próprio irmão do falecido marquês.

— Thomas não era...

— Talvez possamos discutir isso durante a valsa — interrompeu ele, olhando para o outro lado do salão quando a orquestra começou a tocar.

Uma excitação dominou seus nervos mais uma vez, e ela começou a suspeitar que tinha enlouquecido.

— Esta dança pertence ao sr. Parrish — disse ela.

Diabolicamente lindo ou não, Sinclair Grafton decerto não passava de um libertino egocêntrico, e ela já estava cheia deles.

Althorpe não se preocupou em olhar para Lionel.

— Você não se importa, não é, Parrish?

— Hmm, não se Vixen estiver de acordo — respondeu Lionel diplomaticamente.

— Eu me importo — contestou Marley.

— A valsa não é sua. — Althorpe estendeu a mão. Seu gesto não era uma sugestão, mas uma ordem. — Lady Victoria?

Os modos dele pareciam menos promissores do que sua aparência. Como ela já havia feito uma cena naquela noite, Victoria se contentou em cerrar os dentes enquanto Althorpe a segurava pela cintura e a levava para o centro do salão.

Ao tocá-lo, a sensação magnética ficou ainda mais poderosa. Ela se perguntou se ele sentia o mesmo.

— Cortar Lionel daquele jeito foi bastante rude — repreendeu-o, tentando evitar aqueles olhos enigmáticos.

— Foi? — A mão em volta de sua cintura a puxou lentamente para perto dele. — Prefiro pensar que só aproveitei uma oportunidade.

— E qual foi o motivo?

— Você — respondeu ele sem hesitar. — Preciso de outro motivo?

Ela suspirou, desapontada. Estava diante de mais um libertino com o mesmo discurso de sempre.

— Quer dizer que, dentre todas as damas presentes, você decidiu valsar comigo? — questionou ela, sem entender por que se importava.

— Tenho um gosto impecável.

— Ou então todas elas conhecem sua reputação e o rejeitaram — rebateu ela.

Alguma coisa acendeu o olhar dele novamente.

— Ora, você conhece minha reputação e está dançando comigo.

— Você não me deu escolha.

— Isso teria sido improdutivo. Como pode ver, sou um libertino de sucesso.

Ela apertou os lábios.

— Desde quando uma valsa é produtiva?

Ele a olhou com atenção.

— Para mim, a valsa é só o começo.

Seu corpo balançou contra o dele, com os quadris roçando um no outro. A sensação inebriante que ela teve ao vê-lo voltou ainda mais forte. Talvez Marley a tivesse girado com vigor demais e algo estivesse errado dentro dela.

Vixen precisaria usar os dedos das mãos e dos pés para contar o número de vezes que um libertino experiente falhara ao tentar seduzi-la. Ela conhecia todas as falas daquele discurso, mas não tinha a menor vontade de se afastar de lorde Althorpe.

— Você tem planos para mim, milorde?

— Eu precisaria ser um tolo ou estar morto para não ter planos para você, lady Victoria.

A voz dele era quase um rosnado, sensual e muito segura de si. Um pequeno arrepio de excitação percorreu a espinha dela.

— Você não vai conseguir me chocar.

O bom humor iluminou os olhos dele.

— Aposto que consigo. Girar uma dama não é, nem de longe, o ápice do escândalo. E você sabe que tenho fama de pecador.*

Ela se surpreendeu com a informação de que ele estava no baile de Franton havia tanto tempo, pois achava que teria percebido. Vixen deveria ter notado aquela presença inebriante e perigosa quando ele entrou na sala.

— Então me choque, lorde Althorpe.

Os olhos dele baixaram para sua boca.

— Comecemos com beijos, então. Beijos profundos e lentos que duram para sempre, que derretem você por dentro.

Por Deus, ele era bom, mas não era o único que sabia jogar aquele jogo.

— Talvez deva começar explicando *por que* deseja me beijar, lorde Althorpe, considerando que há cinco minutos estava mais interessado em falar com Marley do que em dançar comigo.

De repente, sentiu que tinha toda a atenção dele. Nada havia mudado — a expressão dele, o domínio que tinha sobre ela e os passos graciosos permaneciam os mesmos, mas, de repente, Vixen soube por que o notara do outro lado do salão de baile. E por que não havia percebido sua presença antes. Ele simplesmente não quisera que ela o fizesse.

— Então você precisa me deixar justificar a falsa impressão de tê-la ignorado — disse ele em um tom baixo e íntimo, olhando ao redor do salão lotado. — Existe algum lugar mais… reservado onde eu possa me desculpar com você?

Ela não estava disposta a deixar que ele pensasse que havia intimidado Vixen Fontaine — ninguém jamais havia feito isso. Além disso, não estava pronta para permitir que ele fugisse.

— Lady Franton trancou as portas de todos os lugares isolados.

---

* O apelido de Sinclair é *Sin*, que significa pecado em inglês. Ao longo do livro, vários jogos de palavras com o nome do personagem e pecado serão feitos, e tentamos adaptá-los da melhor maneira possível. (N.E.)

— Que inferno. — Ele lançou um olhar carrancudo para o grupo de rapazes. — Teremos que f...

— Exceto por seu famoso jardim — pontuou ela.

Pronto. Pagara para ver. Dessa forma, ele é quem teria que desistir do desafio.

Em vez de arrumar uma desculpa para permanecer sob os olhares curiosos das pessoas, ele sorriu; o sorriso menos amigável e mais perigoso que ela já tinha visto.

— O jardim. Posso me desculpar no jardim, lady Victoria?

Essa não. Recusar a proposta estava fora de questão, já que tinha sido sugestão dela.

— Eu não preciso de um pedido de desculpas — respondeu ela alegremente, esperando que não soasse demente —, mas, se desejar, você pode se explicar lá.

Eles já haviam cruzado para o outro lado do salão, então bastou escapar por uma das portas-balcões que ocupavam uma das paredes. O jardim exótico de lady Franton colecionava muitos prêmios e, se não conhecesse a área tão bem, Victoria teria se perdido momentos depois de se afastar da entrada principal. As tochas iluminavam de leve os caminhos de lajotas que serpenteavam pela flora, reunindo-se em um trajeto circular em torno do pequeno lago no centro do jardim.

Como haviam escapado do salão de baile, ela esperava que Althorpe inventasse uma desculpa. Ele certamente não esperava que ela aceitasse o convite, e seu flerte não passara de uma mera provocação. Tirar a filha de um conde do salão de baile com o objetivo de seduzi-la não era uma prática comum.

Parte dela, porém, desejou que as coisas fossem diferentes. Não se sentia mais entediada. Ela queria se afundar nele, ser envolvida por seu toque como fora por suas palavras e sua voz.

— E aquela explicação, milorde? — indagou ela.

Se ele pretendia recuar, Victoria desejou que ele falasse logo e parasse de atormentá-la com sua presença.

— Ainda não temos privacidade o suficiente.

O marquês deslizou a mão por baixo do cotovelo dela, mantendo-a perto dele, e a guiou pelo caminho sinuoso ao redor do lago.

Ansiedade e incerteza a consumiam por dentro. Por mais leve que fosse o toque de lorde Althorpe, ela também sentiu como ele era forte e percebeu que não conseguiria se livrar daquelas mãos se quisesse. Não estava assustada, mas sim atraída por ele, como nunca se sentira por outro homem. Perguntou-se o sabor dos lábios dele e como seria pressioná-los contra os seus.

Os dois pararam sob as flores roxas de uma glicínia, cujo perfume os envolveu em uma forte doçura de verão.

— Agora — murmurou ele, de frente para ela, ainda segurando seu cotovelo com a palma da mão —, onde estávamos? Ah, sim. Eu estava lhe dando… uma explicação.

Victoria encarou aqueles olhos, dourados e felinos à luz da tocha. Ela estava consciente de tudo à sua volta: da força que a maciez da mão dele escondia, do silêncio daquele lugar, quebrado apenas pela tagarelice abafada de vozes, por violinos e pelo farfalhar do vento, e da maneira como ele a posicionara entre os pesados galhos de glicínias e seu corpo magro e rígido — dois objetos igualmente imóveis.

Estava claro que ele queria alguma coisa. Alguma coisa dela.

— Eu estava errada — disse ela, tentando soar indiferente.

Aquele homem era, de fato, o pecado encarnado.

O olhar dele passeou pela extensão de seu vestido e voltou para seu rosto.

— Errada sobre o quê?

— Quando o vi pela primeira vez, achei que se parecia com seu irmão. Mas não parece.

Ele estendeu a mão e afastou uma mecha de cabelo do rosto de Victoria.

— Quão bem você conhecia aquele cabeça-dura?

Um tremor percorreu a espinha dela ao sentir aquele toque, leve como uma pena. A reação involuntária a incomodou, já que a falta de sensibilidade de Althorpe a ofendia.

— O marquês de Althorpe era muito respeitado.

Ele deslizou um dedo por sua bochecha.

— E eu não sou? Isso não é novidade.

Por Deus, ela estava toda arrepiada.

— Não entendo por que você fala tão mal de seu próprio irmão — rebateu, tentando manter a voz firme —, sendo que ele era admirado por todos.

Ele estudou o rosto dela à luz tremeluzente, deixando-a com a sensação de que queria algo mais do que um flerte.

— Aparentemente, nem todo mundo o admirava — afirmou ele. — Afinal, alguém enfiou uma bala na cabeça dele.

Victoria enrijeceu.

— Você não se importa que ele esteja morto?

Althorpe deu de ombros.

— Morto é morto, acabou. — Os dedos dele traçaram a curva da orelha de Victoria. — Marley chamou você de Vixen, não foi?

De repente, as coisas fizeram sentido.

— O objetivo desta conversa era tentar levar Vixen Fontaine para o jardim, para que você pudesse se gabar para todos os seus amigos?

O marquês congelou por um segundo, então acariciou suavemente o canto da boca dela com o polegar.

— E se fosse? — Sua boca sensual esboçou um sorriso discreto que a deixou sem fôlego. — Mas eu não tenho amigos. Só rivais.

— Então você quer me beijar.

— Certamente isso não a surpreende. — Ele inclinou a cabeça, baixando o olhar para a boca dela. — Você já foi beijada antes, sem dúvida. Marley, talvez?

Os lábios de Victoria estavam secos, mas ela resistiu ao impulso de lambê-los.

— Inúmeras vezes. E não só por Marley.

— Mas não por mim.

Então, a boca dele a dominou.

Um calor pulsante a percorreu. Ela estava acostumada a estar no controle, tanto das próprias emoções quanto de seus encontros com homens. No entanto, quando os lábios dele a envolveram, provocando-a, saboreando-a e consumindo-a, Victoria sentiu que havia perdido o controle. Sua mente, seu coração e todos os seus sentidos estavam girando, muito mais descontroladamente do que quando estivera nos braços de Marley.

Althorpe segurava o rosto dela enquanto a provava. Com um suspiro sôfrego que era novidade para ela, Victoria envolveu aqueles ombros largos e o puxou para mais perto.

Ele lentamente curvou as costas dela até encostá-la no tronco nodoso da árvore. Dedos quentes e seguros deslizaram por seus ombros, acariciaram sua cintura e continuaram descendo. Ela entrelaçou os dedos no cabelo de Althorpe, tentando guiar a pressão daquela boca quente contra a dela. A única coisa que Victoria ouvia era o som ofegante da respiração dos dois e o sangue pulsando rapidamente em suas veias. Nunca se sentira tão excitada, atordoada e descontrolada.

Uma parte distante e sonhadora dela percebeu a brisa fresca que roçou em suas pernas, fraca demais para apagar o fogo que havia ali. Sentiu-se aliviada por estar encostada na árvore, caso contrário não teria conseguido manter-se de pé.

— Victoria!

Pela fúria na voz, talvez fosse a quinta vez que o conde de Stiveton gritava seu nome, mas foi a primeira vez que ela ouviu. Afastando a boca da de Althorpe, ela respirou assustada.

— Sim, papai?

Basil Fontaine estava perto do lago e a fulminava com o olhar, apertando a taça de vinho com tanta força que era surpreendente que o vidro não tivesse quebrado.

— O que diabo você está fazendo? Althorpe, tire as mãos da minha filha!

Em algum momento durante o beijo, o marquês havia puxado as saias de Vixen até as coxas, expondo à luz do luar a meia-calça e as peças íntimas de seda. As mãos firmes dele haviam lhe acariciado e a puxado contra seus músculos rijos, e Victoria se agarrava a ele, totalmente impotente. Aos poucos, como se não tivesse outra preocupação no mundo além de beijá-la, Althorpe a soltou. Ela estava em chamas onde fora tocada.

Vixen queria olhar para ele, mas resistiu à tentação enquanto se endireitava. Perturbada e desconcertada como estava, não suportaria perceber que aquele beijo não o afetara. Ela fazia os homens babarem de desejo, e não o contrário.

— Você deve ser o lorde Stiveton — disse o marquês pausadamente.

— Não pretendo me apresentar nessas circunstâncias, seu canalha! Saia de perto da minha filha!

Victoria franziu a testa, e seu lado racional começou a falar mais alto. O pai odiava escândalos, sobretudo as que a envolviam. Ele certamente não gritaria ou chamaria a atenção para uma situação a menos que fosse tarde demais para encobri-la e precisasse salvar o que restava de sua boa reputação. Ela olhou ao redor do lago e sentiu o coração parar de bater por um segundo.

— Maldição — disse com uma voz baixa e fraca.

— Não era bem como eu imaginava que isso terminaria — murmurou Althorpe, mas aparentemente ainda despreocupado.

Toda a lista de convidados de lady Franton estava do outro lado do lago, debochando, sussurrando e apontando para eles. Parecia que todos estavam ali para testemunhar seu último e pior escândalo.

— Como se atreve a tocar em minha filha dessa maneira?

A mãe de Vixen saiu da multidão para se juntar ao pai.

— Victoria, como pôde fazer isso? Obedeça a seu pai e afaste-se desse homem horrível!

Victoria tentou forçar seu cérebro a funcionar novamente. Sentia-se vagarosa, como se ainda preferisse ficar em pé sob as glicínias beijando o libertino ao seu lado.

— Foi só um beijo, mamãe — disse ela no tom mais calmo que conseguiu.

— Só um beijo? — Lady Franton, a anfitriã, repetiu com sua voz estridente. — Ele estava praticamente sugando você!

— Não, ele...

Lorde Franton apareceu sob a luz das tochas.

— Isso ultrapassou todos os limites — anunciou ele, enquanto meia dúzia de seus criados mais corpulentos se posicionou atrás dele. — Permiti que se juntasse a nós esta noite em respeito ao seu falecido irmão, Althorpe. Fica evidente, no entanto, que você não consegue se comportar de uma maneira condizente com o seu tít...

— Posso fazer uma sugestão? — disse o marquês com uma voz calma, como se estivesse comentando sobre o tempo.

Ele naturalmente já tinha encarado multidões furiosas antes. Victoria, porém, estava morrendo de vergonha. Ânimos elevados eram uma coisa, mas ser flagrada beijando — ou sendo sugada por — um libertino era algo totalmente diferente. E, além disso, quase todo mundo tinha visto sua roupa de baixo!

. — "Sugestão?" — esbravejou lorde Franton com desdém. — Só há uma coisa que poderia consertar isso, e não são piadas inteligentes ou deboche de…

— Antes de continuar seu discurso — interrompeu Althorpe —, voltei para a Inglaterra com a intenção de assumir as funções de meu título.

Victoria arriscou olhar para ele enquanto o jardim se aquietava de repente.

— Não é minha intenção ofender lady Victoria ou o senhor com nossa ligeira indiscrição — continuou ele, em tom de desprezo. — Irei, portanto, "consertar as coisas", como você disse tão eloquentemente, lorde Franton. Lady Victoria e eu vamos nos casar. Isso satisfaz seus requisitos de comportamento adequado?

Victoria sentiu o chão sumir.

— *O quê?* — engasgou ela.

Ele assentiu, com um olhar e uma expressão enigmáticos para ela.

— Nós passamos dos limites. É a única solução lógica.

Ela fez uma careta.

— A única "solução lógica" é esquecer todo este incidente — retrucou ela. — Foi só um beijo, pelo amor de Deus! Não é como se tivéssemos fugido para Gretna Green!

— Um beijo?! Com a mão dele enfiada em… você sabe onde? Isso não foi nenhum beijo inocente — vociferou o duque de Hawling na multidão de curiosos, enquanto dezenas de pessoas narravam a situação com ainda mais detalhes. — Dadas as reputações de Althorpe e Vixen, ele talvez já tenha providenciado um herdeiro.

— Vocês estavam quase… fornicando! E tudo isso no *meu* jardim! — exclamou lady Franton antes de desmaiar artisticamente nos braços do marido.

Os risos e murmúrios de concordância que ecoavam eram difíceis de suportar.

— Eu acabei de conhecer este homem! — gritou Vix.

— Isto não é relevante para nós, filha — rosnou seu pai, pálido. — Você há de me visitar amanhã, Althorpe, senão será preso ou enforcado.

O marquês fez uma breve reverência.

— Até amanhã — disse. Ele pegou a mão de Victoria e a beijou suavemente. — Lady Victoria.

Com isso, ele girou nos calcanhares e caminhou de volta na direção da casa.

Covarde. Victoria queria fugir com ele, mas foi segurada pelo braço pelo pai.

— Vamos, menina.

— Não vou me casar com Sin Grafton — protestou ela.

— Ah, vai, sim — respondeu ele. — Você foi longe demais desta vez, Victoria. Eu avisei inúmeras vezes, mas você nunca prestou atenção. Se não se casar com ele, nenhum de nós poderá aparecer em Londres novamente. Metade de seus conhecidos viu suas partes íntimas, e por duas vezes em uma noite, pelo que lady Franton me contou!

— Mas...

— *Já chega!* — bravejou ele. — Faremos os arranjos amanhã.

Victoria estava prestes a retrucar, mas decidiu ficar em silêncio ao ver o olhar furioso do pai. O dia seguinte ainda estava distante. Ela teria bastante tempo para explicar as coisas quando seus pais se acalmassem o suficiente para ouvi-la. Uma coisa era certa: ela *não* se casaria com Sinclair Grafton, marquês de Althorpe, em hipótese alguma. E certamente não porque ele, aquele demônio sedutor, tinha dito que assim seria.

Capítulo 2

Marley, aquele maldito, continuava destruindo sua vida.

Fora uma escolha difícil: roubar a companheira do visconde ou o último suspiro do homem. Considerando as consequências da noite anterior, Sinclair não conseguia decidir o que teria sido mais satisfatório.

Alguém arranhou a porta do quarto principal. Ele ignorou o barulho e continuou se barbeando. Seu valete, no entanto, endireitou-se e olhou para a porta.

— Não — disse Sinclair antes que Roman pudesse fazer qualquer coisa.

— Deve ser importante. Sua noiva pode ter fugido da Inglaterra.

— Ou um de seus outros pretendentes pode ter vindo me dar um tiro.

Havia um deles que ele não se importaria em ver. Havia uma linda pistola com cabo de marfim guardada em seu bolso para aquela ocasião.

A porta foi arranhada novamente, com mais força.

— Senhor Sin, não acha...

— Não seja tão medroso.

O valete olhou feio para ele e se afastou da parede para abrir a porta.

— É Milo, milorde.

Sinclair não estava surpreso com a audácia de seu valete em desafiá-lo, tampouco com a identidade do visitante, então continuou a se barbear.

— Obrigado, Roman. Por que você não pergunta o que ele quer?

— Eu o faria, milorde, mas ele não fala comigo.

De alguma forma, sempre que Roman se referia a ele como "milorde", soava como um eufemismo para "idiota". Com um suspiro, Sin largou a navalha na tigela de barbear, pegou uma toalha, ficou de pé e foi até a porta.

— Sim, Milo?

O mordomo passou direto por Roman e fez questão de ignorar a presença insignificante do criado.

— O correio acaba de entregar uma carta para você, milorde. Enviada por lady Stanton.

O tom de Milo não era nada amigável, só um pouco melhor que o silêncio que ele direcionava a Roman. Sin enxugou o restante do sabão de barbear de seu rosto.

— Obrigado. — O mordomo entregou a carta e Sin guardou o papel dobrado sem olhar para ele. — Milo, você tinha o costume de interromper as atividades do meu irmão para lhe entregar uma correspondência insignificante?

O mordomo corou.

— Não, milorde. — Ele ergueu o queixo pontudo. — Mas ainda não conheço sua rotina. E não sabia que a carta era insignificante. Peço desculpas pelo deslize.

— Desculpas aceitas. Peço que envie um buquê de rosas vermelhas para lady Stanton com meus cumprimentos. E informe a sra. Twaddle que não jantarei aqui esta noite.

Milo assentiu.

— Agora mesmo, milorde.

— Milo.

O mordomo se virou.

— Milorde?

Sinclair deu-lhe um sorriso sombrio.

— Esqueça o buquê para lady Stanton. Falarei com ela pessoalmente.

— Eu... é claro. Como desejar, milorde.

Assim que o mordomo cruzou a soleira, Roman fechou a porta.

— Você deveria mostrar ao sr. Arrogância onde fica a porta da rua.

Sin deu de ombros enquanto voltava para a penteadeira.

— Milo é um mordomo competente.

— Eu não gosto da ideia de manter os funcionários do seu irmão. Um deles pode colocar uma bala na *sua* cabeça quando você menos esperar.

— Quero mantê-los todos perto por enquanto.

Ao se recostar na cadeira, Sinclair apontou para a jaqueta que estava sobre a cama.

— Não usarei aquela peça azul e horrorosa para encontrar meu futuro sogro.

— É uma peça conservadora.

— Exatamente. Se ele gostar, como fico? Vamos, quero usar a jaqueta bege.

— Você parecerá um libertino.

— Eu sou um libertino, imbecil. Não tenho a menor intenção de deixar que Stiveton se esqueça disso por um minuto sequer.

Ele pegou a carta e a abriu, reprimindo um sorriso ao ver a expressão descontente do criado no espelho. Ele rapidamente leu o conteúdo e afundou-se ainda mais na cadeira, carrancudo. Mais essa. Não bastava que a *sociedade* tivesse tentado colocá-lo em um casamento surpresa. Más notícias sempre traziam companhia para piorar as coisas.

— Certo. Se quiser me chamar de idiota, tudo bem — resmungou o valete —, mas foi você quem caiu na armadilha de se casar com Vixen Fontaine em sua primeira visita de volta a Londres.

— Não caí em armadilha nenhuma. Eu dei um recado bem claro para Marley. — Ele não conseguia nem dizer o nome daquele desgraçado sem rosnar.

— E o casamento?

— Foi meu jeito de evitar ser apedrejado e expulso de Londres.

— Ah.

— Não me venha com essa. Nenhum pai em sã consciência permitiria que sua filha se casasse comigo. As pessoas estão apenas supondo erroneamente que eu seria menos perigoso se fosse acorrentado a alguma pobre mulher. — Sinclair leu a carta mais uma vez, procurando algum sinal de esperança. — Aliás, Bates manda seus cumprimentos.

— É bom mesmo. Bates me deve dez libras, e certamente não se esqueceu disso.

As roupas apropriadas enfim foram colocadas sobre a cama, e o valete voltou para perto da penteadeira.

— Quem é essa tal de lady Stanton?

— Uma viúva que mora na Escócia. Prima de segundo grau da avó de Wally, ou algo do tipo.

— Parece seguro o suficiente.

Sinclair olhou de soslaio para ele.

— Gostaria de acreditar que não sou completamente incompetente. E, já que perguntou, suas dez libras estão a caminho de Londres.

O valete ficou sério.

— Bates não descobriu nada?

— Não. Não esperava que ele descobrisse, mas a esperança é a última que morre. Wally e Crispin se encontrarão com ele. Nós nos reencontraremos aqui. Eles alugarão uma casa na Weigh House Street. Ou lady Stanton alugará.

Sinclair entregou a carta ao valete, que a examinou com o mesmo cuidado que ele tivera.

— Estou feliz pela vinda de Crispin — disse Roman. — Talvez ele consiga convencê-lo a não embarcar nessa loucura de casamento.

— Agora sou o marquês de Althorpe. Eventualmente precisarei me casar, nem que seja só por causa de Thomas.

Fosse qual fosse sua decisão, a ideia de ter Vixen Fontaine em sua cama era extremamente excitante. Considerando o gosto de Marley por mulheres, ele esperava uma moleca, não uma deusa. Aqueles cílios longos e curvados...

— Eu sei disso. Mas todo mundo em Londres pensa que você é... você sabe... *ele*. E *ele* não se casaria com ninguém, nem mesmo uma rebelde como Vixen.

Bufando, Sinclair pegou a carta e a amassou, jogando-a nas brasas já fracas da lareira.

— Eu sou ele, e não vai haver um casamento neste exato momento. Não complique as coisas.

O valete cruzou os braços sobre o peito e o encarou, carrancudo.

— Sin, quem está complicando as coisas é você. Mal consegue morar em sua própria casa sem que os empregados pensem que você é...

Sinclair o encarou de volta.

— Pela última vez, Roman: eu *sou* ele. Nada mudou desde a França, a Prússia ou a Itália, exceto o alvo *du jour*. Pare de me obrigar a justificar meu caráter duvidoso.

— Mas não é isso…

— Esqueça.

— Muito bem, milorde. — Roman pegou a tigela de barbear e despejou o conteúdo no penico. — Se quiser que todos pensem que você é um canalha desgraçado em vez de um herói, e se quiser se casar com a filha pretensiosa de um conde só para manter as aparências, é uma decisão sua. Se…

Sin ficou de pé.

— Estou aqui para encontrar o assassino do meu irmão, Roman. A maldita Coroa passou os últimos cinco anos me jogando de um lado para o outro no continente, mas Bonaparte se foi e eu estou farto. O disfarce, no entanto, será mantido enquanto for conveniente para mim. Fui claro?

O valete suspirou.

— Muito claro.

— Ótimo. — Sinclair sorriu para ele. — E não saia por aí dizendo que sou um herói. Você vai estragar tudo.

Roman cruzou os braços sobre o peito.

— Ora, e eu odiaria fazer isso, não é mesmo?

— Você não pode estar falando sério!

— Victoria, eu nunca falei tão sério. — O conde de Stiveton rodeava repetidamente o sofá no meio da biblioteca a passos tão pesados que as portas de vidro do armário no outro lado da sala tremiam. — Quantas escapadas deveríamos relevar? Até quando achou que conseguiríamos ignorar seu comportamento ultrajante?

— Vocês podem fazer mais um esforço.

— Victoria!

Victoria estava deitada no sofá com um braço jogado sobre a testa, em sua melhor pose dramática de vulnerabilidade indefesa.

— Foi só um beijo inocente! Pelo amor de Deus, pai.

— Você beijou Sinclair Grafton de uma forma completamente… íntima. Permitiu que ele tocasse você. *Em público*. Não posso e não vou mais tolerar isso.

Hum, ela usara a mesma pose vulnerável na semana passada. Também não funcionara na ocasião, e ela acabou ficando presa em casa por três longos dias. Victoria se sentou.

— Então você vai me obrigar a me *casar* com ele? Isso me parece um pouco extremo. Já beijei outros homens, e você nunca...

— Já chega! — Stiveton cobriu os ouvidos com as mãos. — Você não deveria ter beijado ninguém. Mas desta vez, Victoria, você foi pega nos braços de um cafajeste inveterado por inúmeros pares de olhos.

— Olhos muito curiosos, aliás.

— Victoria!

— Mas...

— Não quero ouvir mais desculpas ou explicações. A menos que ele já tenha fugido do país, você *vai* se casar com lorde Althorpe e *vai* enfrentar as consequências de suas atitudes.

— Você nunca fez nada só para se divertir? — indagou ela.

— Diversão é coisa de criança — disse ele com firmeza. — Você tem 20 anos. Está na hora de você se casar e, dadas as circunstâncias atuais, não sabemos quem mais a aceitaria.

Ele saiu da sala e foi direto para seu gabinete. Esperaria lá pela chegada de Althorpe e então negociaria o matrimônio com aquele canalha para que não precisasse mais aturar as ousadias da filha.

Victoria suspirou e se atirou novamente no sofá. Dez horas deveriam ter sido mais que suficientes para convencê-lo de como estava sendo precipitado e de como aquele casamento seria ridículo para todos os envolvidos. Claro que ela fora longe demais, mas fazia isso o tempo todo. Seus pais não deveriam mais ficar surpresos.

— Eu não vou me casar! — gritou para o teto.

O teto não respondeu.

De todas as punições que seus pais poderiam inventar, aquela era a pior possível. Faltava apenas um ano para que ela atingisse a maioridade e pudesse viajar para ajudar qualquer causa que quisesse. Depois que se casassem, todo o dinheiro iria para Sinclair Grafton, e ele perderia cada centavo nas mesas de jogo antes que Victoria pudesse gastá-lo de maneira útil.

Sim, ele era atraente e, sim, fizera seu coração disparar com aquele beijo. Aqueles, no entanto, não eram motivos válidos para que se casassem. Fora os rumores sobre a péssima reputação, Victoria não sabia mais nada sobre ele. Não conseguia acreditar que seus pais a quisessem presa a alguém assim. Eles *não podiam* pensar que ela merecia um homem desses.

Frustrada, Victoria socou as almofadas do sofá. Sua única esperança era que Althorpe estivesse tão horrorizado quanto ela com a ideia do casamento — talvez até já tivesse fugido para a Europa ou outra parte do mundo. Ela fechou os olhos e percebeu que estava passando um dedo nos lábios. Victoria se levantou e fez um juramento para si. Uma mulher *não* se casa com um homem só porque ele tem um beijo dos deuses. Uma mulher se casa com um homem porque ele é gentil, inteligente, compreensivo, companheiro e espera que a esposa seja mais que um rostinho bonito que passa os dias bordando ou tomando chá com as amigas. Ela não era aquele tipo de mulher e jamais seria uma esposa assim.

Sinclair saiu de sua carruagem e subiu os degraus de mármore da Casa Fontaine. Ele hesitara sobre confrontar lorde Stiveton, mas decidiu que aquela era uma coisa que o Sin Grafton que todos conheciam faria, trazendo justificativas para a impossibilidade do casamento.

Até onde sabia, o conde era enfadonho e medíocre, mas não era burro. Se Stiveton caísse em si e impedisse que sua filha se casasse, aquilo resolveria um problema, mas Sin ainda teria ao menos mais dois.

Para começar, as coisas tinham ido longe demais na noite passada. Era possível que lady Vixen Fontaine soubesse algo sobre o possível envolvimento de Marley no assassinato, mas ele não tivera a oportunidade de questioná-la sobre isso. Estivera muito ocupado cobiçando aquela jovem de cabelo escuro e se divertindo por tê-la roubado de seu pretendente. Pretendentes, na verdade. Se tivesse se comportado de forma tão imprudente assim na França, jamais teria sobrevivido a Bonaparte.

Fosse qual fosse a reputação de Vixen, a dele era pior. Se não tivesse proposto o casamento, a festinha de Franton teria sido a primeira e última ocasião social para a qual seria convidado. E, independentemente da sua opinião sobre a alta sociedade, Sinclair precisava poder frequentá-la, ao menos por tempo o bastante para descobrir se Marley ou um dos outros matara o seu irmão.

Era evidente que Stiveton não concordaria com o casamento. Mas o conde precisava receber um pedido de desculpas sincero o suficiente para que Sinclair fosse bem-visto pela alta sociedade até que não precisasse mais dela.

O segundo problema era quase tão preocupante. Na noite anterior, ele ficara totalmente enlouquecido. Quando Vixen Fontaine o encarou com seus adoráveis olhos violeta, ele não só se esqueceu de suas suspeitas sobre Marley, como também de lorde William Landry e de todos os possíveis suspeitos que faziam parte de seu grupo de admiradores.

Ele não a levara ao jardim para que pudesse questioná-la, mas sim para beijá-la. E se o pai dela e os demais curiosos não os tivessem descoberto, não teria parado nos beijos. Fazia muito tempo que Sinclair não sabia o que era uma boa companhia. E, que se danasse o mundo, ele queria beijá-la novamente e completar a deliciosa troca íntima que haviam começado.

Sinclair respirou fundo e bateu na aldrava de bronze. Não levou um segundo até que a pesada porta de carvalho se abrisse.

— Lorde Althorpe? — perguntou o mordomo baixinho e rotundo, avaliando com desdém as roupas que ele vestia.

Sinclair ignorou a indelicadeza.

— Onde posso encontrar o lorde Stiveton?

O mordomo deu um passo para trás.

— Ele está em seu gabinete, milorde. Por aqui.

Sin seguiu os passos firmes do homem pelo curto corredor até um pequeno gabinete localizado sob a escada. A família Fontaine era tradicional, abastada e muito respeitada, e ele não conseguia parar de pensar na dimensão da ofensa que lhes havia feito ao assediar sua filha. Bom, no entanto, era melhor do que deixá-la se envolver com um assassino cruel como Marley — caso Marley tivesse de fato atirado em Thomas. Sua vida parecia ter se tornado uma série de incertezas nos últimos dois anos, e ele estava cansado de não ter as respostas de que precisava.

Lorde Stiveton estava sentado atrás de uma mesa de mogno e parecia mais um banqueiro que um nobre. Havia um livro-razão aberto, mas, apesar da aparência do conde, Sin duvidou de que ele tivesse feito alguma conta naquela manhã. Stiveton ergueu os olhos quando os dois homens entraram na sala.

— Althorpe. Achei que você já tivesse fugido do país.

— Bom dia, lorde Stiveton. Lamento por decepcioná-lo.

O conde estreitou os olhos.

— Timms, não devemos ser incomodados.

— Certamente, milorde.

O mordomo curvou-se ao fechar a porta.

— Seus lamentos não justificam suas atitudes da noite passada, Althorpe.

Stiveton repousou as mãos abertas sobre a mesa. Sinclair deu de ombros.

— Minhas atitudes da noite passada não podem ser justificadas.

— Concordar comigo também não significa muita coisa. Quantas vezes você se comportou de maneira vergonhosa e se safou sem ser censurado?

Sin levantou uma sobrancelha.

— Você precisa do número exato?

— Não sei sobre as liberdades que você tinha por aí, mas na Inglaterra não toleramos tal comportamento.

— Com todo o respeito, lorde Stiveton, posso tê-la provocado, mas sua filha não se opôs às minhas investidas.

Irritado, o conde ficou de pé.

— É assim que pretende implorar por desculpas?

Sinclair afastou uma sujeira imaginária da manga da jaqueta.

— Não vim implorar por nada, lorde Stiveton. Estou à sua disposição. Tenho uma sugestão, mas faça como desejar.

Com um olhar furioso, Stiveton sentou-se lentamente.

— Você esperava que eu o desafiasse para um duelo, para que eu pudesse defender a honra de Victoria?

— É claro que não. Não tenho a intenção de matá-lo. Eu estava pensando mais em uma retração pública. Eu não teria objeções em fazê-la.

— Isso repararia sua reputação, mas não traria benefício algum para minha filha.

O relógio da lareira bateu quinze minutos, e o conde continuava a encará-lo especulativamente. Sinclair não gostava da expressão pensativa de Stiveton ou do rumo que a conversa havia tomado, mas procurou se conter. Estava claro que o conde já pensara em uma solução.

O conde por fim se inclinou para a frente e cruzou as mãos sobre o livro-razão.

— Por mais que eu queira afirmar o contrário, os acontecimentos da noite passada não foram inteiramente sua culpa.

Aquele início pareceu promissor.

— Concordamos, então, que um pedido de desculpas seria suficiente...

— Um momento, Althorpe. Ainda não terminei. Para a minha infelicidade, minha filha não consegue se controlar. Sempre torci para que uma educação adequada e disciplina domassem sua impulsividade, mas, como você viu... não é o caso.

Sin largou o corpo na desconfortável cadeira dourada que ficava de frente para a escrivaninha. Àquela altura, estava esperando ouvir a reputação de Vixen sendo defendida e a sua execrada, mas não era isso que estava acontecendo. Por incrível que parecesse, Sin precisou conter o impulso de defender a moça. Afinal, nos últimos cinco anos, ele convencera inúmeras pessoas a dizer e fazer coisas que não queriam. Vixen não tivera chance, porque ele também não havia lhe dado uma. De repente, Sinclair percebeu que Stiveton olhava novamente para ele, então fez uma expressão de dúvida.

— E? — questionou Althorpe.

— E, se eu não consigo controlar seu temperamento, tomarei providências para que o escândalo não impacte minha família. Sendo bem sincero, agora isso é um problema *seu*.

Sinclair piscou.

— Você não pode querer que ela se case... *comigo*.

— Já disse que não perdoo falta de decoro, inclusive de membros da minha família. Aliás, sobretudo de membros da minha família. — Stiveton pegou um lápis. — Pagarei dez mil libras agora e três mil depois de um ano. Quando ela fizer 21 anos, receberá a herança da avó. Agora que você está de volta à cidade, não demorará muito para que a fortuna de sua família seja explorada.

A mente de Sin acelerou. Ele havia calculado mal a situação. O conde aparentemente não sabia quão sórdida era sua reputação, para insistir na ideia do casamento.

— Sua generosidade não para de me impressionar. Sua filha *e* dez mil libras.

— Tudo para evitar um escândalo envolvendo minha família. Esse é o preço a ser pago.

— Lorde Stiveton, entenda que basta que eu faça um pedido público de desculpas para que qualquer nobre solteiro em Londres enxergue sua filha como uma noiva aceitável. Tem certeza de que...

— Talvez, mas ela não aceitará com nenhum deles. Neste caso aqui, a opinião dela não tem peso. O casamento acontecerá dentro de uma semana, a partir de sábado. Já enviei um recado para o príncipe George. A Catedral de Westminster foi reservada para nós.

Aparentemente o conde tinha pressa, talvez para evitar que algum dos noivos fugisse.

— Presumo que o regente será convidado.

— Dada a importância das duas famílias envolvidas, garanto que sim.

— E sua filha concorda com tudo isso? — perguntou Sin.

— É lógico que não concorda, mas ela deveria ter pensado nisso antes de... se atirar em seus braços em público.

— Eu...

— Entenda o seguinte, Althorpe. — O conde bateu com o lápis na mesa. — Nos últimos três anos, sugeri ao menos duas dúzias de noivos para ela e dei tempo suficiente para que "se apaixonasse" por qualquer um deles, afinal, essa era sua principal condição para se casar com alguém. Em vez de tomar uma decisão, ela escolheu perambular por Londres, partir diversos corações, arruinar a reputação da nossa família e jurar que jamais se casará. Ela é conhecida por ser maliciosa e ousada.

— Ouvi dizer.

O conde se inclinou para a frente outra vez.

— Não se engane, Althorpe. Eu acho seu comportamento deplorável.

— O senhor deixou isso bem claro.

Sinclair sentiu como se tivesse acabado de perder seu último bispo e sua rainha em uma partida de xadrez que ele nem percebera que estava acontecendo. E estava prestes a ser derrotado em seu próprio jogo. Ele fora passado para trás, mas, surpreendentemente, não se sentia tão horrorizado. Tudo o que precisava fazer era admitir a derrota, e ter lady Vixen Fontaine em sua cama seria seu prêmio de consolação. Para além disso... Bem, ele nunca fora muito otimista, sempre deixara isso para o irmão.

— No entanto — continuou Stiveton —, apesar do seu comportamento sórdido, você me trouxe a oportunidade de ver Victoria casada e parte de uma família de renome.

— Fico feliz em servi-lo — respondeu Sin, sarcasticamente.

— Espere aqui. — Stiveton se levantou. — Pedirei que sua noiva venha encontrá-lo.

Sin não sabia se queria vê-la. Tê-la como prêmio era fantástico, mas ele detestava sentir-se encurralado. No entanto, para que não precisasse sair da Inglaterra e abandonar sua investigação, teria que se casar com lady Vixen Fontaine. Ele curvou-se na cadeira desconfortável.

Ele só tinha a si mesmo a se culpar. Sin fez uma careta. Ele cometera um erro, e Stiveton usava seu lapso momentâneo de sanidade para livrar os Fontaine da própria desgraça.

Pensando no legado de sua família, Sinclair planejava se casar logo que encontrasse o assassino de Thomas e desse um jeito nele. Só não agora, e não com alguém em quem não confiava. Aquela situação complicaria tudo, e Sin não precisava que as coisas ficassem ainda mais difíceis.

— Que inferno.

— Eu disse a mesma coisa quando meu pai mandou informar que você estava aqui.

Lady Victoria Fontaine tinha entrado no gabinete do pai com o semblante calmo, como o de alguém que discutia a previsão do tempo. Sinclair ficou de pé. Sua intenção era manter a postura curvada e arrogante, mas, como percebera na noite anterior, tendia a ficar ereto na presença dela.

Contornando as costas da cadeira, ele pegou sua mão e a beijou.

— Bom dia, lady Victoria.

Ele gostava de tocá-la. Percebendo que não recuara, ele passou os lábios pelos nós dos dedos dela outra vez. Vixen continuou encarando-o, e seus olhos violeta eram a única parte dela que não parecia completamente serena. Mesmo usando um discreto vestido de musselina cinza e verde, ela atraía seus olhos, sua atenção e, ainda mais violentamente que na noite anterior, seu desejo. Ela finalmente puxou de volta sua mão e virou-se para a janela, fazendo o sangue de Sinclair ferver com o balanço de seu quadril.

— Meu pai disse que você aceitou as condições dele para o casamento — disse ela, encostando-se no parapeito.

— Ele foi generoso.

Victoria assentiu.

— Ele não costuma se indispor por detalhes.

Sinclair olhou para ela por um momento, absorto pela pulsação acelerada que a curva suave de seu pescoço revelava, até que se lembrou de que era Sin Grafton, libertino inveterado e hedonista.

— Você também é rápida para tomar decisões.

— Eu queria que você me levasse para o jardim — admitiu ela, corando —, mas não imaginei que tentaria me deixar nua.

Ela o desejara.

— Até a chegada do seu pai, você não pareceu se incomodar.

O rubor em suas bochechas se intensificou.

— Admito, milorde, que seu beijo é bom, mas imagino que já tenha praticado bastante.

Divertindo-se com o suposto insulto, Sinclair fez uma reverência.

— Fico feliz em saber que fiz bom uso de todo o meu trabalho duro.

— Usou até demais, de acordo com meus pais.

— Peço desculpas por nosso momento ter tomado dimensões públicas, mas não pedirei desculpas por tê-la beijado. — Ele se aproximou. Apesar da questão do casamento, sentia-se tão atraído por ela quanto na noite anterior. — Você é deliciosa.

Ela inclinou a cabeça na direção dele.

— Você ainda está tentando me seduzir? — Victoria se afastou da janela e caminhou em direção à porta, dizendo em voz alta: — Isso não será necessário, lorde Althorpe, você já ganhou minha mão em casamento.

Atento, Sinclair observou enquanto ela fechava a porta sem fazer barulho e o encarava.

— Se quiser continuar o que começamos ontem à noite, senhorita — murmurou ele —, estou disposto a participar. Bastante disposto.

— A única coisa que quero fazer é nos livrar de problemas — rebateu ela, baixando a voz novamente. — Nenhum de nós quer que esse casamento aconteça.

— O que você propõe que façamos a respeito, então?

Ela juntou as mãos, como se já tivesse um plano.

— Você passou os últimos cinco anos no Continente. Ninguém acharia estranho se você decidisse voltar para lá.

Então a atrevida pensou que poderia ditar as regras? O conde estava certo sobre uma coisa: ela definitivamente era encrenca.

— É provável que não.

— Se dinheiro for um problema, tenho uma renda independente à minha disposição. Você viveria confortavelmente em Paris com, digamos, mil libras por ano, não?

Sin não conseguia acreditar no que estava ouvindo.

— Você quer que eu volte para Paris?

— Sim. Quanto antes, melhor.

— E pagaria minhas refeições, aluguel, roupas e demais despesas se eu fizesse isso? — continuou ele, contando os itens nos dedos.

Victoria pareceu ficar confusa.

— Bom, sim.

— Acho que só falta você prometer ir me visitar de vez em quando e me levar chocolates.

Os olhos de Victoria se estreitaram.

— Não estou propondo ficar com você, ou que tenhamos um acordo sórdido. Eu só quero você longe.

— É quase a mesma coisa. Você tem algum outro quase marido escondido por aí?

— Estou falando muito sério!

Sem saber se aquilo era mais irritante ou divertido, Sinclair reduziu a distância entre eles.

— Não quero voltar a Paris. Eu gosto daqui.

Ela recuou até bater na parede.

— Tenho certeza de que você ficaria muito mais feliz com todas as suas amigas pretensiosas em Paris. O clima é ótimo nesta época do ano.

— O clima daqui me agrada. Assim como você me agrada.

— Mas ninguém em Londres gosta de você! — explodiu ela, depois empalideceu.

E ninguém em Londres sabia que ele quase morrera por eles incontáveis vezes nos últimos cinco anos. Com um aperto no peito, ele virou-se para que ela não visse a raiva em seus olhos.

— Eles ainda não perceberam o meu charme — respondeu ele sem hesitar, fingindo examinar a vista pela janela.

Surpreendentemente, ela colocou a mão em seu braço.

— Sinto muito — disse ela baixinho. — Isso foi bem cruel da minha parte.

Afastando a mão de Victoria, ele a encarou novamente. Pena era um sentimento que ele desprezava.

— Acho que Londres vai gostar muito mais de mim quando eu estiver em *sua* companhia.

— Mas...

— Você é muito popular, uma queridinha da sociedade.

Enquanto analisava a pele clara e macia de Vixen, ele percebeu como aquilo poderia funcionar a seu favor. Ora, ele era um gênio! O casamento deles não só faria com que ele caísse nas boas graças da sociedade, como também lhe daria acesso a lugares onde sua péssima reputação sempre lhe impedira de entrar. E, considerando o espírito livre de Victoria, ela não ficaria em seu caminho ou em cima dele o tempo todo.

— Mas eu não vou me casar, e sobretudo não vou me casar com você!

Ele sorriu.

— Então você não deveria ter me beijado.

Victoria corou.

— Você não acha que um casamento atrapalharia sua rotina de mulheres, bebedeiras e jogatina?

Ela parecia desesperada. Sin se inclinou para a frente, prendendo-a entre a parede e seus braços.

— Não mais do que atrapalhará sua rotina de flertes, socialização, consumismo e todas as outras coisas que você faz.

— E não vai mesmo! — retrucou ela.

Ele a olhou nos olhos e ficou surpreso quando Victoria o encarou diretamente. A maioria das pessoas não fazia isso, pois tinha muito a esconder.

— Aparentemente — murmurou ele —, fomos feitos um para o outro.

Então, ele se inclinou e a beijou.

Com um suspiro surpreso, Victoria cedeu ao abraço e curvou seu pescoço para aprofundar o beijo. Sua reação instantânea e acalorada o excitou como na noite anterior, no jardim de lady Franton. Ele queria não gostar dela e descartá-la como faria com qualquer figura nobre que não se importava em saber quem matara seu irmão. Embora Sin tivesse quase certeza de que ela não assassinara ninguém, de uma coisa ele sabia: tinha beijado diversas mulheres na vida, mas nunca se sentira daquele jeito.

Lenta e relutantemente, ele interrompeu o beijo. Os longos cílios curvados dela se abriram, revelando que os olhos violeta o encaravam.

— Se eu me casar com você — sussurrou ela —, será apenas pelo bem da minha família.

Sin riu. Para fugir da família, ela quis dizer.

— O que acha de fazermos um piquenique amanhã?

Victoria pigarreou, baixando as mãos dos ombros dele.

— Amanhã farei compras com Lucy Havers e Marguerite Porter.

— Um passeio no Hyde Park no sábado, então.

— Tenho um compromisso.

Ela se esquivou de seus braços, fingindo arrumar o cabelo.

Sin ergueu uma sobrancelha, perguntando-se se o compromisso seria com lorde Marley.

— Estou com a impressão de que você não quer ser vista comigo.

Os olhos de Victoria brilharam, hesitantes.

— Ainda acho que estamos levando isso muito a sério — disse ela. — Talvez todos recobrem o bom senso na semana que vem, e não precisaremos seguir adiante com essa ideia estúpida.

— Talvez você esteja certa. No entanto, sábado de manhã, você passeará comigo.

Ela ergueu o queixo.

— E se eu me recusar?

Ele abriu um sorriso espontâneo. Desafiá-lo não era exatamente a melhor maneira de se livrar dele, mas ela descobriria isso em breve.

— Como disse ontem à noite, o beijo é apenas o começo de uma sedução. O próximo passo é muito mais... interessante.

Antes que ela pudesse retrucar, ele fez uma reverência e abriu a porta.

— Preciso informar minha família que vou me casar. Nós nos vemos sábado, Victoria.

Capítulo 3

— Haha! Sin!

Christopher Grafton disparou escada abaixo da Casa Drewsbury e abraçou o irmão. Sinclair retribuiu o abraço, segurando seu irmão mais novo com força por um longo tempo antes de soltá-lo. Um peso que ele nem sabia que carregava sumiu de seu peito. Perdera um irmão, mas conseguiu voltar antes que algo acontecesse com Christopher. A partir daquele momento, ele estaria seguro.

— É bom ver você, Kit — disse, sorrindo, enquanto dava um passo para trás. — Você cresceu um bocado.

— Pelo menos um bocado. Maldição, esperava inclusive já estar mais alto que você.

— Christopher tem a altura do seu avô — disse uma voz feminina na porta da sala de convivência. — Que surpresa você ter reconhecido seu irmão depois de cinco anos sem vê-lo.

Sinclair sentiu o coração palpitar, e a sensação de que estava sonhando desapareceu. Agora aquilo era real. Ele estava em casa. Sem pressa, virou-se na direção da voz.

— A senhora não mudou nada, vovó Augusta. Eu a reconheceria em qualquer lugar — falou ele lentamente.

Augusta, lady Drewsbury, tomou um gole da xícara de chá que segurava e olhou para ele por cima da borda da louça.

— É claro que mudei. Perdi um neto.

— Vovó — repreendeu-a Christopher, corando até a raiz do cabelo. — Ele acabou de chegar. Deixe-o respirar antes de começar a atacá-lo.

Os ombros delgados da avó subiam e desciam com a respiração enquanto os penetrantes olhos azuis avaliavam Sinclair. Ele queria saber o que se passava pela cabeça dela. Aquilo era o que ele mais temia ao voltar para Londres; não a bagunça que sua reputação havia se tornado ou mesmo a busca para descobrir o assassino de Thomas, muito bem encoberto havia dois anos.

Ele temia encarar a avó justamente porque não podia lhe dar nenhuma explicação sobre seu comportamento terrível nos cinco anos que haviam passado distantes, e sobretudo nos últimos dois.

— Não se preocupe, Kit — disse ele com a voz suave mas firme, que só conseguiu manter por causa daqueles cinco anos. — Não estrague a diversão de nossa avó. Imagino que ela tenha ensaiado esse discurso por muito tempo.

— Sin — murmurou o irmão.

— Eu de fato ensaiei um discurso — concordou ela, com a calma de quem discute a cor de uma peça de roupa. — No entanto, agora que você está aqui, percebo que não faz a menor diferença. Você me decepcionou, Sinclair. Desde então, precisei baixar minha régua para julgar seu comportamento. Mas, como disse Christopher, você está de volta. Venha tomar um chá.

Ele reprimiu sua resposta ao insulto injusto e apenas meneou a cabeça. Augusta poderia tê-lo recebido com gritos, choros e xingamentos, mas o seu silêncio era muito pior. Ele a desapontara e frustrara todas as suas expectativas, então a avó não esperava mais nada dele.

— Não posso ficar muito.

Ela assentiu, provavelmente esperando aquilo também.

— Muito bem.

— Você não pode ir embora! — protestou Kit. — Acabou de chegar. Ficará em Londres por quanto tempo?

— Não importune seu irmão, Christopher. É natural que sua agenda social esteja cheia de convites e encontros.

Enfim um comentário ácido. Embora fosse melhor que toda a frieza e indiferença, ainda não era nada bom.

— Na verdade, vim convidá-los para um evento — disse ele devagar. — Será no dia 15.

A expressão de Augusta endureceu.

— Você faz parte da família, Sinclair, mas seu irmão e eu não participaremos de nenhuma farsa que você e seus… comparsas inventarem.

— Vovó…

— Pode muito bem ser uma farsa — concordou Sin —, e entendo se você decidir não comparecer. Na verdade, não sei nem se eu estarei lá, pelo menos não sóbrio. O evento é um casamento. Eu vou me casar. O príncipe George…

— O quê? — exclamou Christopher. — Um casamento? *Seu* casamento? Mas você acabou de voltar! Ela veio do continente com você? É italiana?

— Mais importante que tudo isso — interrompeu a avó —, ela está carregando um filho seu?

As impressões de Augusta em relação a ele pareciam piorar a cada vez que ele falava alguma coisa.

— Não. Não está. E ela é inglesa. Eu a conheci há… pouco tempo.— *Meu Deus, foi realmente só ontem?* Sinclair tentou se recompor. — Faz alguns dias que voltei para Londres. Eu só estive bastante… ocupado.

— Parece que sim — disse Augusta, seca. — Quem é ela?

— Lady Victoria Fontaine.

— A Vixen? Você conquistou a *Vixen*?

Finalmente Augusta demonstrou surpresa.

— Silêncio, Christopher. Você mencionou o príncipe George. Ele estará presente?

— Sim. Ele disponibilizou a catedral de Westminster para a cerimônia.

— Conte com a nossa presença. É uma questão de honra familiar.

Sinclair fez uma reverência.

— Obrigado, vovó.

Quando ele se endireitou, porém, ela já havia voltado para a sala de estar.

— Mas que bela reunião familiar — murmurou ele.

— O que você esperava? — perguntou Kit. — Quantas vezes você nos escreveu nos últimos cinco anos? Nem sequer apareceu para o enterro de Thomas, então nós… ela…

— Eu não sabia que ele havia sido assassinado — mentiu Sinclair, e voltou ao saguão para pegar o chapéu e a bengala.

Ele se amaldiçoou internamente. Já estava tão acostumado a mentir; era mais fácil que falar a verdade.

Com o fim da guerra, estava livre para contar a eles onde estivera e o que fizera desde sua partida... mas Thomas sabia de tudo, e Thomas estava morto. Assim que soube do assassinato, jurou, quando conseguiu reorganizar seus pensamentos, que não lhes contaria nada até que tivesse absoluta certeza de que não sofreriam represálias por suas ações na Europa. Para ele, era aquilo que importava: a segurança de sua família. Que a boa reputação fosse para o inferno!

— Sin — continuou Christopher, acompanhando-o até a porta —, você vem nos visitar de novo?

— Não sei. Estou na Casa Grafton, então pode me visitar se quiser. E se nossa avó permitir, é claro.

Kit fez uma careta.

— Já tenho 20 anos. Posso fazer o que quiser.

Respirando fundo, Sinclair pousou a mão no ombro do irmão mais novo. Aquela família não merecia mais uma decepção.

— Não a abandone. Você é tudo que ela tem.

— Sei qual é o *meu* dever — disse o irmão, carrancudo. — Ela só gostaria de que você fizesse o seu.

— Isso seria bom para todos nós — respondeu Sin com um sorriso cínico. — Todos nós.

———✿———

Lucy mordiscou outro pedaço do bolo.

— Como assim "o que você sabe dele"? Eu não sei nada além do que todo mundo sabe.

Victoria recostou-se no confortável sofá da sala de estar e misturou seu chá.

— Perguntei se você soube algo dele nos últimos dias.

Ela olhou para o grande relógio de pêndulo no canto do cômodo. Sinclair havia prometido visitá-la naquela manhã, mas se demorasse mais cinco minutos estaria atrasado.

Óbvio que ela não estava nervosa ou ansiosa com a chegada dele. Só tinha convidado as amigas para o caso de ele decidir não aparecer. Percebendo que suas mãos estavam inquietas, Victoria fez uma careta. Ela não estava nem um pouco nervosa.

Com delicadeza, Lucy limpou as migalhas do vestido com a ponta do dedo.

— A única coisa que sei é que Marley saiu para se embebedar depois da festa de lady Franton e ainda não ficou sóbrio desde então.

Aquilo não era nenhuma surpresa. Beber e apostar eram as atividades preferidas de Marley. O comentário de Lucy serviu ao menos para explicar sua ausência, afinal, ele antes aparecia em sua porta quase que diariamente.

Marguerite Porter, sentada do outro lado de Victoria, agarrou a manga de sua roupa de renda cor-de-rosa.

— Diane Addington estava morrendo de vontade de se juntar a nós hoje, mas a mãe dela a proibiu. Ela disse que você é má influência, Vixen.

— Calada, Marguerite. Não é culpa dela — disse Lucy dando uma risadinha. — Minha nossa, se eu pudesse roubar um beijo do Lorde dos Pecados, teria feito a mesma coisa.

— É assim que vocês o chamam? — perguntou Victoria. — Viu? Vocês sabem de algo que eu não sabia.

— Bem, todo mundo sabe que ele é o pecado encarnado. Chamá-lo de "lorde" é mera formalidade.

— Ou lhe dá ainda mais renome. — Victoria suspirou e percebeu que tais suspiros haviam se tornado parte da sua rotina. — Independentemente da opinião da mãe de Diane, os Addington já aceitaram o convite para o casamento, Marguerite.

Ela se levantou e caminhou até a janela. Nem sinal de Lorde dos Pecados.

— Bem, ninguém quer perder essa cerimônia. É uma pena você não ter ido ao Almack's ontem. Todos estavam falando sobre o casamento.

Com o olhar fixo na rua, Victoria tomou outro gole de chá.

— Não posso ir a lugar nenhum a não ser que esteja acompanhada de meus pais ou meu noivo. Como se isso fizesse alguma diferença. Papai deve achar que planejo fugir.

— Você não pensa nisso, não é? — Lucy olhou para ela, angustiada. — Seria horrível se você fosse embora de Londres.

— É claro que não. O que eu faria? Iria a um país qualquer, sozinha e sem dinheiro?

Ela já tinha pensado naquilo, mas a ideia sempre lhe pareceu egoísta e inútil. Independentemente das ideias do pai, Victoria prezava pelo nome da família tanto quanto ele. Uma vida de exílio não estava em seus planos. Pensaria em outra solução, nada tão drástico ou permanente.

Marguerite deu de ombros.

— Fico feliz por não ter minha vida arruinada por ele — suspirou ela. — Sinclair é maravilhoso, mas ouvi dizer que ele *morou* por seis meses em um bordel em Paris.

— Marguerite, você não está ajudando — Lucy a repreendeu.

Uma carruagem surgiu na entrada da propriedade, e Victoria não conseguiu assimilar a resposta de Marguerite. Uma figura imponente, trajando peças de camurça, casaco e colete pretos, um chapéu marrom de pele de castor e botas perfeitamente lustradas saiu da carruagem e caminhou em direção aos degraus da frente como se não estivesse sete minutos atrasado. Os dedos de Victoria começaram a tremer, e ela pousou a xícara no parapeito da janela antes que a deixasse cair.

Aquela situação era ridícula. Embora Sinclair Grafton estivesse arruinando sua vida — com a ajuda dela, ainda por cima —, Victoria estava ansiosa para que passassem um tempo juntos. Ainda que ele se preocupasse apenas consigo mesmo, ela ficava trêmula e nervosa em sua presença.

Não demorou até que Timms batesse à porta da sala de estar.

— Lady Victoria, lorde Althorpe está aqui para vê-la.

— Certo, muito obrig...

Sua resposta foi interrompida pela chegada de Althorpe, que entrou sem cerimônia no cômodo onde elas estavam.

— Bom dia, lady Victoria — disse ele, ignorando as outras moças ao se aproximar dela.

— Boa tarde, milorde — respondeu ela, gesticulando na direção das amigas. — Você já conhece a srta. Lucy Havers, e esta é a srta. Porter. Mar...

O marquês pegou sua mão e levou-a aos lábios.

— Você percebeu — murmurou ele.

— Percebi o quê?

Sua boca curvou-se em um sorriso sedutor.

— Que estou atrasado.

Victoria corou. Ela só quisera repreendê-lo, não deixar que ele percebesse que estava aguardando sua chegada. Ao puxar a mão, novamente apontou para suas convidadas.

— Você também percebeu, mas não se esforçou para remediar seu erro. Marguer...

— Meu atraso, você quer dizer.

Ela pigarreou.

— Pare de me interromper. Marguerite, conheça o lorde Althorpe.

Em uníssono, as jovens fizeram uma reverência.

— Milorde.

Ele manteve seu olhar em Victoria por mais um momento, e então cumprimentou suas amigas.

— Lady Lucy, lady Porter. Peço desculpas, mas minha carruagem só tem um assento disponível.

— E não esperava que você viesse — interrompeu Victoria antes que Sinclair fosse rude a ponto de pedir que suas amigas fossem embora. Apesar das interrupções, ele prestara atenção nos nomes de suas amigas e em tudo o que ela dissera. — Eu as chamei para não ficar sozinha o dia todo. Como você sabe, sou uma prisioneira.

A expressão de Althorpe se alterou por um segundo, mas ele logo abriu seu sorriso provocante.

— O que me diz de quebrarmos essas amarras? Vamos dar um passeio.

— Todas nós? — Marguerite empolgou-se.

— Ora, e por que não? — Ele deu de ombros. — O dia está agradável, e não quero privar lady Victoria da companhia de suas amigas.

— Talvez elas não queiram ser vistas com *você* — sugeriu Victoria, franzindo a testa. Afinal, ele deveria *levar apenas ela* para passear.

— Vix, não seja dura — murmurou Lucy, parecendo constrangida.

— Bem, minha vida já está arruinada, e ele não pode se casar com todas nós — disse ela.

— Hum. Três não me parece é má ideia — brincou ele, com um sorriso malicioso que emoldurava o rosto.

Victoria teve que se concentrar para não se deixar levar por aquele sorriso atraente.

— Sim, mas isso significa que você precisará encontrar mais oito cavalheiros para nos acompanhar — disse ela, fungando e tentando ignorar a gargalhada rouca de Althorpe. — Não se sintam obrigadas a nos acompanhar. Ele está atrasado, então a culpa é dele.

— Ah, não, acho que será divertido. — Lucy deu uma risadinha.— Nós quatro faremos uma bagunça e tanto.

— É assim que se fala! — comemorou o marquês.

— Eu… tenho que… encontrar minha costureira — gaguejou Marguerite, recuando como se Althorpe fosse se transformar em uma pantera e atacá-la. — Lamento não poder ir com vocês.

— Mande lembranças à sua mãe — gritou Victoria enquanto a amiga desaparecia pela porta da sala.

— Vamos, senhoritas? Acho que caberemos na carruagem se nos apertarmos um pouco.

— Ai, Deus — disse Lucy, reprimindo outra risadinha.

Com um suspiro, Victoria pegou o braço de Lucy e a conduziu em direção à porta.

— Vamos logo com isso, então.

As duas pegaram os chapéus e as sombrinhas com Timms e desceram a rua em direção ao Hyde Park na companhia do marquês. Althorpe parecia satisfeito em caminhar atrás das duas jovens, mas Victoria ficou agarrada ao braço de Lucy para o caso de ele tentar se colocar entre elas.

— Você não deveria estar andando com ele? — sussurrou Lucy.— Vocês estão noivos, afinal.

— Assim está bom — respondeu Victoria, alto o suficiente para que ele ouvisse. — Ainda torço para que meu pai volte a si e acabe com essa insanidade.

No fundo, ela queria caminhar ao lado dele, roçar o braço no dele, apoiar-se naquele corpo forte, ser o objeto de sua atenção. Queria que ele dissesse coisas escandalosas para ninguém mais além dela. E era exatamente por isso que se recusava até a olhá-lo.

Quando analisou a situação, percebeu convidar as duas senhoritas havia sido uma grosseria da parte dele. Ao que parecia, ele queria estar na companhia de qualquer uma, e Victoria, apesar de se sentir estupidamente atraída por ele, desaprovava essa atitude. Se de fato precisasse se casar com ele, decidiu que não toleraria aquilo.

—⟋⟍—

Sinclair não fazia ideia de que ela tinha planos de endireitá-lo. Quando entraram no Hyde Park, ele estava alguns passos atrás das duas moças, dividindo sua atenção entre a conversa animada e a variedade de pedestres e veículos que também aproveitavam a tarde. Ele precisava ter acesso àquelas pessoas, e aquela jovem adorável que fingia ignorá-lo era a melhor via para isso. Naquele momento, no entanto, Victoria não parecia querer ficar sozinha com ele.

Teria sido ótimo se Marguerite Porter tivesse decidido se juntar a eles. Seu tio era o visconde de Benston, um conhecido de Thomas. Ficara evidente que a srta. Porter estava fugindo de escândalos, mas Sin podia esperar. Se tinha aprendido algo trabalhando com Sua Majestade era a ter paciência. Marguerite e Vixen eram amigas, então, enquanto seu relacionamento com Victoria continuasse, voltaria a encontrar a srta. Porter.

— Você está muito quieto aí atrás — disse Victoria, com o rosto escondido pela sombrinha.

— Estou apreciando a vista — respondeu ele, baixando o olhar para contemplar seu traseiro esguio e arredondado.

Lucy se virou para olhá-lo.

— Muita coisa mudou desde a última vez que esteve em Londres?

— Notei alguns cadeados a mais nas portas, mas isso pode ser por minha causa. — Aproveitando a oportunidade, Sin apressou o passo e deu o braço para Lucy. — Então diga-me, srta. Havers, quantos corações minha noiva partiu?

— Ah, centenas.

— Lucy! Pare de fofocar!

Ele se inclinou para trás, tirando Lucy de seu campo de visão, e, com um dedo, empurrou a sombrinha de Victoria para baixo para que pudesse olhá-la nos olhos.

— Chumbo trocado não dói. Você faz tanto alarde sobre a minha reputação, mas não sei nada sobre a sua.

Ela semicerrou os adoráveis olhos violeta.

— Então talvez você não devesse ter me beijado.

— Mas eu queria beijá-la. — Ao ver como ela corava, ele respirou fundo. *Minha nossa.* — E depois que nos casarmos, descobriremos os próximos passos do jogo da sedução. Na verdade, deveríamos...

— Desculpe interromper — disse Lucy, corando intensamente ao sair do meio deles —, mas têm certeza de que esta é a terceira vez que... conversam?

Sinclair aproveitou a oportunidade para se aproximar de Vixen.

— Ora, lady Victoria, acha que estou abusando da intimidade?

— Está, sim. E, se você continuar tão perto, isso não nos ajudará em nada a escapar dessa armadilha horrorosa, se tivermos alguma chance.

— Estou perto demais? — disse ele, perguntando-se se ela estava consciente do próprio flerte, ou se atraía os homens naturalmente, como abelhas e uma linda flor. — Nenhuma mulher nunca reclamou da minha proximidade antes.

Ela apontou a sombrinha para o peito dele e o empurrou.

— Sim, perto demais.

Conforme os lábios dela se movimentavam, ele percebeu que queria poder prová-los outra vez. Ainda que aquilo não passasse de encenação da parte dela, Victoria era irresistível. Sem pensar muito, ele se aproximou ainda mais.

— Não se atreva — disse ela, colocando novamente a sombrinha entre eles.

Ele a desarmou, tirando o objeto de suas mãos antes que ela pudesse reagir.

— E por que não?

— Me devolva isso já!

— Por que não posso beijá-la?

Ela bateu o pé.

— Porque nós queremos evitar esse casamento, e não acabar com a possibilidade de fuga.

Em poucos dias, metade da cidade testemunharia aquela união, e ele precisava informá-la de que ele não planejava recuar. Ele lhe devia pelo menos isso.

— *Você* está tentando evitar esse casamento — disse ele calmamente. — Eu gosto da ideia.

— *O que disse?!* — exclamou ela, pálida.

— O que acham de continuarmos nossa caminhada? — sugeriu Lucy, olhando ao redor.

Sinclair fez o mesmo que ela e notou que os pedestres e as carruagens começavam a se virar em sua direção.

— Parece que atraímos uma plateia — murmurou ele, irritado; não por ser o centro das atenções, mas porque de fato desejava beijá-la.

— Não me importo com quem está olhando — retrucou Victoria. — Por que diabo você insiste em se casar comigo?

— Por que não insistiria? — Ele sorriu, grato por ter confiscado a sombrinha antes que ela tentasse estripá-lo com a arma. — Como eu disse, precisarei me casar logo mais. Você vem de uma boa família, é incrivelmente adorável, e já consegui a permissão de seu pai. Para mim, faz sentido.

Ela não pareceu lisonjeada ou contente com aquela afirmação. Na verdade, parecia furiosa.

— Na noite da festa de lady Franton — grunhiu ela —, jurei falar apenas com homens decentes. Pena que não mantive minha palavra. — Victoria girou nos calcanhares, arrastando Lucy com ela. — Tenha um bom dia, lorde Althorpe.

— E sua sombrinha, lady Victoria?

— Fique com ela.

Ele tirou o chapéu.

— Vejo você no sábado, então. Em nosso casamento.

Mesmo mantendo uma boa distância, Sinclair certificou-se de que as duas chegariam em segurança à Casa Fontaine. O mais preocupante em se casar com Victoria era a possibilidade de colocá-la em perigo, caso ele descobrisse que tinha sido o motivo do assassinato de Thomas.

Logo que as duas moças entraram na casa, a carruagem virou na Brook Street para buscá-lo. Sin sentou-se, jogando a sombrinha para o lado, e

Roman de pronto entregou-lhe as rédeas e se acomodou ao seu lado na estreita parte traseira do veículo. Sin estalou as rédeas e partiu.

— O que achou? — perguntou ele assim que o veículo dobrou a esquina.

— Bem, talvez você não seja tão lunático quanto eu pensava — disse o valete, contrariado. — Você é um tolo, mas ela... bem...

— É absurdamente atraente — completou Sin, dando um leve sorriso.

— Ela merece muito mais do que o canalha que você está fingindo ser. Era isso o que eu ia dizer.

— Você fala demais para um valete, um criado, seja qual for seu disfarce. Não entraremos nessa discussão novamente.

— Está certo disso, Sin? Talvez você a esteja colocando em pe...

— Perigo. Eu sei. É por isso que, depois de sábado, *você* será o anjo da guarda invisível de Victoria.

Ele podia sentir o olhar descontente do valete. Não existia outra saída, e Roman era uma das poucas pessoas em quem ele confiava para essa tarefa.

— E quem será o seu anjo da guarda enquanto eu estiver cuidando dela?

— O diabo não precisa de proteção, Roman.

O homem bufou.

— Diga isso para quem matou seu irmão.

— Não se preocupe, isso está nos meus planos.

No sábado de manhã, Victoria teria concordado em se casar com qualquer um apenas para que pudesse fugir de casa e do silêncio ensurdecedor de seus pais. Ela odiava ficar trancafiada e ser impedida de receber visitas de qualquer pessoa que não fosse Lucy — que, aliás, não aparecera nos últimos dois dias. Lady Stiveton insistia que na semana seguinte tudo estaria resolvido, como se aquele escândalo fosse desaparecer depois que o marquês de Althorpe colocasse um anel em seu dedo. O que mais a irritava era que sua mãe provavelmente estava certa.

— Isso é ridículo — murmurou ela ao se olhar no espelho.

— Sim, milady — concordou Jenny, tensa, enquanto apertava o espartilho do vestido de noiva que envolvia as costelas de Victoria.

— Mais forte, Jenny — ordenou Vixen enquanto fazia força para não ser puxada para trás. — Se eu não conseguir respirar e desmaiar, não poderei me casar.

— Bem, se você sumir com todos os sais aromáticos da cidade, talvez seu plano funcione — respondeu uma voz conhecida.

Victoria se virou e encarou a porta.

— Lex! — exclamou, correndo em direção a ela.

Alexandra Balfour, a condessa da Abadia de Kilcairn, retribuiu seu abraço caloroso.

— Ora, então é verdade! — disse ela, soltando Victoria e afofando uma das mangas de renda que havia amarrotado. — Você não poderia ter nos avisado antes? Lucien precisou se desdobrar para que conseguíssemos chegar a Londres a tempo. Nossa carruagem só chega amanhã!

— Esse casamento não foi decisão minha — respondeu Victoria, jogando-se na beirada da cama.

— Minha senhora, tome cuidado com seu vestido — protestou Jenny.

— Jenny, poderia nos dar alguns minutos a sós? — perguntou Alexandra, olhando para a criada e para Victoria.

Jenny fez uma reverência.

— Lady Victoria precisa estar na catedral às onze da manhã.

— Ela estará lá.

Assim que Jenny saiu do quarto, Alexandra sentou-se ao lado da amiga com uma expressão de "eu avisei". Victoria fez uma careta.

— Lex, poupe-me do seu sermão. Pelo menos não precisaram me trancafiar em um porão para que eu colaborasse.

Lex deu uma risada.

— Certo, já entendi. O que aconteceu?

— Tudo e, ao mesmo tempo, nada. Você escolhe. Beijei o marquês de Althorpe na festa de lady Franton. Todo mundo viu, então meu pai decidiu que eu tinha que me casar com ele.

— Por que você o beijou se corriam o risco de ser vistos?

Victoria caiu para trás na cama.

— Não sei! Ele é charmoso e…

— Victoria, você tem homens charmosos aos seus pés desde que completou 12 anos. Mas nunca decidiu beijá-los em uma festa dada por lady Franton.

— Foi ele que me beijou.

— Sei.

— Certo, confesso, sou uma tola. Foi por isso que o beijei — disse, antes de desferir um soco no colchão. — Vivo criando problemas sem querer. Sempre.

— Você age antes de pensar.

Victoria olhou furiosa para Lex, sem encontrar nenhum conforto naquelas palavras.

— Está querendo dizer que mereço isso? Porque, sinceramente, foi o que mais ouvi na última semana.

— Na verdade, minha intenção era dizer que, desde que nos conhecemos, na Academia da Srta. Grenville, e depois, quando fui sua tutora, você sempre liderou. Você não segue ordens, não faz o que não quer.

— Então você acha que quero me casar com Althorpe, o Lorde dos Pecados? Bem, eu não quero. Ele é impossível. Tem uma reputação pior que a minha e, no caso de Althorpe, ele escolheu esse caminho. Ele *quer* se casar comigo, mas só para se salvar do trabalho de realmente procurar uma noiva.

— Ele disse isso? — Alexandra a olhou com ceticismo.

— Sim. Com essas palavras.

Alexandra se levantou devagar.

— Então ele não merece estar com você, Vix. Mas agora é tarde para impedir tudo isso.

— Eu tentei evitar o casamento, mas não consegui. A não ser que eu fuja e me torne uma atriz ou algo do tipo…

— Imagino que isso seja possível.

Com uma expressão de pesar, Alexandra ajeitou a saia do vestido de Victoria.

— Não mesmo.

— Tudo o que posso dizer é que jamais imaginei que me casaria com Lucien quando o vi pela primeira vez. Eu me apaixonei por ele à medida que nos conhecemos. Se você se sente obrigada a continuar com isso, meu conselho é que dê a si mesma algum tempo antes de decidir não gostar de lorde Althorpe. Ele deve ser inteligente, ou não teria sobrevivido cinco anos na Europa com Bonaparte tumultuando por aí.

— Ele morou em um bordel por seis meses. — Victoria suspirou. — Vou me casar com ele, Lex, senão meu pai e o resto de Londres vão pensar que não me importo com o nome da nossa família. Mas não quero nem saber de Sin Grafton. Não a menos que ele prove ser muito melhor do que aparenta.

Alexandra deu um beijo em sua bochecha.

— Não perca a esperança, Victoria. Você vive me surpreendendo, talvez ele surpreenda você também.

— Espero que sim.

—⟶ᴍ⟵—

— Você ficou louco? — sibilou John Bates.

— É possível — admitiu Sinclair, virando-se para analisar sua gravata no espelho da penteadeira. — Esplêndido, Roman. Você se superou.

— Sim — grunhiu o valete. — Você tem que estar elegante para a forca.

— Sin, você *não pode* se casar! Não disse que ia evitar relacionamentos até que...

— Eu preciso dela.

— Precisa? Ou você a deseja?

— Isso também, mas...

— Então só a vire de costas e...

— Cale-se, Bates — disparou Sinclair. — Você está falando sobre minha futura esposa.

— Esposa daqui a vinte minutos, diga-se de passagem — provocou Roman. — Bates, onde está o Crispin? Talvez ele consiga dissuadir Sin desse absurdo.

— Você tem razão. Vou buscá-lo agora mesmo. Não saiam até eu voltar.

Sin fechou a cara. Ele ia se casar com Victoria Fontaine. Queria se casar com ela, e não apenas porque aquela união o ajudaria a encontrar o assassino. Ele não sabia por que ela o atraía tanto, mas também não podia negar a situação.

— Bates — disse Sinclair, obrigando-se a se acalmar. Ninguém conseguiria impedi-lo. Ele simplesmente não permitiria. — É provável que Thomas conhecesse a pessoa que o matou, então talvez o assassino esteja entre os conhecidos de lady Vixen Fontaine.

— E se algo acontecer com ela?

Sin deu de ombros.

— Não deixarei que isso aconteça. Ela conhece a escória da alta sociedade de Londres bem melhor do que eu. Não se preocupe. Quando tudo acabar, anularemos o casamento se ela assim desejar.

Mesmo tendo dito aquilo, Sinclair não gostava nada da ideia. Ele desejava Victoria Fontaine e, por mais estranho que parecesse, quanto menor era o interesse que ela demonstrava, mais forte se tornava seu desejo por ela.

A parte mais perigosa daquela loucura era que Sinclair queria que ela o desejasse também, e não apenas fisicamente. Não, ele queria que ela *gostasse* dele; um desejo quase impossível, a menos que estivesse disposto a lhe mostrar quem de fato era. Mas, como aquilo colocaria a vida dos dois em perigo, Sinclair se via enfiado no buraco mais fundo que já conseguira cavar.

— A menos que tenha decidido recobrar o juízo, é melhor irmos para a catedral de Westminster — disse Roman bruscamente.

Sinclair recorreu ao cinismo que praticara durante os últimos anos para reprimir uma súbita crise de ansiedade.

— Continuo achando que o espetáculo seria mais divertido se estivéssemos todos bêbados. Será que devo?

— Eu beberia — murmurou Bates.

— Não acho uma boa ideia, Sin — rebateu o valete. — O objetivo disso tudo é fazer os nobres gostarem de você sem que pareça uma ameaça para eles. Se você os envergonha, torna-se uma ameaça, e então, toda essa farsa terá sido inútil.

Sinclair concordou.

— Tem razão.

— Além disso — acrescentou Bates —, é bom que esteja sóbrio para testemunhar o maior erro da sua vida.

Um nervosismo frio e intenso o percorreu. Bates provavelmente tinha razão. Mas ele havia procurado aquilo, então não havia como voltar atrás. Sin forçou uma risada.

— Mais um para minha coleção. Se todos os meus erros fossem iguais a Vixen Fontaine, eu não me importaria de cometê-los. — Ele pegou suas luvas de pelica. — Roman, lorde Stiveton enviará os pertences da filha durante a cerimônia. Peça-os para colocar no quarto ao lado do meu e na sala de estar extra.

— Você vai contar para Milo? Ele não vai acreditar em mim.

— Já contei, mas quero que fique de olho nele hoje.

O valete suspirou.

— Certo. Seria bom se você confiasse em mais que quatro pessoas no mundo apenas.

Com outro sorriso, Sin deu-lhe um tapinha nas costas.

— Quem disse que confio em você?

Roman fez uma careta.

— Vou arrumar uma mala para você, caso mude de ideia — resmungou ele enquanto arrumava a penteadeira. — Era só o que me faltava, trazer uma raposa para uma casa que está cheia de cobras. Isso não faz o menor sentido.

Capítulo 4

Mais tarde, a única lembrança que Victoria guardaria de seu casamento seria o brilho. Brilho das contas, das pérolas e das pedras preciosas, que refletiam a luz dos vitrais cintilantes, e das centenas de velas que tremeluziam nos longos corredores. Ela não chegou a desmaiar, mas faltou apenas uma brisa mais forte para levá-la ao chão.

Todos estavam lá: o príncipe George, o duque de Wellington e até o duque de Monmouth, sorrindo gentilmente enquanto ela repetia entorpecida as palavras do arcebispo. Aquele evento parecia uma grande farsa. Os convidados não deveriam estar tão animados em comemorar aquela catástrofe.

Quando o arcebispo os declarou marido e mulher, Sinclair Grafton levantou seu véu, e ela pôde ver o brilho nos olhos cor de âmbar dele. Então o casamento o alegrava? Aquilo a trouxe de volta para a realidade, e ela fechou a cara.

— Não fique assim — murmurou ele, acariciando sua bochecha enquanto arrumava o véu. — Não vou decepcioná-la. — Ele se abaixou e, delicado como uma pluma, roçou os lábios nos dela.

Não era algo que ela imaginava ouvir de um libertino. Aquilo ficou ecoando em sua mente durante a recepção e o baile na Casa Fontaine. Se aquela era a forma dele de pedir desculpas, era muito pouco, e tinha vindo tarde demais.

— Você está lindíssima como noiva.

Ela se virou na direção daquela voz máscula e grave, temendo ouvir outra rodada de votos estúpidos de felicidade. Quando percebeu que os olhos cinzentos que a fitavam pertenciam a uma figura esbelta, forte e toda vestida de preto, ela relaxou e sorriu.

— Lucien.

O conde da Abadia de Kilcairn pegou sua mão e curvou-se sobre ela.

— Não sei o que contou para Alexandra, mas sei que ninguém consegue enganar você, Vixen. Qual é o seu plano?

Ela suspirou ao perceber que o marido estava do outro lado da sala conversando e rindo com alguns jovens que pareciam muito embriagados.

— Acho que finalmente fui enganada. Era questão de tempo, eu acho.

— Hum. Bem, lady Victoria, você ainda tem alternativas.

— Como assim?

Kilcairn deu de ombros.

— Se não está satisfeita, livre-se dele.

Victoria soltou uma risada sincera.

— Essa alternativa não é nada convencional, mas vou pensar no assunto.

Ele acenou com a cabeça, sorrindo brevemente, e então se aproximou.

— Considero você uma amiga, Victoria — disse Lucien em voz baixa. — Se precisar de qualquer coisa, fale comigo.

Ela inclinou a cabeça.

— Lex pediu que você fizesse isso?

— Não. Ela disse que você não estava confortável com a situação. Qualquer abordagem violenta é, exclusivamente, uma proposta minha.

Kilcairn nunca sugeria algo leviano ou impensado.

— Obrigada, Lucien — disse ela baixinho, erguendo o queixo —, mas acho que a situação está sob controle.

— Acho que ainda não fomos apresentados.

Movendo-se tão silenciosamente que Victoria nem o ouvira se aproximar, Sinclair pegou os dedos dela e os colocou em seu braço. Sua atenção, no entanto, estava voltada a Kilcairn. Se Vitoria acreditasse que Sinclair era capaz de nutrir qualquer emoção, teria jurado que ele estava com ciúme.

— Lorde Althorpe, este é o conde da Abadia de Kilcairn. Lucien, conheça lorde Althorpe.

Os dois homens eram tão parecidos que quase pareciam estar encarando um espelho, olhos âmbar encarando olhos cinza. Lucien, no entanto, já tinha feito paz com seus demônios e meneou a cabeça.

— Althorpe. Que bela noiva você conquistou.

— Concordo com você — respondeu Sinclair, frio como uma brisa de inverno.

Kilcairn, é claro, era feito de gelo.

— Espero que dê valor a isso. E a ela.

Os olhos de Sinclair se estreitaram. Antes que começassem a se digladiar, Victoria colocou-se entre eles.

— Acho que não precisamos de mais hostilidade, senhores.

Com um olhar divertido, Lucien inclinou a cabeça.

— Muito bem. Sem sangue derramado na festa de vocês. Aproveite seu dia, Althorpe.

Respeitando o desejo de Victoria, Sin esperou até que o conde passasse pela porta que ligava o salão de baile à sala de estar do andar de cima.

— Quem era aquele? — questionou ele, virando-se para ela.

— Já disse — informou Victoria, surpresa com a pergunta. — Era lorde Kilcairn. Lucien Balfour.

— Um de seus antigos pretendentes?

— Você *está* com ciúme?

Ele piscou.

— Só quero conhecer meus adversários.

— Lucien não é seu adversário. — Victoria se afastou dele. — É bom saber, no entanto, que você espera que eu comece a ter um caso bem no dia do nosso casamento.

— Você dev...

— Obrigada por pensar tão bem de mim — continuou ela, sentindo cada vez mais raiva e frustração. — Você claramente me julga através de seus próprios olhos, milorde.

Althorpe aguardou um momento antes de falar.

— Acabou?

— Sim. Não há mais o que ser dito.

— Então acho que você deveria me chamar de Sinclair. Se preferir, Sin.

— Eu prefiro — disse ela, com a mandíbula cerrada — que você não me insulte e mude de assunto logo depois, milorde.

Mais uma pausa quase imperceptível.

— Entendi. O que acha de dançar comigo?

Victoria não queria dançar com ele. Estava ansiosa, na dúvida se deveria nocauteá-lo e fugir dali ou então cair em seus braços e fazê-lo cumprir as promessas de sedução e prazer.

— Não tenho escolha — respondeu ela, segurando a mão que ele estendia em sua direção.

A orquestra, como não poderia deixar de ser, começou uma valsa. Quando Sinclair a puxou para a dança, ela sentiu o mesmo magnetismo da noite em que se conheceram.

— Você está nervosa? — perguntou ele, puxando-a para perto.

— Por que eu estaria? Estou acostumada a valsar.

— Você está tremendo — apontou ele. — Está ansiosa com o desfecho desta noite?

Ela adorava pessoas autoconfiantes, mas aquilo beirava a arrogância. Victoria cerrou os dentes.

— Você, mais do que todos os que estão presentes aqui, sabe que este casamento é uma farsa. Não haverá "desfecho" algum. Ao menos não aquele que você espera.

Por um longo momento, os dois dançaram em silêncio pela sala.

— Você me detesta tanto assim? Parecia gostar de mim na semana passada.

— Querer beijar você e querer conversar com você são coisas muito diferentes.

Sinclair não teve dificuldade em entender aquele comentário.

— Você quer me beijar. Eu quero beijá-la. Nesse caso, a conversa fica em segundo plano.

Ela corou novamente. Por Deus, havia muito ela não ficava corada daquela maneira.

— Acredito que, via de regra, as mulheres gostam da sua atenção. Afinal, você admitiu que é um libertino bem-sucedido. Caso contrário, você seria apenas um tolo.

Pelo modo como os olhos de Sinclair brilharam, Victoria percebeu que o comentário não lhe agradou.

— Não sou tolo, Victoria. Tolos foram aqueles que deixaram-na escapar. Quero você na minha cama.

Victoria sorriu para ele.

— Você sem dúvida pagou um preço bem alto para conseguir isso, Sinclair, mas *não* vai acontecer.

Ele retribuiu o sorriso, desestabilizando-a. Uma deliciosa corrente de arrepios começou a descer por sua espinha. E, a julgar pela forma como aqueles olhos cor de âmbar a observavam tão de perto, ele percebeu.

— Você sabe que, mais cedo ou mais tarde, isso vai acontecer — disse ele. — Acho que essa ideia lhe assusta um pouco.

— Você definitivamente não me assusta, milorde.

— Sinclair — corrigiu ele baixinho.

— Sinclair — repetiu ela. Pareceu certo aquele nome em seus lábios, e ela sentiu que estava prestes a perder uma batalha que até então não percebera que travava dentro de si. — É muito fácil conversar com os homens — disse Victoria, esperando que o súbito desespero que a percorria não transparecesse em sua voz. — Basta elogiá-los.

— Eu não preciso ser elogiado. É por isso que a deixo nervosa. Eu só quero conhecê-la.

— Sim, quer entender como eu reajo a *você*.

— Você não me conhece tão bem quanto pensa.

A valsa acabou e ela começou a se afastar, tremendo de alívio.

— Isso é o que você acha.

Aquilo deveria tê-lo afastado, mas ele não tirou suas mãos fortes e firmes de sua cintura. Em vez disso, olhou para a orquestra e ergueu uma sobrancelha sarcástica. Antes que ela pudesse dizer que eles nunca tocariam duas valsas seguidas, eles iniciaram outra.

— Você não pode dançar comigo de novo.

— Eu *estou* dançando com você de novo. Ninguém vai nos impedir. Acabamos de nos casar, lembra? Além disso, você me desafiou.

— Não fiz nada disso.

— Você disse que só quero conhecê-la sobre o que me convém.

— Não, eu...

— De certa forma, você está certa — ponderou ele —, porque saber mais sobre você é uma grande vontade minha. Então, faça a minha vontade. Conte-me algo sobre você.

Ela reuniu indignação o suficiente para responder:

— Eu não gosto de você.

A risada suave de Sinclair percorreu todo o seu corpo.

— Algo que não tenha a ver comigo, querida.

Ele parecia estar adorando aquilo. Victoria cerrou a mandíbula. Eles concordavam que ele não era tolo, mas ela certamente estava agindo como tal.

— Então sugiro que *você* escolha o assunto.

— Muito bem. — Ele olhou ao redor com uma expressão pensativa. — Ah. Seus amigos. Conte-me sobre seus amigos. — Gesticulando com a mão que repousava em sua cintura, apontou para o homem atarracado e de queixo quadrado que valsava com Diane Addington. — Aquele, por exemplo. Por que ele veio ao seu casamento?

Ela olhou na direção que ele apontava.

— Não sei. Não gosto dele.

— E por que não?

— É o visconde Perington. Ele afoga gatinhos.

— Claramente não é um santo, mas também não é um criminoso.

— Para ele, não importa de quem são os gatinhos. E ele conta cada um deles.

— Então por que ele foi convidado?

— Meus pais o chamaram. Ele me pediu em casamento alguns meses atrás e ficou profundamente ofendido quando recusei.

A expressão de lorde Althorpe ficou séria.

— Talvez seus pais só quisessem mostrar que não há ressentimento entre vocês.

— Não. Eles querem mostrar a ele como eu fiz uma péssima escolha, para diverti-lo. Assim, ele não recusará a oferta de meu pai de adicionar a cerâmica da nossa família aos produtos que ele exporta. Preciso continuar?

Sinclair não parecia nada entediado; seus olhos ardiam com a mesma intensidade que ela vira na valsa anterior.

— Por favor. Estou adorando. Quem é aquele esquisitão com a gola desarrumada perto da mesa de bebidas?

Por mais inusitado que fosse seu interesse, por algum motivo ela acreditava nele. Todo o magnetismo entre eles não diminuía seu nervosismo, mas causava uma antecipação implacável, que ela jamais sentira.

— Ramsey DuPont. Ele também me pediu em casamento.

— Espero que, na ocasião, ele não estivesse vestindo aquele casaco.

— Olha, é bem provável que sim. Verde-limão é sua cor favorita. De acordo com ele, o favorece.

— E você o rejeitou por que tem mau gosto para moda?

— Eu o rejeitei porque não gosto dele.

— Pode ser mais específica?

Ela esboçou um sorriso.

— Está tentando evitar os erros que eles cometeram?

— Não, isso me tornaria parte dessa conversa — disse ele, sem hesitar. — Só estou curioso.

— Não consigo ser mais específica. Ele foi presunçoso, como se soubesse que eu aceitaria o pedido.

— E como ele reagiu à negativa, então?

Ao contrário da maneira como reagira à Lucien Balfour, Sinclair não parecia nada enciumado ao perguntar sobre seus pretendentes anteriores. Victoria decidiu entrar no jogo.

— Não muito bem. Aliás, estou surpresa com a presença dele. Talvez queira fazer uma cena.

A expressão de Sin não mudou.

— Isso seria interessante. Só uma cena? Nada mais escandaloso, talvez? Apenas escarcéu e gritaria?

— É provável que sim. Por quê? Você esperava algo mais extremo?

Seu sorriso sombrio reapareceu.

— Gosto de me preparar.

Ela também. Enquanto Sinclair aprendia vários fatos insignificantes sobre ela, Victoria ainda não sabia nada sobre ele.

— Sua avó é muito charmosa. Seu irmão também. Christopher, não é?

A valsa terminou, mas ele não a soltou. Em vez disso, levou-a até a mesa de bebidas.

— Sim. Estou surpreso que você nunca os tenha conhecido, afinal, era amiga de Thomas.

Mais ciúme. Lucien e Thomas representavam ameaças, mas, aparentemente, Perington e Ramsey, não. Hum, interessante. Aquilo a levou a pensar se ele *de fato* sentia ciúme, e se ele lançava aquele seu intenso olhar âmbar a outras mulheres. Era provável que sim e, a julgar pela reputação que ele tinha, continuaria a fazê-lo.

— Eu os conheci no funeral e expressei minhas condolências. Na ocasião, conversar não me pareceu apropriado.

O olhar dele se aguçou novamente.

— Você foi ao funeral?

— Quase toda a alta sociedade foi. Por que você não estava lá?

Antes que ele pudesse responder, Lucy Havers apareceu para cumprimentá-la.

— Você é a noiva mais linda que já vi — elogiou ela. — Diane disse à mãe dela que quer se casar com um vestido igual ao seu. Eu disse que, até lá, já estaria ultrapassado.

— Isso explica a quantidade de vinho que ela bebeu — disse Sinclair secamente.

Victoria ficou surpresa ao saber que ele tinha reparado ou mesmo que soubesse quem era Diane Addington.

— Obrigada, Lucy.

— Ela não devia tê-la abandonado na semana passada. Não sinto a menor empatia por ela.

— Nem todo mundo tem pais tão compreensivos — respondeu Victoria, ressentida, olhando para os pais, que pareciam alegres pelas congratulações que vinham recebendo durante toda a recepção.

— Onde vocês vão passar a lua de mel? — perguntou a amiga. — Esqueci de perguntar!

— Lugar nenhum — disse Sinclair, pegando um copo de ponche oferecido por um criado. — Acabei de voltar a Londres, então tenho assuntos a tratar.

Victoria deu um passo em falso e teria tropeçado se não tivesse segurado o braço de Sinclair. Ela não estava surpresa. Estava decepcionada, isso sim. Decepcionada.

— Poxa. Eu disse a Diane que vocês iam à Espanha.

— Ah, certamente iremos quando for possível — respondeu Victoria, constrangida.

Lucy sorriu.

— Claro que sim.

Enquanto sua amiga corria para contrariar Diane Addington ainda mais, Victoria soltou-se do braço de Althorpe.

— Você poderia ter me avisado.

— Sobre o quê?

— Sobre nossos planos. Ou a falta deles.

A expressão cautelosa dele ficou mais defensiva.

— Foi você quem disse que eu deveria encarar esse casamento como uma farsa.

Maldição, ele tinha razão.

— Isso era entre nós.

— Ah. Então todo mundo deveria acreditar que nos apaixonamos perdidamente à primeira vista?

Pelo menos ele era bom com sarcasmo.

— Isso mesmo. Essa era a intenção.

— Então, dê-me novamente seu braço.

— Você não precisa me tocar para que acreditem que gostamos um do outro.

— Querida, eu nunca pautei minhas atitudes pelos julgamentos de terceiros.

Ela estava prestes a devolver na mesma moeda quando viu que lorde William Landry se aproximava com um sorriso cínico no semblante embriagado.

— Quanto tempo temos que ficar aqui? — perguntou ela, tensa.

— Achei que estivéssemos nos conhecendo.

— Já o conheci o suficiente por hoje.

Ele hesitou.

— Então, vamos para casa.

Casa agora era a Casa Grafton, é claro. Talvez fosse melhor ficar mais um tempo na recepção. Victoria respirou fundo. Seus pertences já não estavam mais ali, e houvera tempo de sobra para que seus pais lutassem por sua permanência, se assim o quisessem.

— Vamos.

Ele pegou-a pela mão mais uma vez, e os dois fugiram de Landry com facilidade. Em vez de ir até seus sogros para uma despedida formal, Sin conduziu Victoria pelo salão de baile até a porta principal.

— Timms — disse ele em voz baixa —, peça ao cavalariço que traga minha carruagem.

O mordomo hesitou.

— Claro, milorde. Mas não…

— Agora.

O criado fez uma reverência.

— Imediatamente, milorde.

Eles seguiram Timms escada abaixo e esperaram no saguão enquanto ele chamava o cavalariço. A música tocava alto no salão de baile do andar de cima; sem dúvida, os convidados ainda não haviam percebido que os noivos não estavam mais presentes.

De acordo com Alexandra e Lucien, o casamento não teria acontecido se Victoria realmente não quisesse. Ela estudou o rosto de Sinclair. Estivera, sim, entediada, inquieta e insatisfeita, mas se casar com um hedonista inveterado não parecia ser a solução para seus problemas.

Parte dela, no entanto, queria saber o que aconteceria a seguir. Algo em Sin Grafton a atraíra para o jardim naquela noite, e essa mesma coisa a impedira de fugir daquele casamento. A questão era se aquilo que ela supôs ser um desejo físico e avassalador compensaria os sonhos de liberdade e independência que ela havia deixado para trás.

O visconde Perington, Ramsey DuPont e Lucien Balfour. Os dois primeiros já eram suspeitos, e Sinclair não hesitou em incluir o terceiro. Vixen os conhecia, sabia coisas sobre eles que ele não, e nada do que ela dissera era motivo para removê-los de sua lista. Muito pelo contrário. Sinclair olhou para a esposa, sentada tão longe dele quanto os limites da carruagem permitiam.

Pela primeira vez na vida, ele não sabia muito bem o que fazer. No passado, pessoas que ele envolvera em seus esquemas e de quem arrancara confissões foram dignas de sua pena, mas nunca de sua compaixão. Mas não era nada fácil se convencer de que Victoria Fontaine — ou melhor, Victoria Grafton — merecia toda aquela situação.

— Seu pai enviou o restante de seus pertences durante a cerimônia — disse ele, estranhando vê-la quieta e reservada.

— Eu sei. Onde vou dormir?

Ele já imaginava que ela não mudaria de ideia sobre a noite de núpcias, mas torcia por um milagre. Se não tivesse mencionado que a lua de mel estava fora dos seus planos, talvez houvesse uma chance.

Sin franziu o cenho na escuridão, mas mudou sua expressão quando percebeu que ela olhou em sua direção, antes de voltar a encarar a janela. Ele precisava estar em Londres, então não podiam a lugar nenhum. Nem passou pela cabeça dele que talvez ela quisesse ser consultada sobre o assunto. Sentia que se tornava cada vez mais grosseiro, não importava o que fizesse. Aquilo não era nenhuma surpresa, decerto, apenas mais uma decepção para os envolvidos.

— Não há nada que eu possa fazer para convencê-la a se juntar a mim? — ele propôs, pois sabia que era o que ela esperava ouvir.

Victoria o encarou.

— Não. Você poderia me obrigar, é cl…

— Não farei isso — ele a interrompeu categoricamente. — Seria contra os meus princípios. — Ele disse aquilo com a intenção de tranquilizá-la, mas o olhar curioso que ela lhe lançou deu a entender que havia revelado algo. — O que foi?

— Dada a sua pressa em se casar e assumir os deveres de seu título, presumi que pretendia constituir família. Afinal, você disse que esse casamento seria "conveniente" para você.

— Eu gosto de desafios.

Ela sorriu.

— Será um prazer desafiá-lo.

— Por Deus — murmurou ele, impressionado, apesar dos potenciais problemas que aquilo implicava. — Posso ser muito persuasivo, Victoria. Eu quero você. Quero provar seus lábios novamente.

Victoria corou.

— Você não irá prová-los tão cedo, milorde.

— Sin — murmurou ele. — Ansiarei pelo que o futuro reserva, então.
— Ele recostou-se. — Você ficará no quarto ao lado do meu. A porta tranca dos dois lados. Você terá a chave.

— E você também terá essa chave?

Ele negou com a cabeça.

— Logo você me convidará para uma visita.

A carruagem parou de repente. Em geral, em poucos segundos um criado abriria a porta, mas Sinclair imaginou que a chegada deles causara um caos significativo na casa. Quase trinta segundos se passaram até que Orser, ofegante, escancarasse a porta e abaixasse a escada.

— Não os esperávamos tão cedo, milorde — explicou ele.

— Imaginei.

Sinclair havia instruído a equipe a se reunir na entrada para dar as boas--vindas à nova dona da casa assim que ela chegasse. Quando ele pisou no chão e se virou para pegar a mão de Victoria, ficou satisfeito ao ver que seus 22 funcionários tinham corrido para formar uma fila.

— Mal cheguei e já estou causando o caos — murmurou Vixen.

Ele sorriu, guiando-a em direção ao início da fila.

— Nós prosperamos com o caos. Eu prospero, pelo menos.

— Isso é o que veremos, milorde — disse ela, soltando a mão dele e avançando por conta própria.

Ele pensou que os olhares curiosos de tantos empregados deixariam sua noiva nervosa, mas ela apenas acenou com a cabeça educadamente e parou diante de Milo. De qualquer modo, aquela postura fazia sentido; ela estava bem mais acostumada ao rebuliço da elite londrina do que ele.

— Milo — disse ele, e o mordomo deu um passo à frente. — Victoria, esse é Milo, nosso mordomo. Milo, tenho o prazer de apresentar-lhe a marquesa de Althorpe.

O mordomo fez uma reverência.

— Lady Althorpe.

Sinclair ficou para trás, observando enquanto Milo apresentava Victoria aos empregados principais. Ele os conhecera da mesma maneira algumas semanas antes. Naquele momento, porém, e apesar da pressa, eles pareciam menos desconcertados. Afinal, Victoria não estava ali para substituir um patrão amado como ele havia feito. Ela não estava sendo recebida com hostilidade por não conseguir honrar a reputação de outra pessoa. Aquela constatação o deixou aliviado. Victoria estava prestes a enfrentar muita coisa por causa dele e não merecia lidar com afrontas dos criados.

Roman, é claro, não se juntara aos demais empregados; estava dentro da casa, à espreita, atento a outras pessoas à espreita. Além disso, talvez estivesse ocupado se apresentando para a criada de Victoria, que também não estava ali.

— Obrigado, Milo — disse Sinclair, dando um passo à frente quando a recepção terminou.

— Muito bem. O senhor e lady Althorpe jantarão em casa hoje à noite?

Ele achou que seria demais, até para ele, se passasse a noite revisando a lista de suspeitos e informações com seus colegas. Além disso, eles provavelmente ainda estavam na recepção procurando por pistas.

— Sim.

Eles subiram os degraus da entrando e ele parou, admirando sua pequenina noiva.

— Devo pegá-la no colo e levá-la até a soleira, querida?

As bochechas de Victoria coraram, e ele não sabia se por nervosismo ou aborrecimento.

— Não. Não precisa.

— Bem, você primeiro.

Escondendo sua frustração, ele indicou a porta de entrada da casa. Ela naturalmente tinha poucos motivos para apreciar o interesse dele e, na verdade, aquilo simplificava as coisas. No entanto, era sua maldita noite de núpcias, e ele a desejava cada vez mais.

Com uma hesitação tão discreta que ele poderia estar imaginando, ela adentrou a Casa Grafton. Ao observá-la avaliando o piso escuro bem polido e a madeira elegante que revestia o saguão, ocorreu a Sinclair que, apesar de conservador, Thomas fora um homem muito refinado. A Casa Grafton era a representação de tudo aquilo.

— A sala de convivência está à sua direita — disse ele, gesticulando para a porta mais próxima —, e a sala de estar do andar de baixo, guarnecida com os melhores conhaques da coleção de Thomas, fica ao lado. Logo depois...

— Acho que gostaria de ir para o meu quarto para descansar um pouco — interrompeu ela.

O murmúrio dos empregados atrás deles se intensificou. Lá se ia o plano de apresentar uma fronte unificada.

— Claro, por aqui. — Reprimindo um suspiro, Sinclair liderou o caminho para a escada curva. — Decidiu espalhar aos quatro ventos que nosso casamento não passa de uma farsa? — murmurou.

— Apenas disse que estou cansada.

— Tem certeza de que não está tentando se esconder? Você disse que eu não conseguiria chocá-la.

— E não consegue mesmo. — Ela parou no topo da escada, e ele se virou. — Me esconder implicaria que tenho medo de você, e não tenho — disse ela secamente.

Ele se aproximou.

— Ótimo. O jantar será servido às oito, a não ser que você tenha alguma ideia mais… interessante em mente.

— Hum. Não consigo pensar em nada. Encontre algo para fazer enquanto isso.

Victoria, ainda usando seu delicado vestido de noiva de seda e renda, estendeu a mão, num gesto que parecia mais vulnerável do que desafiador. Ele queria arrancar os grampos de seu cabelo e enterrar as mãos entre os fios.

— Pode me dar a chave?

Sinclair piscou.

— Você não está brincando.

— E por algum momento pareceu que eu estava?

Ele balançou a cabeça, divertido. O habilidoso espião fora ludibriado por uma pequena criatura que nem sequer chegava a seu ombro.

— Não.

Sinclair pôs a mão no bolso e pegou a chave. Relutante, colocou-a na mão dela, usando seus dedos para fechá-la.

— Não vou te machucar, Victoria — garantiu ele baixinho, esperando que aquilo fosse verdade. — Não sou uma pessoa desprezível.

Por um momento, ela o encarou em silêncio, enquanto ele se esforçava para parecer inofensivo.

— Espero que não — disse ela com a voz embargada.

Sin continuou guiando-a pelo corredor.

— Esses são seus aposentos. Meu quarto fica logo ao lado.

— Muito bem. Obrigada, milorde. Sinclair.

— Não há de quê. E não pense que precisa ficar trancada em seu quarto. Agora esta casa também é sua.

— Você acha que pretendo fugir?

Ele sorriu.

— Bem, você não o fez até agora.

Ele parecia disposto a passar o resto do dia naquele corredor conversando com ela. Parte dela — a parte que tentou se convencer de que aquilo não era uma farsa ou um pesadelo, mas algo que ela um dia quisera — também estava disposta a ficar ali. Mas a racionalidade, a falta de sono e o nervosismo a derrotaram, então, com um sorriso amarelo que ela esperava pelo menos parecer sincero, Victoria entrou em seu quarto e fechou a porta. Ela se assustou quando algo encostou em seus tornozelos.

— Senhor Baguete — murmurou ela, ajoelhando-se —, você quase me matou do coração. O que está fazendo aqui?

— Ele não quis ficar na casinha, milady — explicou Jenny, entrando no quarto por um cômodo adjacente. — Imaginei que lady Kilcairn pudesse cuidar dele enquanto a senhora e lorde Althorpe estiverem fora.

— E deixá-lo com Shakespeare, aquele cachorro malvado, que está louco para arrancar as orelhas do meu tesouro? — Victoria pegou Senhor Baguete no colo, aquela graciosa bolinha de pelo cinza e preto, e ficou de pé. — Não vou sujeitar meu gatinho a isso.

— Será que Milo pode cuidar dele? Ou talvez a srta. Lucy possa fazê-lo — continuou Jenny. — Como pediu, deixei seus pertences prontos, mas não consegui escolher um vestido para a viagem.

Victoria olhou para os dois grandes baús sob a janela.

— Não será necessário. Nós ficaremos em Londres.

— Mas...

— Jenny, ele acabou de voltar para a Inglaterra. Por que iria querer voltar para o continente com uma esposa que mal conhece?

Senhor Baguete pulou de seus braços para a cama espaçosa.

— Ora, porque ele acabou de se casar.

— Isso dificilmente atrapalhará sua vida social. — Ela respirou fundo, sabendo que estava soando abandonada. — Ou a minha.

— Devo mandar buscar seus demais tesouros, milady?

— Por favor. Meus pais, sem dúvida, agradecerão. — Ela coçou a cabecinha do Senhor Baguete, e ele ronronou. — Além do mais, preciso de companhia.

Jenny pigarreou.

— Bem, pelo menos a casa de lorde Althorpe dispõe de muitos cômodos — disse ela. — Parece que finalmente teremos espaço suficiente para todas as suas roupas. — Ela fez uma pausa. — Bem, espero que sim.

— Dentre todos os motivos para se casar, acho que esse é um dos melhores. Vamos, Jenny, quero conhecer meus novos aposentos.

Sua empregada estava certa; o marquês lhe concedera não apenas o quarto e um closet, mas uma sala de estar particular e um pequeno solário com uma varanda e janelas que iam até o chão. As plantinhas pareciam terrivelmente malcuidadas e sem dúvida estavam sendo negligenciadas desde a morte de Thomas. Ela não tinha muita experiência com jardinagem, mas passear pela sala arejada e bem iluminada não faria mal algum.

A passagem entre o solário e a sala de estar parecia reformada, e o que mais lhe agradou em seus aposentos era que podia ir da cama até a varanda sem precisar encontrar ninguém. Lorde Althorpe lhe dera espaço e privacidade, algo que teria sido fantástico e atencioso se ela gostasse de ficar sozinha. Infelizmente, como seu pai sempre lamentava, ela era a criatura mais sociável de Londres.

Victoria voltou com Jenny ao seu quarto para tirar o vestido de noiva. Havia uma outra porta do lado oposto do closet, e ela a encarou. Os aposentos *dele* ficavam do lado de lá daquela parede. Ficou tentada a mexer na porta apenas para ver se havia mesmo uma tranca, mas talvez não houvesse e ele estivesse lá, e ela não se sentia pronta para vê-lo de novo tão cedo. Mal conseguia conversar quando ele estava perto e, bem, comunicar-se nunca fora seu ponto fraco.

Lentamente, pegou a chave e a examinou. Sinclair nunca quisera lhe dar aquela chave, mas, mesmo assim, o fizera. Também declarara que ela não a usaria por muito tempo. Respirando fundo, Victoria colocou a chave na fechadura e a girou. O clique não foi tão satisfatório quanto ela esperava, mas funcionou.

— O azul de musselina ou o verde de seda, milady?

Ela voltou à realidade.

— Como? Ah, acho que prefiro o verde. Não sei quão formal preciso estar na primeira refeição com meu cônjuge, mas, de qualquer forma, prefiro estar bem-vestida a despida.

A criada a encarou.

— Malvestida, a senhora quis dizer?

Victoria fez uma careta e voltou para o quarto, jogando-se na cama.

— Ah, por Deus. Perdoe meu lapso. Malvestida, é claro.

— Bem, a senhora se casou com um cavalheiro muito bonito, então talvez a outra situação não demore a acontecer — ponderou a criada enquanto estendia o vestido sobre uma cadeira.

— Jenny!

A jovem enrubesceu.

— Milady, sabe que não estou errada.

— Esse casamento não é de verdade, Jenny. Pelo menos até onde eu sei.

— O que será que lorde Sinclair pensa sobre isso?

— Não faço ideia. E não estou interessada em saber.

Apesar de não admitir, quando deu oito horas, ela já tinha passado muito tempo pensando nos beijos deliciosos e ardentes do marido. Apesar de estar acostumada com os casarões da elite londrina, ela sentiu-se perdida no caminho para a sala de jantar, passando antes por engano pela biblioteca e pela sala de música. Embora Sinclair tivesse dito que aquela casa era tão sua quanto dele, Victoria acabara de se tornar, do ponto de vista legal, parte do patrimônio dele, assim como aquela propriedade era.

Ela chegou à sala de jantar antes de Sinclair. Meia dúzia de criados e o mordomo estavam alinhados na sala, esperando alguém para começar a servir.

— Boa noite — disse ela, tomando seu lugar no assento na ponta da mesa.

— Boa noite, milady — respondeu Milo, apressando-se para puxar a cadeira para ela.

— Isso deve ser muito estranho para vocês — comentou ela amigavelmente enquanto se sentava. — Primeiro um novo marquês e, agora, sua esposa, tudo em menos de um mês. Você trabalha para os Grafton há muito tempo, Milo?

— Sim, milady. Mais da metade da equipe que trabalhava para o lorde Althorpe anterior permaneceu.

— Ele foi um homem bom.

— Um homem muito gentil — afirmou Milo tão enfaticamente que ela sorriu para ele.

— Lorde Althorpe deve apreciar sua lealdade a essa família. Por quanto tempo você trabalhou para Thomas?

— Durante cinco anos, milady. E se me permite dizer... o desgraçado que o matou merece um fim bastante sofrido.

Os outros empregados acenaram com a cabeça em concordância. Victoria se perguntou se eles lamentavam mais pela perda do antigo patrão ou pela chegada do novo.

— Aí está você — disse uma voz da porta.

Ao ouvir aquela voz densa, um arrepio leve e já conhecido percorreu a espinha de Victoria.

— Boa noite, Sinclair — respondeu ela.

O som daquele nome em seus lábios era estranho e natural ao mesmo tempo. Ela se perguntou se algum dia se acostumaria a dizê-lo.

— Você está maravilhosa — disse ele, passando por trás dela antes de se sentar na extremidade oposta da mesa.

— Obrigada.

Ele inclinou a cabeça.

— Minha intenção era trazê-la até aqui, mas acho que você encontrou o caminho sozinha.

— As casas são muito parecidas, o que muda é o endereço.

Ela sabia que aquilo tinha soado arrogante, mas, considerando que ficara paralisada ao vê-lo, conseguir proferir uma frase coerente era um alívio.

— Pelo visto são mesmo. Não visitei muitas casas desde que voltei. Talvez deva prestar mais atenção nisso.

— Não faz diferença. Sempre há um empregado pronto para orientar um novo visitante, e um visitante frequente sabe muito bem para onde ir.

Por um breve momento ele pareceu pensativo, mas logo o libertino dotado de um sorriso enigmático e sensual reapareceu.

— Acho que, nesse quesito, eu seria considerado um estranho.

Ele também parecia ter esquecido que era a primeira vez que Victoria entrava na Casa Grafton.

— Também me sinto uma estranha aqui — disse ela para lembrá-lo de que ele deveria apoiá-la, e não o contrário.

— Daremos um jeito nisso. Acho que já conheço o lugar bem o suficiente para apresentá-lo a você. Quando você quiser. Pode ser amanhã?

— Talvez. Tenho um almoço beneficente amanhã.

Ele ergueu uma sobrancelha, cínico.

— Ora, mais você não achava que estaríamos fora da cidade amanhã? *Maldição.*

— Sim, é verdade. Esse almoço foi marcado há meses, e confirmei minha presença muito antes de nos conhecermos. Como estou em Londres, não posso deixar de ir. Você disse que eu não deveria alterar minha agenda social. — Ela olhou para o prato enquanto Milo servia um faisão assado que parecia delicioso. — Se quiser, pode ir comigo.

Sinclair bufou.

— Eu, em um almoço beneficente? Fico surpreso que a tenham arrastado para esse tipo de coisa, mas não me sujeitarei a isso.

Ele estava passando dos limites.

— Não precisei ser arrastada para nada, milorde — retrucou ela, perfurando a comida com o garfo. — Eu escolhi comparecer. Esse é o princípio da caridade. Escolher fazer o bem.

— Se essa é a definição de caridade — disse ele com a boca cheia de faisão —, então essa ave é muito caridosa. Certamente está me fazendo muito bem. Além de ser extremamente deliciosa.

Ela olhou para os criado no salão. Se ele não se importava com a impressão que passava para eles, então Victoria também não se importaria.

— Se você compara seu jantar com um evento beneficente, entendo por que sua lealdade foi tão questionada enquanto estava no continente.

Ele ficou imóvel, então baixou os talheres lentamente e a encarou.

— Minha lealdade?

— Exatamente. Por qual outro motivo você estaria na França se a Inglaterra estava em guerra com ela?

Ele ficou em silêncio por um tempo. Então, com os ombros visivelmente relaxados, ele voltou a comer.

— Minha lealdade nunca esteve em dúvida. Eu sempre fui leal... a mim mesmo.

— E isso é ainda mais triste do que se você tivesse escolhido o lado errado. — Irritada e desapontada, ela se afastou da mesa e se levantou. — Com licença, mas acho que vou me recolher por hoje.

Daquela vez, ele nem sequer levantou a cabeça para olhar para ela.

— Boa noite, Victoria.

— Sinclair.

Capítulo 5

Sinclair andava de um lado para o outro em seu quarto; parava diante da porta do seu closet e, então, voltava a marchar. Ele prometeu jamais tocar naquela porta ou se prestar a entrar no quarto de Victoria, não até que ela implorasse que ele o fizesse.

Quem era ela para questionar sua lealdade? Logo *ela*, uma menina fútil, sedutora e mimada da nobreza londrina, questionando a lealdade *dele*. E o pior é que aquela sempre fora a ideia: convencer a todos, principalmente a Bonaparte, de que ele era egocêntrico demais para se preocupar com assuntos políticos e que faria qualquer coisa desde que prometesse diversão ou benefício próprio. Essas eram as mesmas qualidades que deveriam lhe dar a liberdade necessária em Londres para descobrir o assassino de Thomas.

Obviamente, ele estava ficando louco. Era a intenção que Victoria o achasse um chucro, mas, agora que ela o via de tal forma, Sinclair estava insatisfeito.

— Idiota — murmurou ele. — Imbecil.

O relógio do piso inferior bateu duas vezes. Amaldiçoando-se novamente, dessa vez por sua desatenção, Sinclair pegou o casaco e avançou para o corredor escuro. Evitando o degrau que rangia, rapidamente desceu as escadas e entrou no escritório do primeiro andar. Mesmo no escuro, ele não demorou para soltar a trava e abrir a janela. O mecanismo era silencioso; ele se certificara disso no dia em que voltara para Londres.

Ao saltar pela janela e adentrar as sombras, Sinclair passou sorrateiro pelo estábulo.

— Bates? — sussurrou ele.

— Já era hora — respondeu uma voz baixa e gutural atrás dele.

Em um movimento rápido, Sin virou-se, tirou a pistola do bolso e mirou no escuro.

— Jesus!

Ele congelou, o cano de sua pistola pressionado na testa do homem.

— Não se mexa.

— Nem sequer pensei nisso, principalmente com esse ferro na minha cara. Por Deus, Sin, eu estava brincando.

Sinclair baixou lentamente a pistola e a colocou no bolso.

— Imitações ridículas de assassinos mortos não têm muita graça, Wally.

— Eu avisei — disse Bates, surgindo das sombras com um homem alto e musculoso ao seu lado. — Não tinha graça.

Wally passou a mão pelo cabelo loiro.

— Bem, se você tivesse aparecido no horário, eu não teria tempo para bolar uma brincadeira dessas.

Sinclair assentiu com a cabeça.

— Perdi a noção do tempo.

— Consigo entender — disse Bates, seus dentes brilhando ao luar enquanto ele sorria. — Afinal, é sua noite de núpcias.

— Não sei como você conseguiu sair daquela cama confortável — adicionou Wally.

Como não tinha intenção de mencionar que ele e sua noiva haviam passado a primeira noite de casados em quartos separados, Sinclair apenas deu de ombros.

— Só espero que tenha valido a pena.

O gigante que acompanhava Bates deu um passo à frente.

— A suposta testemunha que estávamos caçando não passou de um escudeiro bêbado que mal sabia o próprio nome.

O agradável sotaque escocês não deixou a notícia menos frustrante.

— Não deu em nada?

— Não. Ele ficou sabendo que eu estava oferecendo uma recompensa pela informação, mas não acho que ele saberia distinguir seu irmão do príncipe George.

— Nunca achei que oferecer uma recompensa funcionaria — reconheceu Sin —, mas precisávamos tentar.

Wally balançou a cabeça.

— Se dinheiro fosse a resposta, esse desgraçado já teria sido eliminado há mais de ano.

— Eu sei. Acho que precisaremos lidar com isso do jeito clássico. Todos são suspeitos até que se prove o contrário.

— Sin, essa investigação levará muito tempo.

Ele olhou para Bates.

— Ninguém o está obrigando a nada.

O jovem pareceu contrariado.

— Não comece com isso, Sin.

— Qual é o primeiro passo? — questionou Crispin.

A piadinha que Victoria fizera estava grudada em sua mente. Ele pensara nela antes, mas na época não conseguira chegar a uma conclusão.

— Temos dois caminhos possíveis — disse ele lentamente. — Naquela noite, a maioria dos empregados já havia ido embora, e os que estavam trabalhando não lembram de ter visto ou ouvido algo incomum. Ou seja, podemos ter um estranho que conseguiu entrar na propriedade, surpreender e matar Thomas sem ser visto, ou alguém que conhecia a casa e seus empregados bem o suficiente para cometer o crime e sair despercebido.

— A tempestade daquela noite facilitaria qualquer um dos cenários — apontou Bates, pensativo.

— Já falamos sobre isso — resmungou Wally, encolhendo os ombros com a brisa gelada da noite.

— E continuaremos falando até encontrarmos o maldito assassino. — Sinclair olhou para ele. — Eu medi, e a escrivaninha está a quatro metros da porta. Fica perto da janela, mas um dos caixilhos está fechado sob a pintura e, até outro dia, o outro rangia tão alto que acordaria até um defunto.

— O que seria aviso o suficiente para seu irmão, independentemente de onde o atirador veio — disse Crispin, astuto —, mas ele não viu a necessidade de se levantar ou pegar uma arma.

— Exatamente. Estou disposto a apostar que Thomas conhecia bem seu assassino. E acho que esse é nosso ponto de partida.

— Então a lista continua a mesma?

— Praticamente. Quero um álibi sólido e testemunhas antes de desconsiderar qualquer suspeito. Wally, você fica com o sr. Ramsey DuPont. Duvido que seja quem procuramos, mas ele parece ter uma personalidade maldosa. Bates, você fica de olho em Lorde Perington. Ele gosta de afogar gatos e tem um negócio de exportação bem-sucedido. Crispin, o conde da Abadia de Kilcairn é seu.

— Ah, meu dia de sorte — murmurou o grande escocês. — Fico com o Diabo de Balfour. Você nunca suspeitou dele antes.

— Tenho meus motivos agora.

Aquilo não era bem verdade, mas Sinclair não conseguia esquecer a reação de encantamento de Victoria ao ver Kilcairn. Ele ficaria mais que satisfeito em descobrir qualquer coisa desagradável sobre Lucien Balfour.

— Seguiremos nos comunicando através de lady Stanton — continuou ele. — Se não nos falarmos até quinta-feira, nos encontraremos no Harém de Jezebel à meia-noite.

Bates estreitou um olho.

— Tem certeza disso, Sin?

— Sim. Por quê?

— A presença de um homem casado no Jezebel pode causar um burburinho.

Sinclair praguejou.

— Você tem razão. Inferno. Vamos ao Boodle, então. Eles ainda deixam você entrar lá, Crispin?

— Sim. É meio chique demais para nós, mas damos um jeito.

— Nos vemos lá. E tomem cuidado.

— Siga seu próprio conselho, Sin — disse Crispin. — Você já fez coisas doidas nessa vida, mas se casar só porque precisa de uma lista de suspeitos… Isso é burrice, até para você.

— Ou talvez seja a ideia mais brilhante que já tive — rebateu Sinclair.

— Pode ser. Ou talvez tenha se casado por outro motivo.

Sinclair fez uma careta.

— E qual seria esse motivo?

Crispin apenas sorriu.

— Boa noite, Sin.

Não demorou até que os três homens desaparecessem na escuridão.

Sinclair ficou onde estava por um momento, depois voltou para a casa e para a janela aberta do escritório. Quer Victoria quisesse ou não dormir com ele, ela já havia respondido algumas perguntas sobre três de seus suspeitos e um método lógico de entrada. De alguma forma, pelo menos, ele parecia estar no caminho certo.

—◦◦◦—

Victoria se afastou da janela e fechou a cortina novamente. Ela não os vira muito bem, mas tinha quase certeza de que aqueles três homens eram os mesmos com quem Sinclair conversara na recepção. Engraçado que, na ocasião, eles pareciam totalmente tolos e bêbados, mas, ao vê-los perto do estábulo, aparentavam estar tão sóbrios quanto ela. Muitas horas haviam se passado desde o evento, mas, mesmo assim, era suspeito.

Ela sentou-se na beira da cama e acariciou distraidamente o Senhor Baguete. Victoria não conhecia nenhum libertino que se espreitava perto de um estábulo no meio da noite, armado e, aparentemente, muito experiente no manuseio de sua arma. E aquilo não era tudo. Sua postura rígida, a maneira discreta como ele falava e gesticulava… aquelas características a lembraram do Sinclair Grafton cujo beijo fora sua passagem só de ida para o matrimônio.

Victoria suspirou, sentindo-se muito cansada. Era culpa dele que ela o espionara, afinal, ela já estava na janela para admirar o luar. Ele quem havia oferecido outra narrativa.

Ele decerto tinha uma explicação perfeitamente lógica para aquela reuniãozinha esquisita. Questioná-lo, no entanto, significaria admitir que ela o estava espionando pela janela. E ainda não se sentia pronta para ouvir ou dar explicações, não quando sequer tinha entendido como ou por que estava casada.

—◦◦◦—

Sin já tinha saído para cavalgar na manhã seguinte quando ela desceu para a sala de café da manhã. Quando morava na Casa Fontaine e descia para o café, Victoria sempre se deparava com dois ou três rapazes prontos para convidá-la para piqueniques e passeios de carruagem, sempre tentando ocupar um tempinho em sua agenda.

A Casa Grafton carecia de homens jovens e galanteadores, e isso incluía seu marido. Apesar da pontada de irritação por ser ignorada e esquecida, ela até que gostava daquela nova situação. Ela não precisava bancar a espertinha para ninguém ou conversar sobre assuntos os quais já discutira centenas de vezes antes.

— Milo — disse ela, passando manteiga na torrada —, devo receber mais algumas coisas esta manhã. Sabe se lorde Althorpe gosta de animais?

— Animais, milady?

A confusão do mordomo a fez sorrir.

— Sim. Animais.

— Não saberia dizer, milady. Desde a chegada dele, lorde Althorpe comprou diversos cavalos.

Victoria fez uma pausa, a torrada ainda longe de seus lábios.

— Você disse "chegada", e não "volta". Você não o conhecia antes de ele assumir o título?

O mordomo tirou um bule da mão de um dos criados, sinalizou para que ele saísse e encheu uma xícara de chá.

— Eu o conheci anteriormente, milady, logo depois de começar a trabalhar aqui. Sua visita, no entanto, foi bastante… breve, e o lorde Althorpe anterior não viu a necessidade de nos apresentar.

Humm. Aquilo era deveras interessante. Embora o mordomo não tivesse afirmado nada, e jamais o faria se fosse minimamente inteligente, ela teve a nítida impressão de que ele não gostava de seu novo patrão. Como Sinclair não parecia disposto a revelar nada sobre si, ela teria que encontrar suas próprias fontes.

— Isso é uma pena, considerando as atuais circunstâncias — continuou ela, colocando açúcar no chá. — O falecido marquês e Sinclair eram próximos?

— Nunca estive ciente dos pormenores da relação, é claro, mas eles discutiram na ocasião e, depois disso, o antigo marquês raramente falava do irmão… exceto quando lia o jornal do dia.

— O jornal?

— Sim. Por diversas vezes, enquanto tomava seu café da manhã, eu ouvia sua revolta em relação às decisões tolas de Sinclair. — Ele pigarreou. — Isso era a opinião dele, é claro. Eu jamais faria juízo de valor sobre nenhum dos dois.

— Ah, não. É uma pena saber que eles não se davam bem. Sempre quis ter uma irmã com quem eu pudesse conversar.

— Bem, esse era o papel de Christopher. Lorde Althorpe, o antigo marquês, sempre o adorou.

Ela o olhou de forma calorosa. Como era fácil lidar com os homens.

— Você mesmo parece gostar de Christopher.

— Ele é um ótimo rapaz.

— Eu o conheci ontem. Minhas impressões sobre ele foram ótimas. Fiquei surpresa porque... meu marido nunca mencionou ter outro irmão.

Chamar Sin de marido era estranho, mas constantemente referir-se a ele como "marquês" ou "lorde Althorpe" acabaria soando suspeito.

— Até onde sei, sua avó, lady Drewsbury, nunca aprovou a demora do novo marquês em assumir o título. Mas isso não passa de especulação, é claro.

Victoria colocou a mão no braço de Milo.

— É claro. Obrigada por ter me contado tudo isso. — Ela riu. — Ainda tenho muito o que aprender por aqui. Acho que encontrei alguém para me ensinar.

Um movimento repentino chamou sua atenção, mas, quando ela olhou para a porta do corredor, não havia ninguém lá. Ela torceu para que Jenny não tivesse deixado Senhor Baguete fugir. Um momento depois, ela se sobressaltou quando a porta da frente se abriu.

— Com licença, milady — disse o mordomo apressadamente ao se retirar.

Milo quase esbarrou no marquês quando Sinclair entrou na sala.

— Ah, aí está você, Milo — exclamou ele, entregando o chapéu e o sobretudo preto. — Pode verificar se Diable foi amarrado corretamente?

— Certamente, milorde.

— E bom dia, Victoria.

Althorpe esquivou-se do mordomo e afundou-se na cadeira ao seu lado, ignorando o assento que havia sido colocado para ele na cabeceira da mesa. Os empregados correram para mover os talheres.

— Bom dia.

Uma onda de calafrios dominou o corpo de Victoria quando ele apoiou o queixo na mesa para olhá-la. A sensação não era nem um pouco desagradável, assim como aqueles olhos vibrantes que não cansavam de observá-la.

— "Diable"? — repetiu ela, tentando desviar sua atenção desconcertante.

— Me pareceu ser um nome adequado para um ganharão. Seu verdadeiro nome é Federico, o Confiável. Não era um nome muito impactante.

Ela riu, aliviada por ele parecer disposto a esquecer toda a tensão da noite anterior.

— Preciso concordar.

O sorriso de Sinclair fez seu coração disparar.

— Você dormiu bem? — perguntou ele baixinho, enquanto um criado lhe servia uma xícara de café.

Ele não parecia fazer qualquer esforço para mascarar o relacionamento na frente dos empregados, mas o motivo parecia claro: a maioria dos funcionários provavelmente já havia descoberto a farsa. Afinal, não é como se a reação dela tivesse sido discreta na noite passada.

— Dormi, sim. Aliás, meus aposentos são adoráveis. Deveria tê-lo agradecido mais cedo. Então, obrigada.

— Fico feliz por você estar satisfeita, mas não é necessário me agradecer.

— Mesmo assim, sou grata pela consideração.

Ele se endireitou.

— Bem, sempre me disseram que as mulheres gostam de ter uma área particular onde possam escapar da agitação da casa.

E lá estava ele de novo, fazendo suposições quando não sabia absolutamente nada sobre ela. Se ele não fosse tão charmoso e articulado, Victoria provavelmente não gostaria dele.

— Bem, se o mundo é o quintal dos homens, espera-se que, pelo menos, as mulheres tenham um cantinho só para si — disse ela, tomando um gole de chá e observando-o por cima da delicada xícara de porcelana.

Ele ergueu uma sobrancelha.

— Posso estar enganado, mas parece que você deseja começar uma discussão.

— Longe de mim. Não o conheço o suficiente para isso.

— Voltaremos a esse assunto? Você é persistente.

— É uma das minhas maiores qualidades.

— Que horas é o seu almoço?

Victoria não esperava a brusca mudança de assunto. Aparentemente, ele não queria discutir com ela, e ela não sabia bem como reagir.

— Preciso estar na casa de lady Nofton às treze horas. O almoço será iniciado na sequência.

— O evento é exclusivo para damas?

— Alguns cavalheiros voltados a causas sociais estarão presentes — respondeu ela, perguntando-se o que ele queria saber. — Homens de ordem conservadora e do clérigo.

— E as mulheres? Belas jovens como você ou solteironas desdentadas?

— Não presto tanta atenção na camada externa das minhas amigas — disse ela com dentes cerrados. — E, se você planeja ter um caso, não espere que eu faça as apresentações.

O leve sorriso dele impediu que o próximo insulto saísse de sua boca. Era evidente que Sinclair sabia o efeito que tinha sobre ela e o usava em benefício próprio.

Sin pegou um morango de seu prato, contemplou-o por um momento e o colocou na boca.

— Peço desculpas — disse ele, depois de engolir. — Só estava curioso para saber o que você diria. Parece que, às vezes, sou meio grosseiro.

— Minha antiga instrutora, a srta. Grenville, dizia que a única coisa melhor que desculpas bonitas é não ter que pedi-las.

— Lição aprendida. E minha intenção não foi ofendê-la, de verdade.

— Desculpas aceitas, meu… Sinclair.

— Então homens podem comparecer ao almoço?

— Sim, não temos objeções. — Ela tomou outro gole do chá, mas ele permaneceu em silêncio. — Por quê?

— Achei que seria uma boa ideia acompanhá-la.

Victoria o encarou.

— Temo soar repetitiva, mas por quê?

Sinclair se aproximou.

— Estou tentando conhecê-la melhor. Você me impediu de seguir a rota mais prazerosa, então aparentemente precisarei acompanhá-la em um almoço com homens conservadores e do clérigo.

Victoria corou.

— Seu método sutil de me lembrar o que você quer não tem muitas chances de ser bem-sucedido.

— Então terei que tentar um método diferente. — Antes que ela pudesse reagir, ele colocou a mão sobre a dela. — Posso acompanhá-la?

Corando ainda mais, ela puxou a mão.

— Você vai morrer de tédio, mas talvez lhe faça bem.

Sinclair ficou de pé.

— Excelente. Tenho algo a resolver, mas voltarei em breve.

Ainda tentando descobrir por que diabo o Lorde dos Pecados queria participar de um almoço beneficente, Victoria assentiu.

— Bem, parece que a tarde será interessante — disse ela.

De forma empática, Milo pigarreou. Bem, pelo menos foi assim que ela interpretou.

Milo não havia matado ninguém.

Sinclair encostou-se ao balcão da loja de botas Hoby's, mal prestando atenção no balconista que folheava uma pilha de faturas mofadas. Em uma manhã, enquanto deleitava-se com torradas e morangos, Victoria arrancara mais informações do maldito mordomo do que ele conseguira em um mês.

Verdade, o mordomo tinha motivos para não gostar dele e nenhum para se ressentir de Victoria, mas não era só isso. Ela fizera o velhaco tagarelar como um pescador contando vantagem. E, embora Milo talvez não tivesse um álibi e testemunhas que corroborassem com sua inocência, Sinclair sabia o suficiente. O mordomo realmente gostara de Thomas.

Graças a Deus ele decidira entrar em casa para ver como sua noiva estava, e graças a Lúcifer ele fizera isso a tempo de ouvir a conversa. Roman ficaria desapontado ao saber da inocência do mordomo, mas Sin ficou aliviado. Aquela informação certamente lhe daria uma noite de sono mais tranquila.

— Aqui está. Thomas Grafton, lorde Althorpe. Era isso que queria, milorde?

O funcionário tirou uma fatura do meio da pilha. Endireitando-se, Sinclair foi pegar o papel e esbarrou o cotovelo no topo da pilha. Não demorou até que centenas de faturas se espalhassem pelo chão.

— Mas que inferno — vociferou ele. — Peço desculpas por isso.

Com um suspiro abafado, o funcionário agachou-se para recolher os papéis.

— Não se preocupe, milorde.

Assim que o rapaz desviou o olhar, Sin começou a folhear as faturas próximas a de seu irmão. Hoby's tivera cinco outros clientes no dia em que Thomas fora buscar suas novas botas; cinco nobres que estavam na cidade e perto de Thomas na hora do crime. Aquele fora o último dia da vida de seu irmão, e fora com aquelas botas que o enterraram.

Ele reconheceu dois nomes e memorizou os demais, soltando os papéis enquanto o homem voltava a ficar de pé.

— Nossa, que bagunça — disse ele, em solidariedade.

— Não tem problema. Todas são numeradas. — O rapaz colocou a pilha bagunçada no balcão e puxou a nota fiscal em questão. — Lorde Thomas pagou no ato da entrega. Como imaginei, não há pendências.

— Ótima notícia. Quanto menos dívidas, melhor!

O funcionário concordou e começou a reorganizar as faturas.

— Certamente, milorde.

Com aquilo resolvido, Sinclair entrou em seu faetonte e voltou para Berkeley Square. Finalmente um pouco de sorte. Ele não sabia que Astin Hovarth estivera em Londres naquela semana. Seria uma bênção poder falar livremente com um grande amigo de Thomas, alguém que sabia bem quem eram seus conhecidos e seus hábitos. Ele teria tempo de escrever uma carta para o conde de Kingsfeld antes do maldito almoço beneficente. Parecia um bom momento para reencontrar Astin. Sin precisava descobrir em qual direção deveria enviar seus capangas.

Milo abriu a porta, mas o olhar esquisito no rosto do mordomo fez Sinclair parar nos degraus da frente.

— O que foi?

— Nada, milorde.

— Você parece que viu passarinho verde.

O mordomo pareceu engasgar-se.

— Lady Althorpe recebeu alguns… itens adicionais da Casa Fontaine.

— Ah, é mesmo?

Aquilo era melhor do que ouvir que Victoria fugira do país.

— Acho que ela está no solário, milorde.

— Certo.

Olhando de soslaio para o mordomo, Sinclair subiu a escada curva para o segundo andar. Ao se aproximar dos aposentos de sua esposa, ele passou por dois criados carregando o que parecia ser os restos de várias plantas e flores exóticas.

A porta do solário estava fechada, e Sinclair bateu o nó dos dedos contra a madeira dura.

— Um momento.

Até que a porta se abrisse, diversos momentos se passaram. A empregada de Victoria, Jenny, olhou Sinclair de forma assustada e se virou para o interior do quarto.

— É lorde Althorpe, milady.

— Deixe-o entr... Jenny, Henrietta está fugindo!

Antes que ela terminasse de falar, uma pequena criatura branca correu entre os pés da empregada e saltou para a porta aberta. Sem tempo de pensar, Sin agachou e a pegou em seus braços. Ao olhar para ela, fez uma careta.

— Mas que diab...

Victoria passou pela empregada e se chocou contra ele.

— Ai!

Ele já estava sem equilíbrio por pegar a criatura, então cambaleou para trás. Victoria pisou em falso e caiu de bunda no chão.

— Você está bem? — perguntou ele, tentando decidir se caia na gargalhada ou saía correndo escada abaixo.

Ela tentou segurar o penteado que se desfazia.

— Sim. Mais ou menos.

Sinclair se agachou ao seu lado e mostrou o que tinha capturado.

— Acho que estava atrás disso?

— Graças a Deus. Venha aqui, fofura — murmurou ela, colocando a criatura entre seus belos seios.

— O que é isso? — perguntou ele, dando uma coçadinha atrás do que parecia uma orelha e usando aquele gesto de carinho para roçar os dedos contra a pele macia de sua esposa.

— Ela é uma poodle.

— Isso não é um poodle.

— Ela é sim! — disse Victoria indignada. — Bem, pelo menos três quartos de poodle. Temos quase certeza. Não é, minha pequenina?

— Ela parece um esfregão. Com pernas.

Victoria riu, seus olhos brilhando quando ela o encarou.

— Não a provoque. Ela é tímida.

Por Deus, como ele queria beijá-la.

— Se ela fosse tosada, provavelmente pareceria mais com uma cadela e ficaria mais confiante.

O humor desapareceu dos olhos violeta.

— Não tosamos Henrietta.

As pernas de Sinclair estavam doendo, então ele dobrou os joelhos e se sentou no chão ao lado dela.

— Por qual motivo?

— Eu a encontrei em Covent Garden, sozinha e tremendo na sarjeta. Alguém ateara fogo nela. — Uma lágrima escorreu por sua bochecha macia e lisa. — Ainda bem que estava chovendo.

Ele enxugou sua lágrima com o polegar.

— Então talvez sua aparência não seja tão absurda.

— Prefiro vê-la como cativante.

Victoria sorriu de novo, e o coração de Sinclair bateu de forma diferente.

— Extremamente cativante — disse ele.

Seus olhos encontraram os dele, então ela enrubesceu e voltou sua atenção para a cadelinha.

— E você é mesmo, não é, fofurinha? Ela demora a se adaptar em lugares novos. Por isso tentou fugir.

Achando cativante a timidez da dona de Henrietta, Sin levantou-se.

— Não vai demorar até que ela se sinta em casa — afirmou ele, estendendo a mão para Victoria.

Ela ainda sorria ao pegar sua mão e permitir que ele a levantasse. Sinclair não conseguiria dizer quanto tempo que eles poderiam passar ali, de pé, encarando um ao outro. Assim que ele se inclinou para provar os lábios dela, um uivo ensurdecedor veio do solário.

— Jesus Cristo! O que é...

— Sheba!

Victoria atirou Henrietta em seus braços e correu de volta para o solário. Sentindo-se nitidamente confuso e bastante frustrado, Sin foi atrás dela. Mais de uma dezena de gaiolas ocupava o centro da sala. A reunião mais bizarra de animais que ele já vira se movimentava, sentava, dormia, dava bicadas e uivava de dentro delas.

Sua noiva se ajoelhou diante da gaiola mais distante e, com cuidado, tirou uma gatinha alaranjada de dentro. Com o mesmo carinho e zelo que direcionara a Henrietta, ela aninhou a felina. Por um momento, Sinclair pensou que não se importaria em ser um daqueles gatinhos.

— Suponho que essa seja Sheba.

Victoria se sobressaltou, como se tivesse esquecido que ele estava ali.

— Sim. Acho que ela só está com fome. — Dividindo sua atenção entre Sinclair e as diversas gaiolas, Victoria voltou a corar. — Espero que… espero que você não se importe, mas meus pais nunca cuidariam deles, e eles são minha responsabilidade, e você disse que a Casa Grafton também era minha, e eu não poderia…

— Não me importo — disse ele com firmeza.

— Ah. Que bom. Porque eles não vão a lugar algum.

— Imaginei.

Ele não conseguiu evitar o cinismo em sua voz, mas, na verdade, estava cativado e intrigado por aquela situação.

— E o que isso quer dizer? — perguntou ela na defensiva. — Você certamente não precisará se preocupar com eles ou pagar um centavo sequer para seus cuidados. Eles são minha responsabilidade, e você nem perceberá saberá que eles estão a…

— Confesso que fiquei surpreso — interrompeu ele. — Nunca imaginei que você seria a mãe de tantas criaturinhas abandonadas.

Ela o encarou.

— Se eu não as acolhesse, quem o faria?

Sinclair não estava disposto a iniciar uma discussão bem antes do almoço, principalmente porque a compaixão inesperada de Victoria o fazia sentir como um garotinho de joelhos bambos.

— Isso explica sua antipatia por lorde Perington. Qual felino você resgatou dele?

— O Senhor Baguete. Ele está cochilando no meu quarto.

— Nunca achei que existissem tanto homens sádicos em Londres.

Victoria deu de ombros enquanto acariciava Sheba.

— Homens frágeis precisam provar sua superioridade através de criaturas mais frágeis que eles.

Bastou um dia para que ele percebesse que a mulher com quem se casara era alguém totalmente diferente. Sinclair já sabia que queria fazer amor com Victoria, mas até aquele momento não tinha considerado que, talvez, seus traços adoráveis sequer fossem sua melhor parte.

Victoria não conseguia parar de olhar para lorde Althorpe enquanto saíam da carruagem e se dirigiam ao grande jardim de lady Norton, nos arredores de Londres, para o almoço beneficente. Ele não se mostrara resistente aos animais; na verdade, parecera entender e concordar com seus motivos para acolhê-los. Victoria não sabia bem o que tinha esperado dele, mas com certeza não era aquilo.

— Estão acenando para você — murmurou ele ao lado dela.

Ela piscou, notando atrasada a mulher corpulenta que vinha na direção deles.

— É lady Nofton. Seja gentil.

Sinclair ficou tenso, mas não demorou até que relaxasse novamente.

— Eu não sou um de seus animais de estimação — falou ele lentamente. — E também não sou uma criança.

— Não foi o que quis dizer — respondeu ela, olhando-o de soslaio quando ele soltou seu braço. — Só espero que nada dê errado hoje.

— Ah. Entendo. Dou mais trabalho que uma criança. Afinal, sou o Lorde dos Pecados.

— Você construiu a própria reputação.

— Você também.

Victoria teve vontade de mostrar a língua para ele. Por ser a pessoa que sempre era direta ou ousada demais, Victoria percebeu que talvez fosse revigorante ter alguém ao seu lado que fosse dez vezes pior. E, independentemente da própria opinião, Sinclair não fez nenhuma objeção à presença de Victoria em um de seus eventos beneficentes. Mais uma surpresa... parecia que tudo que ele fazia a surpreendia.

— Victoria! — exclamou a loira corpulenta, ao agarrar suas mãos. — Que maravilha vê-la aqui! Os assentos estão uma bagunça!

Victoria sorriu.

— Vamos resolver isso, mostre-me a lista e darei uma olhada. Sinclair, conheça lady Nofton. Estelle, este é meu marido, lorde Althorpe.

Os olhos castanhos de Estelle se arregalaram enquanto ela fazia uma reverência.

— Milorde. Fico... feliz por ter decidido participar do nosso eventozinho humilde.

Sin abriu um sorriso, aquele charmoso que não se refletia em seus olhos.

— Estou sempre pronto para uma boa festa. Qual é a causa do dia mesmo?

Victoria pigarreou. Custava ter feito aquela pergunta antes?

— Visamos limitar a quantidade de horas que as crianças trabalham diariamente — disse ela —, e aumentar o tempo que passam na escola.

— Maravilha. Onde encontro um vinho do Porto para brindar uma causa tão nobre? Contanto que haja algo mais forte que ponche, contem comigo para apoiar a causa.

— Ah... — gaguejou lady Nofton, o espanto em sua fala quase palpável —... procure Hollins, meu mordomo. Meu marido não pôde comparecer, mas seu escritório dispõe do que há de melhor em bebidas alcóolicas.

Althorpe assentiu.

— Assim o farei. Lady Nofton, Victoria. — Ele se despediu com um aceno na cabeça.

— E não é que você se casou com ele? — disse Estelle enquanto elas o observavam desaparecer em um dos cantos da casa. — Ouvi boatos, mas não tinha certeza até vê-la com ele.

— Os boatos não eram mentira — suspirou Victoria.

— Sin Grafton? Minha nossa. Ele é... um tanto quanto apetitoso, não?

A estrutura corpulenta de lady Nofton estremeceu com sua risada sincera.

— É o que dizem. Não que isso faça diferença. O que acha de analisarmos os assentos antes da chegada dos convidados?

Quando elas decidiram que lady Dash ficaria ao lado de lady Hargrove em vez de sentar-se com sua cunhada, lady Magston, as carruagens começaram a chegar. Victoria mal tinha começado a se perguntar onde estava Sinclair quando ele surgiu ao seu lado.

— Não fazia ideia de que você conhecia tanta gente chata — disse ele, acenando com a cabeça quando o conde e a condessa de Magston passaram por eles e quase tropeçaram na cerquinha quando se viraram para encará-lo.

— Calado.

Ele riu e ela, desconfiada, inclinou-se para sentir seu cheiro mais de perto. Victoria praguejou baixinho.

— Você está bêbado? Não é possível. Nos vimos há menos de meia hora!

— Eu não perco tempo. Mas não se preocupe, ninguém duvidará do meu apoio à causa. Aquele é lorde Dash? O atirador?

Sinclair deu um passo à frente. Ela agarrou seu braço para impedir que ele continuasse.

— Por favor, não tente apoiar nada por minha causa — sussurrou ela com urgência. — Algumas pessoas realmente acreditam que a lei precisa mudar.

— E outras só vieram pelo frango assado. Elas podem apoiá-la com seus apetites, mas quantas realmente fazem doações?

— O suficiente para fazer esse almoço valer a pena — rebateu ela. — Nem todos aqui pensam só em si.

Os olhos âmbar de Sinclair se acenderam.

— Realmente — disse ele baixinho. — Todo dia aprendo algo novo.

Ela ficou na ponta dos pés, tentando olhá-lo nos olhos para exigir que ele se retirasse antes que ofendesse um de seus doadores, mas, de repente, percebeu algo. As roupas dele fediam a uísque, mas o hálito suave ainda carregava o sabor da bala hortelã que ele comera quando deixaram a Casa Grafton.

Victoria estreitou os olhos, lembrando-se dos três estranhos supostamente bêbados em seu casamento, mas que pareciam sóbrios durante o encontro que tiveram com Sin na noite anterior.

— Também estou aprendendo coisas novas.

Ele inclinou a cabeça na direção dela.

— E quais seriam essas coisas, Victoria?

— Ainda não tenho certeza. Mas estou começando a aprender que nem tudo é o que parece, Sinclair Grafton.

— Elabore. O que quer dizer?

— Por exemplo, você parece bêbado, mas certamente não está.

Naquele momento, Estelle chamou Victoria até a mesa principal, e ela se afastou. Que ele tivesse tempo para pensar no que ela dissera.

Capítulo 6

— Quem era o porco narigudo? O que comeu todas as castanhas.

— Você também comeu bastante — respondeu Victoria distraída, aparentando estar fascinada com os pedestres que caminhavam pela rua.

Sinclair cruzou os tornozelos.

— Comi, mas não afanei um prato de castanhas de uma mesa vizinha quando ninguém estava olhando.

— Alguém estava olhando, aparentemente.

Sin fez uma careta. Ele não sabia o que tinha feito de errado durante o almoço, mas pelo visto sua esposa não deixaria barato.

— Sim, eu o vi se matando de comer, e daí? Quem era o glutão?

Finalmente, ela o encarou.

— Por que você fingiu estar bêbado? Foi porque eu pedi para você se comportar? Ou foi só para me envergonhar?

Ele conseguiria se safar, mas não sem soar como um canalha.

— Não estou acostumado a receber ordens — afirmou ele, se esquivando. — Principalmente de alguém trinta quilos mais leve e oito anos mais nova do que eu.

— E mulher.

— Sim. E de uma mulher.

Ela cruzou os braços sobre os belos seios, sua expressão tão calorosa quanto cubos de gelo.

— Certo. Não lhe darei ordens. Mas não se atreva a me dizer o que fazer, com quem falar ou como me comportar.

— Não sou seu pai. E não lhe dei ordens. Não faça pirraça comigo, Vixen. Fui ao seu almoço beneficente inútil e observei um homem gordo cujo nome você não me disse se entupir de castanha. Você conseguiu o que você queria.

Para sua surpresa, Victoria derramou uma lágrima.

— Não foi inútil. — Ela enxugou a lágrima com os dedos. — E aquele homem gordo e estúpido é vigário em Cheapside. Se oferecer castanhas é o jeito de convencê-lo a falar com seus paroquianos sobre a construção de outra escola, eu lhe daria milhares delas.

Ele tinha começado a achar que Victoria era invulnerável. Que agradável saber que precisaria de tão pouco para machucá-la.

— Ah. Você tem razão — murmurou ele.

— O quê?

— Eu disse que você tem razão — repetiu Sinclair mais alto. — Você fez algo por uma boa causa, e eu... só me preocupei em ser eu mesmo.

O eu que ele se tornara ao longo dos últimos anos. Aquele que vira vigários trocarem um paroquiano leal por uma garrafa de uísque, e com ele fornecendo a garrafa.

— Não acho que estava sendo você mesmo.

Inferno.

— Pelo amor de Deus, Victoria, eu estava tentando me divertir um pouco com você e passei dos limites — disse ele, esperando que o volume e a convicção a convencessem.

Ela cutucou o joelho dele com sua unha bem-feita.

— Então você não passa de um grosseirão?

— Aparentemente. Eu a coloquei em péssimos lençóis no jardim da lady Franton.

— E, então, se ofereceu para se casar comigo e salvar a minha reputação.

— E a minha.

Victoria ensaiou cutucá-lo novamente, e ele pegou sua mão.

— Você não precisa fazer isso para provar seu ponto.

— Ha!

Victoria não tentou soltar seus dedos. Sua pele era tão macia, e sua mão tão delicada, que ele mal conseguia se lembrar do que eles estavam falando.

— O que foi?

— *Esse* era o meu ponto.

Sin a puxou, tirando-a de seu lugar para sentar-se ao seu lado.

— Acho que tive um ataque apoplético. Qual ponto você provou?

Ela olhou para ele, o queixo erguido.

— Você não me deixou cutucá-lo novamente. Você não repete seus erros.

— O quê?

— Você está bancando o grosseirão de propósito. Por quê?

Ele olhou incrédulo para ela.

— Seu argumento é muito fraco.

— Mesmo assim, eu lhe fiz uma pergunta. Por favor, tenha a cortesia de responder.

Palavras não estavam funcionando. Sin a beijou. Foi um beijo áspero e desesperado, com o único objetivo de distraí-la de todas aquelas perguntas problemáticas. Seu corpo foi dominado por uma descarga elétrica. Ela se aproximou dele, deixando o beijo ainda mais intenso. Sinclair estava mais que pronto para seguir toda e qualquer direção que Victoria quisesse.

Ela abriu a boca com as provocações dele, os braços dela caíram sobre os ombros dele, e Sinclair precisou abafar um gemido triunfante. Por Deus, como ele queria fazer amor com ela. Ele pegou sua bengala para bater no teto e sinalizar para que Roman desse mais uma volta, ou duas, ao redor do Hyde Park.

— Sinclair — murmurou ela contra sua boca.

— Hum?

— Responda à pergunta.

Ele se endireitou, largando a bengala no assento. Os lábios e bochechas dela estavam rosados, e Victoria ainda se agarrava ao pescoço dele como se nunca mais quisesse soltá-lo, mas, aparentemente, não conseguiria distrai--la. Ele queria confiar nela, mas não tinha certeza qual parte do seu corpo expressava aquele desejo.

— Sobre sua pergunta — repetiu ele com a voz rouca. — Você está ignorando o óbvio. Estou sendo um grosseirão porque eu sou um grosseirão. Só porque não quero que você me fure com suas malditas unhas não significa que estou fazendo joguinhos ou escondendo coisas.

Ela analisou sua expressão enquanto ele a olhava fixamente e esperava que um raio caísse do céu e o matasse. Ele já contara mentiras tão descaradas antes, mas nunca para ninguém a quem ele realmente quisesse dizer a verdade.

— Tudo bem — disse ela baixinho, tirando os braços. — Se é assim que você quer. Se você não confia em mim, eu não confiarei em você.

— Nunca pedi que você o fizesse.

— Realmente, não pediu.

Victoria se virou e voltou a olhar pela janela. Mágoa e decepção transpareciam em cada linha de seu corpo esguio.

Vê-la decepcionada, porém, era muito melhor do que assinar a sentença de morte de ambos. Então, embora quisesse se desculpar e garantir que, se ela fosse paciente, ele tentaria consertar as coisas para os dois, Sinclair se manteve em silêncio.

A carruagem parou na entrada da casa. Quando um empregado abriu a porta e desceu o degrau, Victoria olhou para ele novamente.

— Tenho um jantar esta noite.

Ele desceu com ela.

— Com alguém que conheço?

— Não faço a menor ideia.

Bem, aquilo não seria muito produtivo. Ele precisava conviver com os amigos dela. Se ela decidisse ignorar a existência dele, a missão se tornaria consideravelmente mais difícil. Então Sinclair tinha duas escolhas. Poderia contar outra mentira para tentar colocar panos quentes na situação, ou poderia ser sincero. Bem, parcialmente sincero; o suficiente para que Victoria voltasse a cooperar, mas não para colocar ela e seus amigos em perigo.

Milo abriu a porta da frente quando eles se aproximaram.

— Boa tarde, lorde e lady Althorpe. Como foi o almoço?

Sinclair conhecia o mordomo fazia quatro semanas, e Milo nunca demonstrara interesse sobre sua rotina. Obviamente, a pergunta não fora para Sinclair.

— Foi ótimo — respondeu ele quando Victoria continuou andando.

— Muito esclarecedor.

— Ha-ha — reagiu ela, dirigindo-se para as escadas e, sem dúvida, para seus aposentos. Ela ainda estava com a maldita chave.

— Victoria, posso falar com você? — perguntou ele.

— Acho que você já falou demais.

Sinclair avançou e a pegou nos braços antes que ela pudesse entender o que estava acontecendo.

— Eu estava só começando — afirmou ele sombrio, e subiu a escada com ela nos braços.

— Me solte! Imediatamente!

— Não.

Seus aposentos ficavam em lados opostos do corredor. Depois de pensar por alguns segundos, ele optou pelo território neutro e abriu a porta da biblioteca em frente ao quarto principal. Quanto estavam lá dentro, ele deu um chute na porta e colocou sua noiva no sofá sob a janela.

— Você é muito pior que um grosseirão! — vociferou ela, levantando-se novamente. — Nunca fui tratada de maneira tão desrespeitosa e certamente não permitirei que você o faça!

— Sente-se — ordenou ele.

Ela cruzou os braços contra o peito.

— Não.

Ele se aproximou.

— Vixen, se você não se sentar, eu a convencerei a fazê-lo.

A expressão de frieza de Victoria poderia congelar o sol, mas, depois de um momento de rebeldia, ela graciosamente acomodou-se nas almofadas.

— Como desejar, milorde — disse ela, com a mandíbula cerrada.

— Obrigado.

Agora que ele tinha a atenção dela, não sabia por onde começar. Ele guardara suas informações e segredos por tanto tempo que não tinha ideia de como se separar deles, ou como decidir quais seriam e não seriam seguros para ela saber. Victoria parecia cada vez mais sombria, então ele não tinha muito tempo.

— Não fui totalmente sincero com você — disse ele lentamente.

— Nossa, que surpresa. — Ela se inclinou para pegar um livro e abri-lo. — Para falar a verdade, não me importo mais.

Torcendo para que aquilo não fosse verdade e que não tivesse arruinado tudo, Sinclair caminhou da porta até a janela e voltou.

— Não voltei para Londres apenas para assumir meu posto como marquês.

— Sim. Você mencionou algo sobre encontrar uma esposa. — Lambendo o dedo indicador, ela começou a virar as páginas lenta e ruidosamente. — Eu estava lá.

— Pretendo encontrar o homem, ou mulher, que assassinou meu irmão.

Victoria fechou o livro com força.

— Eu sabia!

— Sim, bem — continuou ele, tentando ignorar a secura repentina nos lábios e as batidas fortes de seu coração —, não aumente a situação.

Seus olhos violeta ainda traduziam desconfiança quando ele a encarou novamente.

— Pelo amor de Deus, qual a dificuldade de ser honesto? E por que esperou tanto para voltar a Londres se queria que a justiça fosse feita?

Pelo menos ela ainda parecia interessada.

— Fui… obrigado a permanecer onde estava — explicou ele lentamente. — E, obviamente, a pessoa que matou Thomas acha que se safou. Não quero que ela pense de forma diferente até ser pega.

— Então o que isso tem a ver com você fingir que está bêbado? E com aqueles três homens que estavam perto do estábulo ontem à noite?

Ele congelou e a olhou com uma expressão perplexa.

— De que homens você está falando?

Victoria suspirou.

— Os três homens com quem vi você conversando ontem à noite, os mesmos que estavam em nosso casamento se fingindo de bêbados. Como pode ver, motivos não faltam para ter dúvidas.

Jesus Cristo. Ela era surpreendente. Eles não eram desleixados; se fossem, teriam morrido há muito tempo. Mesmo assim, Victoria tomara registro deles e, em dois dias, descobrira parte do seu esquema. Não é à toa que ela começara imediatamente a suspeitar dele. Sinclair não tinha percebido o quão inteligente ela era, mas aquilo não o fez se sentir mais confiante sobre incluí-la no plano.

Ele pigarreou.

— Conheci aqueles cavalheiros durante minhas viagens pela Europa. Eles me ofereceram ajuda.

— E a suposta embriaguez?

— As pessoas costumam falar mais quando pensam que você está embriagado. Acabou se tornando um hábito.

Ao concluir, ele percebeu que havia falado demais. Felizmente, ela parecia muito surpresa com o resto das informações para perceber seu vacilo.

Por um longo momento, Victoria ficou em silêncio, olhando para suas mãos.

— Posso fazer uma pergunta?

— Sim.

— Quantas histórias sobre suas aventuras na Europa são verdadeiras?

Ele relaxou.

— A maioria.

Superficialmente, pelo menos.

Victoria se levantou com calma.

— Muito bem, Sinclair. Preciso pensar em tudo que conversamos.

Qualquer resposta seria melhor que ser rejeitado.

— Eu posso devolver a pergunta? Quantas histórias sobre suas supostas façanhas em Londres são verdadeiras?

Ela caminhou até a porta e a abriu.

— A maioria — disse ela levemente, e cruzou o corredor até seus aposentos.

Sin voltou a andar pela sala. Victoria não era exatamente uma aliada, e ele não estava disposto a compartilhar o suficiente para que ela se tornasse. Mas ela também não era uma inimiga, e aquilo parecia uma vitória ou, pelo menos, o início de uma trégua.

— Pago alguns trocados para saber no que está pensando, querida.

Victoria se sobressaltou e percebeu que passara os últimos cinco minutos empurrando as batatas em seu prato.

— Conto tudo por uma libra, Lex.

Alexandra Balfour sorriu.

— Combinado.

— Você conta primeiro, nós pagamos depois — disse Lucien Balfour. — E, considerando que recebi permissão para jogar carteado no White's esta noite, é melhor que me surpreenda.

Sua esposa o repreendeu com o olhar.

— Pare com isso, Lucien. É evidente que ela veio para desabafar.

— Na verdade, vim porque disse a Sinclair que tinha um jantar. Precisava… de um momento para recuperar meu juízo. — Ela olhou para a amiga. — Mas agora que estou pensando no assunto, talvez a escolha do local não tenha sido a melhor.

Estar desajuizada na presença dos Balfour não era uma boa ideia.

— Bobagem — respondeu Alexandra. — Se preferir, não precisa dizer nada. Estou muito feliz em vê-la.

Ela olhou novamente para o conde.

Victoria não percebeu, mas Lucien entendeu o recado. Ele se afastou da mesa e se levantou.

— Bem, vou jogar meu carteado.

— Ah, não precisa ir embora só porque…

— Fique tranquila. — Ele acenou com a cabeça na direção de Alexandra. — Estou indo por causa dela.

— Ele morre de medo de mim — disse Lex secamente.

— Só quando ela tem um objeto cortante em mãos.

Lorde Kilcairn caminhou até a cadeira da esposa e inclinou-se sobre ela. Alexandra levantou o rosto e beijou os lábios de Lucien.

Victoria se remexeu. Aquilo, sim, era um casamento. Sinclair tinha muito o que aprender com Lucien. E ela também, sem dúvida, já que dera um jeito de passar a segunda noite de seu casamento jantando sem o marido.

— Vamos lá, Vix — continuou Alexandra quando Lucien se retirou. — Qual é o problema?

— Não vim aqui para reclamar. Sinclair me deixou irritada, então eu disse que tinha um jantar. — Ela deu de ombros. — Então aqui estou eu, abusando da sua amizade.

— Depois de tudo o que fez por mim, isso nem sequer seria uma possibilidade. O que a deixou irritada?

— Lex, é sério, não precisa. Você não é mais minha governanta.

— Não, mas sou sua amiga.

— Você também é quem disse que, se eu não aprendesse a me comportar, acabaria casada com um canalha incorrigível.

Lex sorriu.

— Não, foi a srta. Grenville quem disse isso. Eu disse que você ficaria com uma reputação ruim.

Victoria afastou seu prato.

— Bem, parece que as duas estavam certas.

— Ele é incorrigível?

— Ah, eu não sei. — Praguejando, Victoria levantou-se e começou a andar ao redor da mesa. — Eu e ele não podemos estar no mesmo lugar sem iniciar uma discussão.

E sem que ela pensasse em seus beijos deliciosos e seu toque firme e quente, coisas que deixavam suas grosserias ainda mais irritantes.

Alexandra pigarreou.

— Então... Como lorde Althorpe reagiu aos seus animais?

— Acho que eles o divertem. Pelo menos, não pareceu se importar.

— Isso já é alguma coisa, não? Penso que qualquer homem que aceite Henrietta e Mungo Park não pode ser de todo mau.

— Ele ainda não foi apresentado ao Mungo.

— Ops. Esse pode ser o fator decisivo em qualquer relacionamento.

Alexandra estava tentando animá-la, e Victoria apreciava a intenção.

— Bom ponto. Mas como pode alguém ser tão atraente e tão... irritante ao mesmo tempo?

— Bem, q...

— E não diga que eu deveria me perguntar isso, Alexandra.

A amiga deu uma risada.

— Então não falarei absolutamente nada, exceto que você não é covarde ou derrotista.

— E também acho que devo tentar permanecer casada por mais um tempo antes de odiar completamente a ideia.

— Concordo com você.

— Darei notícias.

Sin não estava presente quando ela voltou para a Casa Grafton, então Victoria foi alimentar e visitar seus animais de estimação no solário. Os gatos pareciam gostar bastante das grandes plantas espalhadas pelo lugar, enquanto Henrietta e Grosvenor, seu cão de caça, haviam dominado o sofá antigo que ela comprara para eles. Mungo Park ainda fingia fazer parte da cornija ornamentada acima da janela, mas a pilha de nozes que ela deixara para ele na lareira estava pela metade.

Ela adoraria deixar que corressem livres pela casa assim que se acostumassem com o novo ambiente, mas não sabia como Sinclair se sentiria sobre isso. Seus pais sempre insistiram que as "criaturas inúteis" ficassem no quarto ao lado do seu. O Senhor Baguete só podia sair à noite, e o limite era a porta do seu quarto. Lorde e lady Stiveton teriam adorado mantê-la enclausurada no mesmo espaço.

Durante um bom tempo depois de ter se retirado, Victoria permaneceu olhando pela janela, mas nenhuma figura sombria apareceu. Sinclair obviamente havia escolhido outro lugar para seu encontro, um lugar ao qual ela nunca teria acesso.

Ele disse que fingira estar embriagado por hábito e por que isso aflorava a sinceridade das pessoas. Isso significava que ele usara essas táticas com frequência. E, aparentemente, seus comparsas faziam o mesmo. A pergunta era: por quê? Ele estava em busca de qual informação? Será que tudo tinha a ver com o assassinato do seu irmão? Ela achava que não, afinal, ele dissera que voltara para a Inglaterra com o propósito de encontrar o culpado. Então, aparentemente, ele estava tramando outra coisa na Europa.

E, já que ele admitira fingir embriaguez, seria essa a única coisa que ele fingia? Ela pensou no outro Sinclair; o perspicaz, focado e muito sensual que aparecia de vez em quando, aparentemente para confundi-la e torturá-la.

Ao deslizar sob as cobertas quentes e macias, Victoria sorriu. Eles estavam casados havia um dia e ela já descobrira um segredo. Não demoraria muito até que descobrisse outros.

— *Você contou para ela?*

O queixo de Bates caiu, enquanto a cerveja de Wally caía no chão. Crispin Harding parecia presunçoso, como se não esperasse um desfecho diferente.

— Não tive muita escolha — disse Sin, na defensiva. — Ela viu vocês perto do estábulo outra noite.

Ela também o tinha visto, mas ele guardou esse fato para si.

— Então você decidiu contar a verdade? — sibilou Bates. — Logo você? O mestre de sair pela tangente?

— Eu não contei *tudo* para ela, pelo amor de Deus. Apenas o suficiente para impedi-la de fazer perguntas difíceis.

Ele esperava que a história que contara fosse suficiente; sua esposa parecia ter uma habilidade incrível de ver mais do que deveria.

Ela passara os últimos três dias o evitando, saindo com as amigas ou ficando em seus aposentos com os animais. Ele fez questão de encontrá-la várias vezes, tanto para determinar se ela decidira lhe dar uma chance, como porque ele parecia ter desenvolvido uma estranha necessidade de vê-la. Ele queria mais, é claro — queria tocá-la, beijá-la e abraçá-la —, mas isso tudo podia esperar. Mais um pouco. Pelo amor de Deus, ele era paciente, mas não um eunuco.

— Você está amolecendo. Bastou um par de belos olhos azuis para você contar todos os nossos segredos para ela — disse Wally e sinalizou, pedindo outra caneca de cerveja.

— Olhos violeta — corrigiu Sin. — Eles realmente são muito notáveis. Mas só contei que estava em busca do assassino de Thomas.

— E como explicou a nossa presença?

— Disse que estavam me ajudando. E fale baixo. — Crispin ainda olhava para ele como se soubesse de algo, e Sinclair fez uma careta. — Diga, gigante.

— Só estava me perguntando quando você vai nos perguntar se descobrimos alguma coisa interessante.

Sin ficou em silêncio enquanto um garçom trazia bebidas geladas. Ele não gostou do que o escocês estava insinuando: que ele se envolvera tanto com Vixen que havia esquecido do assassinato do irmão.

— Presumi que me contariam se tivessem descoberto alguma coisa.

— Não tenho nada — murmurou Wally. — O afogador de gatos também chuta cachorros e rosna para criancinhas. Nosso próximo santo, provavelmente. Exporta qualquer coisa se conseguir um bom preço. Mas nada além disso, e nada que parecesse ilegal o suficiente para justificar um assassinato. Ele compareceu ao Parlamento ontem, mas você sabe disso.

Sinclair concordou.

— Eu o vi. E Kilcairn, que parece ser radicalmente anti-Bonaparte.

— Sim — concordou Crispin. — O primo dele foi morto na Bélgica. Odeio falar isso, Sin, mas acho que ele não é quem você procura.

Por mais que não gostasse do conde, Sinclair também tinha concluído o mesmo.

— Por que eu odiaria saber que eliminamos um suspeito?

— Porque você praticamente cuspiu fogo nele no seu casamento. Pensei que você estivesse ansiando por uma chance de alimentá-lo para os peixes.

— Certo.

— Que os anjos com seu canto ao repouso lhe acompanhem.

— Crisp…

— E todos os nossos ontens não fizeram mais que iluminar para os tolos o caminho que leva ao pó da morte.

— Já entendi. E pare de citar Shakespeare — resmungou Sinclair. — Alguém vai acabar achando que você é um cavalheiro.

Crispin sorriu.

— Esse seria meu tio, rapaz. Eu sou só o sobrinho do cavalheiro.

— É — imitou Wally —, apenas o sobrinho do maldito duque de Argyle.

— O sobrinho favorito, Wallace. E seja grato. Sem meus parentes de sangue azul, você provavelmente nunca veria o interior de um clube de cavalheiros como este.

— Não se esqueça que sou neto de uma duquesa, escocês.

Bates bufou.

— Se já terminaram de discutir o nível de realeza em seu sangue, também não tenho novidades. Aquele idiota do Ramsey DuPont não conseguiria cometer um assassinato nem se alguém carregasse a pistola e mirasse no lugar dele.

— Nossos três cavalheiros são inocentes o suficiente para que possamos riscá-los da lista, então?

Crispin assentiu.

— Sim. Se Kilcairn tivesse matado seu irmão, teria sido uma luta justa. Não um assassinato.

Sinclair estreitou os olhos.

— Você não vai me fazer gostar dele.

O escocês teve a ousadia de sorrir.

— Eu sei.

— DuPont é inocente também. Ele pode cometer um assassinato, mas não é inteligente o suficiente para enganar alguém.

— Wally?

— Ó, maldição. Preciso de mais alguns dias com o afogador de gatos. Ainda não tenho um motivo concreto, mas também não riscaria o maldito da lista.

Sinclair não ficou surpreso. Encontrar o assassino entre os três primeiros suspeitos da lista seria esperar demais, mas ele não estava disposto a descartar nada, incluindo a sorte.

— Bem, então podemos passar para os próximos três n...

— Com licença, Althorpe.

Sinclair virou na cadeira. Parte dele ainda esperava ouvir a voz suave de seu irmão respondendo o chamado.

— Lorde William — falou ele lentamente.

William Landry estava bêbado e, se os rumores fossem verdadeiros, não era surpresa nenhuma. Sin não entendeu a hostilidade em seu rosto bonito até se lembrar que o filho do duque de Fenshire era um dos abutres que rodeavam Vixen na noite em que a levou para o jardim. Era exatamente o que ele precisava: um ex-pretendente bêbado que provavelmente já fora mais íntimo com sua nova esposa do que ele.

— Acho que você precisa saber — continuou lorde William sombriamente —, só porque pegou o caminho mais curto para a cama da Vixen, não significa que fingiremos que gostamos de ter você aqui.

— Pouco me importa o que vocês gostam ou desgostam — disse Sinclair. — Mais alguma coisa?

— Bem... — respondeu lorde William lentamente, olhando por cima do ombro para seus companheiros de mesa igualmente embriagados —... eu, quer dizer, nós estávamos nos perguntando se Vixen é tão selvagem deitada quanto é de pé.

Sin saltou da cadeira e deu um soco na cara de Landry. Ele ouviu vagamente seus companheiros xingando e tirando os móveis do caminho, mas os ignorou enquanto atirava o palhaço sobre uma cadeira.

Landry não fora íntimo com ela, mas saber daquilo também não o confortou. Alguém que Victoria aceitara como seu amigo e admirador *não* diria aquele tipo de coisas em público. Não se Sinclair pudesse evitar. Rosnando, ele levantou Landry e o derrubou novamente com um forte soco no queixo.

Antes que pudesse continuar, braços envolveram sua cintura e o tiraram do chão.

— Que inferno, Crispin, me solte! — rosnou ele.

— Você pretende acabar o que começou, Sin?

Ele olhou para lorde William, ofegante e encolhido no chão. Matar alguém agora definitivamente complicaria sua própria investigação.

— Não.

O grande escocês o soltou e ele ficou de pé. Olhando para os criados e convidados que os rodeavam, Sin aproximou-se do ouvido de Landry.

— Jamais insulte minha esposa novamente — alertou ele — ou, na próxima, você não vai se levantar.

Landry gemeu, mas não concordou com o que Sin dissera. Era improvável, no entanto, que ele se esquecesse da lição. Sinclair se endireitou, ignorando o lenço oferecido por Wally para limpar as manchas de sangue e conhaque em sua gravata, e caminhou até a porta.

— Acho que você não precisa se preocupar com ninguém pensando que você se tornou respeitável demais — disse Bates quando eles pararam na rua.

— Sem dúvida. — Ele esfregou os nós dos dedos. Sábio ou não, fora ótimo espancar o patife. Sin não entrava em uma briga decente desde que tinham voltado da Europa. — Como eu dizia, confirmei mais três dos nossos suspeitos. Todos estavam na cidade e possivelmente viram Thomas no dia em que ele foi morto.

Ele tirou a lista da Hoby's do bolso e entregou para Bates.

— Alguma novidade sobre Marley?

— Até agora, nada — respondeu Sinclair. O visconde havia sumido desde a festa de Franton. E, como Marley era a única pessoa que Thomas mencionara em suas cartas como tendo "noções problemáticas", ele era o primeiro na lista pessoal de Sinclair. — Deixem ele comigo.

— Eu não ficarei entre vocês dois — murmurou Bates.

— Você está seguindo algum outro rastro? — perguntou Wally, olhando a lista por cima do ombro de Bates.

— Estou tentando obter os registros de votação da Câmara dos Lordes. Pode não significar nada, mas vai nos dizer quem não estava em Londres naquela semana.

— Isso facilitaria um pouco as coisas — concordou Crispin.

— Se, de fato, tiver sido mesmo um colega… — suspirou Bates ao entregar a lista ao escocês.

Depois de dois anos, aquela era mais uma das muitas incertezas que eles enfrentaram ao voltar para Londres. A tarefa não parecia tão assustadora quando estavam em Paris, com centenas de missões triunfantes tão difíceis e perigosas quanto aquela no currículo. Mas eles nunca tinham precisado lidar com um caso tão antigo, ou que envolvesse tantas pessoas supostamente relevantes.

— Estou atrás de alguém que pode nos ajudar com isso. — Ele olhou para trás, em direção ao Boodle. — Considerando as fofocas que consegui incitar, acho que devemos nos corresponder através de lady Stanton nos próximos dias, em vez de nos encontrarmos pessoalmente.

Com seus resmungos habituais, Wally e Bates concordaram, depois seguiram para o leste em direção a Covent Garden e à parte menos respeitável de Londres. Crispin, porém, permaneceu onde estava.

— O que foi? — perguntou Sin resignado.

— Vá para casa — disse o amigo. — Quando isso acabar, ela ainda estará lá, e você ainda terá que lidar com ela.

— Hmm. Palavras sábias, vindas de um solteirão convicto.

— Verdade. Até bater os olhos em Vixen Fontaine, você também era.

— Não sou um idiota apaixonado, Harding. Acredite em mim.

— Fale isso para William Landry. Aquilo não foi muito discreto, Sin.

Sinclair se crispou e cerrou os punhos com raiva. Ele claramente estava ficando louco.

— Todos os dias penso em Thomas e em como ele poderia estar vivo se eu estivesse aqui — disse ele lentamente. — *Todos os dias*. Não esqueci o motivo para eu ter voltado a esta pocilga. E vou descobrir quem o matou, não importa o que aconteça, mesmo se eu tiver que fazer isso sozinho.

— E não importa quem você machuque.

— Vixen Fontaine é o recurso mais valioso que conseguimos encontrar. Ela não é a primeira mulher que usei.

— É a primeira mulher com quem se casou.

— Ah, cale a boca.

— Eventualmente, você vai precisar se perguntar por que está fazendo isso, sabe.

— Boa noite, Crispin.

Quando ele voltou para Casa Grafton, Victoria estava dormindo. Na verdade, todos na casa já haviam se recolhido em seus aposentos. Acostumado com a escuridão, Sinclair percorreu o longo corredor e o labirinto de salas até o antigo escritório de Thomas. Lentamente, ele afundou no assento atrás da mesa de mogno. Bem no início da noite e com as lamparinas acesas, não havia dúvida: Thomas vira seu assassino quase assim que ele ou ela entrara na sala, e ainda assim não fizera nenhum esforço aparente para se defender.

Um desses nobres agradáveis e de rostinho bonito o matara, o assassinara a sangue frio. Sinclair não confiava em nenhum deles, principalmente depois de algumas coisas que descobrira sobre o tipo na Europa. E o que mais o abalava era a possibilidade de aquilo ser culpa sua; alguém poderia ter pensado que ele havia passado alguma informação indevida para Thomas.

— Você está bem?

Ele se assustou e pegou a pistola enquanto seu cérebro registrava que aquela voz era de Vixen. Ela estava na porta, sua sombra mais clara contrastando com a escuridão do corredor. Com dificuldade, ele relaxou os ombros e se recostou na cadeira.

— Estou. O que está fazendo acordada?

— Ouvi você chegar. — Hesitante, ela entrou na sala iluminada pela lua. — Thomas foi morto aqui, não é?

— Sim.

Seu cabelo preto estava solto e ondulado por cima dos ombros, e Sin sentiu os dedos se contraírem com o desejo repentino de tocá-lo. De tocá-la.

— Ele não estava sentado em sua mesa quando… aconteceu?

— Acertou novamente.

Ela inclinou a cabeça.

— Lamento tê-lo julgado mal, Sinclair.

— Você provavelmente não fez isso.

Victoria foi até ele e estendeu uma mão.

— Não sente aí. Me dá arrepios. — Sin deixou que ela o ajudasse a levantar com sua pequena e esbelta mão. — Quão bem você conhecia Thomas?

— Ele era um pouco mais velho que você, não?

Como ela não parecia com pressa de se afastar ou de soltar a mão dele, ele a puxou para mais perto. Ele se inclinou lentamente, dando-lhe tempo para que se opusesse. Quando ela não o fez, ele a beijou suavemente, saboreando os movimentos naturais e intensos de suas bocas.

— Sim. Ele tinha quase 40 anos, dez a mais que eu. Ele e minha avó praticamente criaram Kit e eu. — Sinclair passou os dedos pelo rosto delicado. — Você não respondeu à minha pergunta: você e Thomas se conheciam bem?

— Hum? — disse ela com uma voz sonhadora. — Ah. Não, não o conhecia tão bem. Acho que meu grupinho era escandaloso demais para ele.

— Qualquer coisa que puder me falar sobre ele pode ajudar.

— Ele era gentil, quieto e, se bem lembro, gostava das pinturas de Gainsborough. Aliás, ele chegou a me contar que também pintava.

— É mesmo? — murmurou Sinclair, sentindo ainda mais a perda do irmão. — Não sabia disso.

— Ele dizia que não era muito bom, mas lembro de pensar que ele provavelmente era. Você chegou a encontrar seus esboços?

— Ainda não tive tempo de procurar nada além de cartas incriminatórias. Talvez minha avó tenha ficado com eles.

— Você deveria perguntar a ela.

— Talvez eu pergunte. — Ele a encarou. — Por que está tão amigável hoje?

— Não sei dizer. Fico pensando em como seria horrível perder um membro da família desse jeito, e vi você sentado na cadeira, com aquela expressão no rosto, e…

— Que expressão?

— Essa… expressão intensa que tem às vezes. Vendo isso, me pergunto o que manteve você afastado por dois anos inteiros.

Ninguém jamais mencionara que ele tinha "uma expressão". Mostrar qualquer vulnerabilidade poderia ter sido o seu fim. Com sorte, qualquer "expressão" fora desenvolvida desde que ele voltara para a Inglaterra. Mais era mais provável que fosse algo que só Victoria seria capaz de perceber.

— Se eu soubesse que você estava aqui, não teria ficado longe por tanto tempo — murmurou ele.

Abruptamente, ela colocou a mão em seu peito e o empurrou.

— Pare de tentar usar minha empatia pela sua situação para me seduzir.

Sinclair se afastou.

— Foi você quem veio me procurar, Victoria. E é você quem usa Thomas como desculpa toda vez que nos beijamos. Por que a deixo tão nervosa?

Ela também o deixava tenso, mas ele não tinha intenção de lhe revelar isso.

— Você não me deixa nervosa — afirmou ela. — Já disse, você *não* é o primeiro homem a me beijar ou murmurar palavras doces e lisonjeiras para ganhar minha atenção.

Ele estreitou os olhos, e a visão de Marley a girando no ar passou por sua cabeça.

— Você não se casou com nenhum deles.

— Nenhum deles foi tão descuidado a ponto de tentar me seduzir na frente do meu pai e metade de Londres. — Ela girou nos calcanhares. — Boa noite, milorde.

O argumento dele fora fraco, e Sinclair sabia que, de fato, tinha sido descuidado naquela noite, mas apenas porque ele esperava encontrar tudo ao voltar para Londres, menos *ela*. Depois de vários dias juntos, ele ainda mal sabia do que Victoria gostava ou o que a motivava e, geralmente, Sinclair conseguia ler uma pessoa em questão de minutos. E ele não podia culpá--la por avançar e recuar, afinal, ele continuava mudando as regras do jogo.

— Quem você acha que matou Thomas? — perguntou ele baixinho, lembrando-se que fazia a pergunta porque precisava que ela cooperasse, e não porque ele odiava deixá-la irritada.

Quase cruzando a porta, ela parou.

— Não sei. — Ela o encarou novamente. — Quem você acha que foi?

Sin soltou um suspiro que não percebeu que estava segurando. Victoria estava certa sobre uma coisa: ele abusava de sua empatia sempre que podia.

— Todo mundo.

— Todo mundo?

Ele deu de ombros.

— Não consigo eliminar suspeitos. Qualquer um pode tê-lo matado. Mas eu preciso de um motivo.

— E qual seria esse motivo?

Sinclair recostou-se na beirada da mesa.

— Essa é a parte difícil. Eu não sei com o que, ou com quem, Thomas estava envolvido. Ele escrevia sempre que podia, mas as cartas nem sempre chegavam até mim e, quando chegavam, não eram muito esclarecedoras.

Thomas era cuidadoso demais para deixar escapar que seu irmão era mais que um devasso. Suas cartas eram igualmente pouco informativas. Alguma coisa, no entanto, havia dado errado.

— Por que você ficou na Europa, e em Paris, quando era tão perigoso? O que segurou você lá, Sinclair?

Ele queria contar para ela. Victoria falava com ele da mesma maneira sincera e interessada que falava com Milo e, assim como o mordomo, ele queria contar-lhe tudo. Porém, até que soubesse o motivo da morte de Thomas, não ousaria fazê-lo.

— Era… divertido. Apostas, bebidas, mulheres… o dia inteiro. A nova ordem mundial de Bonaparte pode ter soado conservadora, mas os nobres e a maioria de seus oficiais viviam de forma muito diferente.

— Me disseram que você morou em um bordel por seis meses. É verdade?

Ele se odiaria por aquilo depois.

— Sim, da madame Hebiere. As garotas mais bonitas de Paris. — E visitado por alguns dos membros mais influentes do governo de Bonaparte. — Ora, Vixen, você também tem os seus passatempos, não é?

— Às vezes. Eles me mantêm ocupada.

Victoria estava olhando para ele novamente, seu rosto com uma expressão parte cautela, parte curiosidade. Ele esperou, perguntando-se o que ela achava que tinha visto daquela vez.

— Mês passado — disse ela lentamente —, lorde Liverpool anunciou que o último dos conspiradores conhecidos de Bonaparte havia sido preso.

Essa não.

— É mesmo?

— Sim. E se você era tão próximo dos oficiais e conhecidos daquele maníaco, como conseguiu evitar ser preso?

— Sugiro que tenha muito cuidado, Victoria. Você está insinuando que sou um traidor?

— Não. Estou dizendo exatamente o contrário. — Ela saiu da sala e se virou na direção das escadas. — Boa noite, Sinclair.

Por um longo momento ele permaneceu onde estava, dividido entre a admiração e o medo. Talvez ele precisasse repensar a ideia de contar às coisas a ela, caso Victoria conseguisse desvendar a situação inteira sozinha.

Capítulo 7

Por mais ousada que pensasse ser, Victoria precisou lutar contra as muitas borboletas na barriga quando desceu da carruagem de Althorpe. Acreditava que sua ansiedade era facilmente explicada; naquela manhã, ela pensava nas consequências de sua aventura e se importava com o que a pessoa que estava prestes a visitar poderia achar dela. Respirando fundo, ela subiu os degraus rasos e bateu com a aldrava de bronze na porta branca.

A porta se abriu.

— Posso ajudá-la, senhorita?

Um homem idoso, de aparência gentil e trajando um uniforme elegante, olhou para ela com curiosidade.

— Lady Drewsbury está em casa?

— Preciso verificar. A visita seria em nome de quem?

Seus cartões de visita ainda não estavam atualizados com seu novo nome. Tudo parecia muito... prematuro.

— Lady Althorpe — respondeu ela, por mais estranho que aquilo soasse.

Imediatamente o mordomo deu um passo para o lado.

— Peço desculpas por não a ter reconhecido, milady. Pode me acompanhar até a sala de estar?

— Obrigada.

O mordomo a conduziu escada acima até uma saleta iluminada no lado leste da casa. Decorada com bordados e almofadas estofadas, tratava-se claramente da sala de uma mulher, na casa de uma mulher.

Sentada em uma das cadeiras que davam para o pequeno jardim contíguo à casa, Victoria sentiu-se inquieta. Se lady Drewsbury não gostasse dela ou não quisesse falar com ela, não saberia o que fazer a seguir. Finalmente sabia quais eram as perguntas certas, mas não quem teria as respostas. E queria tanto aquelas respostas tão avidamente que ficava assustada com o sentimento.

— Lady Althorpe.

Victoria ficou de pé e fez uma reverência quando lady Drewsbury entrou na sala. Embora superasse a viúva do barão de Drewsbury em termos de nobreza, não tinha a menor intenção de desafiá-la.

— Lady Drewsbury.

— Por favor, sente-se. Pode me chamar de Augusta.

— Augusta. Obrigada. Pode me chamar de Victoria, ou Vixen, como preferir.

A baronesa sentou-se à sua frente e sinalizou para o mordomo trazer o chá.

— Pensei em sugerir que me chamasse de "vovó", mas acho que ambas precisaremos de um tempo para nos acostumar com isso.

Relaxando um pouco, Victoria sorriu. Até aquele momento, tudo bem.

— Suponho que esteja se perguntando o que me trouxe aqui.

— Consigo imaginar. Sinclair?

Seu coração se acelerou novamente.

— Sim.

— Vovó, achei ter deixado claro que deveria ser informado imediatamente se alguma moça atraente viesse aqui. — Christopher Grafton entrou na sala segurando um punhado de margaridas obviamente colhidas às pressas. — Ou até mesmo se passassem pela frente da casa.

— Peço desculpas, Christopher. Achei que se referia somente a mulheres solteiras.

— Normalmente, sim, mas estou desesperado. — Com um sorriso cativante, o irmão mais novo de Grafton entregou o buquê para Victoria.

— Para você, milady — anunciou ele, e fez uma reverência elegante.

— Me chame de Vixen, por favor — disse ela, rindo. — E obrigada.

— Vixen. Meu irmão veio também? Ah, claro que não. O Parlamento está em sessão, não é? Afinal, é quarta-feira, e…

— Christopher — interrompeu lady Drewsbury —, seu monólogo parece realmente fascinante, mas que tal continuá-lo em outro lugar?

— Ah, droga. Claro, vovó. Vixen.

Com outro sorriso fácil, ele deixou a sala.

— Não consigo decidir se ele me mantém jovem ou alimenta minha velhice — disse Augusta com um sorriso. — Taft, por favor, coloque as flores de lady Althorpe em um vaso.

O mordomo se aproximou e pegou as margaridas desgrenhadas de Victoria. Quando ele saiu, lady Drewsbury serviu chá para as duas e recostou-se para tomar um gole.

— Muito bem — continuou ela —, onde estávamos? Ah, falávamos daquele que com certeza alimenta minha velhice. Sinclair.

Victoria colocou açúcar em seu chá.

— Não sei bem por que estou aqui — começou ela —, mas tenho algumas perguntas que Sinclair não pode ou não quer responder, e pensei que talvez você pudesse me ajudar.

— Precisaria saber quais seriam essas perguntas primeiro. Receio não conhecer Sinclair tão bem como antes.

Amargura e arrependimento reforçavam o tom da baronesa. Mesmo assim, aquela parecia ser o melhor incentivo que Victoria conseguiria.

— Para começar… preciso que prometa que essa conversa ficará entre nós.

O olhar de Augusta se aguçou.

— Sinclair está enrascado? Ou, talvez, mais enrascado do que estaria normalmente?

— Não, ele não está enrascado, pelo menos não no sentido que pensa.

As mulheres se encararam. Victoria se perguntou no que a baronesa estava pensando.

— Sim, eu prometo — disse Augusta finalmente.

— Obrigada. Quando Sinclair partiu para a Europa, ele e Thomas estavam brigados?

— Eles discutiam o tempo todo — confirmou a mulher mais velha. — Isso nada me surpreende, considerando que Thomas era muito conservador e Sinclair era ainda mais selvagem do que Christopher é agora. Parando para pensar, Christopher tem mais ou menos a idade que Sinclair tinha quando partiu para suas aventuras. Graças a Deus, Christopher parece ter seguido outro caminho. Não suportaria perder meu último neto.

— A senhora perdeu Sinclair?

— Não pretendo responder a essa pergunta, querida.

Victoria sentia que, às vezes, falava mais que a boca.

— Peço desculpas. Não queria me intrometer.

— É claro que queria. Prometo respondê-la sempre que for possível. Estou curiosa para saber por que ele a escolheu e, você, a ele.

— Nesse caso, há uma linha tênue entre escolha e erro — Victoria corou. — Peço desculpas, não quis insultá-la. Só estou… muito confusa.

Para o alívio de Victoria, Lady Drewsbury sorriu.

— Faça sua próxima pergunta, Victoria, e veremos se é possível reduzir essa confusão.

— Ah. Claro. Sinclair já esteve no Exército?

— Por Deus, não. Thomas chegou a lhe oferecer uma comissão de capitão, mas Sinclair recusou.

Estranho. Victoria tomou um gole do chá, lembrando-se da destreza com que Sin mirara sua pistola em um dos homens que estavam no estábulo, e como ele não fizera o mesmo na noite passada, quando ela o surpreendera no escritório.

— Não sei bem como perguntar isso — disse ela lentamente —, mas você sabe o que manteve na Europa pelos últimos dois anos? Afinal, parece que ele queria muito ter voltado antes para Londres.

— Se ele quisesse, teria voltado. — A baronesa suspirou. — Não faço ideia. Apesar da diferença de idade, Sinclair e Thomas eram muito próximos.

— Ele me disse que foi "impedido" de voltar.

— Não consigo pensar em nada que o impedisse, nem mesmo Bonaparte ou a guerra.

— Ele não disse muito, exceto que gostava das apostas, mulheres e bebedeiras.

Victoria fez uma careta, mas procurou manter uma expressão neutra enquanto Augusta a olhava com curiosidade. *Não* estava com ciúme. Tentar entendê-lo era tão frustrante quanto apreciar uma pintura coberta por um véu.

— Já que ele finge estar bêbado, não sei se acred…

Lady Drewsbury se endireitou.

— Como assim?

— Ele e seus três amigos, os que estão tentando ajudá-lo a investigar o assassinato... Sinclair disse que fingem estar bêbados para encorajar as pessoas a falar mais livremente. Ele disse que era um hábito. Por que e como, no entanto, não sei lhe dizer.

— *Ele está investigando?*

Victoria assentiu.

— E está completamente focado. Aliás, acho que parece estar obcecado.

Por um momento, as duas mulheres olharam uma para a outra. Então, Augusta pousou a xícara de chá.

— *Você* acha que ele teve algum envolvimento com a guerra, não é? Ele nunca me disse que estava investigando nada, muito menos a morte de Thomas.

— Posso estar completamente errada, mas...

— Não. Não acho que esteja.

Victoria sorriu.

— Eu também não. — Ela colocou sua xícara de lado. — Ele disse que se correspondia com Thomas. Você tem alguma dessas cartas?

— Todos elas. — Lady Drewsbury se levantou, parecendo mais robusta do que ao entrar na sala. — Venha comigo, Victoria.

Quando Victoria voltou para Casa Grafton, detinha os antigos esboços de Thomas e algumas cartas muito interessantes que Sinclair havia escrito para o irmão. Ela levou tudo sozinha até sua sala de estar particular, recusando até a ajuda de Jenny com o pacote volumoso.

Ela achava que tinha descoberto a verdade, e agora precisava decidir como confrontar Sinclair com aquilo... e com o fato de que sua avó e irmão jantariam com eles naquela noite.

Uma ansiedade inebriante fez o pulso de Victoria disparar. Apesar da reputação dele, ela nunca achou que se casara com um canalha. Descobrir que Sinclair Grafton era, na verdade, um herói — melhor ainda, um herói disfarçado — a deixou com a pele quente e arrepiada, e com o desejo de se jogar em seus braços assim que ele voltasse para casa.

A porta abriu de repente.

— Vixen, você ficou sabendo?

Victoria se apressou para esconder o pacote atrás de uma poltrona.

— Lucy? O que você...

— Esqueça isso! — Com os olhos arregalados de excitação reprimida, Lucy Havers correu pela sala para agarrar as mãos de Victoria. — Você ainda não sabe, não é? — Ela riu, suas bochechas brilhando.

Pela primeira vez, não ficou nada feliz em ver Lucy; a amiga não fazia parte das fantasias de Victoria com Sin.

— Não fiquei sabendo. Por Deus, o que é tão importante?

— Seu marido nocauteou lorde William!

Victoria franziu a testa. Também não era bem assim que ela enxergava lorde Althorpe.

— William Landry?

— Sim! Acertou o rosto dele com tudo! Lionel disse que o nariz de William sangrou por vinte minutos!

— Mas por que diabo Sinclair bateu em lorde William? Ele sabe que somos amigos.

Lucy ficou ainda mais corada.

— Acho que William disse alguma coisa — sussurrou ela, embora o único ser perto o suficiente para ouvir fosse o Senhor Baguete, que havia voltado a dormir no parapeito da janela após o susto inicial.

— Disse algo sobre o quê? — Victoria olhou para a amiga, que de repente começou a gaguejar. — Ele disse algo sobre mim, não foi?

A jovem assentiu.

— E Sinclair bateu nele?

— Mais de uma vez. Um homem grande e loiro teve que tirá-lo de cima de William antes que Sinclair o matasse.

O tal homem deveria ser o cavalheiro grandalhão que ela vira perto do estábulo, sem dúvida. Talvez William tivesse interrompido outro encontro secreto, ou não tão secreto assim.

— Quando foi isso?

— Ontem à noite, no Boodle. Lionel disse que lorde William estava bêbado, mas que o Lorde dos Pecados não poderia estar, não pela maneira como ele se movia.

Ela já conhecia aquela reação, o jeito ágil e perigoso que ele demonstrava quando esquecia de se controlar.

— Ou talvez Sinclair esteja mais acostumado a ficar bêbado do que William — argumentou ela, tentando ignorar a aceleração adicional de seu pulso. Ela entraria em combustão se ele não chegasse logo. Sinclair vacilara, mas o fizera para defender sua honra. E então, inferno, ele voltara para casa e ela brigara com ele. — Lucy, ele chegará a qualquer momento. Não quero que ele saiba que eu sei.

Sua amiga sorriu.

— Mas você está feliz?

Victoria sorriu como uma louca.

— Sim. Bem feliz.

— É *tão* romântico. Conte-me o que ele disser.

— Pode deixar.

Depois que Lucy saiu, Victoria se levantou e começou a andar. *As atitudes de Sinclair na noite passada não mudam nada*, repetia para si. Se ele era o que ela suspeitava, estava acostumado a se colocar em perigo. Mas, dessa vez, ele havia se arriscado e feito aquilo por ela.

Ela ouviu uma batida firme na porta, e tomou um susto.

— Entre.

Sinclair abriu a porta e se inclinou para dentro da sala.

— Milo disse que queria me ver.

— Sim. Eu… ah… eu queria… Poderia fechar a porta?

Ele obedeceu e a seguiu enquanto ela se dirigia à janela. Seu coração batia tão forte e rápido que ela pensou que ele pudesse ouvir.

— O que houve?

— Nada.

Ah, ela estava sendo ridícula. Só porque descobrira coisas boas sobre ele, não havia motivos para seus joelhos ficarem bambos. Só porque a atração que sentiu por ele no início era uma vela se comparada à explosão de chamas que ela sentia naquele momento, não havia razão para que seu discurso cuidadosamente pensado virasse uma bagunça em sua mente.

O humor tocou o olhar âmbar dele.

— Tem certeza de que está bem? Não me diga que adotou um elefante ou algo do tipo.

Ela deixou escapar uma risada nervosa e eufórica.

— Não. Eu só queria me desculpar... por ter sido tão rude com você ontem à noite.

Ele ergueu uma sobrancelha.

— Por quê? Foi merecido. Eu avisei que era desagradável e cruel.

— Não. Interrompi seus pensamentos particulares sobre seu irmão e tirei vantagem de seu estado emocional.

Para sua crescente agitação, Sinclair deu outro passo na direção dela, uma pantera perseguindo uma gazela. Victoria não podia recuar mais sem cair pela janela, mas isso não importava, pois ela era uma gazela que queria muito ser pega. Na verdade, estava se sentindo a própria pantera. Mas ela queria contar que descobrira o segredo dele, isso se conseguisse controlar a situação antes de perder completamente a capacidade de falar.

— Você não poderia tirar vantagem de mim se tentasse, Victoria.

Aquilo foi o suficiente. Ao ver o sorriso astuto e provocador, ela não se conteve mais. Respirando fundo, Victoria caminhou até o marido, entrelaçou os dedos em seu cabelo preto e ondulado, puxou seu rosto para baixo e o beijou. Os lábios dele, firmes e macios ao mesmo tempo, moldaram-se aos dela, mordiscando e provocando até que ela perdeu a noção de quem estava beijando quem.

Finalmente, ele ergueu a cabeça para respirar.

— Gosto da maneira com que você pede desculpas — murmurou ele, seus olhos âmbar brilhando.

Ela ficou na ponta dos pés e dominou sua boca novamente.

— Não é apenas um pedido de desculpas — disse ela com a voz trêmula. — Também é um agradecimento.

As mãos dele deslizaram lentamente até sua cintura, e ele a puxou para mais perto.

— Seja lá o que eu fiz, não há de quê.

O coração dela disparou novamente quando a boca de Sin roçou em seu queixo e foi descendo até o pescoço.

Victoria gemeu.

— Lucy... me disse que você foi ao Boodle noite passada.

A boca de Sin voltou a encontrar a dela. Se não fosse pelos braços fortes de Sinclair a segurando, Victoria achou que cairia no chão. A língua dele abriu caminho por seus lábios, adentrando sua boca com uma sede de exploração. Ela estava gostando daquela ferocidade inesperada. Homens a desejaram e a tentaram antes, mas com Sinclair era diferente. Se o que ela suspeitava fosse verdade, Sinclair não era um nobre desocupado sem nenhuma ambição além de conseguir uma herdeira rica.

— O que William disse que o fez bater nele?

Ele ergueu o rosto.

— Você realmente quer saber? Faz diferença?

— Não quero saber por causa de William — murmurou ela, deslizando as mãos pelo peito dele, sentindo os músculos definidos. — Quero saber por sua causa.

A boca sensual dele esboçou um sorriso discreto.

— Você quer saber o que me fez reagir.

Ela assentiu.

— Sim.

Sin respirou fundo, estudando-a com a mesma intensidade que tinha o costume de esconder. E, de repente, Victoria percebeu o que era. Desejo. Desejo que ele escondia atrás do seu cinismo e gracejos ensaiados, e que ele não conseguia mais esconder dela.

— Ele queria saber como você era. Em... circunstâncias íntimas.

— E?

— E eu fiquei com raiva porque você obviamente o considerava um amigo.

— Nunca esperei muito dos meus amigos homens. Todos parecem ter as mesmas curiosidades.

— Bem, eu também tenho essas curiosidades, Victoria. — Movendo carinhosamente as mãos em pequenos círculos até sua cintura e nádegas, ele a puxou para mais perto dele. — Consegue sentir minha curiosidade?

A boca dela ficou seca, e ela assentiu.

— Faz uns minutos que consigo sentir bem... sua curiosidade.

A crescente dureza contra seu corpo também a deixava curiosa, e intensamente atenta.

— Por isso bati nele, Victoria, porque eu não sabia responder àquela maldita pergunta.

Teria sido mais fácil se ele a tivesse jogado no chão e se atirado sobre ela.

— Para ser totalmente sincera, milorde, eu também não sei a resposta. — Com as mãos trêmulas, ela puxou a camisa dele para fora da calça. — Você sabe, homens têm muitas expectativas.

Sinclair pegou as mãos dela e as colocou contra seu peito.

— Você disse que já havia beijado homens antes. Dezenas deles.

— Sim, eu beijei. — Ela deu um sorriso amargo. — Cheguei inclusive a beijar Lorde William. Obviamente, um erro.

— E você parou nos beijos?

A pergunta era direta, sua voz soava como um rosnado. Ele exigia uma resposta e estava com ciúme mesmo já sabendo o que ela diria a seguir. Victoria queria se derreter nele.

— Parei nos beijos.

— Até agora.

Ela soltou suas mãos para deslizá-las pelo peito de Sinclair, mas dessa vez por baixo da camisa, sentindo sua pele quente.

— Até você.

Sinclair encostou a testa na dela, enquanto seus lábios inquietos provocavam os dela e se afastavam, até que ela quis agarrá-lo para que pudesse beijá-lo infinitamente.

— Victoria — murmurou ele —, pelo que me lembro, você não parecia gostar muito de mim ontem à noite.

— Acho que finalmente descobri quem você é.

Ele abriu a boca novamente, mas dessa vez Victoria a cobriu com a palma da mão.

— Vai ficar aí parado fazendo perguntas a tarde toda? Eu sempre posso mudar de ideia.

Ele tirou a mão dela de seu rosto.

— Mas você não vai — disse ele.

Ainda segurando a mão dela, ele recuou em direção à porta de seu quarto. Sua única opção era segui-lo, e ela não tinha nenhuma objeção quanto a isso. Sua pegada era firme e dura, mas seus olhos traduziam apenas desejo e paixão. Ela ainda poderia negar se quisesse, e foi por isso que decidiu não o fazer. Aquele era o Sinclair que ela beijara no jardim, que ela desejara e que, agora, causava arrepios quentes em seu corpo.

— Estou com expectativas muito altas — disse ela, trêmula. — Afinal, você morou em um bordel por seis meses...

— Tentarei não a decepcionar.

Senhor Baguete levantou-se do parapeito da janela para segui-los, mas Sin fechou a porta antes que ele pudesse fazê-lo, deixando o felino surpreso na sala de estar. Seu miado curto e desaprovador fez Victoria rir.

— Meu gato não parece estar feliz com você.

— Não farei amor com seu gato — afirmou ele secamente, puxando-a para seus braços.

Ela estava esperando que ele a beijasse novamente, mas ele apenas encarou seus olhos por um longo momento.

— O que foi?

— Estou conhecendo você — murmurou ele. — Desejo você desde o maldito jardim de Lady Franton. Ou até antes disso.

Então, ele baixou a cabeça e dominou sua boca novamente.

Luxúria. O que sentia era luxúria. Ela o quisera desde o início também... Victoria gemeu.

A maioria dos homens achava que ela era mais experiente do que realmente era. Como consequência, e porque nunca se preocupara em dizer que estavam errados, ela já tinha ouvido muitos detalhes sobre atividades sexuais. Parte deles era interessante e até excitante, mas muitos outros, especialmente os que descreviam as reações ardentes das mulheres envolvidas, soavam bastante cômicos. Ela também suspeitava que algumas daquelas histórias haviam sido inventadas.

Foi com certa surpresa, então, que ela percebeu o quanto ele a afetava. Mesmo com as mãos trêmulas, tirar o casaco de Sinclair e jogá-lo no chão foi simples. Abrir os pequenos botões de seu colete, no entanto, parecia complexo demais.

— Inferno! — sibilou ela. — Peço desculpas.

Com uma risada baixa, ele cobriu as mãos de Victoria, apertou ainda mais as laterais do colete e puxou. Não demorou até que diversos botões voassem para o chão.

— Não é necessário. Você me excita também.

Ele tratou os botões do vestido dela com mais respeito, embora ela quase desejasse que ele não o fizesse. Tê-lo atrás dela, os lábios acariciando seus ombros e sua nuca, quase a deixou louca. Ela queria tocá-lo e abraçá-lo, mas estava na direção errada para isso.

— Arranque-o logo, Sinclair — ordenou ela com uma voz tão rouca de desejo que mal se reconheceu.

— Eu gosto deste vestido — protestou ele, seu murmúrio soltando uma corrente que percorreu os ombros dela até os dedos dos pés. — Seja paciente.

Se ela tivesse paciência, talvez conseguisse ser racional. Com fervor, Victoria se virou para beijá-lo.

— Não quero ser paciente. Eu quero você. Agora.

Ele abriu botões o suficiente para remover o vestido violeta de seus ombros. A peça caiu como uma pilha com aroma de lavanda em torno de seus tornozelos, revelando sua camisola e sapatos. Sin caiu de joelhos, abraçando seu tornozelo direito com as mãos. Com um puxão, ele desamarrou seu sapato.

Ela colocou as mãos nos ombros de Sinclair para se equilibrar, hipnotizada pelos músculos sob a camisa dele enquanto ele a descalçava. Ele repetiu o processo com o outro pé e, então, ainda ajoelhado, correu os dedos lentamente por suas pernas, agarrando a camisola com as mãos.

— Você já fez isso antes.

Ele ergueu o rosto e olhou para ela.

— Nunca com você.

Ele se levantou e puxou a peça para cima, passando pela cintura, seios e, finalmente, pela cabeça. O instinto inicial de Victoria foi se cobrir, mas ver o olhar faminto e devorador de Sinclair a excitou ainda mais que seus beijos inebriantes. As mãos grandes dele envolveram sua cintura, o toque tórrido e firme a deixou em chamas.

— Meu Deus, Victoria — murmurou ele, analisando sua figura por completo —, você é... não existem palavras para descrever sua beleza.

Victoria riu, mais disposta a deixar que ele aproveitasse cada momento daquilo.

— Você fala de maneira poética.

— Você é um poema.

Ela estremeceu, sua respiração cada vez mais acelerada enquanto ele lentamente usava os polegares para circular primeiro um seio, depois o outro. Os movimentos circulares ficavam cada vez mais fechados, até que, com um toque gentil, ele roçou seus mamilos.

Ela ofegou e arqueou as costas enquanto os bicos sensíveis se endureciam em resposta ao toque dele. Um sentimento novo, secreto, ardente e faminto despertou dentro dela.

— Sinclair — sussurrou ela, estendendo a mão para agarrar sua camisa.

Ele a ajudou a removê-la junto com sua gravata, e Victoria alisou seu abdômen firme e definido mais uma vez.

— Minhas pernas estão bambas.

Procurando apoio, ela se inclinou contra ele, e o toque de seus seios nus pressionados contra o peito dele aumentou seu delíquio.

— Acho que você precisa se deitar — sugeriu ele, sua voz um rosnado baixo e sensual.

Sem dificuldade, ele a pegou no colo e a levou até a cama. A cama estava coberta com uma profusão artística de travesseiros verdes e dourados, e Sin a colocou entre eles.

Sentado na beira da cama ao lado dela, Sin tirou suas botas e as jogou por cima do ombro com delicadeza.

— Onde estávamos? — Seu olhar percorreu novamente todo o corpo de Victoria. — Ah, sim. Bem aqui.

Inclinando-se sobre ela, ele passou levemente os lábios ao longo da pele sensível de um seio redondo e farto, seguindo o mesmo caminho que seu polegar havia feito.

Quando ele envolveu seu mamilo com a boca, ela ofegou. Victoria enroscou os dedos em seu cabelo, arqueando as costas enquanto ele acariciava e sugava primeiro um seio e depois o outro. Todas aquelas sensações eram completamente novas, e ela sabia que havia muito mais por vir.

Ela deslizou as mãos pelas costas dele até sua cintura. Ele ainda estava de calça, e era completamente injusto que estivesse vestido enquanto ela estava nua, além de parecer muito desconfortável para Sinclair.

Ela encontrou o botão superior da calça e o abriu. Sin interrompeu sua deliciosa trilha de beijos e ergueu a cabeça.

— Fiz algo de errado? — perguntou ela, mal conseguindo pensar racionalmente ou se comunicar.

Ele sorriu.

— Pelo contrário. Você só me surpreendeu. Fique à vontade, Victoria.

Ela queria que ele continuasse a chamá-la de Victoria. Ser conhecida como Vixen era divertido e malicioso, mas Sinclair fazia seu nome soar tão íntimo que ela não conseguia imaginá-lo chamando-a de qualquer outra coisa. Não agora, não ali.

— Beije-me de novo — disse ela, erguendo a cabeça para encontrá-lo, ao mesmo tempo que abria o segundo botão da calça.

Ele riu contra sua boca, um som de puro deleite, paixão e luxúria, que a fez sorrir também. Ele se apoiou em um cotovelo, e sua mão livre percorreu a barriga dela até chegar em seus cachos escuros.

— Meu Deus — gemeu ela quando o dedo dele explorou o espaço entre suas pernas.

— Nada mais justo.

Ela abriu o terceiro botão. Só faltava um, e não ficaria fechado por muito tempo. Ele moveu o quadril para ficar mais acessível, e o último botão se abriu. Ela hesitou, sem ter certeza do que fazer, mas quando um segundo dedo dele se juntou ao primeiro, ela sabia exatamente o que queria.

Sin deixou que seu corpo caísse sobre o dela. Deslizando as mãos pelo cós da vestimenta, ela finalmente tirou sua calça justa e roupa de baixo. Ela o sentiu liberto, seu membro rígido roçando na parte interna de sua coxa. Victoria respirou fundo, levantando instintivamente os quadris e abrindo as pernas enquanto a mão de Sinclair explorava de maneira íntima o borda de seu lugar secreto.

— Sinclair — ofegou ela novamente quando ele abocanhou seu seio esquerdo, empurrando a língua contra o mamilo no mesmo ritmo do entra e sai de seus dedos.

Ela arqueou novamente, sentindo o corpo pegar fogo. Com uma reação ávida e ansiosa, ela apertou as mãos em suas nádegas firmes e musculosas e o puxou para cima dela.

— Agora! — exigiu ela.

Ao se posicionar melhor em cima dela, a respiração de Sinclair era tão instável quanto a dela.

— Victoria — murmurou ele ao entrar.

Victoria teria gritado com o assalto de sensações, mas a boca dele sobre a dela abafou o som. Ela agarrou seus ombros firmemente enquanto ele se mantinha parado, apoiando a maior parte do peso nos próprios braços.

— Shh — sussurrou ele. — Fique tranquila.

Sua voz baixa e melodiosa falhou, e ela percebeu o quão difícil era para ele ser paciente naquele momento. Torcendo para não o ter arranhado, Victoria afrouxou o aperto e sorriu para ele.

— Continue.

Ele deu uma risada sem fôlego, e Victoria sentiu-a reverberar por todo o seu corpo. Em um movimento de vaivém, ele moveu seu quadril e ela gemeu novamente, fechando os olhos.

— Olhe para mim — ordenou ele. — Quero ver seus olhos.

Ela abriu os olhos novamente, encontrando toda a paixão luxuriosa no olhar de Sinclair. Ela ergueu o quadril para saborear cada movimento, e perdeu o fôlego com as sensações que o novo ângulo proporcionava. Seu corpo começou a pulsar e, então, com uma adrenalina que ela jamais conhecera, Victoria explodiu. Sinclair encostou o rosto em seu ombro, movendo-se forte e rápido contra ela, e estremeceu ao plantar sua semente profundamente dentro dela.

— Bem — sussurrou ele, abaixando-se lentamente enquanto ela abraçava seu corpo forte e ardente —, agora estamos casados.

Capítulo 8

Sinclair não conseguia conter a satisfação por ter sido o primeiro homem de Vixen Fontaine. Primeiro e único, na verdade. A anulação do casamento não era mais uma opção, a não ser que eles quisessem contar uma história bastante complicada, mas aquilo não importava. Ele estava começando a perceber que não queria deixá-la ir.

— Eu deveria ter dado uma surra em William Landry muito antes — murmurou ele contra o cabelo dela.

Victoria riu.

— Quem me dera. Eu gostaria de ter feito isso com você antes de nos casarmos.

Ele ergueu a cabeça.

— Isso não seria apropriado.

Ela parecia um anjo desarrumado, e seu sorriso seria capaz de ofuscar a luz do sol.

— Eu sei. Teria sido deveras atrevido.

Rindo com ela, Sinclair moveu seu corpo para a colcha fria.

— Será que posso espancar outra pessoa em sua homenagem?

Para sua surpresa, a luz nos olhos dela diminuiu um pouco.

— Sim, a pessoa que assassinou seu irmão.

Sin suspirou, enroscando os dedos em seu cabelo comprido e encaracolado, distraído pela ideia de acordar ao lado de Victoria para o resto da vida.

— Eventualmente. Não será hoje, no entanto.

— Sabe, estive pensando sobre o que você quer fazer.

— E?

— Quero ajudá-lo.

A respiração dele parou.

— Não. De jeito nenhum.

Uma coisa era compartilhar alguns detalhes, mas tê-la participando ativamente de seu plano... Ele não queria pensar sobre o que poderia acontecer com ela.

Nua e linda sob o sol da tarde que brilhava através da janela, Victoria sentou-se.

— Minha sugestão faz sentido. Conheço essas pessoas muito melhor do que você e sou boa em descobrir coisas.

— Tipo o quê? — perguntou Sin, cético.

Ela percorreu o olhar por seu corpo até olhá-lo nos olhos novamente.

— Por exemplo, eu sei que você é um espião do Ministério da Guerra.

Ele se sentou imediatamente.

— *Como é?* — Ele forçou uma risada incrédula e tardia. — Meu Deus, de onde você tirou essa ideia?

Victoria assentiu e continuou:

— Também sei que você não poderia ter voltado para a Inglaterra quando Thomas foi morto porque fingia estar apaixonado pela filha do marechal Pierre Augereau, e que estava prestes a descobrir, por meio dela, onde as forças de Bonaparte estavam concentradas.

Alguém tinha dado com a língua nos dentes.

— Quem falou essa maluquice para você? — perguntou ele lentamente, a raiva percorrendo sua espinha e substituindo o imenso prazer que ele desfrutara momentos antes.

Ela o olhou calmamente.

— Sinclair, não minta para mim.

— Não estou mentindo — disse ele com veemência. Ao analisar a cautela em seus olhos, ele parou. Quanto mais insistente ele fosse, mais desconfiada ela ficaria. Ele se inclinou para tentar uma abordagem diferente. — Você não percebe que esta poderia ser a pista que eu...

— Vou mostrar para você — disse ela ao sair da cama.

Sem pestanejar, Sinclair agarrou seu pulso.

— Victoria, isso não é…

— Sinclair, estou falando a verdade — respondeu ela com uma voz calma. — As provas estão na sala de estar. Se quiser, venha comigo.

Ele não estava disposto a deixá-la escapar agora. Enquanto ela vestia a camisola, ele agarrou sua calça e a vestiu. O gato entrou no quarto assim que Victoria abriu a porta, mas Sin ignorou a expressão ressentida do Senhor Baguete enquanto seguia sua esposa até a sala de estar. Algo tinha dado muito errado. Alguém havia falado e, até que descobrisse quem, ele não poderia determinar a melhor maneira de protegê-la.

Victoria foi até a cadeira ao lado da lareira e parou abruptamente. Ela respirou tão fundo que os ombros subiram e desceram. Descalça, ela batia em seus ombros e, ao virar-se para encará-lo, Sinclair não se permitiu amolecer pelo olhar hesitante e pesaroso.

— O que foi? — questionou ele.

— É só que me dei conta de que você vai ficar com raiva de mim e, bem, eu só queria poder viver… — ela gesticulou em direção ao seu quarto — aquilo novamente.

Jesus Cristo. Sua fama não era à toa.

— Mesmo com raiva, é muito difícil que eu lhe negue isso — disse ele secamente, a surpresa substituindo parte da irritação.

— Você consegue fazer isso quando está com raiva? — perguntou ela curiosa, inclinando a cabeça.

— Sim, mas não recomendo. Não mude de assunto.

— Bem, vamos lá.

Ela se abaixou e tirou um pacote volumoso de trás da cadeira. Mais ou menos do tamanho de um tampo de mesa, ele estava embrulhado em um elegante xale verde.

— Vamos, deixe-me ajudá-la — resmungou ele, dando um passo à frente.

— Eu consigo — retrucou ela ao atirar o pacote no sofá e jogar-se ao lado dele. — Trouxe para cá sozinha.

— Por quê?

Ela corou.

— Porque eu não queria que mais ninguém visse o que era. Por favor, sente-se e procure manter a calma.

Aquilo soava cada vez pior. Ele sentou-se na cadeira, encarando Victoria e o pacote.

— Muito bem, estou sentado. Agora, dentre todas as coisas do mundo, que diabo a fez acreditar que sou um espião?

Com um olhar de irritação em sua direção, Victoria levantou uma ponta do xale, vasculhou uma pilha de documentos e puxou alguns papéis.

— Isso aqui é o que me leva a crer que você é um espião. — Ela pegou e folheou um dos documentos. — Ah. Vamos lá. "Embora eu goste de saber sobre suas desventuras e piqueniques com a srta. Hampstead, Thomas," — ela leu em voz alta — "peço que, da próxima vez, evite mencionar vinhos tintos. É inegável que possuam uma cor fascinante, mas estou realmente cansado de tudo que remete ao vermelho, afinal, estou em Paris."

Suando frio, Sinclair olhou para ela. Ele falhou algumas vezes até que finalmente conseguisse falar.

— Tenho duas perguntas, Victoria: primeiro, como isso me torna um espião? E segundo, onde você arrumou essa carta?

— Você provavelmente não sabe — apesar do olhar cauteloso, o tom dela era tranquilo —, mas, antes de eu debutar na sociedade, tive aulas com Alexandra Gallant, que…

— Isso é pertinente? — rebateu ele, lutando contra a vontade de arrancar o pacote dela e lhe exigir explicações.

— Sim. Você conhece Alexandra como a condessa da Abadia de Kilcairn.

Kilcairn de novo, que inferno.

— O que isso tem a ver? — questionou ele.

— Lex acompanhou a Guerra Peninsular de perto e insistiu que eu também o fizesse. Eu lia o *London Times* todos os dias. Lembro-me em particular de ler sobre como, na primavera de 1814, Le Compte de Chenerre, preso pelos partidários de Bonaparte, desapareceu de uma prisão em Paris e reapareceu duas semanas depois em Hampstead, junto com vários documentos relacionados à aliança da França com a Prússia. E antes que pergunte, a propriedade de Chenerre contava com uma das melhores vinícolas da França.

Para que pudesse reorganizar seus pensamentos, Sinclair levantou-se e caminhou até a janela.

— Bem. Para esclarecer, só porque mencionei vinho e a srta. Hampstead na mesma...

— E Paris — interrompeu ela.

—... e Paris na mesma carta, eu... estava envolvido com Le Compte de Chenerre e suas desventuras.

Ela ficou em silêncio por vários segundos enquanto Sinclair lutava para continuar respirando. Victoria não fazia ideia de quão dolorosas aquelas palavras soavam; escritas em completa ignorância de que, um ano depois, Thomas estaria morto.

— Você enviou a carta para Thomas em 9 de maio de 1814, uma semana após o reaparecimento de Chenerre, e seu irmão nunca fez um piquenique com uma mulher chamada srta. Hampstead.

— Isso é ridíc...

— Tenho outras cinco cartas suas que, se lidas com atenção, remetem a acontecimentos na França e outras partes da Europa em que a Inglaterra obteve êxitos inexplicáveis. Sinclair, entendo o sigilo e a discrição, mas, por favor, não me trate como uma idiota. Por favor.

Ele manteve o olhar fixo na janela, mas as cortinas podiam estar fechadas que não teria percebido.

— Onde você encontrou essas cartas?

— Estavam com sua avó.

Ele se virou para encará-la.

— *Como é?*

— Ela também tinha os esboços do seu irmão. — Victoria removeu o xale e colocou uma grande e achatada caixa de madeira em seu colo. — Venha aqui, quero mostrá-los para você.

Cerrando os dois punhos, ele permaneceu perto da janela.

— Não pense que pode me distrair, Vixen. Você foi...

— Longe demais? Bisbilhotei? Você não me deu escolha. E não diga que confiava em mim, porque claramente isso era uma mentira. Aliás, ainda é.

— Não confio em ninguém. Confiar pode ser muito perigoso, tanto para mim quanto para os demais envolvidos.

— Porque seu irmão sabia?

— Exatamente, e agora ele está morto. — Ele olhou para a caixa no colo dela. — Suponho que você e minha avó bateram um papinho. Você não tinha o direito de fazer isso, Victoria.

A ideia de perder outra pessoa para o assassino desconhecido o assombrara pelos últimos dois anos. Ele deveria ter sido mais esperto que isso. Deveria ter ficado longe de lady Victoria Fontaine assim que percebeu quão atraído estava por ela.

— Eu sei disso. Honestamente, não sabia o que descobriria até que, de fato, descobri. Se eu descobrisse que você era um traidor, esperava que eu não fizesse nada sobre isso?

— Não — disse ele a contragosto, obrigando-se a voltar para o sofá e sentar-se ao lado dela, perto o suficiente para que sua coxa roçasse no tecido fino de sua camisola.

Victoria repousou a mão, um pouco trêmula, sobre o punho cerrado de Sinclair.

— Seu segredo está seguro comigo.

— Já ouvi isso antes.

— Não de mim. Sinclair, não contarei a ninguém. E acho que você já sabe que sua avó fará o mesmo.

O mais difícil era que, no fundo, ele confiava nela. Embora Victoria convivesse com pessoas para lá de duvidosas, Sinclair confiara nela, sem nenhuma explicação lógica, desde o momento que a vira pela primeira vez.

— É óbvio que você não esquecerá isso. No entanto, Vixen, isso não é só um segredo. É um segredo perigoso.

— Não sou uma criança. Eu sei disso. Mesmo assim, quero ajudar. Eu *preciso* ajudar, Sinclair.

Tentando relaxar, ele tocou sua bochecha.

— Você é linda demais para correr esse risco. Eu já tenho muito com o que me preocupar. Não quero que você se torne uma vítima.

Os olhos violeta se estreitaram.

— Minha beleza em excesso só existe quando lhe é conveniente? Aparentemente, sou bonita na medida certa para participar de festas, bailes, ou para fazer amor com você, não? E, mesmo com essas *tarefas*, tenho bastante tempo livre.

— Victoria, vo...

Ela se levantou, largando a caixa no sofá.

— Não tente me agradar. Eu descobri os seus segredos, Sinclair. O que o faz pensar que pode me impedir de encontrar o assassino?

A situação estava saindo do controle. As pessoas não contestavam as decisões dele, principalmente uma fadinha que, por algum motivo, se casara com ele.

— Amarrá-la à cabeceira da cama impediria você de fazer quase tudo. Não correrei riscos.

— Ah, tão previsível! — rebateu Victoria. — Só porque você é um grande e imponente... homem, acha que pode me dizer o que fazer. Pois eu não...

Alguém bateu na porta da sala de estar.

— Lady Althorpe?

— Maldição! — praguejou ela, enfurecida. — É Milo. Não posso atender a porta desse jeito.

Sinclair ficou de pé.

— Eu posso.

— Mas você... nós...

Apesar de estar frustrado e irritado, gostava de vê-la nervosa. Não acontecia com frequência.

— Somos casados. É permitido.

Quando ele se aproximou e abriu a porta, precisou admitir que a expressão surpresa do mordomo foi bastante satisfatória. Descalço e seminu, com suas roupas espalhadas pelo chão do quarto, era óbvio o que ele e Vixen estavam fazendo.

— O que foi?

— Bem, é... os convidados de lady Althorpe chegaram para o jantar.

— Que convidados? — perguntou Sin.

— Ah, não! — Victoria deu um gritinho e saiu em disparada para o seu quarto.

Sinclair olhou para ela e, em seguida, para o mordomo.

— Informarei a marquesa — disse ele, fechando a porta na cara de Milo.

Para a sorte da porta que ligava os dois quartos, Victoria havia a deixado destrancada. Sinclair conseguia ouvir a agitação vindo do closet, e sabia que a encontraria lá.

— Quem você convidou para jantar?

Ela deu um pulo.

— Eu ia me sentar com você e explicar tudo de maneira calma e racional — disparou ela, jogando freneticamente vestidos e meias por cima do ombro. — E então eu descobri que você bateu em lorde William, e isso foi tão... romântico, e agora é tarde demais e, ai, eu estraguei tudo de novo!

Ela parecia um minifuracão. Era óbvio que a lista de convidados dela não melhoraria o humor dele, mas, mesmo assim, seu lado impulsivo sentia-se no céu quando Victoria estava por perto.

— Victoria — repetiu ele, surpreendentemente calmo —, quem está lá embaixo?

Victoria fechou os olhos com força e, então, deu uma espiadinha com apenas um deles.

— Sua avó e seu irmão.

Sinclair piscou.

— Acho que não estou ouvindo bem — disse ele lentamente. — Pensei ter ouvido você dizer que convidou minha família para jantar, sem me informar e, certamente, sem minha permissão.

— Exatamente. E que bom que o fiz. Você deveria ter visto o rosto da sua avó hoje, quando ela percebeu que você...

— Que eu não era o patife inútil que ela pensava? — completou ele. — Antes decepcionada comigo do que morta. — Ele agarrou um dos sapatos perdidos dela e o atirou no quarto. O calçado bateu na parede, produzindo um baque satisfatório. — Mas que inferno, Victoria!

Ela pegou um lindo vestido cinza do chão e saiu do closet.

— Então fique aqui em cima — disparou ela, e marchou na direção do seu refúgio animal.

Eles estavam na metade do ensopado de batata quando a porta da sala de jantar se abriu. Torcendo para que fosse Sinclair, Victoria olhou para cima e, mesmo assim, sentiu-se surpresa quando o viu entrar. Parecia que Sin permanecia agitado, mas tinha decidido se juntar a eles. Bem, ela consideraria aquilo era um bom sinal; caso contrário, seus esforços para ajudá-lo ou desvendá-lo seriam totalmente inúteis.

Victoria não lembrava quando se tornara tão obcecada por entendê-lo, mas Sinclair Grafton era seu mais novo projeto, e ela estava determinada a salvá-lo. Dele mesmo, da muralha que ele construíra para proteger sua família e do assassino desconhecido que ceifara a vida de seu irmão. Fazer amor com ele servira apenas para intensificar sua determinação.

— Boa noite.

Ele caminhou até a cadeira de sua avó e se inclinou para beijá-la na bochecha. Augusta estendeu a mão para segurar seu rosto, mas ele desviou do carinho e endireitou-se novamente.

— Quer um beijo também, Kit? — perguntou ele de maneira arrastada. Relaxando, seu irmão sorriu.

— Fico feliz com um aperto de mão.

Sin assim o fez, e depois se sentou na outra extremidade da mesa. Ela tivera esperanças de ganhar um beijo, mas, naquele momento, preferia que ele ficasse com raiva dela do que de sua família.

— Vejo que optou por manter os empregados — comentou Augusta, acenando com a cabeça na direção de Milo.

— Parecia coerente. Eles conhecem a casa melhor do que eu.

— As corridas de barco no Tâmisa acontecem amanhã — disse seu irmão com a boca cheia de presunto assado. — Apostei vinte libras na equipe de Dash. Ele recrutou o Stephano, aquele grego grandalhão. Você estará lá?

— Não estava nos meus planos — disse Sin, olhando para Victoria como quem queria dizer que um mero jantar jamais seria o suficiente para o reconciliar com a família.

— Ah. Tudo bem. Não tem problema — respondeu Christopher, enchendo a boca de comida, evidentemente desapontado.

— Mas não seria má ideia — continuou Sinclair. — É uma oportunidade de ficar por dentro das fofocas de Oxford.

Seu irmão sorriu.

— Excelente. Só não aposte em Dash. Vai arruinar minhas chances e afugentar adversários em potencial. — Christopher inclinou-se sobre a mesa em direção a Victoria. — Vovó se recusa a comparecer, mas o que acha de ir conosco, Vixen? Será muito divertido.

Sinclair continuou comendo, e era impossível dizer se ele queria ou não a sua presença. Mas o silêncio em si era uma indicação.

— Obrigada, Christopher, mas tenho um compromisso.

O rosto do cunhado se iluminou.

— Me chame de Kit. Esse compromisso envolve amigas atraentes?

Victoria deu risada.

— Quase exclusivamente. Há alguém em particular que você deseja conhecer? Tenho certeza de que posso mexer uns pauzinhos.

— É uma ideia esplêndida, minha querida — disse Augusta.

Todos olharam para lady Drewsbury.

— É? — perguntou Kit, em dúvida.

— Sim. Sua união à nossa família, Victoria, e a volta de Sinclair para Londres precisam ser comemorados. Acho que darei um baile na Casa Drewsbury.

Christopher comemorou.

— A senhora é do balacobaco, vovó!

— Sempre sonhei em ouvir tal adjetivo — disse Augusta secamente, mas seus olhos dançavam.

Pela expressão de Sinclair, ele não parecia tão satisfeito com a ideia quanto seu irmão. Vendo os planos de Augusta para a reunião familiar prestes a desmoronar, Victoria aplaudiu e forçou um sorriso satisfeito.

— Que ideia fantástica, Augusta. Posso ajudá-la com a lista de convidados?

— É claro. Se quisermos deixar Christopher feliz, precisaremos incluir suas amigas. As minhas são quase fósseis.

— E quando será esse ilustre encontro? — perguntou Sinclair.

— O que acha do próximo dia quinze? Teremos quatro dias para enviar os convites e dez dias para nos prepararmos e recebermos as respostas.

Embora ele não tivesse refutado imediatamente, quanto mais pensasse na ideia, maiores chances de fazê-lo. Victoria levantou-se e caminhou até ele.

— O que acha, Sinclair? — perguntou ela suavemente, pegando sua mão e levando-a aos lábios.

Ela notou a troca surpresa de olhares entre Augusta e Kit, mas voltou a atenção a Sin quando ele sorriu para ela. Seus olhos, no entanto, não sorriram de volta.

— Acho uma ótima ideia — disse ele calorosamente. — Vai mantê-la ocupada.

A satisfação dela se transformou em aborrecimento quase de imediato. Maldição, ela deveria ter percebido. Enquanto ela planejava uma gloriosa reunião de família, ele pensava em como mantê-la longe da investigação do assassinato.

Victoria sorriu para ele.

— Obrigada. — Ela virou-se para encarar Christopher. — Convidarei todas as minhas amigas solteiras. Você será *bastante* cobiçado.

Kit riu.

— Acho que vou desmaiar de felicidade.

Sin a olhou de forma sombria.

— Hum. Eu também.

Apesar de visivelmente irritado com ela, Sinclair fora agradável e educado com a própria família, então a noite não havia sido um desastre total. Ele acompanhou Kit e Augusta até a carruagem e voltou para o saguão, onde Victoria o esperava.

— Gosto da sua família — disse ela enquanto Milo fechava a porta.

Sinclair olhou para o mordomo.

— Obrigado, Milo. Fique à vontade para se recolher.

O mordomo fez uma reverência.

— Muito bem, milorde. Boa noite.

— Boa noite, Milo — disse Victoria, sorrindo.

Milo hesitou, mas, quando nenhum de seus patrões se mostrou inclinado a sair dali, ele fez uma nova mesura e caminhou pelo corredor em direção aos aposentos dos empregados. Quando ele desapareceu, Sinclair a encarou.

— Venha comigo — disse ele, e se voltou para a escada.

Ela mostrou a língua para ele.

— Eu estava ajudando você.

Ele parou e a encarou novamente.

— Eu sei. Venha comigo.

— Você está irritado?

— Sim, extremamente. Você desencadeou mais problemas do que imagina, Victoria. Agora, venha comigo ou terei que carregá-la novamente.

As palavras dele não eram nada ameaçadoras; Victória havia adorado ser carregada por ele. Seu pulso acelerou. Mas fazer amor só serviria para distraí-los, e ela precisava saber o que ele queria.

— Estou indo.

Para sua surpresa, ele passou pela biblioteca e pelos aposentos dela, até que chegou na porta do quarto dele. Quando ele abriu e indicou para que ela entrasse, Victoria hesitou.

— Está nervosa? — perguntou ele em voz baixa.

Ela se ouriçou.

— Nem um pouco — retrucou, passando por ele e entrando na sala.

Ele fechou a porta atrás deles, então a pegou pelo braço e a virou para encará-lo. Antes que ela pudesse protestar, ele abaixou a cabeça e a beijou.

Aquilo a dominou por completo. Seu toque estava diferente, era mais possessivo e seguro. E, embora ela não acreditasse ser possível, era ainda mais inebriante.

— Sinclair — murmurou ela, deslizando os braços ao redor de seus ombros e ficando na ponta dos pés.

A distração não era de todo mal.

— Devo sair, então? — disse uma voz rouca.

Ela gritou, batendo com a cabeça no queixo de Sin ao assustar-se.

— Inferno — resmungou Sinclair, sem parecer assustado, e esfregou o queixo dolorido. — Victoria, este é Roman.

Um homem pequeno e compacto levantou de uma cadeira estofada e ensaiou uma reverência. Ele parecia um estivador ou um marinheiro que já tinha encarado incontáveis tempestades. Uma cicatriz terrível descia pelo lado esquerdo de seu rosto, transformando o canto de sua boca em um sorriso perpétuo, enquanto dois dedos de sua mão esquerda pareciam estar permanentemente em forma de gancho.

— Olá — disse ela timidamente. — Achei que você fosse um cavalariço.

— Entre outras coisas — respondeu ele, coçando a cabeça.

— Roman é meu valete… na maioria das vezes — O marido olhou para ela com frieza. — Ele também é um espião. Ou era, enfim.

— Sin! Você ficou…

— Bem, faz sentido — interrompeu ela, e avançou para apertar a mão dele. — Como vai, Roman?

— Estou louco, senhora — grunhiu o valete, olhando para Sinclair —, porque claramente estou ouvindo coisas.

O marquês acenou com a mão para o valete.

— Ela adivinhou. Deduziu, na verdade. Sente-se, Roman. Quero que vocês dois se conheçam.

— Você quer? — perguntaram os dois ao mesmo tempo.

— Sim.

Victoria olhou para o valete, que olhou de volta para ela. Sinclair caminhou até o outro lado da lareira. Irritado com ela ou não, Sin estava dando a Victoria exatamente o que ela queria — acesso à parte secreta de sua vida que ele escondera de todos. Ela se sentou. Um momento depois, o valete sentou-se à sua frente.

— Conhaque? — perguntou Sin jovialmente, e entregou um copo para Roman. — E um para você, Victoria.

Perguntando-se se tinha adormecido e caído em um sonho extremamente esquisito, ela pegou o copo. Ele serviu um pouco para si e recostou-se no braço largo da poltrona em que ela estava; perto o suficiente para tocá-la, mas sem o fazê-lo.

— Roman — começou ele —, lady Althorpe gostaria de nos ajudar em nossa investigação. Agradeceria se você dissesse que isso é uma péssima ideia.

— Então é por isso que estou aqui? — Victoria colocou o copo de lado e se levantou, a raiva e a decepção substituindo seu otimismo. — Não sou uma criança, Sinclair, e também não sou idiota. Não pense que pode me assustar com…

— Sente-se — ordenou ele, agarrando a barra de sua saia para puxá-la de volta para a cadeira.

Victoria caiu no assento. Ela nunca gostara que lhe dissessem o que fazer, especialmente quando sabia, como soubera poucas vezes antes, que sua intenção era a mais correta possível.

— Pouco me importa as histórias horripilantes que ele possa contar — disse ela. — Você não pode me dar ordens.

— Posso, sim.

— Não é próprio para uma dama ouvir certas coisas, Sin — resmungou o valete, fitando o conhaque como se estivesse prestes a devorá-lo.

— Este é exatamente o meu ponto. Se não é próprio para uma dama escutar, não é próprio para ela se envolver.

— Você morou em um bordel, Sinclair, mulheres eventualmente ajudaram você, pelo menos até certo ponto — disse Victoria.

— Ladras e prostitutas — respondeu ele sem pestanejar, obviamente antecipando sua pergunta. — Tais funções não a definem.

— E, mesmo assim, elas eram mais dignas de ajudá-lo do que eu.

Sin praguejou baixinho.

— Não tem nada a ver com isso, Vixen. Você cresceu em um berço de ouro. Você não faz ideia de como é procurar o lobo em seu próprio rebanho. Não quero que se machuque.

Ele obviamente não iria ceder e, ainda mais óbvio, pensava que ela era incapaz de contribuir de forma significativa. Bem, Victoria também conhecia a arte da manipulação. Vinha manejando os rapazes da alta sociedade fazia três anos, desde que completara 18 anos. Na verdade, desde antes disso.

— Acho que está cometendo um erro — disse ela com altivez, incapaz de esconder a mágoa em sua voz —, mas, se não planeja me incluir em sua vida, que seja. — Ela se levantou novamente e, desta vez, ele não tentou impedi-la. — Só não espere que eu inclua você na minha. Se me dão licença, senhores, preciso ajudar Augusta a planejar uma festa. Boa noite.

— Milady.

Sinclair a observou sair pelo closet e entrar em seu quarto. Ele se encolheu quando a porta se fechou. Se passar outra noite sozinho era o preço para mantê-la fora de perigo, ele estava disposto a pagar.

— Achei que você queria a ajuda dela. — Roman engoliu o conhaque.

— Queria. Eu quero. Só não quero que ela saiba disso.

— Ah. Parece um pouco tarde para isso.

Sin deslizou de lado e caiu na cadeira em que Victoria estivera sentada.

— Estou ciente, obrigado.

— E agora?

— Você dá o fora do meu quarto e me deixa em paz. Preciso pensar.

— Certo. — O valete se levantou e foi até a porta. — Sabe, Sin, me parece que se casou com uma mulher que não consegue controlar. Isso não é bom para um espião, e certamente não é bom para um marido.

— Boa noite, Roman.

O amigo tinha razão, é claro, mas aquilo não tornava a situação mais tolerável. Sin orgulhava-se de saber até que ponto podia confiar em um aliado ou inimigo, e como eles reagiriam a qualquer circunstância. O jogo de Victoria seguia regras totalmente diferentes, e aquilo estava começando a trazer complicações para ele.

Ele tomou um gole de conhaque. Ou, talvez, o problema fosse que ela não estava jogando. Eles estavam casados, o que parecia ser uma de suas melhores decisões. A menos que quisesse que o casamento terminasse quando encontrasse o assassino de Thomas, ele precisava desvendá-la, descobrir o que Victoria queria, e avaliar o que estava disposto a dar a ela… e a si mesmo.

Mais importante, porém, ele precisava reconhecer que estava começando a gostar muito de Victoria Fontaine-Grafton. Ele sabia que a queria — ainda mais agora que havia conhecido sua paixão. Dada a reputação fútil e coquete dela, Sinclair pensara em usá-la apenas para obter acesso ao seu círculo social. O que ele não esperava era começar a *gostar* dela; admirar sua inteligência, sua afeição sincera e compaixão que, aparentemente, se estendiam até a ele.

Ele terminou seu conhaque, o dela, bebeu outro copo e então decidiu que não ficaria rolando acordado na cama só porque sua esposa havia se recusado a dormir com ele. Remexendo no guarda-roupa, ele encontrou um casaco elegante e adequadamente escuro, vestiu-o e saiu para caçar.

Seu alvo principal estava jogando cartas no Society Club, e após lançar um olhar frio para o porteiro, Sin obteve permissão para entrar no salão iluminado. Thomas o ajudara mais do que seu irmão poderia ter imaginado; sem a imaculada reputação do ex-lorde Althorpe como reforço, o atual marquês provavelmente teria sido banido de metade dos clubes de cavalheiros de Londres.

— Posso me juntar a você? — perguntou devagar, sentando-se em uma cadeira vazia sem esperar a resposta.

— Ora, se não é Althorpe, o maldito ladrão de mulheres. Claro, fique à vontade.

John Madsen, lorde Marley, agarrou a garrafa de vinho do Porto antes que Sinclair pudesse alcançá-la e intencionalmente serviu toda a bebida para si e seus quatro companheiros. Sem se abalar, Sin pediu outra garrafa, que parecia ser a quarta da mesa.

— O que estavam jogando? — perguntou ele friamente, sentindo o conhaque queimando em suas veias e sabendo que seus comparsas ficariam horrorizados se o vissem caçar em sua condição e seu estado de espírito atuais.

— Começaremos uma nova rodada — respondeu Marley. — Não queremos que você perca nada.

— Quanta gentileza.

Lionel Parrish, sentado ao lado de Marley, olhou inquieto para os dois.

— Você joga faro, Althorpe? Pensei que vinte e um fosse o grande sucesso do Continente.

Sin manteve o olhar em Marley.

— Sou conhecido por jogar quase tudo. E por vencer mais do que perco.

Marley sinalizou para o crupiê mostrar o conjunto de copas.

— Toda vitória pode se transformar em uma derrota — disse ele, apostando duas libras.

Ele queria falar sobre Vixen. Sinclair não se importava em fazê-lo.

— Considerando a mixaria que você apostou, a derrota levaria muito tempo.

Feliz por ter enchido os bolsos de dinheiro antes de sair de casa, Sin pegou uma nota de vinte libras, dobrou-a na forma de um chapéu e a colocou sobre a rainha.

— Ainda nem fizemos jogadas — protestou Parrish. — Você vai começar a mão com uma aposta de vinte libras? Isso não é para o meu bico.

Um quarto jogador, o visconde de Whyling, analisou a mesa e as apostas.

— Gostei do chapéu — disse ele.

— Obrigado. Consigo fazer um decote e tanto com uma nota de cem libras.

— Eu só preciso de alguns trocados para ver um decote em Charing Cross — respondeu Whyling, sorrindo.

O quinto ocupante da mesa, embriagado, soltou uma gargalhada.

— Uns trocados. Você é uma figura, Whyling.

Embora a situação fosse divertida, estava distraindo Marley.

— Sim, mas se eu ganhar, ainda levo as cem libras — retrucou Sinclair. — Pensando bem, senhores, essa é a parte mais econômica do casamento.

Marley lhe lançou um olhar rancoroso.

— O que há de tão econômico no casamento? — rebateu ele.

Sinclair sorriu para ele.

Parrish pigarreou.

— Acho que é de conhecimento geral que o conceito de *economia* não existe quando se trata de relações sexuais.

— Bom ponto, Parrish. Até onde se...

— Cale a boca, Althorpe! — berrou Marley. — Todos nós sabemos que você dormiu com Vixen. Não precisamos saber os detalhes.

Sin fez uma careta.

— Eu estava falando de forma geral, meu rapaz. Não lembro de ter mencionado minha esposa.

Ele percebeu que estava demasiadamente bêbado e frustrado com Victoria para engajar naquela conversa. Ainda assim, se conseguisse provocar Marley, ele estava disposto a enfrentar Vixen como consequência de sua estupidez.

— Realmente, não mencionou — disse Parrish, a voz alta. — É minha vez, certo? Aposto cinco na rainha. Assim, se eu perder, levo sua bolada comigo.

Grato pela ajuda do amigo de Marley para sair pela tangente, Sinclair decidiu explorar uma nova pauta.

— Gostaria que meu irmão tivesse tido coragem para apostar. Não precisaria ter esperado ele morrer para aproveitar minha herança.

— Talvez seu irmão simplesmente fosse seletivo com quem apostava — disse Marley com voz arrastada, o rubor raivoso sumindo de seu rosto. — Passamos muitas noites agradáveis juntos.

Cerrando a mandíbula, Sin mal percebeu quando ele e Parrish ganharam a rodada.

— Perdão, acho que não ouvi direito. Você colocou "Thomas" e "agradáveis" na mesma frase?

Whyling riu de novo, e Sinclair percebeu que, no fim das contas, não gostava muito do visconde. O quinto jogador, de quem ele se lembrava apenas como sr. Henning, soltou uma risada indiferente.

— Não conhecia Althorpe muito bem, mas ele parecia ser boa gente.

— Ele era — disse Marley, desdenhando de Sin. — Mesmo tendo tomado algumas más decisões, Thomas tinha a cabeça no lugar.

Bingo.

— Com licença — falou Sin lentamente. — Você pode menosprezar o caráter do meu falecido irmão o quanto quiser, mas não sua sexualidade. Isso é baixo demais até para você.

— Eu não estava falando sobre isso, seu idiota. Ele vivia me dizendo para liquidar todas as minhas ações em empresas francesas. Nobre, admito, mas eu teria perdido uma fortuna se o tivesse feito.

— Você perdeu mesmo assim, não é? — comentou Whyling. — Parcialmente para mim e, se bem me lembro, nesta mesma sala.

— Rapazes, vamos lá — disse Parrish, empurrando Marley de volta à cadeira quando ele começou a se levantar. — Não desperdicemos um belo vinho do Porto lamentando dívidas passadas. Eu vim pelo carteado.

Sinclair assentiu, decidindo que faria algumas perguntas muito diretas para Victoria sobre seu ex-pretendente pela manhã.

— Eu também.

Capítulo 9

— Tem certeza de que deveríamos estar aqui? — perguntou Lucy. — Depois do que aconteceu com lorde William, longe de mim deixar lorde Althorpe irritado.

— Bobagem — respondeu Victoria calorosamente. — Ele sempre fala que essa casa é tão minha quanto dele. E a minha metade quer receber meus amigos.

— Você prometeu que me contaria o que aconteceu quando você perguntou a ele sobre lorde William — sussurrou Lucy.

Nada no mundo poderia ter evitado que Victoria ficasse vermelha. Engolindo em seco, ela pegou o braço de sua amiga e liderou o caminho até o enorme salão de baile dos Grafton.

— Ah, nada demais — disse ela levianamente. — Você sabe como são os homens.

— Não, eu n…

— É uma pena que o baile não será aqui. — O comentário de Venetia Hilston não poderia ter vindo em um momento mais oportuno. — Você poderia receber a metade de Londres neste salão.

— Sem dúvida — concordou Lionel Parrish, agarrando a mão de Lucy e a conduzindo para uma valsa —, mas aí não teríamos espaço para dançar.

— Além do mais, ficaria extremamente quente com tanta gente aqui — disse Venetia com seriedade.

— Ela realmente não tem senso de humor, não é? — sussurrou lorde Geoffrey Tremont no ouvido de Victoria.

Ele passara a tarde a perseguindo como uma abelha atrás de uma flor. Com uma risada sem graça, Victoria o direcionou para a corpulenta Nora Jeffrie.

— Marguerite, você devia tocar para nós — sugeriu ela —, e então poderíamos todos dançar.

— Sim, Marguerite, por favor — disse Lucy, enquanto Parrish continuava a girá-la pelo enorme salão de baile.

A srta. Porter não precisava de mais incentivo do que isso, e imediatamente correu para o piano sob as grandes janelas panorâmicas. Sem delongas, ela tocou uma valsa.

Reunir seus amigos na Casa Grafton tinha sido uma ideia maravilhosa. O dia estava gelado demais para andar a cavalo ou passear no Hyde Park e, se ela ainda morasse na Casa Fontaine, seus pais teriam desmaiado de vergonha por ter um grupo de jovens tão desregrados por perto. Além disso, ela queria descobrir se alguém sabia quem o ex-lorde Althorpe estivera cortejando. Um cavalheiro rico, respeitável e solteiro com um título de prestígio era uma presa fácil para sanguessugas.

— Concede-me esta dança? — murmurou lorde Geoffrey, infelizmente tendo escapado de Nora.

Victoria reprimiu sua irritação e esboçou um sorriso.

— É claro, lorde Geoffrey.

O dândi a perseguia sem parar, roubando-a de Marley sempre que conseguia e regozijando-se sobre como ele a conquistara, como se ela fosse uma porca premiada em uma feira rural. Se ele não tivesse se metido no grupo deles durante o almoço, ela nunca teria o convidado para a Casa Grafton.

Pelo menos ele dançava bem, e ela percebera que alguns acenos e apontamentos bem colocados eram o suficiente para preencher sua parte na conversa. Enquanto ele tagarelava sobre como fora brilhante encontrar o grupo, ela observava Lucy e Lionel valsarem.

Parrish começara a temporada passada como um de seus pretendentes, mas bastou o incentivo certo para que ele se tornasse o fiel protetor e companheiro de Lucy. Victoria sorriu. Ela nunca tivera muita paciência para o papel de casamenteira, mas aquela combinação de almas bondosas estivera tão evidente que ela não conseguira se conter.

No meio da segunda valsa, os dedos ágeis de Marguerite vacilaram no meio de um trecho simples. Aquilo era tão incomum que Victoria olhou para a amiga, e quase tropeçou nos pés de lorde Geoffrey. Sin estava apoiado no piano, conversando com a srta. Porter como se a conhecesse há anos.

Irritada com ele ou não, a primeira emoção que a atingiu foi uma expectativa. Independentemente do que pensava sobre sua atitude esnobe e idiota de não a deixar ajudar nas investigações, ele continuava a surpreendê-la, e aquilo era um traço raro e valioso.

Ele não interrompeu ou tentou se meter na dança, como ela esperava, mas permaneceu encostado no piano até a valsa terminar. Sua presença, é claro, causou um rebuliço, e Victoria ficou feliz por Marley ter recusado o convite. Ela não convidaria lorde William novamente.

— Ele não parece se importar conosco — murmurou lorde Geoffrey, enquanto eles continuavam rodopiando pela sala.

— Por que se importaria? — perguntou Victoria, quase desejando que Sinclair os interrompesse. — Vocês são meus amigos.

— Eu estava falando de *nós*, querida. Eu e você.

— Ah, sim. É uma dança, querido, não um bacanal.

— Bem, é que ouvi que ele socou William Landry na fuça, e que ele e Marley quase brigaram na noite passada. Eu não esperava que alguém como ele seria ciumento, especialmente dada a maneira como vocês... se conheceram, mas a vida é uma caixinha de surpresas, não é? Apesar de ser um prazer dançar com uma dama tão linda, gostaria que meus dentes continuassem na minha boca.

Victoria olhou para o marido novamente. Primeiro ele fora atrás de lorde William e, agora, de Marley. Pelo que ela sabia, Parrish tinha saído com o amigo na noite anterior, mas Lionel não mencionara nada sobre Sinclair. Ela achara que Sin havia ido dormir depois que ela saíra de sua reuniãozinha batendo os pés. Aparentemente, discutir com ela não fora o suficiente para saciar sua sede de briga.

Quando a valsa terminou, ela se livrou das garras de lorde Geoffrey e caminhou até o piano.

— Boa tarde — disse ela, dando um sorriso hesitante.

Ela esperava ver a mesma arrogância egoísta que ele mostrara na noite anterior. Em vez disso, Sin se inclinou para beijar suavemente sua bochecha.

— Boa tarde.

Como de costume, quando ele a tocava ou a beijava, Victoria queria afundar em seu abraço e começar a tirar as roupas. Não seria muito elegante, mas ela sabia que seria extremamente satisfatório. Era bastante confuso ter raiva e desconfiança de alguém ao mesmo tempo que se sentia atraída por ele de forma avassaladora.

— Althorpe — disse Parrish ao se aproximar, Lucy ao seu lado.

O comportamento do amigo parecia frio, especialmente para ele, e especialmente agora que ela sabia que algo desagradável havia acontecido na noite anterior.

Sinclair também assumiu seu jeitão indiferente e libertino, e retribuiu o cumprimento de Lionel com um breve aperto de mão.

— Sr. Parrish.

Victoria pigarreou, perguntando-se o que diabo havia acontecido na noite anterior e por que ninguém se dera ao trabalho de lhe contar.

— Sinclair, você conhece todos os presentes?

— Não, acredito que não.

Victoria conduziu as devidas apresentações, enquanto, muito eficientemente, Sin encantava todos os convidados — exceto Lionel Parrish, que manteve distância.

Cada vez mais curiosa, Victoria finalmente encurralou Parrish.

— Vamos lá, o que está acontecendo? — sussurrou ela.

— Hmm? Não tem nada acontecendo, Vixen.

— Por que não me contou que Sinclair e Marley brigaram ontem à noite? Ele respirou fundo:

— Eles não brigaram, só discutiram.

— Sobre mim?

— Pergunte a seu marido. Marley é meu amigo, Vix. Não é meu melhor amigo, mas também não quero ser esmurrado por ele ou Althorpe.

— Certo. Perguntarei a Sinclair.

Ela se virou, mas parou quando Lionel tocou seu ombro.

— Eu me preocupo com você — murmurou ele. — Tem certeza de que está bem com ele?

— Não precisa se preocupar com...

— Teremos mais uma rodada de valsa esta tarde? — perguntou Sinclair, juntando-se a eles.

Imediatamente, Parrish baixou o braço.

— Na verdade, acho que precisamos ir. *A Flauta Mágica* estreia no teatro de ópera esta noite, e parece que toda a sociedade comparecerá.

— Vocês também vão? — perguntou Lucy, saltitando para pegar a mão de Victoria, obviamente inconsciente da tensão entre os dois homens.

— Eu... não sei — gaguejou ela, forçando-se a não olhar para Sinclair como um cachorro que implora por um osso. — Não discutimos a possibilidade.

— Você gostaria de ir? — perguntou Sin com um tom íntimo, como se não houvesse mais ninguém ao redor deles.

— Eu gostaria — admitiu ela, corando —, mas não é necessá...

— Sim, estaremos presentes — interrompeu ele, sorrindo para Lucy.

— Precisarão de sorte para conseguir lugares — resmungou lorde Geoffrey. — Eu não consegui, e isso porque ofereci cinquenta libras para Harris me ceder sua frisa.

— Minha avó tem uma frisa.

Victoria tentou não olhar para o marido como se ele tivesse acabado de resolver o Enigma da Esfinge. Outra surpresa, outro gesto gentil para ela. Era difícil manter o equilíbrio quando as direções mudavam o tempo inteiro.

Victoria acompanhou seus amigos até a porta, enquanto Sin, acidentalmente de propósito, manteve-se entre ela e Parrish. Quando eles saíram, ele olhou para ela.

— Sobre o que você e Parrish estavam conversando?

— Sobre o que aconteceu entre você e Marley ontem à noite — respondeu ela, olhando incisivamente para Milo, ainda à espreita no saguão.

Sinclair indicou que fossem para seu escritório.

— E o que ele falou?

— Ele me disse para perguntar a você. — Enquanto ela o seguia para dentro da sala, ele fechou a porta. — Presumo que a conversa foi sobre minhas virtudes, ou a falta delas, de novo — continuou ela —, mas, considerando a maneira como você está agindo, não estou certa sobre como saí na história dessa vez.

— Jesus — murmurou ele. — Alguma coisa passa despercebida por você?

— Poderia perguntar o mesmo para você. O que aconteceu?

— Nada com que você precise se preocupar.

— Certo. — Ela cruzou os braços sobre o peito. — Como foram as corridas de barco?

— Dois barcos afundaram, mas ninguém se afogou. — Sinclair caminhou até a mesa e voltou, evitando a poltrona onde seu irmão havia sido baleado. — Vix...

— Eu disse que você não precisa me contar. Perguntarei a Marley.

A expressão dele endureceu.

— Você não vai perguntar nada a Marley. Fui claro?

Ela o encarou.

— Até onde sei, você me excluiu do seu grupinho de espiões. Não pode me proibir de ver meus amigos.

Ele se aproximou.

— Sou o seu marido.

— E isso me obriga a obedecê-lo? Ha! — Ela girou nos calcanhares. — Gostaria de ver você tentar.

— Quanto você sabe sobre o lorde Marley? — retrucou Sinclair.

— Sei mais sobre ele do que sobre você. — Victoria parou na porta. — Presumo que ainda iremos à ópera esta noite, para que você possa espionar todo mundo.

Ele ficou em silêncio por um momento.

— Sim.

Obviamente ela não significava muito para ele, afinal, o marido parecia mais preocupado com seus joguinhos do que com a raiva e mágoa que ela sentia. Victoria não sabia por que esperara que seria diferente.

— Vejo você mais tarde, então — disse ela baixinho, e saiu da sala.

Sinclair andou de um lado para o outro e praguejou por uns bons cinco minutos até conseguir organizar seus pensamentos e decidir seu próximo passo. Victoria não entendia, e nunca seria capaz de entender, que as pessoas que ela chamava de "amigos" e convidava para visitar sua casa não eram quem ela pensava. Pelo menos um deles era um assassino e, com base no que descobrira na Europa, a maioria não passava de mentirosos, adúlteros, trapaceiros, traidores e aproveitadores.

Mas ela não. Victoria não era nenhuma dessas coisas, e ele não a queria perto deles. A partir de agora, encontraria suas pistas sozinho, bastava ela concordar em ficar longe daquela bagunça.

Ainda praguejando baixinho, Sinclair sentou-se atrás da mesa e puxou uma pilha de papel para escrever alguns bilhetes. O primeiro era simples: lady Stanton enviara um bilhete para seu sobrinho, Wally Jerrison, atualmente hospedado com vários amigos na Weigh House Street, relatando que lorde Marley discordava das opiniões de Thomas Grafton sobre o comércio francês e Bonaparte.

O segundo bilhete fora igualmente simples, mas ele levou mais tempo para escrevê-lo. Por fim, contentou-se com: "Vovó, se tiver cadeiras extras disponíveis, Victoria e eu gostaríamos muito de nos juntar à senhora na ópera esta noite. Sinclair."

O "muito" tinha sido rasurado na primeira versão. No entanto, era verdade, então decidiu adicionar novamente a palavra no texto final. Qualquer pessoa que fosse vista em sua companhia estaria em perigo, mas aqueles que conheceram Thomas sabiam que os três irmãos adoram a avó. Evitá--la poderia ser tão arriscado quanto encontrá-la. E, para falar a verdade, depois de jantar com ela, Sinclair percebera como sentia saudade dela e de Christopher.

O segundo motivo para o apelo extra era ainda mais complicado. Ele mentira para Victoria, de novo. Eles iriam à ópera não para que ele pudesse espionar todo mundo, mas porque ela queria ir. Sin só queria passar um tempo com sua esposa em um lugar onde eles pudessem ficar juntos sem discutir ou mentir. Ele pensava nela mais do que tinha direito de fazê-lo.

A resposta da segunda mensagem veio menos de vinte minutos depois. Mesmo sendo simples — "Christopher e eu ficaríamos encantados em tê--los conosco. Augusta" —, ele quase conseguia sentir a surpresa na escrita da avó. Kit com certeza não estaria lá muito feliz em ir à ópera, mas, considerando que as amigas de Victoria tinham o costume de surgir do nada sempre que ela estava em público, seu irmão mais novo seria muito bem recompensado pelo tédio.

Ele pediu que Milo informasse a esposa que eles realmente iriam à ópera e depois foi para a biblioteca. Victoria havia deixado a caixa de esboços de Thomas lá. Por diversas vezes, ele caminhara até a porta e então decidira que tinha algo mais urgente a fazer, mas não poderia adiar aquilo para sempre.

Sentado à mesa que ocupava metade da grande e arejada sala, ele puxou a caixa de madeira, desatou as tiras de couro que a prendiam e cuidadosamente a abriu. O primeiro esboço era de Christopher, de quando tinha 16 ou 17 anos, com o típico cabelo despenteado e desgrenhado e um sorriso fácil no rosto.

Victoria estava certa; mesmo para o olhar destreinado de Sin, os desenhos de Thomas eram excelentes. Os seguintes retratavam Althorpe; as árvores à beira do lago, os estábulos e a grande mansão. Os esboços não lhe davam nenhuma pista sobre quem era o assassino, mas lhe davam várias sobre o calmo e reflexivo Thomas.

Os últimos desenhos pareciam um pouco mais úteis, mas não eram menos dolorosos de se ver. Desenhar as pessoas ao seu redor tornara-se claramente um hobby para Thomas. Já que Sin a única pessoa que mencionara o interesse do irmão tinha sido Victoria, Thomas provavelmente desenhava tudo de cabeça em vez de pedir aos outros para que posassem.

Astin Hovarth, seu grande amigo e conde de Kingsfeld, protagonizava diversos desenhos — no clube White's, andando a cavalo e vestindo seu traje de caça. Lady Grayson, vovó Augusta, lorde Hodgiss, srta. Pickering… todos foram retratados por Thomas.

Enquanto levantava cautelosamente o próximo esboço da caixa, Sinclair fez uma pausa. Sentada no que parecia ser um salão de baile, cercada de figuras sem rosto que representavam seus pretendentes e admiradores, estava lady Victoria Fontaine. Até sua imagem era capaz de fazer o coração dele disparar.

Fazer amor com ela não tinha diminuído o desejo dele, tampouco as discussões constantes ou a decepção dela. Porém, naquele momento, aquilo não era, e nem poderia ser, sua prioridade. Ele nem sabia como ser um marido decente, para falar a verdade.

No retrato, uma mecha de cabelo escuro encaracolado caía sobre a testa dela. A expressão em seu rosto oval e liso evidenciava humor e inteligência, enquanto o brilho em seus olhos dizia que ela sabia exatamente o que os homens ao seu redor queriam. Sinclair passou o dedo pela testa dela, mas a mecha de cabelo permaneceu elegantemente fora do lugar.

Thomas escolhera desenhá-la. Teria sido um de seus admiradores? Sinclair achava que não, pelo menos não um admirador dedicado, ou ele não teria visto o humor perspicaz em seu olhar. Victoria dissera que ela e Thomas eram amigos, mas não próximos; considerando sua compaixão natural e a maneira como ela parecia inspirar a confiança de todos, não era surpreendente que Thomas tivesse lhe dito que desenhava. Será que ele contara outras coisas para ela? De repente algo que ela nem registrara?

Quando terminou de olhar para os esboços, ele os devolveu cuidadosamente à caixa e a fechou novamente. Eram os últimos e mais pessoais itens que possuía de seu irmão, e ele decidiu que emolduraria a maioria deles e os adicionaria à galeria da Casa Althorpe. Thomas, sem dúvida, teria ficado envergonhado de ver seus esboços particulares exibidos de forma tão proeminente, mas Sinclair os queria lá, queria que a vida do seu irmão fosse lembrada através de algo que não fossem apenas livros contábeis e documentos oficiais.

Ele estava decidindo se iria a Pall Mall e a alguns clubes ou continuaria a enorme tarefa de vasculhar os itens no sótão, que ele começara logo depois de voltar e havia interrompido quando Victoria se mudara para a casa. Agora que ela sabia o que ele estava fazendo e por que, tentar manter aquilo em segredo não fazia mais sentido. Focar no sótão parecia ser mais útil, mas, ao se afastar da mesa, ele sentiu algo esfregar-se em seu tornozelo.

Assustado, ele olhou para baixo e encontrou um grande felino branco e cinza enroscado em suas pernas, ronronando forte o suficiente para fazer o corpo redondo e gordo tremer.

— Ora, olá, Senhor Baguete — disse ele, abaixando-se para coçar as orelhas do gato. — Parece que já me perdoou.

Como resposta, o gato saltou em seu colo e se enrolou em uma grande e macia bola de pelo, seu ronronar ganhando força até soar como as pedras de moer de um moinho de farinha. Sin continuou acariciando o felino, disposto a atrasar sua expedição pelo sótão por mais alguns minutos se aquilo o faria ganhar alguns pontos com o Senhor Baguete e, consequentemente, com sua esposa. Vagamente, ele ouviu gritos na rua, mas parecia ser apenas um vendedor, então ele ignorou.

A porta da biblioteca se abriu.

— Temos problemas, Sin — disse Roman e desapareceu novamente.

— Que inferno. Desculpe, meu garoto.

Sinclair levou o gato até o sofá para que ele continuasse sua soneca em paz.

Ele podia ouvir os passos pesados de Roman descendo as escadas e seguiu o valete até o primeiro andar. Metade dos empregados da casa circulava no saguão e nos cômodos da frente que davam para a rua. Ao se aproximar da entrada, Milo se virou e o viu.

— Senhor, graças a Deus. Lady Al...

Vixen. Sin passou por ele e caminhou até os degraus da frente. Na rua, sua pequena esposa estava parada, de braços cruzados, diretamente no caminho de uma carroça de leite que caía aos pedaços. Na frente da carroça estava provavelmente o pônei mais estropiado e desnutrido que ele já vira. E, sentado no poleiro do motorista, um homem de aparência igualmente esquálida olhava para Victoria.

— Eu já disse para sair da frente, senhorita! — berrou ele. — Tenho entregas a fazer.

— Não me importo com suas entregas — retrucou ela. — Você não tem o direito de bater nesse animal desse jeito horrível.

— Pois tente fazer o Velho Joe se mexer, senhorita. Você também daria umas batidinhas para incentivá-lo.

— De jeito nenhum! Eu não bato em animais.

Sin enxergou um brilho de raiva e desafio nos olhos do motorista, e viu sua mão apertando o chicote. Praguejando, ele desceu os degraus. Antes que o motorista pudesse fazer mais que lhe dar um olhar surpreso, ele saltou sobre a roda mais próxima, estendeu a mão e agarrou o chicote.

— Por mais que ela não goste de ver animais feridos — disse ele, com a voz baixa e tensa, uma raiva sombria dominando seu corpo —, você nem sequer imagina o que eu faria com você se a machucasse.

O motorista engoliu em seco, nervoso, seu pomo de adão sujo estremecendo.

— Eu não ia... Estou apenas tentando conseguir meu sustento, milorde, e ela se recusa a sair do caminho.

Sinclair saltou para o chão.

— Acredito que a objeção de lady Althorpe seja ao jeito que você trata seu animal, não à maneira como você ganha dinheiro.

— Mas...

— Quanto você quer?

Ele sentiu Victoria colocando-se ao seu lado, mas manteve a atenção no motorista.

— Quanto eu quero? — repetiu o homem.

— Sim, pelo cavalo, carroça e leite.

— Um... lorde com uma carroça de leite? Você ficou louco.

— Ando com vontade de fazer coisas diferentes. Quanto? — perguntou Sinclair secamente.

— Não poderia abrir mão do Velho Joe e dos meus produtos por menos de dez libras — disse o motorista, cruzando os braços.

O preço era ultrajante, mas Sin não estava com vontade de discutir ou decepcionar Victoria mais uma vez naquele dia.

— Darei vinte libras para que você compre um animal decente em quem não precisará bater. Parece justo?

— Sim, milorde.

— Então desça daí. Roman, pague o homem e o mande embora. Grimsby, leve o animal para os fundos, desarreie-o e o alimente. Orser, coloque o leite em uma de minhas carruagens e leve ao orfanato mais próximo, com os cumprimentos de lady Althorpe.

Uma sucessão de "Sim, milorde" confirmou as instruções, e ele se virou para Victoria. Sua expressão era de surpresa, sua postura hesitante e desafiadora ao mesmo tempo. Sem dúvida estava esperando escutar um sermão sobre a idiotice de enfrentar um homem grande e corpulento carregando um chicote, e sem dúvida ela já ouvira sermões do tipo antes.

— Velho Joe — disse Sin lentamente — não ficará no solário com o resto dos seus animais.

Ela olhou para ele, então seus olhos violeta começaram a dançar.

— Justo. Vamos entrar?

— É claro. Aliás, o Senhor Baguete está dormindo na biblioteca.

— Vou tirá-lo de lá agora mesmo.

— Por quê?

Ela parou no último degrau, olhando-o nos olhos.

— Você está fazendo isso só para eu não ficar com raiva de você?

— É claro que sim. Está funcionando?

Victoria sorriu.

— Vou pensar no seu caso.

Vendo uma oportunidade, ele eliminou os poucos centímetros que os separavam e a beijou. Victoria congelou tão rápido quanto um batimento cardíaco. Ele chegou a pensar que sua próxima ação seria chutá-lo nas partes sensíveis, mas decidiu que valia o risco. Para seu alívio, porém, as mãos dela deslizaram sobre seus ombros e seus lábios se afundaram nos dele.

Prazer e excitação o percorreram com a resposta apaixonada. Antes que ela pudesse recobrar o juízo e lembrar como ele era grosseiro, ele a pegou nos braços e subiu os degraus restantes para dentro da casa.

— Sinclair, o que está fazendo? — murmurou ela contra sua boca, rindo sem fôlego.

— Levando você lá para cima.

— Todos os empregados estão olhando.

— Está chocada, querida?

Ela balançou a cabeça, aconchegando-se em seu peito. Com uma mão, ela começou a desatar o nó de sua gravata. Sinclair estava começando a pensar que a sala matinal era uma boa ideia quando uma risada alta e masculina o paralisou.

Com Victoria ainda em seus braços, ele se virou e viu a silhueta de uma figura alta e musculosa na porta da frente.

— Kingsfeld — disse ele, relaxando o máximo que seu corpo excitado permitia.

Graças a Deus Victoria usava saias longas.

— Sin Grafton, bem aqui na minha frente. Você não estava fazendo a mesma coisa da última vez que te vi?

Victoria ergueu uma sobrancelha.

— Jura?

Sinclair normalmente ficaria feliz em ver o conde de Kingsfeld, mas, naquele momento, se ele caísse da escada e quebrasse o pescoço, Sin não derramaria uma lágrima sequer.

— Não me lembro bem — disse ele suavemente. — Isso foi há muito tempo, quando eu ainda era jovem e burro.

— Seu gosto por mulheres, rapaz, permanece intacto. Quem seria esta deusa?

— Muito bem. Kingsfeld, esta é minha esposa. Victoria, lady Althorpe. Ela torceu o tornozelo. Victoria, Astin Hovarth, o conde de Kingsfeld. Um amigo do meu irmão.

— Lorde Kingsfeld — disse Vixen com sua voz mais encantadora, sorrindo. — Tenho certeza de que já nos vimos antes. Finalmente fomos apresentados.

O grande conde fez uma reverência, baixando sua cabeça até o nível dos joelhos.

— O prazer é meu, milady.

Victoria estava inclinada a concordar com ele, porque obviamente ela e Sinclair não teriam prazer algum. Ela ansiava por Sin; sentia-se assim desde que se conheceram. Ter estado em seus braços uma única vez estava longe de saciar sua necessidade de estar perto dele, e ela detestava perder essa oportunidade.

Victoria olhou novamente para Kingsfeld e suspirou. Se ele era amigo de Thomas, sem dúvida Sinclair gostaria de conversar com ele.

— Acho que é melhor descansar meu tornozelo na sala matinal — anunciou ela.

— É claro — disse o marido prontamente.

Enquanto Kingsfeld entregava o chapéu e as luvas a Milo, Sinclair a carregou para a sala e a colocou delicadamente no sofá. Antes que ele pudesse sair, ela o agarrou pela lapela e o puxou para outro beijo lento e profundo. Ele afundou na beirada do sofá, o rosto dela entre suas grandes mãos.

— Então, Sin — disse o conde, entrando na sala —, recebi seu bilhete. O que você queria discutir comigo?

Com frustração em seus olhos cor de uísque, Sinclair se endireitou.

— Está confortável? — perguntou ele a Victoria solicitamente.

— Não.

Sin pigarreou.

— Vou buscar seu xale. Não demoro, Kingsfeld.

Com isso, ele passou apressado pelo conde em direção às escadas.

— Sem pressa. Assim aproveito para conhecer lady Althorpe.

Tentando se concentrar em algo além de como seu marido beijava esplendidamente, Victoria estudou Astin Hovarth enquanto ele se servia de uma taça de vinho do Porto da garrafa sob a janela. Ele tinha a altura de Sin, mas tinha os ombros e o peito mais largos, parecendo mais um cavalo de tração do que um puro-sangue. Olhos azul-claros estudaram a sala brevemente antes de se voltarem para ela, e Victoria se lembrou que sua última visita à Casa Grafton provavelmente fora mais de dois anos antes.

— Alguma coisa parece diferente? — perguntou, enquanto ele se sentava na cadeira mais próxima a ela.

— Bem, Thomas nunca teve uma dama tão linda quanto você em seu sofá. Eu lembraria.

Ela sorriu.

— Certamente lorde Althorpe não era totalmente celibatário.

— Como? Ah, não. Mas seu gosto para mulheres era obviamente muito mais fraco do que o de Sinclair. — Ele a brindou com seu copo. — Você é Vixen Fontaine, não é?

— Eu era — disse ela com tristeza.

— Uma vez um canarinho, sempre um canarinho — disse ele com simpatia. — Sin sempre preferiu as garotas bonitas.

— Ah, é mesmo? — perguntou ela. — Ele parece muito diferente de…

— Fiquei surpreso ao vê-lo de volta a Londres. Pensei que ele já teria sossegado em Paris com uma francesa, ou duas. — Ele riu para si mesmo. — Thomas dizia que nunca sabia onde Sinclair surgiria.

O comentário a fez pensar. Thomas parecia saber melhor da localização de Sin do que qualquer pessoa, exceto seus colegas espiões. Aparentemente, ele não passara tal informação para lorde Kingsfeld.

— Eu gosto de imprev…

— Ele deve ter pensado que, ao se casar com a Vixen, ele não precisaria sossegar tanto assim.

O conde continuou falando distraidamente enquanto Victoria tentava não fazer cara feia para ele. Não gostava de ser interrompida, mas pior ainda era ser ignorada. Ele estava falando sobre os pecados do marido dela como se ela nem sequer estivesse ali, o que não era nada educado. Finalmente, ele encerrou seu discurso sobre os diferentes hotéis e pousadas de Paris e olhou para ela.

— Quer que eu busque um travesseiro confortável para seu tornozelo? Você está sendo muito corajosa por não chorar, querida.

— Estou bem, obriga...

— Até onde sei, a maioria das mulheres não precisa de mais de um peteleco para derramar rios de lágrimas. — Ele tomou outro gole de vinho. — Isso é uma grande verdade, não é? Você ia dizer alguma coisa?

Sin voltou para a sala, o xale de renda verde de Victoria amontoado em suas mãos.

— Aqui está.

— Obviamente, nada de importante — respondeu Vixen alegremente, levantando-se e pegando o xale dos dedos surpresos do marido.

— O que não é importante?

— Qualquer coisa que eu diga. Deixarei vocês à vontade para conversarem.

— Mas o seu tornozelo? — perguntou ele, franzindo a testa para ela.

— Já está bem melhor — disse ela, saindo da sala para encontrar o Senhor Baguete; ele, pelo menos, era capaz de perceber sua presença num cômodo.

Lorde Kingsfeld ficou para o jantar. Victoria juntou-se aos dois homens, chegando à mesa o mais tarde que sua educação permitia. Comeu o mais rápido que pôde, determinada a não falar uma palavra sequer na presença do conde.

— Sua esposa é um belíssimo passarinho — disse Kingsfeld, sorrindo para ela enquanto Milo enchia sua taça de vinho. — Até a voz dela soa como uma canção.

Victoria enfio o garfo numa batata assada para esconder seu aborrecimento cada vez maior. Lorde Kingsfeld devia pensar que ela era uma idiota. Assim como muitos homens, ele enxergava apenas sua aparência e nada mais. Se ela tivesse certeza de que Sin conseguira todas as informações de que precisava com seu suposto amigo, ela teria tido grande prazer em mostrar para Kingsfeld o quanto ele estava errado.

— Você abriu a Casa Hovarth? — perguntou Sinclair.

— Sim, hoje cedo. Não pretendia passar muito tempo em Londres nesta temporada, mas não resisti ao seu bilhete.

— Estou feliz que veio. Você já me ajudou bastante.

Kingsfeld sorriu.

— Então fico feliz também. E você está de parabéns. Uma esposa linda e adequada, isso é muito raro nos dias de hoje.

Sinclair não reagiu, mas Victoria queria vomitar. Em vez disso, ela colocou o guardanapo na mesa e se levantou.

— Se me dão licença, senhores, gostaria de arrumar meu cabelo antes de sairmos.

— Saírem?

— Para a ópera — explicou Sinclair. Por um momento, Victoria pensou que ele poderia sugerir que Kingsfeld se juntasse a eles, mas felizmente ele se contentou em olhá-la de forma indulgente. — Vixen adora ópera.

— Sim, com certeza adoro — disse ela, com a mandíbula cerrada, e fez uma mesura. — Boa noite, lorde Kingsfeld.

Ele levantou e curvou-se para ela.

— Lady Althorpe. Espero que nos vejamos mais vezes.

Ela sorriu.

— Ah, com certeza.

Mas à maior distância possível.

Capítulo 10

— Certo, o que diabo está acontecendo?

Sinclair recostou-se no assento da carruagem diante de Victoria e tentou esconder sua irritação.

— Nada. Descobriu algo interessante com lorde Kingsfeld?

Ele soltou o ar preso nos pulmões.

— Sim. Com sorte. Agora me diga por que está chateada.

Vixen riu, mas até um surdo conseguiria ouvir o aborrecimento em sua voz. Aparentemente, ele se comprometera ainda mais do que pensava.

— Bem, Sinclair, seu amigo chegou em um momento bastante… embaraçoso — respondeu ela.

— Não se preocupe com isso. Vou compensá-la. — Ele se inclinou para pegar a mão dela, puxando-a para o seu lado. — Várias vezes, se você quiser.

Victoria puxou sua mão de volta, mas não fez qualquer outro movimento para sair dali.

— Antes, preciso lhe fazer uma pergunta.

— Continue.

— Você recebeu uma carta esta tarde.

Sin franziu a testa.

— Sim, eu sei. O que tem?

Ela cruzou os braços.

— Quem é lady Stanton?

Jesus Cristo. Ele nunca esperaria que ela pudesse ter ciúme dele. Victoria só mencionava suas conquistas anteriores para reforçar sua experiência. Aquilo era revigorante.

— Ninguém com quem precise se preocupar — evadiu ele.

Era tudo o que ele precisava, que ela começasse a pegar sua correspondência em busca de pistas.

— Entendi. Então não espere que eu lhe diga nada.

Victoria começou a voltar para o seu assento.

Ele *não* passaria mais uma noite sozinho. Sinclair estendeu o braço, impedindo que ela saísse.

— Que inferno, Vix. Existem coisas que eu simplesmente não posso contar — rosnou ele. — Porque os segredos não são só meus.

A expressão irritada dela se abrandou lentamente.

— É só isso que quero, que você seja sincero comigo.

— Vou me esforçar. Agora, seja você sincera comigo. O que aconteceu hoje?

Ele pegou sua mão novamente e beijou os nós dos dedos dela.

— Não faça isso. Você me deixará em chamas novamente, e terei que me sentar no teatro e fingir que você não está lá por horas a fio.

— Eu deixo você em chamas? — repetiu ele, imensamente satisfeito por ouvir aquelas palavras.

Correu devagar os dedos em círculos na palma da mão dela.

— Você sabe que sim. Então pare com isso.

— Eu paro... É só me contar o que aconteceu. — O decote do vestido de seda lilás o atormentava, e ele passou os dedos pela pele exposta de seu seio. — Caso contrário, não prometo nada.

Sentindo seu tremor repentino, ele se inclinou para a frente, substituindo os dedos pelos lábios.

— Sinclair... ah, não faça isso.

— Então fale comigo — murmurou ele, deslizando os dedos por baixo do decote de renda.

Ele olhou para o rosto de Victoria só para ver seus olhos fechados e sua atraente boca que traduzia prazer. Sin sorriu e voltou para sua trilha de beijos. Era uma sensação inebriante perceber que ele afetava Vixen Fontaine tão violentamente. Também era uma sensação de impotência saber quão violentamente ela o afetava. Ele nunca estivera sob o controle de ninguém daquela maneira, e não conseguia decidir se gostava da sensação ou não.

Ela enroscou os dedos em seu cabelo e o afastou de seu peito arfante.

— Está bem, está bem. Lorde Kingsfeld apenas… disse algo de que não gostei.

Ele franziu a testa, desejando que ela tivesse resistido um pouco mais.

— O que ele disse?

Victoria estudou o rosto dele por um momento.

— Você não notou?

Aquilo não parecia promissor.

— Pelo visto, não.

— Ele disse que eu era um "belíssimo passarinho".

— O que você não gostou porque…

— Você acha que sou um belíssimo passarinho? — perguntou ela com os lábios apertados.

— Bom, não responderei isso. Não sou um completo idiota.

— Mas eu sou?

— Vixen…

— Quase tudo o que seu amigo falou para mim foi um insulto. Você não notou ou simplesmente não se importou?

Sinclair fechou a cara.

— Eu estava pensando em outras coisas.

Victoria abriu a boca, mas logo a fechou e recostou-se no assento.

— Eu sei disso. É só que… não sei como homens tão inteligentes quanto você e seu irmão podem ter um amigo com um cérebro tão pequeno.

Por sorte, Sinclair tinha bom senso o suficiente para não defender Astin. Vixen não era nem um pouco egocêntrica como sua reputação ditava, mas, ainda assim, algo a tinha ofendido. Ele também ficou chateado, porque ela estava certa: ele não havia prestado atenção no tratamento de Astin pois estivera preocupado apenas com o que o conde sabia sobre Thomas. Ele a decepcionara mais uma vez, e Sinclair teve a impressão de que sua falha fora mais dolorosa do que qualquer insulto de Kingsfeld.

— Sinclair?

— O quê? Desculpe, eu estava…

— Tentando entender por que estou tão chateada — completou ela, sem aparentar raiva. — Eu não sei. Acho que só não estava esperando ouvir aquelas palavras. Foi a primeira vez que conversamos. — Sin ficou surpreso quando ela encostou o rosto no ombro dele. — Deus sabe que esta não foi a primeira vez que homens presumiram que sou estúpida — suspirou Victoria. — Creio que tenho uma fama.

Sinclair sentiu uma sensação peculiar percorrer o corpo; estranha e familiar ao mesmo tempo. Ele prendeu a respiração, tentando guardá-la na memória antes que ela desaparecesse. No entanto, o sentimento não foi a lugar algum, apenas se aconchegou, quente e íntimo, em seu coração.

— Victoria — começou ele com uma voz suave, determinado a não perturbar a paz que se instaurara entre eles —, eu também tenho uma reputação, mas posso afirmar que ninguém tem o direito de presumir a capacidade de outra pessoa, seja sobre sua inteligência ou sua dignidade.

Ela ficou em silêncio por um minuto inteiro.

— Sabe, Sinclair — disse ela finalmente, a voz um pouco embargada —, para um canalha cruel, você às vezes consegue ser bem gentil.

— Obrigado. Tem certeza de que não deseja voltar à Casa Grafton?

Ele sentiu a risadinha dela em seu ombro.

— Não quando você já disse a sua avó que iríamos comparecer. E, mesmo que você não permita que eu o ajude, não quero ser o motivo para uma oportunidade perdida de espionagem.

Sua esposa soou um pouco dócil demais, mas ele não começaria uma discussão quando estava tão ridiculamente confuso e feliz.

Por sorte, a carruagem parou antes que ele começasse a recitar poesia, especialmente porque ele só se lembrava de versos vulgares e em francês. O saguão do teatro estava tão apinhado de nobres com trajes e joias brilhantes que, por um momento, Sinclair sentiu como se estivesse trancado em uma caixinha de joias. E, embora parecesse impossível andar em linha reta por mais que alguns passos, os amigos e admiradores de Victoria logo rodearam o casal.

— Bem que Lionel disse estaria lotado! — exclamou Lucy Havers. — Hoje será a estreia de Sophie L'Anjou em Londres, e dizem que ela é fantástica.

Sinclair segurou um xingamento. De todos os malditos lugares que poderia ir com a esposa, tinha que ser justo no mesmo local que Sophie L'Anjou.

— Você chegou a ver mademoiselle L'Anjou quando ela se apresentou em Paris? — perguntou Victoria de forma inocente. — Dizem que ela é muito popular por lá.

— Sim — respondeu ele casualmente. — Eu a vi em diversas ocasiões. Ela tem uma linda voz.

E lindas partes do corpo também. Partes com as quais ele havia se tornado bastante íntimo durante suas missões para o Ministério da Guerra.

— Althorpe!

Ainda desacostumado a ser chamado pelo título, Sinclair virou-se para ver o irmão e a avó se aproximando. Kit sorria como um maníaco enquanto caminhava ao lado do conde de Kingsfeld.

— Olha só quem eu encontrei.

Seu primeiro instinto foi nocautear seu suposto amigo por ter sido um idiota condescendente com sua esposa. Mas, antes que ele pudesse levantar o braço, Victoria entrelaçou a mão à dele. Ele se forçou a relaxar os músculos tensos em suas costas. Se Victoria queria segurar sua mão, o sermão de Kingsfeld podia muito bem esperar por um local mais privado.

— Obrigada por nos permitir acompanhá-los nesta noite — disse Victoria para a avó dele, beijando-lhe a bochecha.

— O prazer é meu, acredite — respondeu Augusta, dando um olhar profundo a Sin, um que ele fingiu não compreender.

Ele certamente não fizera nada para ganhar o perdão da avó. Não se explicara, e muito menos encontrara o assassino de Thomas. Era quase mais fácil ficar perto dela quando ela estava irritada com ele.

— Olá — disse Kit para Lucy, pegando sua mão e fazendo uma reverência. — Sou o inteligente e fascinante irmão de Althorpe, Kit Grafton.

Victoria fez as apresentações com um sorriso no rosto, mesmo quando chegou a vez de Kingsfeld. Sinclair entendeu que era por sua causa e quis beijá-la ali mesmo por ela ser mais acolhedora e solidária do que ele merecia.

— Onde vai se sentar nesta noite? — perguntou ele a Astin, não se sentindo nem um pouco acolhedor como sua esposa.

— Em nenhum lugar. Na verdade, vim para conversarmos, se não se importa.

Ora, talvez o sermão fosse acontecer antes do esperado.

— Podem me dar licença por um minuto, Victoria, vovó?

Victoria sorriu.

— Claro. Mas não demore.

Ela não havia dito para que ele se comportasse, não em voz alta, mas ele entendeu a mensagem. Juntos, ele e Kingsfeld abriram caminho pela multidão até um canto mais afastado.

— O que você quer?

— Depois de nossa conversa esta tarde, dei uma olhada em alguns documentos. Não notei nada de estranho, até encontrar isto.

O conde tirou um papel do bolso e o desdobrou. A folha estava tão manchada e borrada por algum líquido que o conteúdo parecia indecifrável.

— E o que é isto?

— É parte de um documento em que seu irmão e eu estávamos trabalhando. Parte de uma apresentação para o Parlamento. Isto — ele apontou para a mancha — é consequência de uma discussão com lorde Marley, quando ele parou em nossa mesa no White's para discordar de alguns assuntos que Thomas apoiava. Eu havia esquecido completamente disso, mas, agora que me lembro, Marley estava realmente bravo.

— Qual era o assunto da apresentação?

— Os mesmos assuntos de dois anos atrás: Bonaparte e França.

Marley de novo, França de novo. E, embora Thomas fosse se opor a Bonaparte de qualquer maneira, ele se tornara muito mais vocal sobre o assunto quando Sin entrou no Ministério da Guerra.

— Obrigado, Astin — disse ele. — Por favor, não comente sobre isso com mais ninguém.

— Mas é claro.

Kingsfeld assentiu, mas não se moveu para partir. Como ele havia lhe dado o que poderia ser uma informação muito valiosa, Sinclair conteve sua impaciência e esperou.

Finalmente, o conde pigarreou.

— Temo lhe dever desculpas, Sin — começou ele em voz baixa.

— Pelo quê?

— Por esta tarde. Posso ter sido... vigoroso demais ao comentar sobre a aparência de sua esposa.

Sin piscou.

— É mesmo?

— Sinto muito se o ofendi e espero que isso não afete nossa amizade. Seu irmão era um ótimo amigo.

— Acho que não é para mim a quem você deve desculpas, Astin. Não fui a pessoa ofendida.

O conde franziu a testa.

— Não?

— Victoria é bem mais que um "belíssimo passarinho". Mas, você descobrirá isso com o tempo, quando se conhecerem melhor.

— Está bem. — Kingsfeld parecia intrigado e aliviado ao mesmo tempo. — Lembrarei disso.

— É uma ótima ideia. Nos falamos depois.

— Claro. Boa noite.

A pista não era nada incrível, mas Kingsfeld só passara uma tarde procurando algo. Além disso, ela adicionava outro ponto contra Marley. Comparado ao restante dos suspeitos, Marley estava cada vez mais em evidência, talvez o suficiente para colocar um alvo em seu rosto.

Quando Sin voltou ao grupo, eles haviam começado a andar em direção às escadas, dirigindo-se para a galeria e a frisa privada de Augusta. No entanto, uma pessoa estava visivelmente ausente.

— Onde está Victoria? — perguntou Sin, olhando ao redor em busca da figura pequena da esposa.

— Ela foi conversar com aquele grandão ali — respondeu o irmão, apontando. — Disse que voltaria logo.

— Kilcairn — rosnou Sinclair, imediatamente na defensiva. Mas, então, Victoria assentiu e retornou ao seu lado. — O que ele queria? — perguntou na voz mais calma que conseguiu.

— Eu queria saber se Alexandra irá ao recital de Susan Maugrie amanhã. O que lorde Kingsfeld queria?

Sinclair continuou a encarar Kilcairn, que ergueu uma sobrancelha antes de virar-se para seguir a esposa escada acima.

— Nada demais — afirmou ele de imediato, então notou sua leve carranca. — Mas ele pediu desculpas — adicionou, lembrando-se que não precisava mais guardar tantos segredos quanto antes.

Victoria parecia cética.

— Ah, é mesmo?

Ele a segurou pelo braço e se aproximou, baixando o tom de voz.

— Pelo visto, ele achou que fez muitos elogios a você, como se isso fosse possível, e que eu poderia ter ficado ofendido.

— Seu amigo é um idiota — respondeu ela, claramente nada impressionada.

— Eu sei. Também não fiquei nada comovido, mas como ele nunca foi um idiota antes, estou inclinado a lhe dar o benefício da dúvida.

— E ele lhe deu alguma notícia sobre Thomas enquanto pedia desculpas, não é?

— O que isso tem a ver?

— Tudo.

Sin não sabia muito bem o que a esposa queria dizer com aquilo, mas provavelmente não era algo bom. No entanto, não adiantava discutir quando ambos haviam concordado que ela estava certa. Ele tivera a oportunidade de informar Kingsfeld de que sua esposa não gostava ou merecia elogios clichês, condescendentes e sem sentido, e não aproveitara.

Por outro lado, Sinclair não esquecera que ela estivera conversando com Kilcairn e que havia conseguido mudar o rumo da conversa para longe do assunto.

— De quem é o recital amanhã?

Victoria ficou em silêncio por um segundo.

— Da Susan Maugrie.

— E a Alexandra Balfour estará presente?

— Sim.

— Talvez eu também vá.

— E talvez algum dia você aprenda a confiar um pouquinho em mim. Nem todo mundo tem um motivo secreto por trás de suas ações e conversas.

Ele suspirou.

— Eu gostaria de acreditar nisso.

— Espero que consiga um dia — respondeu ela no mesmo tom. — Entre todas as pessoas em Londres, apenas uma atirou em seu irmão.

— Isso só faz o restante delas inocente neste crime em particular, não de tudo.

— Sobre o que vocês estão conversando? — perguntou Kit, se adiantando nas escadas para abrir a cortina da frisa para a avó. — Estão com uma cara séria.

— Apenas opiniões divergentes — respondeu Sinclair, andando para se acomodar na cadeira mais afastada e mal iluminada da frisa.

Augusta parou diante do lugar que ele desejava tomar para si.

— Que besteira, Sinclair. Sente-se ao lado da sua esposa.

— Você e Victoria gostam muito mais de ópera do que eu ou Kit. Se eu me sentar na frente, terei que ficar acordado.

— Então eu também me sentarei no fundo — afirmou Victoria. — Todos me olham quando sento na frente, de qualquer forma, e isso acaba me distraindo.

— Não podemos ficar todos nas sombras — resmungou Kit. — Vai parecer que somos fugitivos.

— Exatamente — concordou Augusta. — Christopher, sente-se aqui com sua avó.

Então, ela se acomodou na cadeira dos fundos.

Sin segurou um xingamento. Victoria estava começando a encará-lo desconfiada, então ele a ajudou a se sentar em uma das cadeiras da frente. Rezando para que Sophie L'Anjou não olhasse naquela direção, sentou-se ao lado da esposa.

Um empregado apareceu para oferecer vinho do Porto, e Sin resistiu à tentação de beber sua taça de uma vez só. Ficar embriagado e cair da frisa não seria o melhor jeito de evitar a atenção de Sophie.

A cortina foi erguida e ele se afundou na cadeira. O teatro estava em sua capacidade máxima, e até o príncipe George e sua trupe ocupavam a frisa real defronte ao palco. O príncipe, no entanto, parecia mais interessado em observar o público do que a apresentação — especialmente as mulheres, que recebiam uma análise penetrante através do binóculo ornamentado.

Sophie L'Anjou foi ovacionada pela plateia quando subiu ao palco e fez uma reverência profunda, mostrando seu decote espetacular para todos.

Afundando-se ainda mais na cadeira, Sinclair voltou sua atenção para o regente.

O binóculo encrustado de joias estava fixo no decote de Sophie quando ela iniciou a primeira ária da noite. Sinclair disfarçou uma risada. Se a realeza estava presente, Sophie não perderia tempo procurando outras pessoas na plateia. Ele percebeu, no entanto, que meia dúzia de jovens no andar inferior ao príncipe estavam olhando para outro lugar.

Foi fácil encontrar o foco dos olhares, já que a pessoa estava sentada ao seu lado. Victoria estava concentrada na apresentação, inclinando levemente seu corpo esbelto para a frente. Sinclair sentiu uma atração tão forte que os dedos coçaram com o desejo de puxar as presilhas do longo cabelo preto e libertá-lo. Os lábios delicados estavam pintados da mesma cor do vestido que ela usava e o provocavam com suas curvas quentes.

Como se sentisse o calor de seu escrutínio, ela se virou e o encarou.

— O que foi?

Ele sorriu.

— Você.

Victoria corou.

— Shh. Você está perdendo a peça.

Sin meneou a cabeça.

— Não estou perdendo nada — disse em um sussurro.

— Vixen — chamou Christopher em voz baixa, inclinando-se para a frente e segurando o assento de Sin. — Aquela moça, Lucy, está interessada em alguém?

— Temo que sim, Kit.

— Porcaria. E quem era a outra? Marguerite? Acho que ela piscou para mim.

— Ela devia ter alguma coisa no olho — provocou Sin com um sorriso.

— Ela não tinha — protestou Victoria. — Ela só é tímida.

— Mas ela piscou ou não? — Concentrado na conversa, Kit não percebeu que sua avó havia se inclinado para lhe dar um tapa na cabeça. — Ai, vovó! Demorei uma eternidade para arrumar meu cabelo. É a última moda, sabia?

— Você podia ter se levantado da cama e vindo direto para o mesmo efeito — respondeu ela em voz calma. — Agora, silêncio.

Victoria abriu seu leque e escondeu o rosto, mas os tremores de seu corpo denunciavam a risada silenciosa. Os olhos violeta brilhavam quando ela encarou Sinclair novamente.

— Ela pode ter piscado, Kit. Descobrirei para você.

— Maravilha! — exclamou Christopher, mas precisou desviar de outro tapão da avó. — Está bem, está bem. Ficarei quieto. Você não é nada romântica, vovó.

— E você não é nada civilizado, Christopher James Grafton. Calado.

A conversa acabou, e a ópera seguiu sem surpresas. O príncipe desapareceu assim que as cortinas tocaram o chão, sem dúvidas para se apresentar à mademoiselle L'Anjou. O que era ótimo para Sinclair.

— Gostou? — perguntou ele para Victoria quando ela enganchou o braço ao seu.

— Foi maravilhoso — respondeu ela com um sorriso. — Meu pais não me deixavam vir à opera. Achavam muito frívola.

Sinclair fez um lembrete mental de comprar uma frisa para os dois.

— Se eles consideram uma ópera muito frívola, estou surpreso por terem me deixado chegar perto de você.

A expressão dela ficou séria.

— Eles também me acham frívola.

Ele pousou a mão sobre a dela.

— O azar é deles. A sorte é minha.

— Hum. Estou cada vez impressionada com suas qualidades — refletiu ela, os olhos violeta dançando.

Se Victoria não quisesse passar a noite com ele, Sin arrombaria a porta.

— Estou cada vez mais surpreso por ter qualidades.

Augusta os esperava ao fim da escadaria.

— Gostaria de convidá-los para jantar amanhã — Ela deve ter notado a hesitação nos olhos âmbar, pois virou-se para Victoria e adicionou: — As respostas dos convites começaram a chegar, e ouvi dizer que você é muito talentosa na organização de assentos.

— Quem lhe disse isso?

— Lady Chilton. — Augusta sorriu. — Estou apoiando a causa do orfanato.

As duas começaram a conversar sobre causas de caridade, ao passo que Kit comentava com Sin sobre uma corrida de cavalos que planejava ir. Enquanto isso, Sin despia sua esposa mentalmente. Quando por fim conseguiu encerrar as conversas, ele despediu-se rapidamente da família e acompanhou Victoria até a carruagem que os esperava. Victoria subiu no veículo com sua ajuda, mas o cocheiro se inclinou para falar com ele antes que entrasse.

— Está uma loucura, milorde. Levaremos alguns minutos só para conseguir sair.

Sin assentiu.

— Leve o tempo que precisar, Gibbs. Não estamos com pressa.

O cocheiro olhou para o criado que o acompanhava, e Sin pensou ter visto os dois trocarem sorrisos antes de entrar na carruagem e fechar a porta. Só por segurança, caso não tivessem entendido o recado, ele trancou a porta.

— O que está fazendo? — perguntou Victoria, tirando as luvas.

— Deixe-me fazer isso — disse ele, e puxou a mão dela.

Ele desabotoou o segundo e delicado botão devagar antes de puxar o tecido macio pelos dedos dela. Victoria o encarou, completamente enrubescida.

— *Na carruagem?*

— Sim. Definitivamente na carruagem.

Quando o veículo andou mais um pouco, ele despiu a outra mão.

— Mas Sinclair, eles não vão perceber? — Ela gesticulou para o lado do cocheiro.

— Provavelmente.

Ele abriu o fecho da capa da esposa e deixou o tecido cair no assento atrás dela.

— Mas...

— Beije-me — interrompeu ele, trazendo-a para si.

Victoria caiu em seus braços, empurrando-o contra o assento e encontrando sua boca com aquela paixão que ele estava começando a achar que só vira em sonhos.

Um desejo tórrido e incontrolável o dominou. Ela era dele. Enquanto suas línguas dançavam, Victoria começou a abrir seu colete, tão desesperada quanto ele. Ela gemeu e tentou tirar seu casaco, mas Sin pegou as mãos delicadas e colocou-as de volta ao seu peito.

— Não precisamos nos preocupar com isso agora — murmurou ele, levando as próprias mãos para os botões na parte de trás do vestido dela.

Após abrir alguns, ele puxou o tecido solto para baixo e tomou posse do seio esquerdo, acariciando o mamilo com os lábios e a língua.

Victoria arqueou as costas, ofegante. Sin já estava dolorosamente duro e, ao repetir as ações no outro seio, juntou as saias pesadas do vestido para levantá-las. Ela percebeu com rapidez o que ele pretendia e logo se dispôs a abrir sua calça e libertá-lo.

Victoria montou em seu colo com uma risadinha baixa e profunda, e Sin a guiou para baixo. Um gemido escapou de seus lábios quando a penetrou, sentindo seu interior quente e apertado.

— Assim? — perguntou ela, ofegante, subindo um pouco antes de descer novamente.

— Assim mesmo — encorajou ele com um sorriso. — Você aprende rápido.

Victoria repetiu o movimento de sobe e desce, os olhos brilhantes e semicerrados.

— Existem outras maneiras de... fazer isso? Outras maneiras de nos unirmos?

Por Deus, ele realmente tinha conseguido chegar ao Céu.

— Inúmeras — gemeu.

Ela o beijou de novo.

— Quero que me mostre todas elas.

— Várias vezes.

Ele gemeu novamente e levantou os quadris para encontrá-la, rezando para viver o suficiente para cumprir a promessa.

———⟋⟍———

Victoria abriu os olhos. Sua cabeça estava apoiada no peitoral nu de Sinclair, que subia e descia suavemente com sua respiração. Apesar de abafados, ela ouvia os batimentos lentos de seu coração.

A luz do dia passava pelas frestas das pesadas cortinas verdes, refletindo nos pés da cama como barras de ouro. Suas roupas ainda estavam espalhadas pelo chão, e o Senhor Baguete dormia enrolado na poltrona perto da lareira. Ela nem percebera que o gato havia entrado no quarto.

Victoria sentia-se saciada e confortável demais para se mexer, mas, ao virar um pouco a cabeça, notou que a porta do closet entre os dois quartos estava aberta.

— O que é aquilo? — perguntou Sin em tom divertido.

Victoria levantou a cabeça para olhá-lo.

— O quê?

Ele desenlaçou os dedos dos dela e apontou para cima.

— Aquilo.

Ela virou-se nos braços dele o suficiente para detectar o pequeno papagaio cinza que os observava da cabeceira.

— Ah. É o Mungo Park.

— Mungo Park. Como o explorador?

— Sim. Ele apareceu um dia na cozinha completamente faminto. A cozinheira queria fazer uma torta dele, mas eu discordei. Muito.

— Há quanto tempo você acha que ele está aqui?

— *Ah, Sinclair, isso é tão bom* — disse Mungo Park em uma imitação passável de sua dona inebriada de paixão.

— Ai, não! — exclamou Victoria, humilhada, e escondeu o rosto no peito de Sin.

O marido apenas riu.

— Não tem graça! — protestou ela, agora puxando o lençol por sobre a cabeça.

— Tem sim — disse ele, enquanto a abraçava e ria ainda mais.

— *Ah, Sinclair, isso é tão bom.*

— Os papagaios vivem por quanto tempo? — perguntou ele.

— Por mais cinco minutos.

Jogando o lençol para o lado, ele a puxou para cima dele e a beijou.

— Mas você realmente falou isso muitas vezes. Não pode culpar o Mungo Park por ter notado.

— Minha mãe achou horrível quando o ensinei a falar "Maldição". Ela vai cair dura se ouvi-lo agora.

— Bom, ela pariu você, então seus pais dormiram juntos pelo menos uma vez — rebateu ele.

— Sim, mas duvido que tenham gostado.

Ele a puxou mais um pouco para encarar os olhos violeta.

— E você? Gostou?

— *Ah, me toque ali de novo, Sinclair.*

Sinclair deu um sorriso sensual e olhou para Mungo.

— Não falei com você.

Victoria ia começar uma resposta afirmativa e animada, mas mudou de ideia ao lembrar do papagaio na cabeceira. Soltando-se um pouco do abraço, ela se aproximou do corpo musculoso.

— Nunca imaginei — sussurrou ela em seu ouvido. — E nunca imaginaria com outra pessoa além de você.

Sin tirou uma mecha de cabelo do rosto dela com dedos gentis enquanto a encarava com seus olhos cor de uísque.

— Obrigado.

Os dois foram interrompidos por uma batida de Roman na porta e pelos latidos de Henrietta e Grosvenor, que entraram no quarto pelo closet.

— Fique aqui — disse ele ao se levantar.

Ele pegou uma manta de uma cadeira próxima e a enrolou na cintura antes de desviar de cachorros e gatos para chegar à porta.

Victoria também sentiu vontade de latir para Roman. Cobrindo-se com um cobertor até o pescoço, ela observou a conversa de Sinclair e Roman — seu marido parecia perigoso mesmo descalço e vestido apenas com uma manta. Ele deixava que todos pensassem que era um patife vagabundo, mas, vendo-o agir naturalmente e sem defesas, ela se perguntou como podiam achar que ele era tudo menos um patriota que arriscara a vida pelo país mais vezes do que jamais contaria.

Victoria iria ajudá-lo, o marido querendo ou não. Sinclair seria incapaz de confiar em alguém — nem mesmo nela, não por completo — até encontrar o assassino do irmão. Ela nunca o teria por inteiro até que ele superasse tudo aquilo, não do jeito que o tivera na noite anterior, quando ele se esquecera de tudo por algumas horas. Talvez fosse um pensamento egoísta, mas ela queria aquele Sinclair Grafton e, se precisasse encontrar um assassino para tê-lo, tudo bem.

Capítulo 11

— Lucien, você teria um momento?

Lorde Kilcairn desviou os olhos da mesa de bilhar.

— Alexandra não está — afirmou ele, voltando a mirar sua jogada. — Ela foi fazer compras com minha prima.

Victoria continuou parada na porta.

— Na verdade, eu queria falar com você.

— Então pegue um taco.

Aquilo era o mais próximo de um convite que conseguiria dele, então Victoria tirou um taco de bilhar da parede e se aproximou da mesa.

— Você conhece todo tipo de gente nefasta, não é?

O conde fez sua tacada, errou e se endireitou.

— Não tantas quanto antes, mas não seria difícil encontrar um malandro ou assassino, quem sabe até dois. Por quê?

Apoiando-se na mesa, Victoria alinhou a ponta do taco com cuidado, fez a tacada e encaçapou uma bola.

— Nossa, sou muito boa nisso, não é?

— Sorte de principiante.

Ela se endireitou, pronta para começar seu discurso, mas Lucien gesticulou para que ela jogasse novamente.

— Tenho um problema — disse ela, mirando o taco novamente.

— Percebi. Como posso ajudá-la?

Ela errou a tacada e se afastou da mesa enquanto Lucien tomava seu lugar.

— Não sei. O que você sabe sobre Thomas Grafton?

— Althorpe? Pouca coisa. Não éramos próximos. — Ele fez sua tacada. — O que você deseja saber? Algo no âmbito pessoal ou profissional?

— Ambos. Estou... ajudando o Sinclair com um tipo de projeto.

— Um projeto que envolve parentes mortos.

Victoria corou.

— Algo do tipo.

Lucien se apoiou no taco.

— Não sei quem matou Althorpe, se é isso que deseja saber, mas posso dizer que ele não fez novos amigos no Parlamento nos meses que antecederam sua morte.

Um dia, Victoria aprenderia a fazer perguntas diretas a Lucien em vez de tentar chegar aonde queria com papinhos educados.

— Por quê?

— Muitos nobres de títulos antigos possuem propriedades na França. Thomas não via a diferença entre ter um pedaço de terra de quatrocentos anos e ativamente fazer comércio com os apoiadores de Bonaparte. Alguns desses nobres não gostaram de ser indiretamente acusados de traição só por não terem vendido suas terras francesas.

— E ele parou nas indiretas?

— Publicamente, sim. No privado, não sei dizer. — O conde deu de ombros. — Seria melhor perguntar a Kingsfeld ou lady Jane Netherby sobre o assunto. Eles eram próximos.

Então *havia* uma mulher envolvida.

— Farei isso. Poderia me dizer se lembrar de mais alguma coisa?

Ele assentiu e voltou a atenção para o jogo.

— Pode deixar.

Mas, quando ela se virou para a porta, ele a chamou:

— Vixen.

— Sim?

— Lembre-se do ditado sobre o gato e a curiosidade.

Victoria sorriu.

— Miau.

Ela sabia onde lady Jane Netherby morava, mas precisou de um dia inteiro para conseguir arranjar um encontro casual e acidental na loja de tecidos Newton. Enquanto Lucy e Marguerite estavam ocupadas com fitas de cabelo, Victoria se viu repentinamente interessada por tecidos de calicô, que tinham a atenção de lady Jane.

— O azul definitivamente combina com seus olhos — elogiou ela com um sorriso.

Lady Jane, uma dama alta com traços clássicos e beirando os 30 anos, levantou o tecido de novo.

— Você acha? Pensei em usá-lo para um vestido de primavera.

Victoria assentiu.

— É uma ótima ideia! Por acaso você encontrou algo cinza ou violeta? Eu faria o mesmo que você.

— Welfield, você não disse que tem algo cinza no estoque?

O atendente assentiu.

— Vou pegar agora mesmo, milady.

— Obrigada. — Victoria estendeu a mão. — Sou Victoria, lady Althorpe.

O sorriso da mulher de cabelo ruivo vacilou quando ela retornou o aperto de mão.

— Lady Jane Netherby. Você se casou com o irmão de Thomas Grafton.

— Sim, Sinclair. Você conhecia Thomas?

Lady Jane levantou outro rolo de tecido, segurando-o contra a luz da janela.

— Sim. Éramos amigos.

— Eu o conhecia pouco, mas gostava dele — respondeu Victoria. — É muito triste descobrir que você adoraria conhecer melhor uma pessoa após sua partida.

O sorriso fraco da mulher retornou.

— É verdade. Mas conhecer bem alguém tem suas desvantagens.

— Como assim? — perguntou Victoria enquanto pegava o tecido cinza que o atendente havia trazido.

Aquilo era um alerta? Ou ela estava ficando paranoica igual Sinclair?

— Todos temos defeitos, lady Althorpe. Quando uma pessoa vive, seus conhecidos enxergam apenas o que ela deseja que seja visto. Quando uma pessoa morre, no entanto, são os outros que decidem sua reputação.

— Você está querendo dizer que, se alguém deseja encontrar uma falha, ela será encontrada.

— Exatamente. — Lady Jane chamou Welfield novamente. — Comprarei dez jardas do azul, Welfield. Mande entregar na loja da madame Treveau, por favor.

— Sim, milady.

A mulher mais velha ofereceu a mão para Victoria novamente.

— Sinto muito, mas tenho um compromisso nesta tarde. Foi um prazer conhecê-la.

— Digo o mesmo — respondeu Victoria de forma calorosa, então observou a dama sair da loja.

Ela não sabia se lady Jane Netherby havia lhe dado um recado ou apenas era estranha, mas a mulher parecia saber de algo.

Victoria sentiu vontade de perguntar a opinião de Sinclair, mas então ele descobriria que ela andara investigando sozinha. Ela não prometera que pararia de investigar, mas sabia que o marido pensava que havia parado. No entanto, ele mesmo ainda tinha seus segredos, então guardar aquele os deixava quites.

Ainda refletindo sobre as palavras de lady Jane, Victoria voltou para o lado das amigas.

— Esta é bonita, Marguerite — afirmou ela, apontando para uma das dúzias de fitas que a amiga apoiava no braço.

— É, também achei, se eu usar o vestido de seda amarela.

— Para o quê?

— Para o seu baile, é claro. Mas eu já usei amarelo para a ópera na semana passada, então talvez eu deva usar o verde e branco.

— O de seda amarela é mais bonito — argumentou Lucy.

— Sim, mas não quero que ele pense que só tenho vestidos amarelos. Daqui a pouco ele vai me chamar de "narciso" ou algo do tipo.

Victoria franziu a testa.

— "Ele"? Ele quem?

— Kit Grafton, suponho — disse Lucy com uma risadinha.

— Lucy!

— Bom, você não fala de outra pessoa há uma semana. Quem mais poderia ser?

— Kit? É sério? — Então Marguerite *tinha* piscado para Christopher. Ele ficaria feliz ao descobrir que a noite na ópera não fora um desperdício de tempo. — Ele disse para mim que gosta de amarelo.

Ou passaria a gostar, assim que Victoria lhe contasse.

— Comprarei a fita amarela, então — anunciou Marguerite.

Lucy deu outra risadinha.

— O que você vai usar, Vixen?

— Ainda não pensei nisso.

— Mas o baile é amanhã à noite! Você sempre planeja o que vai vestir com semanas de antecedência.

— Bom, teremos uma surpresa desta vez.

No entanto, as palavras de Lucy continuaram em sua mente enquanto fazia compras com as amigas pela Bond Street. Desde sua estreia na sociedade, ela não havia parado quieta um minuto: chás, almoços, bailes, recitais e *soirées*, um após o outro. Ela era popular e sabia do que os homens gostavam de conversar — algo fácil de descobrir, já que eles basicamente gostavam de falar sobre si mesmos. Mas mesmo com sua agenda cheia dia e noite, ela estivera completamente entediada.

Agora, no entanto, seus compromissos haviam diminuído, e ela usava o tempo livre para coisas mais importantes. Comparecer em almoços de caridade, levar roupa e comida para os necessitados e ajudar Sinclair haviam preenchido o seu tempo, mas com uma grande diferença: os dias não eram mais chatos. Ela devia pelo menos àquilo a Sinclair.

Ao retornar para a Casa Grafton, Milo a informou que lorde Althorpe estava no estábulo e ela logo foi encontrá-lo, sorrindo para si mesma enquanto pensava em como agradecer ao marido — embora sua ideia dependesse da presença de empregados ou não.

Por sorte, ao abrir a porta barulhenta e pisar na umidade fria do estábulo, ela encontrou Sin sozinho, dando uma maçã para Velho Joe.

— Boa tarde — cumprimentou ela, já sentindo seu pulso acelerar, como sempre acontecia quando estava sozinha com ele.

— Como foram as compras? — perguntou ele, caminhando em sua direção.

— Muito produtiva. E como está Velho Joe?

— Ele começou a engordar. Daqui a pouco vão confundi-lo com um cavalo. — Ele passou um braço por seus ombros, puxando-a para o lado dele. — O que planeja fazer com ele?

— Você não tem uma cavalaria em Althorpe?

Sin ergueu uma sobrancelha.

— Creio que sim, mas não vou deixá-lo solto com as éguas para fazer Pequenos Joes por aí.

Victoria riu.

— Vou pensar em algo, então.

Sinclair começou a guiá-los para a porta, mas ela parou e olhou ao redor. Nada de cavalariços.

— O que foi?

Ela correu as duas mãos pelo peitoral dele, sentindo os músculos, a barriga reta, e parou no cinto.

— Onde estão os criados?

— Fazendo tarefas. A sra. Twaddle está fazendo torta de maçã para o jantar. E se formos roubar um pedaço enquanto ainda está quente?

— Você é tão mansinho — provocou ela enquanto abria o cinto dele.

— Jesus — suspirou ele, os olhos âmbar arregalados em surpresa. — Eu criei um monstro.

— Beije-me — ordenou ela em um murmúrio, já sentindo o corpo quente e arrepiado pelos toques dele.

— Dentro da casa — afirmou ele, e colocou as mãos em seus ombros para virá-la na direção das portas duplas.

Ela se virou novamente e, no movimento, pensou ter visto algo na escuridão de um canto. Uma manga de um tecido escuro, se ela não estava enganada. Pelo visto, havia descoberto mais um dos encontros clandestinos de Sinclair. Já que ele passara as últimas oito noites com ela, os encontros deveriam estar acontecendo em outro horário.

Victoria sentiu uma ponta de irritação. Ele obviamente não confiava nem um pouco nela. E ela obviamente estivera distraída o suficiente por ele para não perceber que o marido ainda se encontrava com os amigos bem debaixo do nariz dela.

— Vamos entrar — repetiu ele.

Victoria apoiou as costas no peito dele e remexeu o quadril.

— Qual é o problema do estábulo? — perguntou ela, alto o suficiente para que a plateia pudesse ouvir.

— Feno e sujeira — respondeu ele em tom duro, como se estivesse apertando a mandíbula. — Estou certo de que podemos encontrar um local mais limpo e confortável, e então você pode me contar tudo sobre o seu dia.

Ela se remexeu novamente.

— Eu não quero conversar. — Prendendo uma risada ao sentir o corpo dele tensionar, ela se curvou para a frente. — Nossa, tem uma pedra no meu sapato.

— Sua... — começou ele, mas logo parou. — Para dentro. Agora.

— Mas você me prometeu outra lição.

— Acho que você está aprendendo rápido demais sozinha, Vixen. — As mãos dele circularam sua cintura e ele a endireitou. — Para dentro, onde podemos ir com calma — murmurou ele, puxando-a para perto e movendo os quadris.

Bom, ela conseguira excitá-lo, mas não sabia o que fazer em seguida. Victoria certamente não queria se deitar com o marido na frente de uma plateia. Então, ela se virou para encará-lo.

— Você pode me mostrar duas coisas, Sinclair. Uma delas são os seus amigos se escondendo atrás daqueles fardos de feno.

Ele fez uma careta.

— Do que você está falando?

— Não se faça de tonto — retrucou ela. — Não sou idiota. — Apontou para o canto. — Vi pelo menos um de seus amigos ali.

— Agora?

— Agorinha mesmo.

Ele a soltou e saltou na direção dos fardos de feno. O ar se encheu de feno e poeira, e alguém gritou.

Victoria correu para pegar um ancinho, contornou os fardos e quase espetou o estranho que Sin jogou na direção da porta.

— Victoria, não! — gritou Sinclair.

Ela se assustou e tentou virar o ancinho, conseguindo desviar o lado pontudo e acertar a pessoa apenas com a haste. O impacto a desequilibrou, e os três caíram no chão em uma confusão de braços e pernas — com Victoria por baixo.

— Maldição, Wally, saia de cima da minha esposa! — ordenou Sinclair, e ela sentiu o peso sair de seu peito.

Victoria se sentou, atordoada, e Sinclair se ajoelhou ao seu lado.

— Minha nossa — ofegou ela.

— Você está bem? — perguntou ele enquanto tirava feno de seu cabelo e passava as mãos por seu braço.

— Sim, estou bem. Caramba.

— Eu não estou bem — falou o estranho, rolando para ficar sentado e apoiando a mão direita na esquerda. — Você deslocou meu dedo, Sin.

— Sorte sua que não o quebrei. Eu te avisei sobre essas suas brincadeirinhas.

— Eu só estava...

— Cale a boca e espere aqui.

Sinclair pegou Victoria nos braços e ficou de pé. Antes que ela pudesse proferir uma única palavra, ele saiu do estábulo e caminhou para a entrada da cozinha, na parte de trás da casa.

— Eu estou bem. De verdade — protestou ela.

Não houve resposta. O rosto magro estava pálido e tenso, provavelmente de raiva ou preocupação — ou uma mistura dos dois. Sem rodeios, Sinclair chutou a porta e a carregou pela cozinha. A sra. Twaddle e a assistente de cozinha tomaram um susto, e Victoria deu um pequeno sorriso e um breve aceno.

— Peça que Jenny vá para o quarto de lady Althorpe imediatamente — ordenou ele, antes de subir a escada usada pelos empregados.

— Sinclair, isso é ridículo. Tirando a sujeira, estou completamente bem. Mesmo.

Ainda bem que a porta do quarto estava aberta, pois Sinclair parecia capaz de derrubá-la. Ele colocou-a com gentileza na cama, então pegou a bacia de água e um pedaço de pano. Ele estava prestes a passar o pano molhado no rosto dela, mas Victoria segurou seu pulso.

— Pare com isso. Vamos conversar.

Ele negou com a cabeça e apertou a mandíbula. Soltando a mão do aperto dela, ele se endireitou e começou a andar de um lado para o outro.

— Você poderia ter se machucado — disse ele finalmente, a voz baixa e séria.

— Mas não me machuquei.

Sin apontou na direção do estábulo.

— Você viu alguém se escondendo e não falou nada. Em vez disso, *flertou* comigo.

— Eu sabia que era um dos seus...

— Você *achou* que era um dos meus amigos.

Victoria engoliu em seco. Já o vira bravo antes, mas nunca daquela maneira, nunca tão furioso, como se estivesse prestes a perder o controle. Ela sentiu medo — não dele, mas por ele.

— Peço desculpas se o chateei. Da próxima vez que eu vir alguém se escondendo, prometo que contarei imediatamente.

— Esse não é... — Sinclair se interrompeu, então respirou fundo e ajoelhou ao seu lado. — Esse não é o ponto — repetiu, em um tom mais baixo. — Se não fosse o maldito Wally ali, você poderia não ter uma segunda chance de fazer a escolha certa.

Ela o encarou. Sinclair não estava bravo porque fizera papel de tolo ou causara uma cena na frente dos empregados. Estava bravo porque Victoria poderia ter se machucado. Lentamente, ela embalou o rosto dele com as mãos trêmulas.

— Eu estou bem — sussurrou, e uma lágrima rebelde escorreu por seu rosto. — Sinto muito. Não pensei...

Ele afastou as mãos dela, levantou-se e capturou seus lábios em um beijo intenso e possessivo.

— Eu não vou perder você.

Victoria o abraçou, retornando o beijo com o dobro de intensidade. Aos poucos, Sinclair percebeu que Roman, Jenny, Milo e quase metade dos empregados se aglomeravam na soleira da porta, mas ele parecia incapaz de largar a esposa. Eles haviam sido muito sortudos naquela tarde; um ou ambos poderiam ter morrido. Ele poderia tê-la perdido para o mesmo assassino do irmão e teria sido incapaz de impedi-lo.

Sinclair sentiu o pequeno corpo enrijecer em seus braços quando ela também notou a plateia. Relutante, ele a soltou e se endireitou.

— Jenny, lady Althorpe escorregou.

A criada correu para o lado de Victoria.

— Cuidarei dela agora mesmo, milorde.

— Faça isso.

Sin olhou para a esposa uma última vez e se virou para a porta.

— Sin? — questionou Roman quando ele passou.

— Venha comigo.

A presença do valete era a única coisa que impediria Sinclair de assassinar Wally.

Para seu crédito, Wally ainda estava sentado em um dos fardos de feno, lamuriando o dedo deslocado. Ele ficou de pé assim que Sinclair entrou no estábulo, seguido por Roman.

— Sin, pensei que você soubesse que eu estava ali — o espião desatou a falar, corando. — De verdade. Eu só me escondi quando Vixen chegou, para que ela não...

— Roman, cuide do dedo dele.

— Pode deixar, Sin.

— Mas, Sin, eu não...

— Wally, é melhor você ter um motivo muito bom para estar aqui, porque se não tiver, vou mandá-lo para a casa em pedacinhos.

— Crispin me mandou. — Enquanto Roman tratava o dedo machucado, Wally enfiou a outra mão no bolso. — Aqui.

Ainda com uma carranca, Sinclair pegou a carta e a abriu. Ele leu e releu.

— Está bem — afirmou ele rispidamente enquanto amassava a nota e enfiava no próprio bolso. — Só saia daqui antes que o vejam.

— Está tudo bem, Sin? — indagou Roman.

— Sim, tudo ótimo. Uma maravilha.

Não era de se estranhar que Crispin não quisera entregar o recado pessoalmente. Eles haviam confirmado que Kilcairn era inocente, mas era a cara de Crispin querer verificar mais uma ou duas coisas. Assim como era a cara de Vixen ir visitar o conde por vinte minutos enquanto a esposa dele estava fora. Eles eram amigos, afinal. Parecia que já era hora de fazer amizade com o conde da Abadia de Kilcairn.

Conseguir encontrá-lo foi mais fácil do que Sinclair esperava. Ele sabia que Kilcairn frequentava o White's, e o encontrou lá na mesma noite, pouco depois das dez, dividindo uma mesa com lorde Belton, Henning e alguns outros.

Henning levantou-se ao vê-lo se aproximar.

— Nossa, havia me esquecido... Prometi que apresentaria Charles Blumton ao duque de Wycliffe esta noite — gaguejou ele e partiu apressadamente.

— Que sorte do Wycliffe — murmurou Lucien, e lorde Belton riu.

Sinclair apontou para o assento vago ao lado de Kilcairn.

— Se importa?

O conde o encarou.

— Na verdade, me importo.

Sin espiou Crispin pelo canto do olho. O homem estava sentado no outro canto do clube e claramente descontente em vê-lo próximo de Kilcairn.

— Algum motivo em particular?

Murmurinhos começaram de todo o canto do salão, e Sinclair suspirou internamente. De todos do grupo de Kilcairn, o conde era o único com o qual ele pensaria duas vezes em comprar uma briga, mas ele não iria embora enquanto não descobrisse o que queria.

— Quem se senta com você parece sempre acabar com o nariz sangrando — argumentou Kilcairn, dando um gole em seu conhaque. — Insisto que concordemos com uma trégua antes de permitir que você se sente.

Sinclair o encarou por um momento, repensando sua opinião sobre o conde.

— Justo. Algum limite para essa trégua?

— Aqui dentro do White's está bom.

— De acordo.

Kilcairn apontou para o assento vazio de Henning.

— Junte-se a nós, então. Mas fique avisado que Robert está falando sem parar sobre a esposa e o futuro filho, então imagino que você ficará entediado em minutos.

— Ei, você disse que estava ansioso para o nascimento! — protestou lorde Belton.

— Sim, para que você mudasse de assunto.

Com um olhar divertido, o conde relaxou na cadeira e ofereceu uma caixa meio vazia de charutos para Sin.

— E você, Althorpe? — perguntou Belton. — Está planejando uma família?

— Confesso que não parei para pensar nisso — respondeu Sinclair, e de repente teve uma visão de menininhas de cabelo escuro e olhos violeta brincando na sala de estar.

Por Deus, ele *estava* ficando manso.

— Eu diria que não, do jeito que Vixen está zanzando de um lado para o outro por sua causa — comentou Kilcairn. — Mas, eventualmente, ela começará a dar dicas de que deseja uma família.

Sinclair fez uma careta.

— O que quer dizer com "zanzando de um lado para o outro"?

— Ops — resmungou Belton e ficou de pé. — Vou ali ver o que Bromley está fazendo.

— Vou com você, Robert — falou lorde Daubner, levantando-se.

Sin e Kilcairn se viram sozinhos na mesa.

— Hum, covardes — disse o conde. Ele terminou seu conhaque e pediu outro. — O que quer beber?

— Uísque.

— Uma escolha estranha para um inglês que passa os dias farreando na França.

— E você fuma charutos americanos — apontou Sinclair. — Podemos discutir nossas lealdades quando a trégua acabar. No momento, gostaria de saber do que você estava falando sobre a minha esposa.

O conde o encarou.

— Ela me contou que estava trabalhando em um projeto para você. Se deseja saber mais, terá que perguntar para ela. Não faço fofocas sobre meus amigos.

Maldição. Sin sabia que Victoria estivera quietinha demais. E agora ela tinha contado o segredo dele para outra pessoa, deixando-o à mercê da boa vontade de Kilcairn.

190

— Kilcairn, preciso que guarde segredo sobre isso.

Kilcairn deu de ombros.

— Eu pensaria mal de você se soubesse que não estava interessado em descobrir quem matou seu irmão. Pelo menos, acho que esse é o objetivo.

— Não é da sua conta.

O conde repousou o copo na mesa.

— Eu considero Vixen uma grande amiga, e ela não teria se casado com qualquer tolo que aparecesse, não importa o que tivesse sido pega fazendo com ele.

— Isso é um elogio?

— Suponho que sim. Não sei o que você planeja, Althorpe, e não inquiri sobre suas lealdades porque ela parece gostar de você. Se precisa da minha ajuda, peça. Não farei fofoca, como já disse, mas contarei o que sei. — O conde se espreguiçou e ficou de pé. — Bom, minha esposa começou a dar as famigeradas dicas, então é melhor eu voltar para casa e cuidar do assunto.

— Mungo, não — disse Victoria em tom paciente. — Diga: "Maldição".

— *Aah, como um garanhão e uma égua.*

Ela fechou os olhos, sabendo muito bem que suas bochechas estavam vermelhas.

— Você ouviu tudo ontem à noite, não é? Pássaro malvado.

— *Agora, Sin. Quero você den...*

— Victoria? — chamou Sinclair, batendo na porta.

— Entre — respondeu ela, aliviada pela interrupção. Mas, quando Sin entrou no quarto, o alívio virou preocupação. Algo o deixara irritado, e as chances de ela ser o motivo eram grandes. — Como vai seu amigo misterioso? — perguntou, na expectativa de distraí-lo.

— Não sei. Fui ver o *seu* amigo.

Ela deu o último biscoito para Mungo Park.

— Que amigo?

— Kilcairn.

— Kil... — Victoria fechou a boca. — Achei que não gostasse dele.

— Não gosto. E, já que ele me contou que você continua investigando pelas minhas costas, ainda não sou seu maior fã.

Uma infinidade de xingamentos passou pela mente de Victoria, mas Mungo Park ainda estava na sala.

— Não foi pelas suas costas. — Marchando, ela o puxou pela mão para dentro do quarto e fechou a porta para que não fossem ouvidos. — Estou ajudando você a encontrar o assassino de Thomas.

— Pedi para que não fizesse isso.

— Porque você não quer que eu me machuque. Conversar com Lucien Balfour não é nada perigoso. — Ela notou a expressão cética do marido. — Bom, talvez um pouco, mas não para mim.

— Victoria…— falou ele, relaxando os ombros, antes de se sentar no canto da cama. — Não quero brigar com você. Mas também não vou deixar que continue essa investigação. Além da possibilidade de se machucar, você pode acabar alertando o assassino de Thomas, e então eu perderia a chance de capturá-lo.

A mudança na estratégia a surpreendeu. Entretanto, se Sin esperava que ela pedisse desculpas e se tornasse uma esposazinha inútil, ele não aprendera nada sobre ela.

— Quão importante é encontrar o assassino de Thomas para você, Sinclair? — questionou ela, sentando-se ao lado dela e pegando Henrietta no colo para coçar atrás de suas orelhas.

— Você sabe o quanto é importante. Ou eu achava que sabia.

— É claro que sei disso. Então ambos concordamos que essa é a coisa mais importante do mundo para você.

— Então por que você insiste em se envolver?

— Exatamente *porque* é a coisa mais importante do mundo para você. — Victoria olhou para baixo, esperando que ele não percebesse a dor em sua voz. — Não é uma sensação boa ser deixada de lado. Sei que não quer que eu me machuque, mas é mais que isso. E sei que nos vimos presos a esse casamento e que é inconveniente. Mesmo assim, eu…

— Você o quê?

Ela estava se apaixonando por ele. Mas aquele não era o foco da conversa.

— Eu admiro o que está fazendo e o que já fez. As pessoas acham que sou bobinha, volúvel e burra. Talvez até você pense assim. No entanto, conheço pessoas que desconhece e posso conversar com aqueles que se sentiriam desconfortáveis em sua presença. Posso ajudar. Posso contribuir, e é doloroso saber que você discorda.

— Eu não acho que você seja bobinha ou volúvel — respondeu ele com a voz suave e profunda, aquela que a fazia tremer. — Certamente não acho você burra. E...

— Então por qu...

— Deixe-me terminar — pediu. — Eu sei que você pode ajudar. Pensei mesmo em usar sua assistência quando nos conhecemos.

Ela o encarou. Os olhos âmbar estavam sérios e surpreendentemente bondosos, mas aquilo não a deixou com esperanças de que ele fosse mudar de ideia.

— E o que fez você mudar de ideia?

— Henrietta, Senhor Baguete, Mungo Park, as caridades para crianças, as escolas, e todos os animais e pessoas e causas que você adotou. — Ele abriu um pequeno sorriso. — Você gosta até de mim.

— Mas Sinclair...

Ele levantou uma mão, e ela se calou. Qualquer que fosse o argumento, o marido parecia ter pensado muito bem sobre ele. Independentemente se ela concordaria ou não, devia deixar terminá-lo.

— Tenho uma suspeita sobre quem matou Thomas. Você tem um coração bondoso, Victoria. Quando percebi isso, soube que não poderia contar com sua ajuda. Não quando o assassino pode acabar sendo um grande amigo seu.

O coração dela parou.

— Lucien? Não! Ele nunca...

— Não, não estou falando de Kilcairn. Gostaria que você não o considerasse tão admirável, mas não é ele. Mas você provou o meu ponto. Não consegue nem conceber a ideia de que um amigo seu pode ser um assassino.

Ele estava certo, percebeu Victoria. Mas também estava errado.

— Admito que nunca acreditaria que Lucien é um assassino, ou alguns de meus outros amigos. Porém, não sou tão ingênua ou fraca como pensa. Vamos fazer um teste, Sinclair. Você suspeita de qual dos meus amigos?

Victoria temeu que ele não fosse responder, o que significaria que ele nunca confiaria nela por completo e que nunca teriam um casamento de verdade — o tipo de casamento que ela sempre quisera, o tipo que começara a ter esperança de que poderiam ter.

Então, Sin a encarou de novo.

— John Madsen — respondeu ele bruscamente.

— *Marley?* — perguntou ela, sem conseguir se segurar. Ele estreitou os olhos, e ela tratou de continuar antes que Sin dissesse que ela acabara de provar seu ponto. — E quais… quais são as razões para suspeitar de lorde Marley? — questionou ela em uma tentativa de voz calma, enquanto colocava Henrietta no chão e dobrava as mãos sobre o colo.

Sin ficou de pé novamente e andou de um lado para o outro.

— Darei um resumo se prometer que ficará fora disso a partir de agora.

Era em momentos como aquele que Victoria desejava ser um homem grande e largo, para que pudesse subjugar o marido e fazê-lo ouvir a voz da razão.

— Diga-me primeiro e então discutimos o resto.

Como resposta, Victoria aprendeu novos xingamentos, alguns até em francês e italiano, e sentiu-se grata por Mungo estar na sala ao lado. Então, Sinclair parou em sua frente.

— Está bem. Marley possui ações em diversas empresas de exportação que lucraram bastante durante a Guerra Peninsular. Thomas era contra qualquer tipo de negociação com a França enquanto Bonaparte estivesse no poder.

— Certamente muitas pessoas tinham a mesma opinião.

— Sei disso, mas Thomas era muito vocal sobre o assunto. Ele me escreveu contando que foi ameaçado por Marley. E não era só parte do dinheiro de Marley que estava ligado a essas exportações, como ele diz. Com exceção das propriedades de sua família, todo o dinheiro dele está em ações.

Victoria ouvira algumas histórias de Marley sobre comércio *versus* nação e achara tudo infantil e egocêntrico. Agora, elas haviam tomado um tom mais sinistro.

— Marley não é tão rico quanto Creso hoje em dia, mas também não está sem dinheiro — comentou ela.

Ele assentiu.

— Eu sei. Ele passou pela guerra praticamente intacto.

— Ainda não consigo entender por que Marley arranjaria encrenca com o seu irm…

— Eles eram amigos — interrompeu Sinclair. — Pelo que ouvi dele recentemente, Marley finge que a relação com meu irmão nunca mudou.

— Mas você sabe que é mentira.

— Sim, sei. — Ele deu de ombros. — E tem mais. Marley e Thomas estavam na Hoby's no dia do assassinato. Marley visitou a Casa Grafton inúmeras vezes e sabia que Thomas gostava de passar as tardes no escritório… Você está bem?

Victoria havia começado a tremer. Ela conhecia Marley. Considerava-o um amigo. Por Deus, ela o havia beijado.

— Eu… não quero que pense que sou incapaz de acreditar em você se eu disser que está errado — começou ela lentamente. — Não é porque ele é meu amigo ou algo do tipo.

— O que é, então?

Ela quase chorou de alívio. Ele ainda estava interessado em ouvi-la. Ele poderia achar que ela estava errada, mas ainda queria ouvir o que ela tinha a dizer. Ai, Deus… ela não estava se apaixonando por ele. Ela já estava apaixonada.

— Marley gosta de coisas fáceis. Apostar é fácil. Matar alguém e enganar todo mundo, não.

— Ganância e autopreservação são bons motivadores. — Sin se aproximou e ajoelhou diante dela. — Eu ainda não tenho absoluta certeza, mas entende por que não quero que se envolva?

— Você sabia que Thomas era íntimo da lady Jane Netherby?

Ele franziu a testa.

— Você disse que não conhecia os amigos dele.

— E não conhecia. Mas agora conheço.

Uma sombra caiu sob os olhos âmbar de Sinclair.

— Kilcairn.

— Sim. Ele costuma saber tudo sobre todos.

Ele permaneceu ajoelhado aos pés dela, com uma expressão pensativa. O coração dela deu um pulo. Ela finalmente lhe dera uma informação que ele desconhecia.

— Lady Jane Netherby… — repetiu ele. — Tem certeza?

Victoria assentiu.

— Quando me apresentei, ela agiu de uma forma muito estranha. Na verdade...

— Você *se apresentou* para ela?

— Sinclair, não sou uma incompetente — rebateu Victoria. — Eu estava na mesma loja de tecidos, estávamos olhando os mesmos rolos. Ela foi amigável, talvez um pouco distante, mas pode ser pela timidez. Mas, quando me apresentei como lady Althorpe, ela disse algo misterioso e quase saiu correndo pela porta.

Ele apoiou as mãos nos joelhos dela.

— O que ela disse?

— Quando ela mencionou que era amiga de Thomas, eu disse que desejava tê-lo conhecido melhor, e ela respondeu que conhecer alguém muito bem pode ter suas desvantagens. Então, começou a falar sobre como uma pessoa controla sua própria reputação quando está viva, mas, ao morrer, esse controle passa para as mãos de quem se dá o trabalho de falar sobre ela.

O aperto em seus joelhos se intensificou. Ele levantou-se lentamente até ficar cara a cara com ela.

— Eu sabia que ele estava envolvido com alguém, mas nunca mencionou quem era. Vivia me provocando e, então, as cartas pararam.

Era doloroso sentir a dor e o arrependimento na voz dele. Victoria embalou seu rosto nas mãos e o beijou. Ele aprofundou o beijo, atacando a boca dela com fervor. Quando o calor que percorria o corpo de Victoria estava prestes a transformar seu sangue em lava, ele interrompeu o beijo.

— Vista-se — disse ele, ficando de pé. — Quero apresentá-la a alguém.

Capítulo 12

JÁ ERA QUASE MEIA-NOITE QUANDO Sinclair e Victoria partiram da Casa Grafton, e uma névoa densa serpenteava pelas ruas. O caminho não era longo, então, em vez de chamar a atenção com uma carruagem, Sin segurou a mão de Vixen e andou na direção do Hyde Park.

Por mais calma que Mayfair parecesse, Sinclair manteve um aperto firme em sua bengala, sabendo que o interior de ébano escondia um espadim. Ele não deixaria que nada acontecesse com Victoria.

O jeito mais seguro de mantê-la sob controle seria incluí-la nos planos, mas só até certo ponto. Não havia como negar que ela já estava o ajudando, e não só com sua pequena investigação. Em certos momentos, ele sentia-se quase humano de novo na presença dela.

Os dois cruzaram o parque e Victoria aproximou-se dele. No entanto, ele resistiu à tentação de puxá-la para seus braços; precisava estar alerta e, quanto mais próximo ela estivesse, mais distraído ele estaria.

Eles pararam ao lado de um arvoredo de carvalhos.

— Lady Stanton — chamou ele, reparando no olhar surpreso de Victoria.

Novamente, ele identificou o ciúme nos olhos violeta e sentiu uma profunda satisfação.

Uma cortina de névoa ondulou diante deles. Quando ela se dissipou, ele viu Crispin saindo de trás de uma árvore.

— Estamos atrasados? — perguntou ele.

O escocês grandalhão encarou Victoria com uma expressão ilegível.

— Nem. Eu cheguei cedo.

— Crispin, conheça minha esposa, Victoria. Vixen, este é Crispin Harding.

— *Você* é lady Stanton?

— Às vezes. — Crispin virou-se para Sinclair. — Podemos conversar em particular, Sin?

Sinclair negou com a cabeça. Ele sabia qual seria o assunto da conversa e não queria ouvir um sermão sobre como parecia estar levando a investigação com sua cabeça de baixo, não a de cima. Era ele quem normalmente dava tais sermões.

— O que você sabe sobre lady Jane Netherby? — perguntou ele, mudando de assunto.

— Netherby? Ela é filha do conde de Brumley.

O homem olhou para Victoria de novo, claramente em dúvida sobre o quanto deveria falar.

— Thomas estava se encontrando com ela — explicou Sin. — Ela pareceu arisca ao falar sobre ele.

— Eu não diria arisca — falou Victoria baixinho. — Parecia mais relutante, quando descobriu quem eu era. Não só sobre Thomas, mas tudo.

— Se ela pensou que seria a próxima lady Althorpe, encontrar você pode não ter sido tão divertido — comentou Crispin.

— Crispin, eu…

—… gostaria que ela fosse investigada, de qualquer maneira — completou o escocês. — Certo. E, caso você ainda esteja interessado, três nobres saíram de Londres ao amanhecer no dia após o assassinato.

O homem puxou um papel do bolso e o entregou.

— Quem? — perguntou Sinclair, tentando decifrar os garranchos de Crispin na penumbra.

— O duque de Highbarrow, lorde Closter e… — Ele encarou Victoria de novo. — E mais outro.

— Lorde Marley — disse ela, enfrentando o olhar do homem como se discutir assassinatos e assassinos fosse algo do seu dia a dia.

A expressão de Crispin relaxou um pouco.

— Sim. Lorde Marley. Mais alguma coisa, Sin?

Sin hesitou. O escocês parecia estar procurando por uma chance de extravasar sua raiva, e Sinclair não queria que Victoria ouvisse a conversa. Entretanto, também não queria deixá-la sozinha.

— Está bem. Vixen, espere aqui. Nem pense em mexer um dedo.

— Não vou a lugar algum.

Sinclair gesticulou para que Crispin o seguisse até o meio de algumas árvores adiante.

— Não me olhe assim, Harding — sussurrou ele. — Não posso impedi-la de ajudar, mas posso usá-la em nossa vantagem.

— Se você quer envolvê-la, tudo bem. Não é da minha conta. Mas, se ela der um passo errado, todos nós podemos morrer. Você devia ter perguntado para nós antes de contar todos os nossos segredos.

— Contei apenas o que ela precisa saber para ajudar na busca do assassino — retrucou Sin. — Quando voltamos a Londres, achei que conseguiria investigar estando às margens de Mayfair, mas isso não foi muito prático. Preciso estar dentro da sociedade. Sou parte dela agora e, se eu continuar sendo sorrateiro, vou alertar a pessoa *errada*.

— Então ela é como uma armadura para um ataque de frente. E ela sabe disso?

— Provavelmente. E não vou discutir mais o assunto. Tudo pronto para amanhã à noite?

— Sim. Estaremos prontos. Você só precisa comparecer e se divertir com seus novos amigos.

Harding virou-se para partir.

— Crispin, tenha cuidado — murmurou Sin para as costas do homem.

O escocês parou.

— É você quem está arriscando seu pescoço, Sin. Só espero que saiba o que está fazendo.

— Eu também.

Victoria tomou um susto quando ele surgiu da névoa.

— Minha nossa. Quase achei que era o monstro do Frankenstein.

— Você provavelmente adotaria ele — respondeu Sin, seco, recebendo uma risadinha dela.

— Parece que sua lady Stanton não gosta da minha presença.

Sinclair segurou a mão da esposa.

— Vamos voltar para casa. Está frio.

— Ele acha que eu farei algo idiota.

— Não, não acha.

— Você não está só me dando trela, está? — Victoria puxou a mão do aperto e parou. — Não está apenas fingindo que sou útil?

Ele se perguntou como ela, uma mulher jovem, bonita e inteligente, deveria ter se sentido ao conviver com homens que prestavam mais atenção aos seus seios do que ao seus olhos. Qual fora a sensação de ser cortejada com diamantes, quando na verdade não percebiam que ela era a joia mais preciosa de todas?

— Não, não estou fingindo — respondeu ele. — Só precisamos de um tempo para nos acostumar. Nós… Eu não estou acostumado a confiar em pessoas.

Ela assentiu.

— Eu sei. Mas existem pessoas em quem você pode confiar. — Victoria apoiou-se contra o ombro dele, envolvendo seu braço. — Pessoas honestas e bondosas existem.

— Estou começando a acreditar em você.

Parece que ele havia encontrado uma dessas pessoas… e não estava nem um pouco disposto a largá-la.

O baile de Augusta havia atraído um grupo eclético de convidados, refletiu Victoria. Os amigos decorosos de lady Drewsbury se misturavam a estudantes de Oxford, colegas de Kit. Os amigos de Victoria também estavam presentes, ou pelo menos os que não haviam brigado com seu marido. Por fim, os convidados de Sinclair completavam o quadro — seus três aliados andavam pelo salão e conversavam com os diferentes suspeitos que Sin desejara encontrar em um ambiente controlado, mas social.

— Isso é… inesperado — comentou Lionel Parrish ao se aproximar com taças de vinho para ela e Lucy. — Espero que a noite não acabe em uma guerra civil. Seria inesquecível, mas sangrento demais.

— É impressionante — concordou Lucy. — Nunca imaginei ver lorde Liverpool e lorde Halifax no mesmo salão sem objetos voando.

A própria Victoria estava surpresa por ninguém ter desafiado outra pessoa para um duelo.

— Lady Augusta é incrível.

— E você também — apontou Lionel. — Até seu marido parece civilizado.

Ela virou-se para observar Sinclair, que conversava com Kit e um de seus amigos perto dos músicos. Ele parecia mais que civilizado; estava delicioso. O pulso dela acelerou.

— Sim, até que ele fica bonito quando se arruma.

— E você até convenceu Marley a vir — continuou Parrish, em tom surpreso. — Isso foi uma... escolha corajosa da sua parte.

Victoria sentiu um tipo completamente de arrepio ao ver Marley cercado por seus colegas usuais. Ela enviara um convite personalizado para Marley, a pedido de Sinclair, mas sentira-se suja e enjoada ao fazê-lo. Sinclair chamara aquilo de uma "concessão de consciência". O comentário tão informal a fizera refletir sobre quantas vezes ele tivera que usar tal "concessão" para completar uma tarefa.

— Posso roubar Vixen por um momento?

As mãos quentes de Sin deslizaram por seus ombros.

Victoria não sabia se ele estava apenas tentando deixá-la feliz ou não, mas, nos últimos dois dias, sentira que realmente fazia parte da vida dele. Era um sentimento glorioso.

— Claro — respondeu Lucy com uma risadinha. — Precisamos mesmo ir provocar Marguerite.

— Provocá-la sobre o quê? — questionou Sinclair quando Lucy e Lionel partiram.

— Acredito que seja sobre a tal piscadela para o seu irmão — respondeu ela.

— Kit? O quê... Ah. Mas não acho que ele esteja pronto para o matrimônio ainda.

— Hum. Às vezes o matrimônio aparece de surpresa na vida de uma pessoa.

— Entendo. — Ele começou a massagear os ombros dela com delicadeza. — E o que uma pessoa deve esperar quando isso acontece?

Victoria sentiu vontade de apoiar-se no marido para que ele pudesse abraçá-la.

— Nunca se sabe — murmurou ela. — Ouvi dizer que é... interessante.

O leve riso de Sin reverberou por ela. Era assim que um casamento deveria ser: duas pessoas com olhos apenas uma para a outra, sem assassinos, pais reprovadores, amigos ou o resto do mundo para atrapalhar. Com um sorriso, ela resistiu à vontade de fechar os olhos e aproveitar o momento.

Um segundo depois, ela desejou que tivesse fechado os olhos, mas era tarde demais. Endireitou-se quando a realidade interrompeu o momento.

— O seu Crispin está fazendo cara feia para a gente.

Sinclair pigarreou e a soltou, ficando de frente para ela.

— Certo. Ela já chegou?

Victoria soube imediatamente de quem ele estava falando. Eles haviam enviado um outro convite tardio, para uma certa lady Jane Netherby.

— Não. Eu falei que ela não viria.

— Isso também faz parte do teste. Tudo tem um significado.

— Só queria que soubéssemos qual.

— Vamos descobrir eventualmente.

Victoria assentiu.

— Você quer que eu comece por quem?

— Pensei no lorde Hastor e sua esposa. Ele foi caçar com Thomas em diversas ocasiões.

Victoria olhou na direção do casal e precisou impedir uma careta.

— Mas eles estão conversando com meus pais.

Ele sorriu, os olhos âmbar brilhando com um toque sarcástico.

— Bom, eu certamente não posso falar com eles, não é?

— Suponho que não. Qual é o seu plano?

— Se isso a faz se sentir melhor, pensei em ter uma conversinha com Kilcairn enquanto você sofre com seus pais.

— Sério?

— Se você confia nele, suponho que posso fazer o mesmo. Pelo menos um pouco.

Ela quis abraçá-lo e beijá-lo bem ali, no meio do salão. Sinclair confiava nela. E ainda havia admitido!

— Boa sorte — disse ela, controlando-se para não sorrir como uma tonta.

— Conte-me se vir lady Jane.

Inclinando-se, ele deu um leve beijo em sua bochecha antes de partir para encontrar Lucien.

Normalmente, festas como aquela eram fáceis para Victoria. Tão fáceis que ela ficava entediada e inquieta, sentindo-se como um vestido numa vitrine. Mas, naquela noite, sentia-se nervosa e tensa enquanto conversava com diferentes grupos de pessoas pelo salão da Casa Drewsbury, a sala de estar e o escritório. Tudo estava diferente. As palavras que dizia e ouvia tinham um único propósito: descobrir algo sobre o assassino de Thomas Grafton.

Após uma hora, ela estava pronta para sair correndo e gritando na rua. Por estar em busca de falsidades e mentiras, parecia vê-las em todo canto. Sinclair fizera aquilo todos os dias por cinco anos. Não era à toa que ele reputava todo mundo com tanto cinismo.

— Boa noite, lady Althorpe.

Victoria pulou de susto, quase derrubando vinho no casaco de lorde Hauverton.

— Lorde Kingsfeld — cumprimentou ela, agarrando-se ao seu sorriso cansado. — Achamos que não o veríamos esta noite.

— Era para eu ter chegado mais cedo. — O conde sorriu. — Parece que lhe devo desculpas.

— Começamos com o pé errado — disse ela, determinada a ser simpática. — Vamos esquecer e seguir em frente.

Ele pegou a mão dela e fez uma reverência.

— Você é uma dama muito bondosa. Posso incomodá-la ao pedir que me guie até Sin?

Victoria sentiu sua irritação crescer, mas não de seu feitio fugir de desafios.

— Não seria incômodo algum. Lorde e lady Hauverton, se me dão licença.

— Espero que Sin tenha explicado meu erro — comentou Kingsfeld enquanto caminhava ao lado dela. — Você certamente deve estar acostumada a ouvir elogios sobre sua beleza.

— Como eu disse, vamos deixar o passado no passado. Hoje, falaremos sobre hoje. Onde fica Kingsfeld Park? Sinclair não comentou.

— Staffordshire. Não existe local mais adorável. É tão incrível quanto as terras de Althorpe, se me permite dizer.

— Você visitou bastante Althorpe, então? Ou Thomas visitou muito Kingsfeld? Wiltshire e Staffordshire ficam relativamente longe uma da outra.

— Eu visitava sempre que conseguia. Thomas nunca saía de Althorpe até que a temporada e seus deveres com o Parlamento exigissem, mas voltava correndo assim que possível.

Aquilo fazia sentido, especialmente se Thomas estivesse com receio de perder a chegada de alguma das raras cartas de Sinclair.

— Estou ansiosa para conhecer as terras do interior. Sinclair e Kit falam com muito carinho do local. Vi alguns dos esboços de Thomas, então tenho uma ideia, mas nada como ver com meus próprios olhos.

— Ah, sim, os desenhos de Thomas. — Kingsfeld deu uma risadinha. — Acredito piamente que não se deve guardar nada que possa virar chacota após a morte.

— Você já viu os desenhos dele? Não sei como eles poderiam ser nada além de motivo para orgulho, ou talvez tristeza por ele não ter tido tempo de desenvolver mais suas habilidades.

Ele sorriu.

— Então você se considera conhecedora no campo das artes?

Victoria ficou ainda mais irritada. Embora não estivesse surpresa por ele achá-la burrinha, ainda se sentia ofendida. Também não estava disposta a ser tão educada quanto for a da última vez. Sinclair já conseguira a informação que queria do idiota condescendente.

— Conhecedora? Não muito sobre desenhos com lápis e carvão, mas já aconselhei muitos amigos sobre paisagens. Sou muito fã das pinturas de jardim de Gainsborough.

— Acho que elas são romantizadas demais, exageradamente bondosas e lisonjeiras.

— Pensei que o objetivo da arte era refletir e capturar a beleza.

— O *objet d'art*, minha querida, é tornar o artista rico.

— O dinheiro pode ser um produto, mas a arte tem sua própria *raison d'être*. Assim como muitas outras coisas.

Ela sentiu vontade de mostrar a língua para ele. Seu conhecimento de francês podia competir com o de qualquer outra pessoa, com exceção talvez de Sinclair.

— Você parece Thomas falando. Acredito que nada existe sem que tenha uma utilidade. Por outro lado, se algo se torna inútil, logo deve ser descartado.

— O seu argumento, então, é que nada nem ninguém é útil a menos que o beneficie com um lucro físico e monetário?

— Nem tente entender, minha querida. Mulheres simplesmente não conseguem entender os pontos importantes da economia.

Victoria deu um sorriso forçado.

— O que nos tornaria inúteis, segundo seu argumento. Logo, devo deixá-lo com Sinclair.

Ela parou ao lado do marido, sem nem tentar esconder a fúria nos olhos. Ele perceberia sua irritação de qualquer forma.

— Vixen — disse ele, levantando uma sobrancelha.

— Lorde Kingsfeld deseja falar com você — explicou ela bruscamente antes de sair.

Astin Hovarth era um completo idiota. Ela deveria ter encerrado a conversa chamando-o de asno e com um chute bem dado no meio das pernas.

— Minha nossa — murmurou Alexandra Balfour, enganchando o braço ao de Victoria. — Você sabia que tem fumaça saindo dos seus ouvidos?

— Vou escrever para Emma Grenville ainda esta noite e sugerir que ela adicione aulas de treino com espada e pistolas na grade da Academia — resmungou Victoria. — Quando insultadas, mulheres deveriam ter o direito de defender sua própria honra.

— Em duelos?

— Alguns *cavalheiros*, e estou usando o termo sem muitos critérios, são tão estúpidos e teimosos que só uma bala no meio da testa os faria mudar de opinião.

— Sente-se! — ordenou lady Kilcairn, claramente alarmada. — Vou pegar um copo de ponche.

Ela empurrou Victoria para uma cadeira.

— Traga conhaque.

— Tudo bem, mas só se você esperar aqui e prometer que não repetirá isso na frente do seu marido.

— Por que eu… Ah, não! — Victoria empalideceu, sentindo um tremor repentino. — Não quis dizer dessa forma.

— Eu sei disso. Meu Deus.

Do outro lado da sala, Sin conversava com Kingsfeld e Lucien. Ainda bem que ele não a ouvira falar sobre assassinato como forma de mudar o ponto de vista de alguém. Mas as afirmações do amigo dele sobre valor e suas definições de inutilidade eram tão enervantes...

Victoria endireitou-se na cadeira e empalideceu mais ainda. Não podia ser... *Não Kingsfeld.* Não o melhor amigo de Thomas Grafton. Ela o encarou enquanto ele sorria, despreocupado, e falava algo para Sinclair. Não fazia sentido... mas, ainda assim, de uma maneira horrível, fazia.

— Você está com uma cara péssima — disse Lex, oferecendo o copo de conhaque e sentando-se ao lado dela. — Beba.

Victoria bebeu tudo em dois goles. O conhaque queimou sua garganta e ela se engasgou, os olhos lacrimejando.

— Victoria, não fique tão preocupada. Você disse apenas para mim, e eu sei que não falava sério.

A tosse lhe deu tempo para organizar seus pensamentos.

— Eu sei — respondeu ela, a garganta arranhada. — É só que minha capacidade de falar besteira às vezes me impressiona.

Ela não podia falar nada sobre Kingsfeld, não até que tivesse pensado com calma e tivesse provas, algo mais concreto que de seu desgosto pelo homem e uma especulação louca.

— Então ele fez você começar a beber conhaque? — Augusta sentou-se ao lado dela. — Sabia que meu neto era uma péssima influência.

— Ele precisaria ser a pior criatura do mundo para ser uma péssima influência para mim. — Forçando um sorriso, Victoria ficou de pé. — É minha culpa. Mas realmente preciso de um pouco de ar. Se me dão licença.

— É claro, minha querida.

Victoria ignorou os olhares surpresos das duas damas, segurou as saias do vestido e andou rápido até a varanda que dava para o pequeno jardim de Augusta. Do lado de fora, ela respirou fundo, grata pelo ar gelado da noite.

— Mulheres casadas também não devem sair para uma varanda desacompanhadas.

Victoria deu um gritinho. Tampando a boca com as duas mãos, ela conseguiu abafar grande parte do barulho e torceu para que a orquestra abafasse o resto.

— Marley — ofegou ela. — Você quase me matou de susto.

O visconde permaneceu onde estava, nas sombras perto do fim da varanda.

— Percebi.

— O que está fazendo aqui?

Ele deu de ombros.

— Não estou bêbado o suficiente para voltar para a festa. E você?

— Digo o mesmo.

— Jesus Cristo, Vixen. De todos os homens que você poderia ter escolhido em vez de mim, você escolheu Sin Grafton?

Marley ainda era um suspeito, ela lembrou a si mesmo. Ainda poderia ter sido ele. Ela andou um pouquinho para perto da porta.

— Eu não teria me casado com você de qualquer forma.

— Eu sei disso, não sou idiota.

— Então o qu...

— Você não ia se casar com ninguém, então parecia justo. Mas aí ele aparece, e você muda as regras.

— Você não precisava ter vindo hoje, se é assim que se sente.

— Você me *pediu* para vir, Vixen. E então passou mais de uma hora me ignorando. O que você quer?

Uma confissão, pensou ela, embora agora acreditasse que tal confissão poderia vir de outra pessoa.

— Queria saber se ainda podemos ser amigos — improvisou ela.

Ele se endireitou.

— Não acho que fomos amigos um dia. Você queria alguém com quem se divertir, alguém que não se importaria de ter sua reputação manchada.

Ela estreitou os olhos.

— E o que você queria?

— Você.

Lionel Parrish escolheu aquele momento para surgir na varanda. Sua expressão de surpresa era tão exagerada que ficou óbvio que ele esperava encontrar os dois ali.

— Desculpem a intromissão — disse, mas não se moveu para voltar ao salão. — O baile ficou um pouco perigoso.

Victoria aproximou-se dele.

— Perigoso? Como assim?

— Liverpool mencionou um novo acordo comercial com as colônias e Haverly cuspiu vinho por todo o chão. Um prelúdio para uma carnificina, certamente.

— Então é melhor eu voltar e dançar com um deles — disse ela com um sorriso rápido. — Poderia me guiar para a batalha?

Com um olhar de soslaio para Marley, Parrish ofereceu seu braço a Victoria.

— Fique atenta a línguas ferinas e mentes afiadas. Posso desmaiar se for desafiado.

— Eu te protegerei.

Evitando olhar para Marley, Victoria permitiu que Lionel a acompanhasse de volta ao salão. O visconde não havia se comportado de maneira particularmente perigosa, mas ela ficou aliviada por escapar ilesa mesmo assim. No passado, ele parecera satisfeito apenas por socializar com ela, com beijos ocasionais. Ela não gostou de saber que ele esperara algo mais íntimo, como se sua amizade não tivesse sido suficiente.

No salão de baile, apesar da descrição terrível de Lionel, tudo parecia bastante calmo. Ele olhou de canto de olho para ela.

— Hum. Talvez eu tenha exagerado.

— Obrigada, Lionel.

— Vi Marley sair para a varanda mais cedo. Eu teria a impedido, mas você anda muito rápido.

Ela riu.

— Andarei mais devagar da próxima vez.

Kingsfeld havia deixado Sin e agora estava conversando com lady Augusta. Ela devia estar louca, pensou Victoria. Uma pessoa seria incapaz de matar alguém e permanecer amigo próximo da família da vítima. Suspeitar de Marley fazia mais sentido. Pelo menos ele não escondia seu desgosto por Sinclair.

Lady Jane Netherby entrou no salão de baile vindo da direção do escritório. A expressão fria e contida que ela usava vacilou, mas logo se recompôs. Curiosa, Victoria seguiu a direção do olhar da mulher... direto para lorde Kingsfeld. Ela prendeu a respiração.

— Lionel, você viu Sinclair? — perguntou ela, olhando ao redor em busca do marido.

— Da última vez que o vi, ele estava na sala de estar. Está tudo bem?

Maldição, ela precisava aprender a mascarar melhor sua expressão. Não era à toa que era uma péssima jogadora de pôquer.

— Sim, está. Mas preciso falar com ele.

— Vou deixá-la, então. Lucy está subornando a orquestra para tocar algo mais animado, de qualquer maneira.

— Guarde uma valsa para mim — pediu ela, soltando o braço dele.

— Pode contar comigo, a não ser que uma guerra comece até lá.

No meio do caminho para a sala de estar, Sin apareceu na porta com Crispin Harding alguns passos atrás. Embora não fosse óbvio, os dois homens prestavam atenção em lady Jane Netherby. Victoria franziu a testa. Então o sr. Harding informara a Sin da presença da mulher — o que era a coisa mais importante, claro. Mas ela queria ter dado a notícia a ele.

Sinclair optara por não ser apresentado, porque era da opinião de que um encontro acidental seria mais produtivo. Então, assumindo um disfarce de leve embriaguez tão realista que deixou Victoria admirada, ele aproximou-se de lady Jane, deu um passo para trás desajeitado e colidiu com ela.

Victoria percebeu quase tarde demais que estava encarando os dois, então virou-se para estudar um vaso próximo. Porém, ao fazê-lo, avistou lorde Kingsfeld. O homem também estava assistindo à conversa entre Sinclair e lady Jane. Sua expressão levemente entediada permanecia a mesma, mas algo em seus olhos a fez estremecer.

Ela estava imaginando coisas. Tinha que estar. Será que Sinclair havia dito ao amigo que estava procurando por lady Jane? E sobre o que a dama estava tão relutante em falar?

Afastando aqueles pensamentos da cabeça, Victoria foi procurar Augusta, para que a mulher mais velha lhe dissesse algumas garantias sobre o ótimo caráter do conde de Kingsfeld. A anfitriã, porém, estava no meio do salão, dançando a quadrilha com Kit. Eles pareciam tão felizes por ter Sinclair de volta, tão alheios aos segredos que se apegavam às sombras ao redor deles.

Naquele momento, Victoria fez uma promessa a si mesma. Sinclair ficaria arrasado se algo acontecesse com sua avó ou irmão mais novo. Quer decidisse contar a Sin sobre suas suspeitas de Kingsfeld ou não, ela garantiria que *nada* acontecesse com sua família. Nada.

Sin trilhou beijos lentos, quentes e molhados do pescoço de Victoria até a base de suas costas. Ela se contorceu sob as carícias, abafando seus gemidos e risadas nos travesseiros.

Algo a estava incomodando; ela tinha ficado em silêncio durante todo o trajeto de volta para a Casa Grafton, e nem suas perguntas provocantes a cativaram integralmente. Sin podia adivinhar pelo menos parte do problema: ela passara a noite espionando amigos e conhecidos, e provavelmente descobrira uma ou duas coisas que preferia não saber. Aquilo era culpa dele, e ele estava determinado a animá-la.

— Sinclair — disse Victoria, enquanto tentava se virar. — Preciso contar algo.

Ele a manteve de bruços contra o colchão.

— Conte-me.

— Não consigo... pensar com você... me beijando assim.

Bom saber. O cérebro dela não parecia funcionar quando ele estava tão perto, assim como Sin parecia virar um desmiolado quando encontrava os olhos violeta. Lentamente, ele deslizou as palmas sobre o traseiro arredondado, até a parte de trás das pernas macias.

— Está bem.

Suspirando com uma falsa decepção, ele sentou-se na cama. Ela se contorceu e finalmente virou-se de costas.

— Você descobriu alguma coisa com a lady Jane?

Pegando o pequenino pé direito dela, ele começou a massageá-lo com círculos profundos e preguiçosos.

— Achei que você tinha algo para me contar.

— E tenho.

Sin ficou preocupado ao ver a hesitação nos olhos dela. O que ela achava que ele tinha descoberto?

— E?

— E quero saber o que você tem a falar primeiro, para ver se meu raciocínio ainda faz sentido.

Então agora sua esposa impetuosa estava sendo cautelosa. Outro sinal preocupante.

— Lady Jane Netherby sabe de alguma coisa. Enviei Bates para ver o que ele consegue descobrir na residência de campo dos pais dela, e Wally está prestes a se apaixonar por sua criada particular.

— Pobre Wally.

— Ele merece, depois de ter quase me matado de susto outro dia.

— O que ela disse para você?

— Nada de mais. Que era amiga de Thomas e que lamentava nossa perda. Lamentava muito. Nada sobre levar alguém à justiça ou sobre erros que ele pudesse ter cometido, ou alguém que ele pudesse ter irritado, ou que ela não conseguia entender o motivo do assassinato. — Ele respirou fundo, notando o intenso interesse no rosto de Victoria. — Tudo isso me diz que ela já deve saber as respostas para essas perguntas. — Ele beijou seu tornozelo e sorriu. — Você fez um bom trabalho ao descobri-la.

— Não acho que ela e Marley se conheçem. Pelo menos, ele nunca olhou na direção dela ou mencionou seu nome nos últimos dois anos.

Sin mudou sua atenção para o pé esquerdo.

— Era isso o que queria me contar? — perguntou ele, tentando manter o tom calmo.

Ele sentia vontade de sacudi-la toda vez que a esposa defendia o maldito lorde Marley. Era doloroso saber que ela gostava do possível assassino de Thomas, provavelmente tinha até o beijado.

— Não. — Victoria hesitou de novo, depois se sentou, soltou o pé das mãos atenciosas dele e o substituiu por suas mãos. — E se eu lhe dissesse que sei de alguém que conhece lady Jane Netherby e seu irmão, e que essa mesma pessoa estava na cidade no dia em que Thomas foi morto, tem familiaridade com a Casa Grafton e não acredita em permitir a existência de coisas que lhe parecem inúteis?

Ele engoliu em seco.

— Eu gostaria de saber o nome dessa pessoa de uma vez por todas.

Victoria respirou fundo, segurando seu olhar quase desafiadoramente.

— O conde de Kingsfeld.

Sin piscou.

— Astin? Não seja ridícula.

— Não estou sendo ridícula — retrucou ela. — Ele foi muito desalmado ao falar sobre descartar objetos, e pessoas, se eles se tornassem inúteis.

— E o que diabo faz você acreditar que ele considerava inútil seu melhor amigo, ou que por "descartar" ele quis dizer "assassinar"?

Soltando as mãos da dele, Victoria deslizou pela cama e ficou de pé.

— Você me pediu para considerar Marley como um suspeito, e eu o fiz. Eu fico... tremendo sempre que coloco os olhos em Kingsfeld. Só achei que alguém tão desconfiado quanto você não gostaria de excluir ninguém. Não estou dizendo que Kingsfeld é o assassino, estou apenas dizendo para... não o descartar.

— Então agora você é uma perita? Conheço Astin Hovarth há doze anos. Ele nunca...

— E quanto você o viu nos últimos cinco anos? Eu não gosto dele e não confio nele.

Sin também ficou de pé, usando descaradamente sua altura para fazê-la olhar para cima.

— É você quem vive me dizendo para confiar mais nas pessoas. Ou você apenas quis dizer que devo confiar nos *seus* amigos e no *seu* julgamento, e não no meu? Isso não é um jogo, Victoria. Você não pode simplesmente escolher alguém de quem você não gosta e acusá-lo de assassinato.

Os olhos dela se encheram de lágrimas.

— Eu sei que isso não é um jogo! — rebateu ela, enxugando as bochechas molhadas. — Se faz alguma diferença, finja que esse aviso veio de alguém em cujo julgamento você confia. — Ela caminhou até a porta que dava para seus aposentos. — Eu só não quero que nada aconteça com você.

Ele cerrou a mandíbula para impedir uma resposta raivosa ao ouvir a voz embargada. Então, ela desapareceu pela porta com uma batida. Inferno! Ele estivera prestes a fazer amor com uma linda mulher que, apesar de sua grosseria, decidira que se importava com ele pelo menos um pouco. E ele praticamente *a* chamara de idiota.

Entretanto, talvez a discussão a fizesse perceber que ele não tinha criado sua lista de suspeitos da noite para o dia. Passara dois anos refletindo e procurando informações onde podia. Nem todos os dedos apontavam para Marley; se o fizessem, o homem já estaria morto ou preso. No entanto, Sinclair tinha visto o suficiente para querer investigá-lo melhor. E tais evidências não eram nada parecidas com a série de coincidências que Victoria usara para acusar Astin Hovarth, de todas as pessoas.

Com um resmungo, ele voltou para a cama grande e vazia e puxou as cobertas. Um grasnido o fez olhar para cima, onde Mungo Park estava empoleirado em seu local favorito no topo da cabeceira da cama.

— *Agora, Sin. Quero você dentro de mim* — imitou o pássaro.

— Ora, cale a boca! — respondeu Sin, enterrando a cabeça embaixo dos lençóis.

A primeira coisa que Victoria fez na manhã seguinte foi escrever uma lista. O papel estava dividido em duas colunas: uma para amigos a quem ela podia confiar seus segredos, outra para amigos que espalhariam qualquer história que contasse. Quando terminou, ficou assustada ao ver que uma das colunas tinha muito mais nomes. Para alguém que dizia odiar fofocas, ela certamente arranjara amigos bem bocudos.

Ao reler a lista de nomes confiáveis, ela riscou o de Sinclair Grafton, de seus três amigos espiões e do valete. Eles não fofocariam, mas, com base na reação de Sin na noite anterior, nenhum deles deixaria que ela continuasse sua investigação sobre o conde de Kingsfeld.

Então, ela enviou uma carta para sua amiga Emma Grenville, perguntando se havia algum registro na Academia da Srta. Grenville dizendo se lady Jane Netherby estudara lá. A tia de Emma, a srta. Grenville, mantivera registros meticulosos, incluindo o nome de todos os visitantes ou ocorrências incomuns. Ela sabia disso porque uma vez vira seu próprio arquivo, com quase cinco centímetros de espessura. Sinclair deveria ficar mais tranquilo ao ver que ela estava investigando de uma maneira extremamente segura — e inútil.

Ao terminar, ela entregou a carta para Milo e foi ao escritório do andar debaixo. Sin estaria no Parlamento naquela manhã, então ela não precisava se preocupar em ser pega no flagra. De acordo com Jenny, Roman também tinha saído para cumprir uma missão, então, por enquanto, a Casa Grafton estava livre de espiões. Ou quase.

Ela fechou a porta e observou o cômodo com atenção. Um arrepio percorreu seu corpo. Um homem havia morrido de forma violenta naquela sala. Se Thomas conhecia o assassino, talvez também desconfiasse que sua vida estava em perigo. Por que aquele cômodo? Por que aquela noite? Devia haver alguma pista.

Embora Sinclair já tivesse examinado a mesa em busca de cartas ou notas incriminatórias, o assassino teria tido oportunidade de fazê-lo antes. E, por experiência própria, Victoria sabia que as pessoas nem sempre mantinham informações privadas em locais públicos. Seu marido, sem dúvida, já havia considerado aquele ponto também, mas a sala era grande. Ele podia ter deixado algo passar, especialmente se estava procurando por evidências diferentes das dela.

Ela começou com a estante ao lado da porta. As prateleiras e livros não tinham uma partícula de poeira, mas ela duvidava que algum criado tivesse movido ou aberto alguma coisa.

A maioria dos livros eram tomos jurídicos ou listas de propriedades e impostos e cartas comerciais. Thomas levava muito a sério seus deveres na Câmara dos Lordes, mas Victoria já sabia disso. Um por um, ela pegou os livros e folheou as páginas em busca de quaisquer anotações ou marcações que o falecido marquês de Althorpe pudesse ter feito, e então os recolocou no lugar.

Se a própria morte tivesse surpreendido Thomas tanto quanto sua família, ele provavelmente não teria escondido nada. Mas Victoria sabia quão inteligente era o falecido marquês, e não conseguia acreditar que ele fora pego completamente de surpresa naquela noite. Ele poderia ter guardado algo, só por precaução.

Duas horas depois, quando ela tirou o *Guia de Ervas* de Culpeper da estante ao lado da janela e folheou o grande tomo, alguns papéis amarelados voaram para o chão.

Por um longo momento, ela apenas olhou para eles. Suas costas cansadas, os dedos manchados e sentimentos feridos deixaram de ter importância. Thomas Grafton havia deixado aquilo para alguém encontrar, e ela havia encontrado.

— Calma — sussurrou ela, segurando as saias e sentando-se no chão. — Pode não ser nada. Provavelmente não é nada.

Era algo. Victoria percebeu quase de imediato. Eram três páginas com um extenso e meticuloso texto cheio de jargões legais, acompanhado de anotações e estatísticas. Algumas palavras haviam sido riscadas e substituídas, e notas praticamente indecifráveis preenchiam as margens.

A porta do escritório se abriu.

— Victoria, o que você est...

Sin parou, observando a visão da esposa sentada no chão, o livro de Culpeper ao lado e as páginas em mãos. Ela levantou os papéis.

— Acho que encontrei algo — disse ela, a voz um pouco trêmula.

Ele foi até ela e se ajoelhou.

— O que é? — perguntou, pegando os papéis.

— Parece uma proposta — disse ela, fitando o marido enquanto ele passava os olhos pelas páginas. — Algo sobre comércio e a França.

Sinclair assentiu.

— Um rascunho de uma. Onde você encontrou isso?

— No meio de Culpeper.

— Isso não faz sentido. Por que raios Thomas esconderia uma proposta parlamentar no meio de um guia botânico?

— Para que ninguém a encontrasse? — sugeriu ela.

Sinclair a encarou.

— Não aumente a importância de alguns papéis. É apenas um rascunho. Ele poderia estar apenas marcando a página no livro.

— Hum. E ele tinha interesse em... — Victoria olhou para o livro aberto — escrofulária para o tratamento de feridas purulentas?

Com uma carranca, Sin releu as páginas lentamente.

— Creio que não.

— Sinclair...

— Este texto exige a cessação do comércio com a França e a alienação de todas as propriedades francesas pela nobreza inglesa, para "dar o exemplo para o mundo e, mais especialmente, para Bonaparte". — Ele a encarou de novo. — Sabe, Astin me mostrou parte de uma proposta em que ele e Thomas estavam trabalhando juntos. Ele disse que Marley não estava muito feliz com eles por conta disso.

Victoria resistiu ao impulso de começar outra discussão. O objetivo era encontrar um assassino, não discutir sobre quem era menos confiável.

— Era a mesma proposta?

— Não sei. A página estava manchada de vinho. Por culpa de Marley. Estava completamente ilegível.

Victoria apertou os lábios e debateu internamente por longos segundos sobre se deveria falar algo ou não. O marido havia lhe dito para que não pensasse demais sobre o que encontrara; no entanto, ela não poderia fechar os olhos para aquilo.

— Então por que o lorde Kingsfeld guardou a página? — perguntou baixinho.

Sin apertou a mandíbula.

— O quê?

— O próprio lorde Kingsfeld me disse que descarta objetos inúteis — adicionou ela rapidamente, antes que ele apontasse o quanto era tola. — Por que, então, ele guardaria um pedaço de papel ilegível por mais de dois anos? E por que ele saberia exatamente onde encontrá-lo quando precisou mostrar a você?

Sinclair abriu a boca para responder, mas desistiu.

— Antes de irmos por este caminho, precisamos determinar que fim teve a proposta — disse ele por fim. — Já sabemos que ela não foi aprovada. Verificarei os registros da Câmara para descobrir quando ela foi derrotada no Parlamento. Isso será essencial para determinarmos sua importância.

Ficando de pé, ele pegou o livro de Culpeper e o guardou em seu lugar na estante. Então, ofereceu a mão para ajudá-la a se levantar.

Ela segurou na mão dele.

— Sinclair, não quero machuc...

— Você me deu um argumento — disse ele asperamente, levantando-a sem a menor dificuldade. — Ainda precisamos descobrir se ele é válido.

Capítulo 13

Victoria estava tramando alguma coisa. Sin olhou de soslaio para a esposa enquanto guiava o faetonte pela Rotten Row, no Hyde Park.

Ela estava serena e silenciosa havia três dias, pouco interessada na investigação e apenas perguntando se ele descobrira algo novo. Além disso, voltara a dormir com ele — graças a Deus —, com uma paixão e euforia que o deixavam sem fôlego. Victoria podia ser tudo, menos tímida.

E ali estava o cerne do problema. Bastara uma única conversa para ele perceber que sua esposa impetuosa não fugia de nada, e certamente não o faria só porque ele havia pedido. Logo, ela estava investigando sua suspeita sobre o conde de Kingsfeld, apenas não contara para ele.

Ele dirigiu o faetonte para um aglomerado de veículos, motoristas e pedestres que passeavam pelo parque. Aquele ritual de socializar à tarde soava absurdo, especialmente porque parecia que ninguém conseguiria ter uma conversa decente na multidão que apinhava o parque. No entanto, havia uma vantagem: manter Victoria sob sua supervisão e longe de problemas por pelo menos uma hora.

— Escrevi para Emma Grenville, minha amiga — comentou ela de repente, sua atenção voltada para a multidão. — Infelizmente, ela só me confirmou que lady Jane Netherby não estudou na Academia.

— Foi uma boa ideia, de qualquer forma — respondeu ele, contente em encorajar qualquer tipo de investigação inofensiva. — E agora sabemos onde ela não estava.

— Bates já deu sinal de vida?

Sinclair negou.

— Ele deve demorar mais alguns dias. Espero que ele pelo menos descubra se lady Jane recebeu a visita de cavalheiros e o nome deles.

— Meus pais nos convidaram para jantar esta noite.

— É mesmo?

— Sim. Pelo visto, sua imitação de cavalheiro os enganou direitinho.

Ah, finalmente um comentário ácido. Apesar de fazer uma carranca para a observação, Sin ficou mais aliviado. Sabia lidar com *aquela* Victoria.

— Muito bem, o que fiz agora?

Ela ainda evitava olhar para ele.

— Nada. Devo aceitar o convite?

— Não se não deseja jantar com eles.

— Enviarei um pedido de desculpas, então. Pensei que você talvez quisesse interrogá-los ou algo do tipo.

Ele estreitou os olhos.

— Victoria, o que está acontecendo?

A esposa remexeu-se no assento por um momento antes de encará-lo.

— O que você fará depois que isso acabar?

— Vou me encontrar com meu advogado, que pensa que sou um completo tolo, e verificar alguns dos livros de registro da propriedade.

— Quis dizer o que você fará depois que encontrar o assassino de Thomas.

Ele encarou os olhos violeta, tentando decifrar a verdadeira pergunta por trás deles.

— Bom, serei um nobre, suponho. Não fazemos muitas coisas, não é?

A expressão de Victoria continuou impassível, mas ele sentiu a onda de irritação que parecia emanar dela.

— Utilize sua posição como quiser, Sinclair. Se pretende beber e apostar o dia todo, eu...

—... você terá que encontrar outro lugar para ficar — completou ele.

— Admiro sua confiança em sua capacidade para mudar o mundo, mas a humanidade é mais podre do que você imagina.

— O que exatamente você viu para deixá-lo tão cínico, Sinclair?

Ele deu de ombros.

— Não vou contar.

— Por que não? — explodiu ela, ficando vermelha. — Creio que sou forte o suficiente para aguentar ouvir qualquer coisa ruim que tenha descoberto sobre meu círculo social.

— Shh — murmurou ele, sem conseguir impedir sua mão de acariciar o rosto delicado. — Não é isso.

— É o que, então?

Os dedos finos entrelaçaram-se aos dele.

— Sua fé me traz um… conforto peculiar, Victoria.

— Minha fé?

Sin assentiu.

— Sua fé e sua compaixão. Não quero destruir isso em você. É… importante para mim.

Victoria permaneceu em silêncio por alguns segundos.

— Você acabou de dizer algo muito bonito — sussurrou ela finalmente, com os olhos lacrimejando e um sorriso.

— É a verdade. E, já que estou fazendo confissões, suponho que, quando tudo isso acabar, vou cuidar das propriedades e dos negócios de Thomas. E tentar não passar vergonha no Parlamento.

— Mas as propriedades não são mais do seu irmão — rebateu ela. — Elas são suas. Assim como a cadeira na Câmara dos Lordes, a Casa Grafton e…

— E o quê?

— E eu.

O coração dele palpitou. Fazia sentido. Victoria pensava que ele se casara com ela para que pudesse continuar sua investigação, e era verdade, em parte. Assim que a investigação terminasse, a equação mudaria. Não adiantaria mais distraí-la, pois ele não teria mais motivo para fazê-lo — exceto pelo fato de que ela se casara com alguém que só sabia ser um espião e um problema para um governo inimigo. Sem nenhum governo inimigo para derrotar, Sinclair poderia rapidamente se tornar indesejado em seu próprio país.

— O que você deseja fazer quando tudo isso acabar? — perguntou ele, devagar.

Ela abriu um pequeno sorriso.

— A mesma coisa que sempre quis: ser útil.

— Você é útil para mim — afirmou ele, mais porque odiava ver aquele olhar triste nos olhos violeta do que por vontade de tentar explicar de novo o quão importante ela estava se tornando para ele. Como ela o trazia equilíbrio e foco, como conseguia fazê-lo pensar que tinha uma chance real de ser um lorde Althorpe aceitável.

Victoria franziu o nariz.

— Embora eu fique feliz em ouvir isso, não é bem o que eu...

— *Seenclair! Mon amour!*

— Por Deus — resmungou ele, puxando as rédeas para que não atropelasse a jovem loira que havia se levantado do gramado e corria em sua direção. — Srta. L'Anjou. Como vai?

— *Maintenant, je suis splendide!* — exclamou ela, enquanto seus acompanhantes os encaravam com olhos curiosos. A maioria do grupo sentado perto de cestas de piquenique era homens jovens, obviamente. Sophie L'Anjou parecia atrair um novo bando deles por onde quer que viajasse.

— *Comment vas tu? Je t'manque, mon amour.*

Ele pigarreou, incapaz de olhar para Victoria, mas sabendo muito bem que ela deveria estar muito interessada na conversa. Era esperar demais que a esposa não soubesse francês.

— Estou muito bem, obrigado, srta. L'Anjou.

— *Qui est la femme?*

Victoria inclinou-se na direção dele.

— Ela quer saber quem eu sou, Sinclair — murmurou ela, em um tom cheio de graça.

Pelo menos ela estava se divertindo. Mas, se havia algo que ele havia aprendido, era que um homem nunca apresentava sua esposa à sua antiga amante.

Entretanto, ele não poderia ignorá-la. Sophie certamente correria atrás do faetonte, gritando com toda a força que seus pulmões dignos da ópera permitiam, até que fosse respondida.

— Senhorita L'Anjou, esta é lady Althorpe. Victoria, conheça a srta. L'Anjou, uma renomada cantora de ópera em Paris.

— Boa tarde — respondeu Vixen de forma educada. — Vimos sua apresentação esses dias. Foi esplêndida. Tenho inveja de seu talento.

Sophie inclinou a cabeça para olhar para Victoria e fez uma reverência.

— *Merci*, milady. Meu Seenclair normalmente assiste às minhas apresentações ou manda flores quando não pode.

Bom, isso certamente vai terminar mal.

— Já expliquei para lady Althorpe que somos velhos conhecidos.

Ficou claro que Sophie não ficou satisfeita com a resposta, porque permaneceu colada à frente do faetonte, bem onde ele precisaria passar em uma tentativa de fuga. A fila de veículos começou a encompridar atrás deles, aumentando o tamanho da plateia.

— Fico feliz em saber disso — continuou a cantora em seu sotaque arrastado. — Como você conhece meu Seen, lady Althorpe?

Antes que ele pudesse abrir a boca, Victoria inclinou-se para a frente para responder.

— Sinclair é meu marido — explicou ela em voz baixa.

Sophie não conseguiria ser discreta nem se sua vida dependesse disso. Seus olhos se arregalaram.

— Mas o quê!? Seen, você é casado?

— Recém-casado — respondeu ele, tentando aliviar a situação.

— Mas isso não é possível! Você disse que nunca se casaria, Seenclair. *Jamais.*

— As coisas mudam, srta. L'Anjou — disse ele, encarando-a com firmeza. — As pessoas mudam, assim como as circunstâncias.

— Você não muda. Eu sei. Você está brincando comigo, *oui*?

— Não.

Para sua surpresa, Victoria colocou a mão sobre o braço dele.

— Sinclair provavelmente não teve chance de lhe contar. Ele herdou um título e algumas propriedades de forma inesperada, e sua família insistiu para que se casasse.

Era uma mentira descarada, mas a raiva nos olhos de Sophie diminuiu. Aquela era sua Victoria, ajudando os oprimidos, mesmo que às próprias custas.

— Entendo — disse Sophie, tensa, mas recuando. — Que triste você ter perdido sua liberdade, Seen. Era algo tão importante para você.

— Estou tentando seguir em frente. Agora, se nos dá licença, temos um compromisso.

— Talvez nos encontremos novamente antes de minha volta a Paris.

Não se ele conseguisse evitá-la. Ela sabia muito sobre seu passado condenável no continente, mas nada sobre os motivos de suas ações. Sin não queria que Victoria soubesse de algumas coisas sobre ele.

— Talvez — respondeu ele evasivamente e incitou os cavalos a um trote. Assim que estavam longe o suficiente, Victoria o encarou.

— Então, diga-me, *Seenclair*, você...

— Victoria, me desculpe — interrompeu ele. — Espero não a ter constrangido.

— Não constrangeu. Só queria saber se quebrou o coração dela de propósito.

— Não quebrei o coração dela — rebateu ele. — Não duvido que Sophie tenha um, mas está tão enterrado sob o desejo por fama, notoriedade e jovens ricos que duvido que ele tenha espaço para bater.

— Mas você... passou tempo com ela, não é?

Sin fez uma careta.

— Eu precisava que ela confiasse em mim, apenas isso.

— Sinto muito por isso, então.

— Pelo amor de Cristo, por que *você* sente muito, Victoria? — indagou ele, mais alterado do que pretendia.

— Sinto muito pelo que você passou. Voltar para a Inglaterra em circunstâncias normais já teria sido difícil. Adicione um assassinato e a herança de um título, isso deve... .

— Não sou uma das suas ovelhinhas perdidas, Vixen. Escolhi fazer o que fiz. Acredite em mim. Thomas estava pronto para me comprar uma comissão como capitão do Exército se eu quisesse. Eu não quis.

Victoria buscou seus olhos, mas, se estivesse procurando por uma brecha em sua armadura, boa sorte com aquilo. Sinclair não achava que sobrara nem uma ínfima rachadura.

— Você não matou ele, sabia? — disse ela baixinho.

Aparentemente, ele ainda tinha uma fissura. E claro que Victoria a encontrara e atravessara uma espada por ela, até seu coração.

— Não, não sabia — retrucou ele. — Se o assassinato dele teve alguma coisa a ver com a proposta que você encontrou, eu posso muito bem ter relação com isso. Thomas queria evitar a guerra, e depois queria acabar com ela... porque eu estava bem no meio de tudo.

Victoria não pareceu nem um pouco incomodada com a ferocidade dele. Em vez disso, adotou um olhar sério e pensativo, o que o divertiu e aborreceu ao mesmo tempo.

— Continue — solicitou ele.

Se ela ainda tinha uma ou duas palavras de sabedoria para compartilhar, ele estava precisando de um maldito conselho.

— É só que... eu não conhecia muito bem o seu irmão, mas ele parecia ser um homem inteligente e ponderado. Tem certeza de que ele não teria feito a mesma coisa, independentemente se você trabalhasse para o Ministério da Guerra ou não?

Sin a encarou por um longo momento. Sua cabeça estava cheia de pensamentos conflitantes, e ele não conseguia decidir exatamente o que queria dizer. Enfim, soltou um suspiro longo e lento.

— Deixe-me ver se entendi direito... — disse ele. — Eu apresentei você a uma das minhas antigas amantes e você está mais preocupada se me sinto culpado pela morte do meu irmão.

Ela pigarreou.

— Bom, para ser sincera, eu já suspeitava que você conhecia Sophie L'Anjou mais... intimamente do que havia dado a entender. Ela não foi bem uma surpresa.

Sin ergueu uma sobrancelha.

— Não foi?

— Não. Você estava bastante corado naquela noite na ópera.

O faetonte parou bruscamente.

— Eu *não* fico corado.

Com um sorriso, ela pegou as rédeas da mão dele e incitou os cavalos a galopar.

— Bem, eu sabia que havia algo de errado, não é?

Por Deus! Sinclair não tinha percebido que fora tão óbvio. Era triste, na verdade. Assim como era triste perceber quanto ele dependia dela para se sentir humano. Ou para manter a própria sanidade.

Ele gostava de conversar com Victoria sobre outras coisas que não fossem o assassinato, gostava da opinião e inteligência da esposa, assim como de sua visão muito mais calorosa sobre o mundo ao redor. No entanto, ainda a conhecia tão pouco... Levaria uma vida inteira para decifrá-la; e ele esperava que ela lhe desse essa chance.

— O que você mais gosta de fazer? — perguntou ele.

Victoria piscou, confusa.

— O que disse?

— O que você gosta de fazer?

— Por que a pergunta?

Sinclair respirou fundo. Ele não podia culpá-la por suspeitar da pergunta; ele nunca parecia perguntar algo sem ter algum tipo de motivo secreto.

— Porque estou curioso. Estou tentando me comportar como um marido de verdade e aprender sobre minha esposa.

A expressão dela ficou pensativa.

— Não tenho muita certeza se é isso que maridos de verdade fazem.

Aha. Ele a havia surpreendido.

— Nós dois sabemos que peco em meus deveres como marido.

Victoria deu uma risadinha e corou lindamente.

— Bom, não exatamente em todos os deveres.

— Agradeço o elogio. Agora, me dê uma colher de chá e responda: o que você gosta de fazer?

— Nossa... — suspirou ela, e o veículo quase entrou no meio de diversos arbustos.

Sin tirou as rédeas das mãos dela e retornou o faetonte para a estrada.

— Dirigir não parece ser um dos seus passatempos, não é?

Victoria mostrou a língua.

— Gosto de cavalgar quando estou no campo — disse ela, aparentemente ficando fascinada com a paisagem de novo, como sempre fazia quando estava envergonhada. — Minha mãe sempre dizia que eu era uma rebelde porque odiava a égua velhinha que eles tentavam me dar. Eu a passava para o cavalariço e cavalgava no cavalo dele.

Ele fez uma nota mental para lhe dar uma montaria espirituosa, mas bem-comportada, em Althorpe. Se sua Vixen queria cavalgar, então ela cavalgaria.

— O que mais?

— Meus projetos sociais, é claro — continuou ela, olhando de soslaio para ele.

Pela expressão dela, Victoria parecia estar esperando que ele risse, como fizera durante o primeiro almoço que foram juntos.

— Já falei que costumo babar e dizer coisas estúpidas de tempos em tempos?

— Você não baba. — Ela juntou as mãos em seu colo, recatada.

— Ah. Eu mereci essa.

Ela riu.

— Está bem. Meu passatempo favorito é conversar com meus amigos... — Victoria mordeu o lábio inferior, e sua expressão ficou sombria.

— Devo mais desculpas, então, não é? Transformei todos os seus amigos em suspeitos.

— Não, não é culpa sua. Alguns deles... Eu... eu precisava vê-los com outros olhos. Eles não eram bem meus amigos. É melhor perceber isso do que ser enganada.

Ela estava sendo altruísta, fazendo-o se sentir um completo cafajeste.

— Que tal um jantar? Podemos convidar os amigos de sua preferência. Nada de suspeitos.

Victoria inclinou-se e lhe deu um beijinho na bochecha. Sin achou pouco, então a segurou e a beijou nos lábios. Após um segundo de surpresa, ela retornou o beijo. Ele ouviu os murmúrios dos pedestres e cavaleiros ao redor, mas decidiu ignorá-los. Victoria era dele, e ele queria que todos soubessem.

— Concordo, mas só se você convidar seus amigos também.

Sinclair se endireitou, sentindo que havia caído em uma armadilha.

— Maldição, Vixen. Você quer me forçar a revelar meus amigos para os seus, não é? Um teste de confiança?

— Nem tudo é uma guerra — retrucou ela, fazendo careta. — Quero que nossos amigos sejam amigos. Convide-os ou não, você é quem sabe, Sinclair. Só espero que *eles* tenham uma vida para retornar quando tudo isso terminar.

Os olhos violeta praticamente imploravam para que ele não transformasse um simples jantar num problema. Óbvio que nada era simples quando um assassinato e questões de confiança estavam envolvidos, no entanto, ele parecia tê-la atormentado com aquele assunto o suficiente.

— Perguntarei se eles estarão disponíveis — resmungou ele.

— Obrigada.

Ele a deixara feliz, para variar, e uma sensação de leveza tocou o que restava de seu coração. Mas a sensação não durou muito, pois ele logo percebeu que acabara de anunciar que estava disposto a colocar seus compatriotas em risco para agradar a sua esposa. E eles perceberiam aquilo, também.

—⚬⚬⚬—

Lucy Havers se remexeu inquieta em sua cadeira enquanto Pauline Jeffries e sua mãe, lady Prentiss, se preparavam para a parte de Pauline no recital daquela tarde. O assento ao lado dela estava vazio, enquanto Victoria conversava na antessala com lady Kilcairn.

Marley observava tudo encostado a um pilar de mármore de um lado da sala de música. Recitais lhe davam arrepios, mas como chegara tarde e pretendia ir embora antes que Pauline começasse a esgoelar qualquer música que sua mãe autoritária tivesse escolhido, ele achou que conseguiria aguentar.

O intervalo duraria mais cinco minutos, e Vixen parecia completamente absorta. Com um último olhar para a porta, Marley se afastou do pilar. Caminhando até a cadeira vazia ao lado de Lucy, ele tocou seu ombro.

— Parece que você também está presa aqui — murmurou ele, sentando-se no lugar vago.

Ela pulou de susto.

— Minha nossa, você me assustou. Como você veio parar aqui? Pensei que odiava esse tipo de coisa.

— Perdi uma aposta — respondeu ele baixinho, olhando por sob o ombro. — E você?

— Vixen ama esse tipo de evento. E, como ela foi comigo ao Almack's outro dia, tive que vir.

— Vixen está aqui? — perguntou ele, fingindo surpresa.

— Ela está na outra sala. Você não a viu?

— Não — mentiu ele, aproximando-se de Lucy. — Althorpe não está aqui, está? Já o ouvi se gabando o suficiente nesta temporada.

— Do que está falando? — sussurrou ela. — Lorde Althorpe parece uma pessoa muito agradável, embora eu não desejaria vê-lo bravo comigo.

Se havia alguém no mundo era mais ingênua que Vixen Fontaine, esta pessoa era Lucy Havers.

— Tenho certeza de que ele consegue ser bem agradável — concordou Marley. — A maioria dos homens consegue, quando quer alguma coisa. Mas me preocupo com o restante do tempo, especialmente com Vixen sozinha e indefesa na casa dele.

Lucy franziu a testa.

— Ele nunca a machucaria. Tenho certeza.

— Talvez não fisicamente. Mas ainda bem que eu estava no White's na semana passada para calá-lo antes que ele danificasse a reputação dela de forma permanente.

— O que ele fez? — sussurrou ela, os olhos azuis arregalados de preocupação.

— Ele... digamos que ele falou coisas que não são para os ouvidos de uma jovem dama.

— Sobre Vixen?

Marley assentiu, solene.

— Ele estava bêbado, é claro, e foi só por isso que não chegamos às vias de fato. — Ele percebeu uma movimentação perto da porta e correu para segurar a mão de Lucy. — Se você sentir que ela está em perigo, Lucy, peço que me diga. Eu me preocupo com ela. Vixen é... uma boa amiga para mim.

— Acho melhor eu falar sobre isso com ela.

— Tem certeza?

Ela apertou seus dedos.

— Claro. Ela tem o direito de saber o que aconteceu. Tenho certeza de que há uma explicação para tudo.

— Só quero que ela fique bem. E sinto falta de como nos divertíamos juntos.

— Parando para pensar, ela *está* mais séria mesmo nos últimos tempos — refletiu Lucy. — Mas não se preocupe, milorde. Ficarei atenta.

Puxando a mão da dela, ele se levantou.

— Obrigado, Lucy. Até breve.

Ele voltou para o pilar do outro lado da sala quando Vixen entrou na sala e reivindicou seu assento. Quando Lucy se inclinou para sussurrar algo para ela, Marley sorriu, e teve que se conter para não assobiar enquanto saía da sala. Casada ou não, Vixen Fontaine e seu dinheiro ficariam numa situação muito melhor longe do maldito Sin Grafton e mais perto dele. E, claro, Marley também ficaria.

—៚—

— Sinclair, você não precisa fazer isso.

Victoria se espremeu contra o parapeito da janela enquanto Sin e um pequeno exército de criados reorganizavam o escritório do andar de baixo. Seu marido, sem casaco e com as mangas da camisa enroladas até os cotovelos, ergueu um canto da escrivaninha de mogno de seu falecido irmão.

— Você disse que lhe causava arrepios — grunhiu ele. — Esquerda, Henley. Também não posso dizer que amo esta mesa.

— Eu sei, mas… Ai! Cuidado com o vaso!

Pulando, ela pegou o vaso de cristal no ar quando ele caiu da estante.

— Ótimos reflexos. Mas você ainda não falou: quer sua mesa embaixo da janela ou perto da lareira?

Segurando o vaso, Victoria voltou para seu pequeno espaço perto da janela.

— A Casa Grafton tem vinte cômodos. Você não precisa enfiar duas escrivaninhas no mesmo escritório.

Por algum milagre, eles conseguiram passar a enorme mesa para o corredor sem derrubar mais nada. Uns segundos depois, Sin apareceu na soleira da porta.

— Espere aqui. — Ele desapareceu novamente, e Victoria o ouviu dizer: — Bom, meus caros, acredito que a ocasião peça uma cerveja antes de colocarmos esta monstruosidade na carroça. Milo, para a cozinha.

— Com prazer, milorde.

O som de aplausos e tapinhas nas costas sumiu pelo corredor. Victoria colocou o vaso de volta na estante. Sem a enorme escrivaninha, o escritório parecia muito maior e menos formal. O tapete bem abaixo de onde o móvel estivera estava mais escuro do que o resto, embora ela não quisesse pensar se o motivo era o sol ou uma mancha de sangue remanescente.

— Bem melhor, não acha? — perguntou Sinclair enquanto batia na calça para tirar a poeira. Seu olhar também foi para a mancha escura do tapete, e ele cerrou o punho e engoliu em seco.

— Sim, bem melhor — respondeu ela em sua voz mais alegre —, mas ainda desnecessário.

— Já está feito. — Ele a agarrou pela cintura com uma confiança possessiva que a deixou sem fôlego. — Acho que precisamos colocá-la perto da janela. A luz do sol deixa seu cabelo acobreado.

— Eu tenho uma escrivaninha no meu quarto lá em cima, sabia?

Sin embalou o queixo delicado com os dedos e levantou o rosto dela.

— Aquela coisinha minúscula? Só serve para escrever cartas. O escritório é para negócios. Se vou passar metade da minha maldita vida aqui fazendo contas, pelo menos gostaria de poder levantar a cabeça e ver você ao meu lado.

Ele estava falando sobre o depois — depois que cumprisse seu dever com Thomas. Sin não parecia absurdamente animado com a perspectiva, mas, até poucos dias antes, ele nunca tocara no assunto. Agora, ele estava colocando o futuro e Victoria juntos na mesma frase. Ela respirou fundo.

— E o que farei na minha mesa do escritório?

— Vai cuidar de negócios. Vovó Augusta é responsável pelo comitê voluntário de educação de Londres.

— Ela...

— Você não sabia disso, não é?

Devia estar fácil de ler a gritante expressão de surpresa em seu rosto.

— Não, não sabia. Eu sabia que ela está envolvida com diversas organizações de caridade, mas...

— O serviço público sempre foi uma prioridade na família, se você não me contar, é claro. Isso consome muito tempo da minha avó.

— Eu diria que arriscar sua vida pelo país é um serviço público — rebateu Victoria.

— Obrigado — murmurou ele. — Mas, de qualquer forma, meu ponto é que minha avó já deu sinais de que quer diminuir suas responsabilidades. Ela precisa de uma sucessora.

Victoria o abraçou com força.

— Obrigada.

— Qualquer coisa por você — sussurrou ele, quase tão baixinho que ela mal ouviu, e passou a bochecha pelos fios pretos e sedosos.

E eu faço qualquer coisa por você, respondeu ela em sua mente. Victoria queria aquela vida com uma intensidade que nunca sentira antes, pois sempre achara que seria impossível consegui-la. Ela afrouxou o abraço e deu um passo para trás.

— Se você não se importa — disse ela devagar, tentando escolher palavras que não o deixassem desconfiado —, vou almoçar com Lucy e Marguerite enquanto você termina de arrumar o escritório. Não quero ser esmagada pela minha mesa nova.

Sin riu.

— Compreensível. Também tenho várias coisas para fazer esta tarde. — Ele se inclinou para beijá-la. — E tenho muitos convites para fazer.

Victoria correu escada acima para colocar seu vestido verde florido. Verde era a cor favorita de Marley. Pela conversa com Lucy no dia anterior, o visconde obviamente queria falar com ela sobre alguma coisa, e ela mesma tinha algumas perguntas para ele. Tinha certeza de que o assassino era Marley ou Kingsfeld e, antes que pudesse começar uma vida de verdade com Sinclair, precisava descobrir o verdadeiro culpado.

Sin se recostou em sua nova mesa. Com um tapete persa estendido sobre o local da escrivaninha antiga e as duas menores em seu devido lugar, o cômodo parecia totalmente diferente. Ele aprovava: o gosto sombrio e conservador de Thomas nunca se encaixaria em uma casa cheia de Victoria e seu animado zoológico. Parte dele, entretanto, sentia como se estivesse removendo lembranças de seu irmão.

— Não esquecerei de você — murmurou.

Seu valete apareceu na soleira da porta.

— Muito confortável.

Ele se endireitou.

— Você não deveria estar de olho em Victoria?

— Ela está de saída. Você vai ficar aqui e brincar de casinha o dia inteiro?

— Mais uma gracinha dessas e vou perder minha paciência, Roman — retrucou Sinclair. — Hoje é quinta-feira. Kingsfeld estará no leilão de cavalos, mas vou esquecer e fazer uma visita a ele.

— Você não acha *mesmo* que o culpado seja ele, não é? — perguntou Roman, surpreso.

— Vixen desconfia dele. Uma investigaçãozinha a mais pode nos deixar mais tranquilos.

— Cuidado, então.

— Vá cuidar da minha esposa — rebateu ele.

Roman voltou para o corredor com uma carranca preocupada.

Embora estivessem acostumados a trabalhar sozinhos, Sinclair supôs que deveria ter pedido a um dos amigos para pelo menos vigiar o lado de fora da casa de Astin enquanto ele estivesse lá dentro. O problema era que não estava disposto a considerar o amigo de Thomas um suspeito — ainda. E não apenas porque Victoria havia sugerido que ele era um suspeito. Sin sabia o que Crispin teria a dizer sobre aquilo, e não estava disposto a ouvir.

Ele chegou à Casa Hovarth um pouco antes do meio-dia, o que colocaria Kingsfeld no leilão por pelo menos mais uma hora. Suprimindo uma leve pontada de culpa pelo que estava prestes a fazer, e surpreso por ainda possuir a habilidade de se sentir culpado, Sin entregou seu garanhão a um cavalariço e subiu os degraus da frente. Sua batida reverberou na casa por vários segundos até o mordomo aparecer.

— Boa tarde, Geoffreys.

— Lorde Althorpe. Lorde Kingsfeld não está em casa.

Sin franziu a testa.

— Não está? — Ele puxou o relógio do bolso da jaqueta e o abriu. — Ah, não. Ele ainda está no leilão, não é?

— Sim, milorde. Posso...

— Posso esperar por ele? — Sin pigarreou. — Quando se sai de casa após uma discussão com a esposa, não se espera voltar em menos de vinte minutos.

A expressão do mordomo continuou impassível.

— Peço desculpas, milorde, mas o conde não permite que visitantes esperem por ele dentro da residência.

Vários alarmes dispararam na cabeça de Sinclair. Embora seu primeiro instinto fosse empurrar o mordomo e inventar outro motivo para ter permissão de entrar na casa, precisava de um caminho menos óbvio. Ainda não sabia de nada, e não estava prestes a arruinar uma de suas poucas amizades por causa de um palpite — ou arriscar alertar Kingsfeld, se Vixen estivesse certa.

— Oras… — respondeu ele. — Vou tentar encontrá-lo no leilão, então. Obrigado, Geoffreys.

— Milorde.

A porta se fechou.

Resmungando, Sin buscou Diable novamente e seguiu para o leilão de cavalos em Covent Garden.

— Vou considerar isso uma feliz coincidência — disse Marley ao descer de seu faetonte.

Quando ele se juntou a Victoria na calçada, ela não conseguiu evitar para os dois lados da Bond Street. Qualquer pessoa que a visse no meio do distrito comercial com lorde Marley ficaria mais do que feliz em compartilhar a notícia com os fofoqueiros.

— Como vai, Marley?

— Melhor, agora que você está aqui. Parrish insistiu que fôssemos ao clube Society ontem à noite e acabamos numa maldita partida de uíste com lorde Spenser. Meu Deus, foi uma chatice.

Victoria riu.

— Quem sabe assim você aprende a ser paciente.

Lady Munroe e a srta. Pladden surgiram na rua, e Victoria sorriu e acenou com a cabeça quando elas passaram. *Maldição.* Lady Munroe fazia Mungo Park parecer o papagaio de um monge trapista.

— Por que aceitar o tédio interminável é considerado uma virtude? Pretendo evitá-lo em todas as oportunidades possíveis.

— Não tenho dúvidas disso.

Ora, aquilo era ridículo. Ela mesma tinha ido procurá-lo, pelo amor de Deus. Não apenas as razões para encontrá-lo eram completamente respeitáveis, embora um tanto — certo, *muito* — secretas, mas Victoria, havia um tempo, praticamente transformara o ato de virar fofoca em arte. No entanto, ela sabia a diferença entre criar um problema acidental e outro intencional, e ela não queria machucar Sinclair.

— Tenho uma ideia — disse Marley com um sorriso. — Abriram um novo espaço para macacos no zoológico. Venha comigo, e como recompensa lhe dou um sorvete de limão.

— Ah, eu não poderia... — gaguejou ela, as bochechas coradas.

Victoria queria um encontro casual, não uma tarde inteira ao lado do homem de que seu marido mais suspeitava.

— Besteira — respondeu ele, enlaçando o braço ao dela. — Ouvi dizer que um dos macacos é a cara do príncipe. — Quando ela hesitou, Marley abriu um sorriso ainda maior e deu uma puxadinha em sua manga. — Ora, Vixen, vamos. Você não se casou com um bispo. Vai ser divertido.

Ela estava longe de estar casada com um bispo, mas Sinclair mal confiava nela na atual situação. Por outro lado, se ofendesse ou recusasse Marley, ela provavelmente nunca conseguiria conversar de forma privada com ele de novo.

— Está bem. — Ela permitiu que ele a guiasse até o faetonte. — Mas não posso demorar.

Se ele não estivesse dirigindo um faetonte aberto, ela não teria ido a lugar algum com ele. Ela já passeara de cavalo com Marley antes, claro, para se encontrar com seus amigos em Vauxhall ou em algum baile ou outro. Na verdade, suas aventuras com o visconde tinham sido a razão para seus pais a terem mantido presa em casa até o baile de lady Franton. Mas naquele dia, enquanto eles desciam a rua, a mancha escura de carpete no escritório continuava em sua mente. Victoria nunca fora idiota a ponto de correr riscos desnecessários, e torcia para não estar sendo naquele momento.

— Ouvi dizer que lady Franton agora começa qualquer conversa com: "Sabia que a catástrofe aconteceu bem no meu jardim?" — comentou ele, a fala arrastada.

— Então estão chamando de "catástrofe", é? — disse ela, nem um pouco surpresa. Sua própria perspectiva mudara havia pouco tempo.

— Para toda a população masculina de Mayfair, com certeza é uma catástrofe — respondeu ele, voltando sua atenção da rua para ela. — Para mim, é.

Victoria forçou um sorriso.

— Nós dois sabemos que meus modos imprudentes não sobreviveriam por muito mais tempo. Meus pais teriam me mandado para um convento.

— Se você tivesse aguentado até completar a idade para receber sua herança, você poderia ter continuado a viver como quisesse pelo resto da vida.

— Mas teria ficado chato, não acha?

Marley deu de ombros.

— Sempre nos divertimos.

Para ela, a maior parte das brincadeiras sem sentido tinham perdido a graça havia muito tempo. Marley não precisava saber daquilo, no entanto. Certamente não faria bem algum — e quanto mais amigáveis eles fossem, maior era a probabilidade de ele falar com ela.

— Sim, é verdade.

Ele riu.

— Você se lembra de quando eu e lorde Edward roubamos aqueles fogos de artifício de Vauxhall?

— Claro. Vocês dois quase botaram fogo na Tower Bridge tentando acendê-los.

Sem aviso, Marley se inclinou e a beijou. Victoria saltou, apertando as mãos para controlar a vontade de empurrá-lo.

— Marley! — Ela rezou para que ninguém tivesse visto. — Eu sou casada!

— Isso não precisa significar nada — disse ele em uma voz baixa e urgente, bem diferente de seu costumeiro tom arrastado. — Seu marido maldito provavelmente está fazendo a mesma coisa em outro lugar agora. Ouvi dizer que Sophie L'Anjou era a amante dele em Paris. Não é estranho que ela tenha vindo a Londres logo depois da volta dele? Você realmente acha que é uma coincidência?

A coincidência nem havia passado pela cabeça dela até ele mencioná-la, mas ela não acreditou em Marley por um segundo. Sin nunca faria tal coisa.

— Minha nossa, você acha mesmo? — ela se forçou a perguntar.

Aquele devia ser uma das "concessões de consciência" que seu marido havia mencionado. No entanto, sacrificar seus novos sentimentos por Sinclair era ainda mais difícil do que atrair seus amigos para um interrogatório.

— Não duvido. Você precisa cuidar de seus próprios interesses, Vix. Você gostava dos meus beijos, e isso foi há apenas algumas semanas. Nada precisa mudar.

Mas tudo já havia mudado. Ela não queria que ninguém além de Sinclair a beijasse ou a abraçasse. Era ele quem fazia seu pulso disparar. E, mais importante, ele o único homem que parecia apreciar a pessoa que ela gostava de ser.

— Não sei... Talvez ajudasse se você me dissesse por que odeia tanto Althorpe.

Marley deu uma risada ácida.

— Além do fato de ele tê-la roubado de mim?

— Você já não gostava dele na noite do baile de lady Franton, bem antes de toda essa... confusão acontecer.

Ele fez uma careta.

— Não é algo que vá lhe interessar.

O coração de Victoria deu um solavanco. A Vixen que ele conhecia não suspeitaria abertamente, nem teria medo de Marley, então, antes que pudesse pensar melhor, ela deu um tapinha em seu braço.

— É claro que me interessa. Estou vivendo na mesma casa que ele, e você é um amigo querido. Dou valor para a sua opinião.

Lisonjear Marley sempre fora algo fácil, embora, no passado, ela vira aquilo como uma maneira de evitar quaisquer conflitos e discussões difíceis. Agora, porém, Victoria reconhecia a artimanha pelo que realmente era: uma maneira de o persuadir a fazer exatamente o que ela queria com o mínimo de esforço possível.

E funcionou, como sempre.

— Gostaria que você tivesse valorizado minha opinião o suficiente para não dançar com ele naquela noite — disse ele, aproximando-se dela no assento.

— Vou ouvi-lo da próxima vez — prometeu ela.

— Então haverá uma próxima vez, Vix?

— Isso depende se o seu motivo para evitar Althorpe for bom o suficiente.

Ela ficou surpresa por sua voz ter saído tão firme, além de soar brincalhona e natural.

— Não confio nele — falou Marley, sem rodeios. — O irmão dele o deixou sem dinheiro, mas ele conseguiu viver bem o suficiente na França para não se incomodar em voltar para casa mesmo depois de herdar uma fortuna considerável. Só voltou dois anos depois, ainda por cima.

— Ele ficou sem dinheiro?

O visconde assentiu.

— Todo mundo sabe. Althorpe, o antigo Althorpe, queria comprar uma comissão do Exército para ele. Sin não quis nem saber. Acho que ele sabia que era capaz de fazer fortuna em outro lugar sem precisar se preocupar em ver sua cabeça estourada.

Sinclair provavelmente já ouvira a opinião popular do porquê ele havia deixado a Inglaterra; podia até ter encorajado a história. Uma raiva indignada dominou Victoria, mas ela se forçou a controlá-la. Seu marido não queria que ninguém soubesse por que estivera na Europa durante a guerra.

— Se ele fez uma fortuna na França, não foi o único — afirmou ela lentamente, franzindo a testa.

Marley balançou a cabeça.

— Não mesmo. Mas foi o único com um irmão que se opunha tão veementemente ao comércio com a França a ponto de arremessar uma caixa de espumante francês no chão da Câmara dos Lordes.

Victoria arregalou os olhos.

— Você acha que Sinclair matou Thomas?

— Não duvido. Thomas mal conseguia falar do irmão.

Ela sabia o motivo daquilo, graças a Deus.

— Não sabia que você era íntimo de lorde Althorpe. Você nunca mencionou.

Eles chegaram ao zoológico, e Marley guiou o faetonte para uma longa fila de veículos em um lado da rua. Ele amarrou as rédeas e pulou no chão, então circulou o veículo para ajudá-la a descer.

— Éramos amigos até ele ficar fanático com a ideia de que todos nós deveríamos nos livrar de nossas propriedades francesas e se recusar a sentar na mesma mesa conosco. Eu admito: sinto mais saudade do conhaque dele do que da pessoa.

Ele não o matou. A certeza veio de forma abrupta. Sempre egocêntrico, Marley não se importara com a política de Thomas, mas havia tolerado tudo porque gostava do estoque de conhaque de lorde Althorpe. O comentário dele poderia ser um estratagema incrivelmente inteligente, mas isso implicaria uma situação em que Marley realizava algo muito complexo e difícil sem se gabar.

— Acho que estou passando mal — disse ela, trêmula, apertando a mão contra a barriga e fazendo uma careta. — Sinclair Grafton, um assassino? Por que não me disse antes da minha dança com ele?

Abanando-a com a mão livre, Marley a guiou pelo portão.

— Na verdade — murmurou ele —, estive pensando sobre isso. Enquanto lorde Sin continuar com sua cantora de ópera, não há motivo para não continuarmos nos divertindo.

— Será? — ofegou ela, começando a se sentir como uma atriz.

Como ela conseguira considerar Marley um amigo?

— Por que não? E, melhor ainda, até você ganhar sua herança, poderíamos... convencer Althorpe de que valeria, digamos, cinco mil libras por ano para mantermos nossas suspeitas sobre ele em segredo.

Ela queria rir da completa e profunda estupidez de Marley.

— Sim, mas estou morando sob o mesmo teto que ele. E se ele decidir me silenciar também?

— Ele não ousaria — disse Marley facilmente enquanto eles passavam pelas gaiolas de pássaros. — Todos saberiam que ele é o culpado, e então descobririam sobre o outro assassinato também.

— O que não seria exatamente um conforto para mim — respondeu ela secamente.

Ele e encarou com um olhar curioso, e Victoria se deu conta de que não estava ajudando as coisas ao zombar dele. Para encobrir seu erro, ela se concentrou em estudar o recinto cheio de papagaios coloridos da América do Sul.

— Preciso de você, Vixen — afirmou Marley baixinho.

Tanto quanto precisa do meu dinheiro. Ela o encarou.

— Preciso de um tempo para pensar sobre tudo isso — disse ela, e sorriu. — É muito para absorver em uma só tarde.

— É claro — disse ele, tranquilo. — Mas você precisa confiar em mim. Você sabe que sou muito melhor para você do que Sin Grafton jamais será.

Se gostasse de apostas, Victoria apostaria um milhão de libras que Marley estava completamente errado.

Capítulo 14

Astin Hovarth freou seu cavalo e observou escondido atrás de uma carruagem alta dos correios enquanto Sin Grafton voltava para a própria montaria e trotava na direção do leilão. O sorriso do conde aumentou. O cavalheiro que ele estava seguindo parecia segui-lo.

Ele se perguntou se deveria alcançar Sin e entregar as novas evidências que havia descoberto contra lorde Marley, mas descartou rapidamente a ideia. A pista não era muita coisa: um pedaço rasgado de uma carta usada para marcar uma página de um livro. Era melhor que ele fosse reservado e cauteloso ao entregá-la, talvez durante uma conversa acompanhada de um vinho naquela noite. Afinal, estava ajudando a reunir evidências que poderiam muito bem levar um homem para a forca.

Aquilo tudo era um incômodo danado. Para Augusta e Kit, Thomas estava morto e ponto final. Se tivesse percebido que encontrar o culpado seria tão necessário, ele teria providenciado para que um fosse descoberto no momento do assassinato. Procurar um assassino dois anos depois do fato era demorado e muito complicado. Afinal, se ele tivesse pistas perfeitas, o culpado já teria sido levado à justiça.

Depois de esperar mais alguns momentos para ter certeza de que Sin não voltaria, Astin virou seu cavalo na direção da Bolton Street. Já que o novo marquês de Althorpe insistia em desenterrar o passado, ele teria que tomar providências para garantir que algumas partes específicas permanecessem enterradas. Thomas Grafton era um maldito por não ter revelado o que seu irmão patife estivera fazendo na Europa. Eles eram amigos; Thomas podia muito bem ter mencionado que o desgraçado do Sin estava trabalhando para o maldito Ministério da Guerra. Como um espião, ainda por cima.

É claro que, se soubesse disso naquela época, ele teria evitado matar Thomas. Com a morte de Sin, o ex-lorde Althorpe teria perdido tanto sua urgência desesperada em parar a guerra quanto seu patriotismo nada prático.

Lady Jane Netherby provavelmente não expressaria qualquer suspeita, isso se a bonequinha ficando para a tia ainda tivesse alguma. Ainda assim, com Sinclair farejando, Astin precisava ter certeza. Quanto à adorável e promíscua esposa de Sin, seria melhor que ela aprendesse a manter a boca fechada. Se não o fizesse, ele teria que desenterrar um pouco de evidência sobre sua suposta amizade com Thomas, ou com Marley. Aquilo certamente distrairia Sin — pelo menos por tempo suficiente para Astin terminar de cavoucar evidências contra lorde Marley. Ele sorriu novamente. Não seria uma grande surpresa para Marley?

—ɯ—

Tentando passar a impressão de que compactuava com o relacionamento clandestino com Marley, Victoria pediu que ele parasse o faetonte na esquina entre a Bruton Street e Berkeley Place para que ela descesse. Ele tentou beijá-la novamente duas vezes, mas ela conseguiu se esquivar de seus lábios, se não de sua atenção.

Enquanto caminhava o meio quarteirão para a Casa Grafton, ela pensou em maneiras de contar a Sinclair o que havia descoberto sem deixá-lo zangado com seus métodos. Contar-lhe que ela passara metade da tarde com Marley estava fora de questão, especialmente se declarasse em seguida que achava o visconde inocente.

Ela odiava as traições e meias-verdades que tinham passado a fazer parte da investigação. E mais preocupante do que contar mentiras era saber que Sinclair tinha mais habilidade em contornar a verdade do que ela jamais poderia ter.

Milo abriu a porta da frente quando ela subiu os degraus.

— Boa tarde, milady.

— Boa tarde. Lorde Althorpe já voltou?

O mordomo pegou seu xale e chapéu.

— Ainda não, milady. Devo servir o chá?

Victoria saíra por quase quatro horas. Pelo que sabia, a única tarefa de Sinclair naquele dia era a de convidar seus três amigos misteriosos para o jantar. Uma preocupação leve pesou em seu coração. Se alguém era capaz de cuidar de si mesmo, esta pessoa era Sinclair Grafton, mas mesmo assim ela não gostava de não saber onde o marido estava. Se o assassino não fosse Marley, Kingsfeld era o maior suspeito. E Sin dificilmente ficaria em guarda perto de seu suposto amigo; eles podiam até estar juntos naquele exato momento.

Tremendo, Victoria arrancou o chapéu dos dedos surpresos de Milo.

— Sem chá hoje — disse ela rapidamente, reatando as fitas do chapéu sob o queixo. — Tenho outro compromisso. Chame Roman para mim, por favor.

A expressão do mordomo ficou sombria.

— Não vi essa pessoa o dia todo, lady Althorpe. Nem sequer me arrisco a adivinhar onde esteja.

— Eles não foram juntos a algum lugar?

— Não que eu saiba. Algo de errado?

— Hã? Não.

Victoria sabia que os amigos de Sinclair estavam hospedados em algum lugar da Weigh House Street. Se ela não conseguia convencer Sin a ouvi-la, talvez pudesse convencer seus amigos.

— Lady Althorpe?

— Milo, algum empregado já entregou cartas para uma tal de lady Stanton?

O mordomo corou.

— Milady, não sei nada sobre a… correspondência privada de lorde Althorpe. Eu…

— Não se preocupe com isso. Quem entregou as cartas de Sinclair para ela?

— Ah, foi Hilson, milady. É um bom rapaz, só um pouco…

— Gostaria de falar com ele — interrompeu ela. — Agora mesmo.

Ela tentou controlar seu nervosismo crescente. Com Sinclair e Roman fora, ela era a única na casa com alguma ideia de que algo poderia estar errado.

— Imediatamente, milady.

O mordomo fez uma reverência e saiu correndo para a cozinha. Alguns minutos depois, o jovem Hilson apareceu no saguão, claramente nervoso.

— Mi-milady? — gaguejou ele, mexendo na gola.

Ela sorriu, tentando demonstrar que não era uma ameaça.

— Hilson, você sabe o endereço de lady Stanton?

— Eu...

Milo o cutucou pelas costas.

— Sim, milady.

— Ótimo. Leve-me até lá.

O garoto empalideceu.

— Agora? Quer dizer, agora, milady?

Victoria precisava ter uma conversa séria com Sinclair sobre a preocupação dos criados com os nervos sensíveis dela — ou, melhor, com os flertes dele. Se não soubesse a identidade de lady Stanton, teria ficado muito irritada. O nervosismo que sentia era maior que seu senso de humor, e ela estava prestes a sacudir as pessoas.

— Sim, agora. Suponho que você não dirige, não é? Milo, chame um cabriolé.

— Um *cabriolé*, lady Althorpe?

Victoria fechou os olhos e contou até três.

— Sim, por favor, Milo.

O mordomo endireitou seu corpo magro.

— Mas é claro, milady. Chamarei um imediatamente.

— Obrigada.

Victoria e Hilson esperaram pelo que pareceu uma hora, mas certamente não passou de cinco minutos. Enfim, Milo apareceu na entrada ao lado de um cabriolé, praticamente puxando o cavalo pela orelha.

— Tem certeza, milady? — suplicou o mordomo. — Posso pedir para que Orser apronte a carruagem de lorde Althorpe em dez minutos.

— Sim, tenho certeza. Hilson, sente com o motorista e dê as direções — instruiu Victoria, subindo no cabriolé pequeno e fedorento.

Milo se postou na porta.

— Lady Althorpe, o que devo dizer ao marquês caso ele retorne?

— Diga que fui visitar lady Stanton e que voltarei logo.

Ele se afastou quando o cocheiro bateu as rédeas no cavalo.

— Está bem, milady.

Ela esperava que o mordomo tivesse a chance de colocá-la em apuros.

Na Academia da Srta. Grenville, ela aprendera que uma dama adequada era sempre paciente, calma e controlada. Enquanto Victoria se remexia inquieta no cabriolé, olhando por uma janela e depois pela outra, decidiu que tais lições não eram aplicáveis a uma recém-casada cujo marido era um ex-espião à procura de um assassino. Se alguma coisa tivesse acontecido com Sinclair...

Ela ficava enjoada só de pensar na possibilidade. Claro que ele estava bem. Ele sobrevivera por cinco anos em um país inimigo. Aquilo não era nada comparado ao que já havia enfrentado. Só porque o assassino era provavelmente um dos amigos mais próximos do irmão dele não significava que Sinclair corria mais perigo do que uma semana atrás — ou assim ela esperava de todo o coração.

Quando ela estava prestes a se inclinar para fora e perguntar a Hilson se ele estava perdido, o veículo parou com um solavanco. Victoria já estava de pé quando a porta se abriu.

— Chegamos, milady — disse Hilson, dando-lhe a mão para ela descer.

— Mande o cabriolé embora e espere por mim aqui.

— Mas...

Sem esperar a resposta, ela deu algumas moedas para o jovem e andou rapidamente até a pequena casa. Chegando na soleira, bateu na porta. Pelo menos ela aprendera algo com Sinclair: carruagens estranhas levantavam suspeitas, especialmente quando paravam na frente da residência de uma suposta dama.

A porta se abriu e ela soltou a respiração que não percebera que estava segurando. Pelo menos havia alguém em casa.

— Preciso falar com... — começou ela, mas se interrompeu. — Você é o Wally.

O homem calvo piscou, confuso.

— Eu era — resmungou ele, olhando por sobre o ombro dela, para Hilson do outro lado da rua. — Agora sou apenas um homem morto.

— Posso entrar?

— Já que está aqui — respondeu ele, abrindo espaço.

— Sinclair está aqui?

Ele fechou a porta.

— Não sei de nada.

Ela ouviu passos vindo da esquerda.

— Ora, mas que interessante.

Ela reconheceu o sotaque escocês da visita noturna ao parque com Sinclair numa noite enevoada.

— Senhor Harding — cumprimentou ela, virando-se para encarar o escocês de cabelo claro. — Estou atrás de Sinclair.

Ele cruzou os braços e se apoiou na soleira da porta.

— Ele não está aqui. Como soube onde nos encontrar, lady Althorpe?

— Vim com o Hilson, o criado que entrega as mensagens de Sinclair para lady Stanton.

— Ah, sim. E quem mais? Sua criada? Alguma de suas amiguinhas?

— Crispin... — alertou Wally.

Victoria se lembrou de que o sr. Harding não parecera gostar muito dela quando se conheceram pela primeira vez.

— Não, somente eu. Ao contrário dos rumores, não sou uma completa idiota. Vocês sabem onde o Sinclair pode estar ou vou ter que procurá-lo sozinha?

— Parece que isso é assunto particular do Sin.

Se ela fosse um homem, já teria partido para socos e chutes. Mas, obviamente, aqueles dois homens poderiam resistir a qualquer ataque dela. Logo, ela precisava pensar em outra maneira de conseguir a ajuda deles. E ela lidava com homens que se consideravam durões e desalmados havia muito tempo.

— Sim, você tem razão, é claro. — suspirou Victoria. — É que não sei mais a quem recorrer. Vocês são os amigos mais queridos de Sinclair, e não posso imaginar que ele... desapareceria sem pelo menos dizer a vocês.

Crispin estreitou um dos olhos.

— Ele está desaparecido faz quanto tempo? — perguntou ele, claramente relutante.

— Horas. Ele disse que vinha visitá-los. Ele… ele pelo menos apareceu aqui?

— O Crispin esteve aqui a tarde inteira, verificando horários e álibis — informou Wally. — Você não o viu, viu, Crispin?

A carranca do escocês grandalhão se intensificou.

— *Nem.* Wallace, peça para ferverem chá para lady Althorpe.

— Está bem.

Wally sumiu no interior da casa.

— Obrigada. Eu não sabia mais o que fazer.

— Aham. Siga-me, por favor, milady.

Endireitando-se, Crispin desapareceu para a sala de onde viera.

Ele não parecia muito convencido, mas tudo que ela precisava era que ele ouvisse por dois minutos. Jogando os ombros para trás, Victoria o seguiu — e parou novamente na porta.

Embora a enorme mesa no meio do cômodo indicasse que ali era uma sala de jantar, os habitantes da casa claramente faziam suas refeições em outro lugar. Papéis espalhados cobriam uma parte da superfície de carvalho, enquanto o resto da mesa continha uma coleção de caixinhas de madeira e peças de xadrez, todas decoradas com bandeirinhas. Intrigada, ela se aproximou para ver a bandeira presa a um peão preto.

— Lorde Keeling, 20h00-20h08 — leu ela em voz alta. Victoria olhou para o escocês. — Isso é Mayfair, não é?

— Sim.

Ela se aproximou da mesa.

— E a caixa no meio seria a Casa Grafton. — Ela começou a circular a mesa lentamente. — Nunca vi nada assim. Vocês estão posicionando as pessoas onde elas foram vistas na noite do assassinato de Thomas.

Ele assentiu, seguindo-a com os olhos.

— Sin estava certo sobre você.

— Em que sentido?

— Ele disse que você era brilhante como um diamante à luz do sol.

Victoria corou.

— Ah. E por que se dar ao trabalho de mapear as ruas?

— É mais fácil do que escrever num pedaço de papel. Se descobrimos uma informação nova, precisamos apenas mover as pessoas pelo mapa.

— Posso fazer uma pergunta, sr. Harding?

— Não é por isso que está aqui? — questionou ele, sem se mover de seu lugar apoiado à parede.

— Parcialmente. Onde... onde você colocou lorde Marley?

— Não coloquei.

Ela franziu a testa.

— Como assim?

— Quer dizer, nós o colocamos no White's até pouco depois das oito daquela noite. Não sabemos para onde ele foi depois disso. Ninguém com quem conversamos parece tê-lo visto até que ele saiu de casa em sua carruagem, rumo a partes desconhecidas, pouco antes do amanhecer da manhã seguinte.

— E lorde Kingsfeld?

Crispin se remexeu.

— Kingsfeld?

Uma onda de raiva passou por Victoria. Pelo visto, Sinclair não achara por bem informar seus companheiros sobre as suspeitas dela a respeito de Astin Hovarth.

— Ah, sim, é mesmo, ele é um amigo — retrucou ela. — Não devemos suspeitar de ninguém que era amigo de Thomas três anos antes do assassinato.

— Estou detectando um pouco de sarcasmo em seu comentário — afirmou Crispin secamente. Mas, para sua surpresa, ele parecia mais intrigado que irritado. — Sin não concorda com você.

— Não. Mas não quero vê-lo machucado por ter se recusado a me ouvir. — A voz dela vacilou, e ela tentou disfarçar com um pigarro. — Ele nem quer seguir essa linha de raciocínio.

— Sin raramente erra. Se errasse, teríamos morrido há tempos.

— Eu sei disso. Mas como ele pode ser tão tei...

— O bom de se ter um companheiro — interrompeu o escocês — é que, quando você está focado em uma direção, ele está cuidando das suas costas.

Aquilo só podia significar que ele mesmo investigaria Kingsfeld. Uma lágrima de alívio escorreu por sua bochecha. Ela se tornara praticamente uma cachoeira nos últimos tempos.

— Obrigada, sr. Harding.

— Sim. Agora é melhor você ir para casa. Não gosto da ideia de ter que explicar para Sinclair o que você estava fazendo aqui.

— Nem eu. — Mesmo assim, ela hesitou. — Senhor Harding?

— Sim?

Ela andou na direção dele e estendeu a mão.

— Acho que queremos a mesma coisa.

Lentamente, ele estendeu a própria mão e apertou a dela.

— Espero que sim. Pelo nosso bem.

—∞—

No final da tarde, Sin estava a um passo de desejar ter batido em Geoffreys e para entrar na casa de Kingsfeld. O conde não estava no leilão de cavalos, nem em nenhum dos clubes, e muito menos passeando no Hyde Park.

Quando Sin entrou em casa cansado, Milo o cumprimentou com seu habitual aceno silencioso e educado. Ele não estava com muito humor para conversar, então pela primeira vez não se importou com os modos enfadonhos do mordomo. Ouviu a porta do solário fechar no andar de cima e, após um momento de hesitação, ele continuou para seus próprios aposentos.

— Roman — falou ele, enquanto tirava o casaco —, uma taça de vinho, por favor.

O valete surgiu do closet.

— Acho que você vai querer algo mais forte, Sin.

— Por quê? O que aconteceu?

Grunhindo algo baixinho, Roman foi até o bar e serviu-lhe um copo de uísque. Ele continuou seu resmungo ininteligível enquanto cruzava a sala para entregar a bebida a Sin.

— Fale logo — exigiu Sinclair.

— Perdi sua esposa de vista — resmungou o valete, afastando-se.

— Você *o quê?*

— Não foi culpa minha. Como eu ia saber que ela ia pular num faetonte e...

Sin colocou a taça na mesa com tanta força que metade do líquido escorreu para fora.

— Eu não quero desculpas esfarrapadas, Roman. Onde ela está? — O medo percorreu seu corpo. Eles estavam perto de encontrar o assassino. Se o assassino soubesse disso... — Comece a falar. Agora.

— Tudo bem, tudo bem. Ela foi caminhando para a casa da srta. Lucy, mas mudou de direção para a Bond Street. Dez minutos depois, Marley parou ao lado dela e saiu de seu faetonte e, um minuto depois, ela subiu no veículo com ele. Quando consegui parar um cabriolé, eles já estavam fora de vista. Eu procurei...

— Cale a boca — rosnou Sin. — Só cale a boca. Preciso pensar. — Ele foi até a janela e voltou ao centro do quarto enquanto Roman sabiamente ficou fora do caminho. — Tem certeza de que era Marley?

— Mas é claro. Que tipo de espião eu ser...

— O tipo de espião que perde minha esposa de vista! — gritou Sinclair.

— Sin...

Ele virou-se para encarar o valete.

— Você *tem certeza* de que ela não voltou enquanto você zanzava por aí?

— Eu perguntei para Milo, mas ele só ficou me encarando como sempre.

— Milo!

Sinclair marchou até a porta e a abriu. Por Deus, ela precisava estar bem! Ele havia alertado Victoria sobre Marley. Então por que, em nome de Lúcifer, ela subira num faetonte com ele? Por que faria aquilo?

O mordomo surgiu no topo da escada.

— Sim, milorde?

— Você viu minha esposa esta tarde? — perguntou Sin, com a mandíbula apertada.

Milo olhou para dentro do quarto, para o canto mais ao fundo onde Roman estava com olhar de um homem que se prepara para a forca.

— Sim, milorde — respondeu ele.

— Quando e onde?

— Por que diabo você não me falou, seu maldito engomad...

— Roman, já basta! Fale, Milo.

— Ela e hã... Hilson, foram ver... lady Stanton, milorde. Ela disse que voltaria logo.

Sin fechou os olhos, quase tonto pelo alívio que sentiu.

— Graças a Deus — sussurrou ele. — Graças a Deus.

— Tem alguma coisa errada, mi...

Pegando o mordomo pela gola, Sinclair o empurrou para dentro do quarto.

— Já chega! — rosnou ele. — Esse joguinho de vocês acaba agora. Não gostar um do outro é uma coisa, mas comprometer a segurança da minha esposa é outra. Fiquem aí dentro até se entenderem ou um acabar morto. Não me importa qual.

Ele saiu para o corredor e fechou a porta.

Maldição! Victoria Fontaine-Grafton estava fora do controle. Suas aventuras como espiã estavam com os segundos contados. Ele foi até a escada e encontrou Vixen subindo o último degrau.

— Eu ouvi alguém gritando?

Sin queria agarrá-la e sacudi-la. Com toda a sua força de vontade, ele manteve as mãos ao lado do corpo e esperou ela se aproximar. Estava apertando a mandíbula com tanta força que não conseguiria pronunciar uma palavra nem se soubesse o que dizer a ela. Aquela raiva profunda e assustada era algo novo para ele — e muito difícil de controlar.

Victoria aproximou-se dele e embalou seu rosto com a mão.

— Eu estava preocupada com você — disse ela baixinho, fitando-o com os olhos violeta.

— Você... estava... preocupada... comigo? — repetiu ele em grunhidos. Ela tirou a mão.

— Sim.

— E para onde *você* foi hoje?

Ela o encarou por mais alguns segundos antes de piscar e olhar para a porta aberta da biblioteca.

— Acho que precisamos conversar. Em particular.

Ele assentiu com dificuldade. Do jeito que estava bravo, gritar com ela na frente dos empregados revelaria muitos segredos.

— Depois de você.

Ele a seguiu até a biblioteca e bateu a porta. Victoria saltou com o som, e ele sufocou o pensamento de que iria forçá-la a se comportar, só porque ele podia. Era para o próprio bem dela. Ela tinha que ficar segura.

— Conte-me sobre seu almoço com Lucy e Marguerite.

Victoria parou perto da janela.

— Com prazer — respondeu ela, cruzando os braços sobre os seios —, se me contar se seus amigos virão para o jantar.

— Então é assim que você quer jogar? — perguntou ele. — Me atraso para algo e você usa isso como justificativa para passar a tarde inteira com Marley?

Ela ficou pálida.

— Como sabe que eu estava com Marley?

— Roman viu vocês. E não tente fingir que era outra pessoa.

— Não vou fingir nada. Então você mandou Roman me espionar, não é? Você confia tão pouco em mim, Sinclair?

— Não tente me colocar na defensiva. Foi você quem saiu com ele, mesmo depois de ter me dito que ia almoçar com suas amigas.

— E você também não estava onde deveria! — rebateu ela. — Fui atrás de você, mas você não estava lá!

Algo além de raiva surgiu na mente de Sin. Victoria podia ser imprudente, mas não era burra.

— Por que você foi atrás de mim?

— Ha! Eu nem quero te contar agora, seu asno! — Ela o encarou por mais um momento antes de virar de costas. — Você não vai acreditar em mim, de qualquer maneira. Nunca acredita.

Sin se deu conta de que tinha perdido a discussão no momento que a deixara falar. Respirando fundo, ele relaxou a postura tensa de combate e se jogou no sofá.

— Tente.

Os dedos longos e delicados ficaram brancos quando ela fechou as mãos em punhos.

— Marley abordou Lucy outro dia para que ela me avisasse sobre você e para dizer como estava preocupado comigo. Eu sabia que você nunca aprovaria, mas arranjei para encontrá-lo hoje e descobrir o que ele realmente queria.

— Você estava certa — disse Sin sombriamente. — Eu nunca teria aprovado. Por Deus, Victoria. Você podia ter... — Ele precisou de duas tentativas para conseguir terminar a frase. — Você podia ter se machucado.

— Eu garanti que estivéssemos sempre em público. Mas enfim, ele tentou me convencer de que você está tendo um caso com a Sophie L'Anjou e que, portanto, eu deveria ter um caso com ele.

Sem perceber como chegara lá, Sinclair se encontrou de pé e a meio caminho da janela.

— E você respondeu...?

Ela o olhou de soslaio.

— Perguntei por que deveria evitar você. Ele disse que tem quase certeza de que você matou seu irmão, o que era uma pena, porque Thomas sempre mantinha um bom estoque de conhaque. Na verdade, poderíamos chantagear você com a insinuação do assassinato para que você financiasse nosso caso. — Victoria o encarou novamente, com as mãos cruzadas na frente de seu corpo. — Não sei como posso convencer você, Sinclair, mas Marley não matou seu irmão. Ele... ele não sente o suficiente para se dar ao trabalho.

Sin apenas a encarou por um longo momento.

— E a evidência ainda aponta para ele.

— Qual evidência? A de Kingsfeld?

— Não apenas a de Astin. Por que você foi até lady Stanton?

— Por que você não estava aqui quando voltei e eu não parava de pensar que você poderia ter ido visitar Kingsfeld e que poderia estar... em apuros. Mas seus homens disseram que você não havia aparecido por lá.

— Eu planejava ir — explicou ele. — Fui atrás de Astin primeiro, mas acabei passando o dia inteiro o procurando por Londres.

Ela levantou o queixo.

— Por quê?

— Porque eu planejava pedir que ele me mostrasse o resto do documento que ele estava trabalhando com Thomas. O que está manchado de bebida.

— Você acredita em mim — sussurrou ela.

O alívio nos olhos violeta acabou com o restante da raiva dele.

— Eu disse que você tem um ponto. Quando não o encontrei, fui visitar Kilcairn. Ele não se lembra de nenhuma proposta como a que você encontrou no escritório de Thomas sendo apresentada no Parlamento.

Ela deu um passo em sua direção.

— O que significa...?

— O que significa que você pode ter encontrado a chave do mistério, mas ainda não tenho certeza sobre quem apertou o gatilho. Sabemos que Marley tinha um motivo, mas não sabemos sobre Kingsfeld ainda. — Sin fechou os olhos. — Mas vou descobrir.

Ele sentiu os braços dela o envolvendo pela cintura. Ele abriu novamente os olhos quando Victoria apoiou a bochecha em seu peito.

— Seja qual for o resultado, você está bem perto — murmurou ela. — Eu sei disso. Só tenha cuidado.

Sin queria perguntar por que ela ficara preocupada com ele, por que queria que ele tomasse cuidado. Entretanto, pela maneira como a havia tratado e usado, ele não tinha certeza o suficiente da resposta para fazer a pergunta.

— Terei cuidado se você também o fizer — respondeu ele. — Nada de passear sozinha com Marley.

— Não irei, mas só se você pedir para Roman parar de me espionar. Não gosto disso, Sinclair.

— Justo. Pedirei a ele.

E então solicitaria que Wally assumisse o antigo trabalho do valete, mas ela não precisava saber daquilo — não até que tudo terminasse e ela estivesse segura.

Ele a abraçou e ela suspirou.

— Com quem você estava gritando agora pouco? — perguntou ela baixinho.

— Roman e Milo. Disse para eles virarem amigos ou se matarem de vez.

Victoria riu.

— Aposto cinco libras em Roman.

— Não sei. Milo é determinado e definitivamente tem o maior alcance.

— E se eles se matarem?

— Vai me poupar do trabalho. — Ele a soltou, relutante. — Já viu o escritório?

— Ainda não. — Victoria entrelaçou os dedos aos dele. — Mostre-me.

O velho Sinclair teria arrancado até a última gota de informação de Vixen a respeito de sua conversa com Marley. Cada palavra e cada nuance teriam sido reveladas, analisadas e categorizadas. Crispin diria que ele estava perdendo o jeito. O novo Sinclair, entretanto, confiava que Victoria havia lhe dito tudo o que ele precisava fazer. Aquele Sinclair queria saber se sua esposa havia gostado de sua nova escrivaninha.

A porta de seu quarto permaneceu fechada, mas ele não ouvia nada vindo de dentro. Ou os dois homens estavam discutindo civilizadamente ou ambos estavam inconscientes.

— O que você acha? — sussurrou Victoria.

— É muito cedo para dizer. Se eles não aparecerem até o fim do dia, vou atrás deles.

— Por que você está tão bravo com eles, afinal?

Ele apertou a mão dela com mais força, lembrando-se do quanto ficara preocupado.

— A relutância deles em se comunicar comprometeu sua segurança.

Victoria parou e o encarou.

— Eu senti a mesma preocupação... sobre você.

— Você realmente se preocupa comigo, não é? — perguntou Sin, pensativo.

Ela parecia tão forte e tão frágil ao mesmo tempo; um enigma que precisava de proteção, mas que parecia igualmente determinado a protegê-lo do perigo.

— Claro que eu me preocupo. Você é meu marido, Sinclair Grafton. Você é... importante para mim.

Sin se inclinou para beijá-la. Por Lúcifer, ela era tentadora. Aquela vida era tentadora. Ele queria aquela vida, e ele a queria nela. Mas havia uma maldição em seu caminho; e, se ele não pudesse resolver o problema, o abismo que aquilo deixaria em suas vidas os separaria para sempre.

Como o quarto de Sinclair estava ocupado, Victoria atraiu o marido para sua salinha de estar particular. Senhor Baguete desocupou o sofá a tempo de evitar ser esmagado e, quando Sin a despiu do vestido com sua eficiência usual, Victoria torceu para que Mungo Park estivesse em outro lugar da casa. O pássaro descarado estava adquirindo um vocabulário e tanto.

Quaisquer que fossem as preocupações que ele pudesse ter, Sinclair tinha a capacidade única e incrível de fazê-la se sentir segura, amada e protegida. Quando eles saíram do cômodo, o cabelo dela estava frouxamente amarrado com uma fita porque ele não conseguira fazer nada melhor, e já era hora do jantar.

— Pare de mexer — disse ela, batendo na mão dele em seu cabelo.

Ele riu, puxando-a para um abraço.

— Você devia usá-lo assim sempre. Parece uma fada princesa.

— Ah, sim, consigo me ver entrando no Almack's com o cabelo solto. Achariam que sou uma selvagem.

Sin passou os dedos pelas longas madeixas e beijou a nuca dela.

— Então use-o assim dentro de casa. *Eu* sei que você é selvagem.

Abafando um ataque de risos, e aliviada por o estado de espírito tenso e preocupado dele ter melhorado, Victoria deu um tapinha em sua bochecha.

— Ah, querido. Você só pode ter enlouquecido.

— Boa noite, milorde, milady.

Milo estava em seu posto usual na porta da sala de jantar. Seu olho esquerdo estava roxo e inchado, quase fechado, mas ele parecia bastante alegre.

— Boa noite, Milo. Você está bem? — perguntou Victoria.

— Estou esplêndido, lady Althorpe.

Sinclair entrou na sala atrás dela.

— E Roman?

— É melhor perguntar para ele, milorde. — A boca de Milo tremeu.

— Ele parece ser um… camarada resiliente. Como solicitou, não haverá mais falhas de comunicação.

— Fico feliz em saber disso.

Quando Sinclair segurou a cadeira para que ela se sentasse, Victoria deu um beijinho em sua bochecha.

— Se você conseguiu fazer aqueles dois se darem bem, acho que você é capaz de qualquer coisa.

Ele sorriu para ela, os olhos âmbar brilhando.

— Obrigado. Estou quase acreditando em você.

Capítulo 15

Lorde Kingsfeld estava prestes a sair de casa para fazer uma visita a Sinclair Grafton quando o homem em pessoa bateu em sua porta.

— Traga-o até aqui — instruiu ao mordomo enquanto se acomodava em uma poltrona da biblioteca e abria um livro de poesias.

Sin logo apareceu atrás de Geoffreys.

— Astin — cumprimentou ele, aproximando-se e estendendo a mão. — Que bom encontrá-lo em casa.

— O que posso fazer por você, meu caro? Sente-se.

O novo lorde Althorpe escolheu um assento do lado oposto da lareira.

— Eu estive pensando... Aquela proposta, a que Marley manchou de bebida, você tem o restante dela?

Astin suspirou.

— Devo ter alguns papéis aqui e ali. Era Thomas quem estava escrevendo o tratado, eu tinha apenas notas.

— Vocês chegaram a apresentá-lo para a Câmara?

Astin fora inteligente a ponto de criar uma suposta parte do tratado. Se Sin tivesse encontrado algo sobre o assunto sozinho, as perguntas que ele faria seriam muito mais complicadas.

— Infelizmente, não. Não estava completo o suficiente e, sem o Thomas... Bom, não tive forças para terminar sozinho.

A expressão de Sin ficou sombria.

— Não se culpe. Entretanto, qualquer coisa que você tiver poderá ser de grande ajuda.

— Olharei meus registros, então. — Ele pausou, deixando que Sin percebesse que ele estava hesitando, então deixou o livro de lado. — Eu achei… outra coisa, sem querer. Não sei se é relevante, mas pensei que deveria lhe contar para que decidisse seu valor.

— Você tem toda a minha atenção.

Tateando o casaco, dando a entender que havia esquecido em qual bolso guardara o papel, Astin enrolou os dedos em torno do pedaço de nota rasgada e o puxou para fora.

— Eu estava usando como marca-página — disse, como se pedindo desculpas. — Ainda bem que decidi reler Homero.

Sin pegou a página rasgada e se voltou para a luz do fogo. Observando o semblante do homem enquanto lia o fragmento, Astin se permitiu um breve sorriso de satisfação. Pobre Marley. Ele acabara de dar ao visconde chances iguais entre ser enforcado e morto a tiros por Sinclair.

— É a letra de Marley — murmurou Sin. — Era parte de uma carta?

— Sim. Lembro-me que Thomas e eu rimos dela na época. — Ele franziu a testa. — Não parece muito engraçada agora.

— Mesmo com grande parte faltando, é claramente uma ameaça.

— Parecia uma, mas os ânimos estavam muito aflorados na época. Praticamente todo mundo estavam escrevendo besteiras uns para os outros. Pode não ser nada.

— Ou pode ser algo.

Recostando-se na poltrona, Astin balançou a cabeça.

— É tão estranho. Na época, eu nunca teria suspeitado de Marley. Mas, depois que você mencionou suas suspeitas sobre ele, todas as peças estranhas se encaixaram como um quebra-cabeça.

Sinclair virou o papel na mão de novo e de novo.

— É isto. Vou ao magistrado na segunda-feira. Quando isso tudo acabar, estarei em débito com você, Astin.

— Seu irmão era um amigo querido, Sin. Você não me deve nada.

O jovem Althorpe estava tão grato pelas novas evidências que se esqueceu completamente da proposta que procurava. Depois que Sin saiu, Astin se serviu um copo de conhaque. Faltava apenas dois dias para segunda-feira e a prisão de Marley, e então todo aquele absurdo terminaria. E ele iria a uma bela festa na Casa Grafton no sábado. O fim de semana seria adorável.

***

— Ele estava tentando me distrair. — Sinclair circulou a mesa de jantar na Casa Kerston, na Weigh House Street. — Vixen estava certa: ele não tem nenhuma maldita cópia da maldita proposta porque, no que lhe diz respeito, ele destruiu todas.

Sentado na mesa, Crispin continuava estudando o novo pedaço de papel.

— Mas qual é a sua evidência? Você tem quase o suficiente para condenar Marley, mas não vejo como pode sequer tocar em Kingsfeld.

— Eu sei disso. — Sin continuou a andar. — É tão irritante. Um mês atrás, com essa evidência, eu teria ido até a casa de Marley e dado um tiro nele.

— O que sua Vixen sabe e o que ela *pensa* que sabe? Você não pode dar peso igual a todas as opiniões dela, Sin, e não pode deixar que as suspeitas dela influenciem você. Você ficará tonto ao olhar para tantas direções.

— Ela conhece Marley. — Sin pegou o papel de volta, embora já tivesse memorizado as poucas meias palavras e avisos escritos aqui e ali. — Ela disse que ele não sente o suficiente para matar alguém.

— Não é necessário sentir muito. Uma pessoa só precisa de ambição ou medo.

— Eu já tive essa discussão comigo mesmo, Crispin. Conte-me algo novo.

— O assassinato aconteceu há dois anos, Sin. Não há nada de novo. Esse é o problema.

Assentindo, Sinclair retomou seu circuito ao redor da sala. Ele *sabia* que algo estava errado. Depois de dois anos de rastros frios e frustrações, Astin Hovarth repentinamente aparecia com pistas que apontavam para Marley.

— Astin disse que nunca suspeitou de Marley até eu mencionar minhas suspeitas sobre ele. Eu posso muito bem ter entregado John Madsen para ele numa bandeja.

— Isso *se* o conde estiver tramando algo. — Com um suspiro pesado, Crispin se inclinou sobre a mesa e empurrou uma das peças de xadrez para o meio da rua improvisada. — Kingsfeld estava no White's naquela noite, até pelo menos às vinte e duas horas.

— E depois?

— Não sei. Não examinamos isso muito de perto. E, se ele foi passar a noite com alguma dama, nunca vamos descobrir, a menos que ele seja gentil o suficiente para nos dizer.

— Isso é muito interessante, rapazes — disse Wally, encostado na soleira da porta.

Sinclair nem ouviu o amigo chegar. Ele estava cada vez mais cansado e frustrado. Crispin estava certo; se ele continuasse dando chance para a distração, deixaria passar algo que poderia matar um ou todos eles.

— O que é interessante, Wally? — questionou.

— Eu sei de uma dama com quem Kingsfeld não se envolveu naquela noite. — Wally se aproximou do mapa da mesa de Mayfair e pegou uma das peças de xadrez que estava de lado. — Lady Jane Netherby deixou Londres na véspera do assassinato e não voltou para o resto da temporada.

Sin parou de supetão.

— E?

— E, segundo sua adorável criada, Violet, ela usou preto e chorou por um mês inteiro.

— Isso não é estranho. Se ela e Thomas eram próximos, não vejo por que ela não…

— Elas foram direto para a casa da avó, na Escócia. Segundo Violet, lady Jane só recebeu o *London Times* que noticiava o assassinato do seu irmão uma semana após terem chegado ao Castelo McKairn.

Um arrepio percorreu o corpo de Sinclair. Se lady Jane sabia da morte da Thomas antes de ler o jornal, então ela tinha outra fonte de informação.

— Acho que preciso fazer uma visita a lady Jane Netherby — afirmou ele, apertando a mandíbula. — Quem gostaria de me acompanhar?

— Você está a poucos dias de ver Marley atrás das grades — murmurou Crispin, em seu sotaque suave. — Tem certeza de que deseja iniciar uma investigação totalmente nova? Você pode apenas agradecer à lady Vixen por sua sugestão, mas dizer que ela está errada.

Sin parou a meio caminho da porta.

— Você acha que eu iria atrás de Kingsfeld só por causa de Victoria?

Wally pigarreou.

— Você tem que admitir, Sin. Desde que se casou, você passou cada vez menos tempo examinando evidências e mais tempo... na cama.

— *O quê?*

Uma mágoa profunda misturada à raiva cortaram o peito de Sinclair.

— Bom, você é um recém-casad...

— E o que eu deveria fazer aqui em Londres? — rebateu Sin. — Vocês acham que eu gosto de fingir ser amigo desses engomadinhos? Acham que gosto de ir às festas e dançar com suas filhas quando sei que um deles matou meu irmão?

— Mas você se casou com uma dessas filhas...

Sin rodeou a mesa em direção a Wally. Não bastava ele mesmo se fazer aquelas perguntas todos os dias, agora seus amigos mais próximos as estavam jogando na cara dele também.

— Tem coragem de repetir isso, Wally? — rosnou ele.

Wally empalideceu e se aproximou de Crispin.

— Acho que vou ficar de boca fechada a partir de agora.

— Boa ideia — concordou Crispin. — Se algum dia eu precisar de ajuda para me esfaquear, vou consultar você primeiro, Wallace.

O espião fez uma careta e ergueu os braços em sinal de rendição.

— Está bem, podem me chamar de vilão. Eu estava apenas concordando com você, Crispin.

— Posso defender minha própria opinião, obrigado.

— Então defenda sua própria opinião e me diga o que ela significa, Harding — demandou Sin. — Acho que a tradução de Wally foi bem precisa.

Crispin ficou de pé, pegou seu casaco apoiado na cadeira e o vestiu.

— Nós cuidamos uns dos outros há cinco anos, Sin. Sabíamos que não podíamos confiar em ninguém além de nós mesmos. — Ele deu de ombros. — Era uma maneira segura de viver.

— Do que diabo você está faland...

— Pode calar a boca um minuto? — explodiu o escocês, cutucando o peito de Sin com um dedo.

Surpreso, Sinclair recuou.

— Sou todo ouvidos.

— Obrigado. — Meia dúzia de velas iluminava o entorno da mesa, e Crispin apagou uma por uma. — O que eu quero dizer, de verdade, é que talvez você esteja procurando uma maneira de estender a forma como as coisas estão.

— Estender?

— Talvez — afirmou Crispin. — Há três dias do fim, você decide dar meia-volta e ir atrás de outra pessoa.

— Não quero estender nada — argumentou Sin, percebendo o ponto que o amigo estava tentando fazer. — Só quero ter certeza. Se existe uma *probabilidade* de Kingsfeld estar envolvido, não quero perder a oportunidade de investigá-la. E, no momento, acredito que há mais que uma probabilidade.

Crispin suspirou e gesticulou para que fossem até a entrada da casa.

— Então vamos atrás dessa certeza.

Sin estendeu um braço para travá-lo.

— Acontece que... eu gosto da Victoria Fontaine. Se você tem ciúme disso, sinto muito, mas não espere que eu desista dela. — Ele não abriria mão dela nem pelos amigos, nem por ninguém. — Acredite em mim, fico aterrorizado ao pensar no fim disto tudo, mas há muita coisa que quero experimentar depois desta bagunça.

Crispin assentiu depois de um longo momento.

— Como eu disse, vamos conversar com lady Jane Netherby.

Eles dirigiram-se para a porta com Wally em sua cola.

— Alguém pode me explicar o que está acontecendo? — reclamou ele.

— Sim. — O escocês segurou a porta aberta para que eles passassem. — Acabamos de estabelecer que o Sinclair ama a esposa e que deseja acabar logo com a investigação para ter uma vida mansa e fazer bebês.

— Ah. Foi o que pensei.

— Não pensou não, seu cabeçudo.

Enquanto os três avançavam na escuridão para o estábulo, Sinclair diminuiu o passo. Eles já haviam discutido antes, e ele sabia que as brincadeiras de Crispin e Wally eram apenas uma forma de se desculpar. Mas Crispin estava certo.

Ele *queria* acabar com tudo aquilo porque Victoria Fontaine-Grafton lhe mostrara que havia algo importante após a busca por justiça. Por dois anos, ele havia planejado sua vida concentrado em um ponto, um objetivo, e que todo o resto fosse para o inferno. Agora, de repente, aquelas barricadas e distrações pareciam mais importantes do que ele jamais imaginou ser possível — quase tão importante quanto descobrir quem matou Thomas.

— Sin, você vem? — chamou Wally.

Ele voltou a andar e foi buscar Diable, que esperava pacientemente nas sombras da rua.

— Vamos — disse ele, subindo na sela.

Eles fizeram o caminho até a Bolton Street rapidamente.

— Qual é o plano, Sin? — murmurou Crispin enquanto Sinclair subia os degraus da frente.

— Vamos ser diretos — respondeu ele, e bateu na porta. — Ela conhecia o Thomas e, por Deus, eu tenho o direito de perguntar sobre ele.

— Isso é novo — sussurrou Wally, tão baixo que ficou claro que Sin não deveria ter escutado.

— Sim. Bater na porta da frente. Gosto disso — disse Crispin atrás dele.

— É a sua cara.

A porta se abriu.

— Em que posso ajudar?

Uma senhorinha, sem dúvida a governanta, encarava-os na soleira da porta.

Por um segundo, Sinclair congelou e se perguntou quão tarde era, pois esquecera completamente de verificar.

— Tenho um assunto urgente para tratar com a senhora desta casa. Por favor, diga para lady Jane que lorde Althorpe precisa falar com ela.

Ele usou seu título de forma deliberada e foi recompensado ao ver a velha governanta recuar. Ao mesmo tempo, porém, parecia certo usá-lo.

— Esperem aqui, por favor — gaguejou a governanta antes de fechar a porta.

— Que grosseria — reclamou Wally. — Ela nem pediu para esperarmos do lado de dentro.

— Eu também não pediria — afirmou Sinclair em voz baixa. — Não parecemos muito amigáveis.

A porta foi aberta pela segunda vez.

— Acompanhe-me, milorde — disse a senhorinha. — Mas seus... amigos precisam ficar do lado de fora.

— Tudo bem.

Ela hesitou por um segundo antes de assentir e abrir espaço para que ele entrasse.

— É no andar de cima, milorde. A primeira porta à direita.

— Obrigado.

Ele entrou na sala de estar e parou na porta, todos os seus sentidos em alerta. Uma única lamparina em um canto iluminava o cômodo, enquanto a única ocupante da sala estava sentada na cadeira mais longe da luz. O cenário parecia absurdamente dramático; se ela estivesse usando vestes brancas esvoaçantes em vez de um vestido azul conservador, Sin poderia pensar que tinha entrado no meio de uma ópera. O medo nos olhos dela, entretanto, era real.

— Lorde Althorpe — disse ela em uma voz baixa e melódica. — A que devo sua visita?

— Tenho muitas perguntas e pensei que você poderia me ajudar a descobrir algumas respostas.

— Eu... não sei o que você pode querer de mim. Na verdade, estou bem ocupada esta noite. Minha avó ficou doente de súbito e parto amanhã para cuidar dela na Escócia.

Sinclair manteve sua expressão calma e indiferente, embora sua mente já estivesse correndo.

— Sinto muito. Foi essa mesma avó que a fez deixar Londres há dois anos, pouco antes do assassinato do meu irmão?

Ela ofegou, e sua pele tomou um tom acinzentado.

— Não quero falar sobre coisas tão tristes.

— Mas eu quero. Diga-me, lady Jane, como ficou sabendo da morte de Thomas?

Apertando o tecido sobre o colo, ela ficou de pé.

— Você deveria ir embora. Não serei interrogada em minha própria casa. E certamente não por você.

— Acho que você sabe quem matou Thomas — continuou ele, ignorando os protestos dela. — Se eu for embora, você não precisará responder apenas às *minhas* perguntas, mas também as do juiz e de uma leva de advogados.

Ela voltou a sentar bruscamente, como se tivesse perdido a força nas pernas.

— Eu não tenho provas — sussurrou ela —, e ele vai negar tudo. Ele me disse isso ainda hoje.

Seu coração palpitou, e Sinclair deu um passo à frente.

— Lorde Kingsfeld é muito respeitado, mas não é invencível.

Ela deu uma risada fraca.

— Ha. Isso é o que você pensa. Eu sei mais que você.

— Você deve a verdade a Thomas.

— Thomas está morto — disse ela secamente. — E ele deveria ter tido mais noção.

Sin fechou os olhos por um momento.

— Noção do quê?

— De que não deveria irritar tantas pessoas a seu redor. Agora, vá. Não vou dizer nada, mas deixarei um aviso: se o assassino souber que você está suspeitando dele, você não terá como fugir rápido o suficiente.

Lady Jane começou a tremer; os olhos apavorados evitando encará-lo. Sinclair sabia que nunca conseguiria uma resposta direta dela — ela tinha mais medo do assassino anônimo do que dele. Ainda assim, ela tinha lhe dado algo.

— Obrigado, lady Jane. Desejo melhoras à sua avó.

Seu olhar fixou-se nele por um momento antes de voltar para as sombras.

— Vá.

Ele obedeceu e foi sozinho para a porta da frente.

— Vamos — disse para os amigos ao passar por eles.

— O que ela disse? — questionou Wally.

— Ela disse que não me contaria nada. Alguém a deixou apavorada, e essa pessoa a visitou ainda hoje para lembrá-la disso. Eu mencionei Kingsfeld na conversa, e ela não me contradisse.

Crispin fez uma carranca.

— Isso não ajuda muito.

— Ajuda sim, na verdade. Por acaso, sei que Marley passou a maior parte do dia com a minha esposa e não estava disponível para fazer ameaças contra mulheres assustadas e solitárias.

— Sinclair, você não vai fazer algo precipitado, vai? — indagou Crispin. Quando o amigo não respondeu, o escocês o segurou pelo ombro. — Sin?

Ele se soltou do aperto.

— Com que prova? — retrucou ele.

Sua mente ainda se recusava a aceitar a ideia de que Astin Hovarth havia matado Thomas. Eles eram amigos, pelo amor de Deus. *Amigos!*

— Sua Vixen vai ficar feliz por saber que está certa. — Mantendo um olho cauteloso em Sin, Wally deu a volta em seu cavalo.

— Vixen… — repetiu Sinclair, sentindo o peito apertar pela segunda vez naquela noite. — Não posso contar a ela.

— Por que não?

— Porque ela é a Vixen.

Os amigos o encararam com expressões confusas enquanto ele xingava alto. Os olhos de Victoria refletiam a verdade de seu coração, e ela não conseguia mentir, da mesma maneira que não conseguia negar sua casa a um bichinho necessitado. Astin saberia que suspeitavam dele no instante em que colocasse os olhos nela.

— Kingsfeld estará em minha casa amanhã à noite. Assim como vocês e os amigos de Victoria. Se ela souber… não posso arriscar que ela nos entregue. Kingsfeld matou seu melhor amigo, e não vou arriscar que ele descubra que está sob suspeita por eu ter contado a Victoria.

— De certa forma, isso pode ser útil. Por que não pulo a festa para fazer uma visitinha à Casa Hovarth durante a ausência de sua senhoria? — sugeriu Crispin.

Sinclair negou com a cabeça.

— Eu prometi que vocês estariam lá. Posso cobrir a ausência de Bates mesmo que ele volte a tempo, mas não a de vocês dois. — Ele percebeu a troca de olhares silenciosa entre os amigos e franziu a testa. — O que está feito, está feito. Voltem para a Casa Kerston e vejam se conseguem descobrir qualquer coisa que possa nos ajudar com Kingsfeld.

— E para onde você vai?

— Para casa… mentir para a minha esposa de novo.

E rezar que ela o perdoasse depois.

— Eles aceitaram o convite? — repetiu Victoria, abrindo um grande sorriso.

Sinclair não parecia tão feliz quanto ela, mas devia ser coisa de sua natureza mais cautelosa. Ninguém precisava saber que os amigos dele eram espiões, mas eles podiam pelo menos conhecer outras pessoas.

— Acho que Bates não voltará a tempo, mas Wally e Crispin virão — confirmou ele. — E preciso...

Milo entrou na sala segurando três pratos de porcelana com diferentes padrões à mostra.

— São esses três que possuem detalhes em verde, milady.

— Qual deles você acha que é o mais simpático?

Seu marido a encarou.

— Simpático?

— Esta noite é importante. Quero que tudo corra bem.

Ele sorriu, embora seus olhos âmbar não demonstrassem muita alegria.

— Eu também. Todos os estilos parecem simpáticos, creio que nenhum deles vai se comportar mal.

Victoria inclinou-se no sofá para dar um tapinha no joelho de Sin.

— Engraçadinho. Milo, gosto desse com as rosas.

— Eles parecem simpáticos, milady. Vou colocá-los na mesa agora mesmo.

O mordomo fez uma reverência torta, empilhou os pratos novamente e saiu.

Victoria recostou-se novamente para olhar a lista de convidados. Pela primeira vez, ela não se importava nem um pouco em arranjar os lugares, já que a maioria dos convidados eram amigos.

— Crispin se importaria de se sentar diante de Lucien? — questionou ela — Ou seria brincar com o fogo?

Não houve resposta. Quando ela levantou o olhar, Sin estava olhando para ela com uma expressão de uma criança levada que acabara de fazer algo bem errado.

— O que foi?

— Eu... ai, que inferno! — Sinclair sentou-se ao lado dela e pegou sua mão para brincar com a aliança. — Sei que você não gosta dele e tem suas suspeitas, mas...

— Mas você convidou lorde Kingsfeld, não é? — Ela voltou o olhar à lista para que ele não visse o quanto estava magoada. — Você disse "nada de suspeitos", Sinclair. Eu sei o quanto essa investigação é importante para você, mas eu queria... queria que essa noite fosse só sobre nós.

Ele beijou-lhe os dedos.

— Independentemente do que você pensa dele, eu não podia excluí-lo sem uma boa explicação. — Seus lábios foram para o interior do seu pulso. — Não farei nenhuma espionagem esta noite.

Victoria sabia por que ele a estava beijando, mas saber que Sin estava tentando distraí-la não impedia seu corpo de esquentar. Ela observou, hipnotizada e trêmula, enquanto a boca dele percorria lentamente o interior de seu braço.

— Você ainda acredita em mim? — disse ela em um sussurro trêmulo. — Você ainda acredita que Kingsfeld pode ser o culpado?

— O que acredito — respondeu ele em um tom sedutor — é que vou fazer amor com minha esposa.

Ele removeu as presilhas do cabelo dela.

— A porta está aberta — lembrou ela, esforçando-se para manter o controle de sua razão. — E você não respondeu à minha pergunta.

Os lábios dele chegaram ao seu pescoço com beijos delicados como uma pena, que seguiram ao longo de seu queixo até o canto de sua boca.

— Victoria, me beije.

— Mas... você não... Ah, minha nossa, isso é bom... Você não se importa que o homem que pode ter matado seu irmão jantará na nossa casa esta noite?

Sinclair capturou seus lábios em um beijo profundo e faminto. Seu corpo foi tomado por fogo, e ela deslizou lentamente as mãos pelo peitoral grande e os ombros largos do marido. Ele sabia tanto sobre o mundo, e Victoria parecia estar constantemente esperando o momento em que ele se cansaria dela e de suas bobagens sem fim; o momento em que ele daria um sinal de que queria voltar à vida emocionante que tivera nos últimos cinco anos. Cada toque e cada palavra reverberavam em seu corpo como se ela fosse um instrumento musical, e ele, o músico. Se naquela noite — naquele momento — ele queria esquecer a espionagem e a caça para ficar com ela, Victoria seria uma tola ao reviver o assunto.

Ele a pressionou no sofá, seu corpo esguio esticado em cima dela. Sua boca continuou a atacar e explorar a dela até que Victoria mal conseguia respirar, muito menos pensar.

— Sin, você...

Ambos tomaram um susto. Roman estava na porta, os braços musculosos apoiados de cada lado da soleira enquanto se inclinava para dentro da sala. Seu rosto avermelhado de sol ficou ainda mais vermelho quando ele os viu deitados no sofá.

— Ah. Deixa para lá — resmungou ele antes de fechar a porta com força.

— Sabia que ele servia para alguma coisa — murmurou Sinclair, escorregando seu corpo ao dela para beijar o decote com lábios quentes e molhados.

Victoria entrelaçou os dedos em seu cabelo escuro, arqueando-se contra ele, e Sin aproveitou a oportunidade para passar os braços por baixo dela e rapidamente afrouxar o fecho de seu vestido. Quando ela se deitou mais uma vez, ele puxou o traje até a cintura e voltou a beijar seus seios desnudos.

Movendo-se um pouco para o lado, ele permitiu que ela tirasse seu casaco, colete e gravata, agora irremediavelmente amassada. Tirar sua camisa, no entanto, mostrou-se uma tarefa mais difícil, porque ele não parecia querer parar de beijá-la e acariciá-la com seus dedos longos e experientes.

— Sinclair — protestou ela, e arrancou a camisa por cima de sua cabeça quando ele parou para encará-la.

— Quero sentir você — murmurou ele, e tomou um mamilo com a boca.

Ela gemeu, perdida em prazer, mexendo os quadris enquanto ele puxava o vestido pelo resto do caminho. Ele ficou de joelhos e afastou as mãos dela quando Victoria tentou ajudá-lo a tirar a calça. Ela adorava quando ele ficava daquela maneira, amava como ele parecia desejá-la com tanta intensidade que mal conseguia manter as mãos firmes.

Assim que se libertou, ela abriu as pernas dele e mergulhou em seu abraço novamente, preenchendo-a por completo. Ela gemeu mais uma vez, agora de satisfação. Apoiando-se nos cotovelos, ele se inclinou para outro beijo molhado, movendo sua língua no mesmo ritmo das estocadas ardentes de seus quadris. Victoria cravou as unhas em suas costas fortes, saboreando a sensação de tê-lo tão profundamente dentro de si.

Seu corpo já conhecia o dele, e ela começou a palpitar quando sentiu que ele estava à beira do orgasmo. Ele ergueu a cabeça e a encarou, seus olhos escuros de paixão e desejo, e ela se juntou a ele em êxtase quando Sin gozou com uma última estocada profunda.

— Amassamos a sua lista de convidados — ofegou ele, puxando o papel debaixo dela.

Rindo, Victoria tirou uma mecha de cabelo dos olhos dele e o puxou para mais um beijo.

— Não tem problema.

Ele esperava que fosse verdade. Havia um pequeno consolo no fato de não ter exatamente mentido para ela sobre Kingsfeld; ele simplesmente evitara responder às perguntas, e se considerou sortudo por ter se saído impune. No entanto, não fazia ideia de por quanto tempo conseguiria manter aquela farsa. Victoria conseguira descobrir seus outros segredos sem muita dificuldade...

Ela suspirou e o abraçou pela cintura.

— Tudo bem, Sinclair. Já que você teve tanto trabalho para me persuadir, suponho que posso tolerar Kingsfeld por uma noite.

— Obrigado. Manterei ele o mais longe possível de você.

Sob a mira de uma arma, se necessário.

— Não vai, não. É melhor não levantar as suspeitas de ninguém. Devemos agir como um grupo de hedonistas escandalosos e felizes, não é?

— Alguns mais felizes que outros — sussurrou ele, beijando-lhe a orelha.

Sem pressa alguma e com pesar pela separação, ele se sentou, perguntando-se se algum dia se sentiria seguro o suficiente sobre o bem-estar de Victoria para dizer o quanto ela se tornara importante para ele. *Em breve*, disse a si mesmo. Assim que capturasse Kingsfeld. Assim que cumprisse seu dever para com Thomas e estivesse seguro de que viveria por tempo suficiente para cumprir seus deveres de marido.

— Você é muito compreensiva.

— E você é muito persuasivo.

Sin passou um dedo pela bochecha macia.

— Que bom que pensa assim. Bem, tenho um compromisso hoje.

Victoria se sentou ao lado dele, os olhos violeta sérios. Ela abriu a boca para dizer algo, mas obviamente mudou de ideia.

— Só me prometa que tomará cuidado.

Então ela ainda não sabia o que ele estava executando.

— Você sentiria a minha falta? — perguntou ele, beijando-a novamente.

— Sim. E isso arruinaria minha organização de assentos.

Sinclair deu uma risada e se abaixou para pegar as roupas espalhadas pelo chão.

— Isso seria um crime.

Assim que conseguiram ficar apresentáveis, Sinclair dirigiu-se para a Câmara dos Lordes, onde uma das belas garrafas de conhaque de Thomas convenceu o escrivão a produzir cinco caixas de propostas rejeitadas e tratados da sessão regular do Parlamento de dois anos antes. Embora Sinclair suspeitasse que o artigo de Thomas não estaria entre os documentos, ele demorou duas horas para confirmar aquilo. Thomas havia escrito vários tratados malsucedidos, mas nenhum deles era tão direto, desafiador e ameaçador para o bolso dos nobres quanto o rascunho que Victoria havia encontrado.

Sinclair esperou até o funcionário se cansar da poeira e de ficar parado, olhando, e deslizou para outra sala para procurar um segundo conjunto de registros. Desta vez, ele não estava fazendo uma busca aleatória na esperança de tropeçar em alguma coisa. Ele sabia exatamente o que estava procurando e levou pouco tempo para encontrar.

De fato, o conde de Kingsfeld havia se livrado de várias ações de pequenas empresas com ligações com a França. Ele manteve apenas a propriedade de uma empresa localizada a alguns quilômetros de Paris — uma empresa que fabricava peças para lamparinas a gás.

Sinclair xingou baixinho. O silêncio de Kingsfeld sobre ser o dono de um negócio tão inocente e voltado para o progresso não era surpresa alguma. Sin conhecia a fábrica; ele até a visitara na companhia de um dos generais de Bonaparte. E, embora houvesse canos e acessórios para lamparinas empilhados em um canto, ele duvidava que uma única lamparina tivesse sido construída durante a guerra. A fábrica estivera muito ocupada com sua tarefa secundária: fabricar mosquetes. Mosquetes que armaram os soldados de Bonaparte em Waterloo.

Sin devolveu tudo a seu devido lugar com rapidez, enrolou na sala de arquivos por mais alguns minutos, agradeceu ao escrivão e saiu. A sensação de raiva e mal-estar na boca do estômago só crescia. Ele tinha visto morte e traição; ele até participara de ambas, quando necessário. Mas considerava o conde um amigo. Havia *confiado* nele. E, naquela noite, o bastardo se sentaria à sua mesa — a mesa que pertencia a Thomas — e faria piadas, e Sinclair teria que rir com ele, porque, embora soubesse que Kingsfeld havia assassinado Thomas, ainda não tinha nenhuma prova. Mas ele encontraria tal prova, e logo — mesmo que aquilo o matasse.

<hr />

Havia algo muito errado. Victoria papeava com Lucy e Lionel no sofá, mas só tinha olhos para o papo animado no outro lado da sala. Sinclair e Kit conversavam com Kingsfeld como se não houvesse nada de estranho no mundo. Kit não tinha motivos para desconfiar de nada, mas Sin?

— ... e então o Almack's explodiu e ninguém queria contar para lady Jersey.

Victoria piscou, confusa, e olhou para o sr. Parrish.

— Mas o quê?

— Você tinha razão — disse Lucy, suspirando fundo e disfarçando um sorriso. — Ela realmente não estava ouvindo nada.

— Sinto muito. — Victoria apertou a mão da amiga. — Vocês têm toda a minha atenção agora.

Lucy deu uma risadinha.

— Está tudo bem. Se eu tivesse um marido tão lindo quanto Sinclair Grafton, também passaria o tempo todo babando nele.

Lionel arqueou uma sobrancelha.

— Acho que estou me sentindo ofendido.

Lucy corou.

— Ora, Lionel. Não quis...

Ele levantou a mão.

— Não. Não há como apaziguar a situação. Na verdade, falarei com seu pai sobre isso amanhã mesmo.

— O quê?

Com um sorriso carinhoso, ele beijou a bochecha de Lucy.

— Quem está babando agora? — perguntou ele, e partiu para conversar com outro grupo de convidados.

— Minha nossa — sussurrou Lucy, e deu uma risada gostosa.

Victoria a abraçou.

— Que maravilha! — exclamou ela rindo. — E, se ele estiver blefando, nunca o perdoarei.

— Nem eu. — Lucy riu novamente, os olhos marejados. — Vou torturá-lo sem piedade amanhã. Será que devo pedir para Marguerite tocar esta noite?

Victoria tocou-lhe o braço.

— Acho que é uma ótima ideia. — Ela olhou para o grupo de conversa do marido novamente, mas sua atenção não estava em Sinclair. — Eu adoraria dançar.

Seu marido havia prometido que não faria qualquer espionagem esta noite, mas ela não fizera promessa alguma. O conde de Kingsfeld acabaria cometendo um erro em algum momento, mas esperar que isso acontecesse significava se preocupar com Sinclair toda vez que ele desaparecia por uma hora e temer pela segurança de Augusta e Christopher todos os dias. Talvez Victoria pudesse encorajar Astin Hovarth a dar algo — qualquer coisa — que provasse sua culpa para Sinclair.

Convencer Marguerite a tocar foi fácil, especialmente quando Kit se ofereceu para virar as páginas para ela. Conseguir dançar uma valsa com Kingsfeld seria mais difícil — até que ela se lembrou de que era Vixen Fontaine, uma pessoa sem papas na língua.

Endireitando os ombros, ela foi até o grupo de homens.

— Lorde Kingsfeld — chamou ela, ignorando a aproximação abrupta de Sinclair —, decidi lhe dar outra oportunidade de me encantar.

Ele sorriu.

— Será um prazer.

Marguerite já havia começado a valsa, então Victoria permitiu que ele a conduzisse até o meio da sala e colocasse a mão em sua cintura. Ela suprimiu um arrepio quando colocou a mão na dele e o conde começou a guiá-la ao ritmo da música. Ela estava fazendo aquilo por Sinclair, lembrou a si mesma enquanto olhava para os olhos castanhos e frios de Kingsfeld. Por eles.

— Parecemos sempre discordar quando conversamos, não é? — disse ele, encarando-a com a mesma intensidade. — Talvez devêssemos evitar discutir.

Victoria riu.

— Pensei a mesma coisa, então decidi um tópico que nós dois admiramos: Thomas Grafton.

Ele não vacilou nem assumiu uma expressão culpada.

— Mas não os... desenhos dele, espero.

Lembrando a si mesma que era perita em fingir estar encantada e lisonjeada, ela assentiu.

— Não os desenhos dele, apenas ele.

— Muito bem. E como devemos começar esta agradável conversa?

— Devo dizer que, no pouco tempo que eu o conheci, nunca o vi dançar. Seus dois irmãos, entretanto, parecem bastante habilidosos. Você sabe se ele tinha um motivo para não pisar na pista de dança?

— Bem, minha querida, creio que Thomas achava a valsa algo muito ousado. Você e seus amigos, sem dúvida, não compareceram às reuniões sóbrias, onde danças mais formais eram a preferência.

— É verdade — refletiu ela. — Mas você valsa, e muito bem.

— Não sou tão conservador quanto Thomas.

Ela riu e aproveitou o giro para olhar o outro lado da sala, onde Sinclair conversava com Lucien e seu amigo alto, Crispin, e aparentemente não prestava atenção nela.

— Sinclair disse que Thomas era o homem mais conservador que ele já conheceu. Eu me pergunto como vocês dois permaneceram amigos próximos.

— Por que a dúvida?

Pode ter sido coisa de sua imaginação, mas Victoria pensou ter sentido a mão dele intensificar o aperto na dela. A expressão dele não mudou, mas, se ele conseguira escapar da suspeita de um assassinato, não era provável que entrasse em pânico por algo que ela dissesse.

— É só que seus gostos parecem muito mais... liberais. Acharia muito mais provável você e Sinclair serem amigos.

— Sinclair não era liberal, ele era imprudente. Não acho isso nem um pouco interessante. — Kingsfeld deve ter visto algo nos olhos dela, porque sorriu. — Felizmente, ele ficou mais sábio uma vez que envelheceu um pouco.

Uma abertura, enfim.

— Você deve ter considerado as aventuras dele na Europa muito imprudentes. — A última estrofe da valsa começou, e ela percebeu que estava ficando sem tempo. — Eu certamente as julgava até ele me contar seus motivos.

— E agora?

Na cabeça dela, fazê-lo confessar seria uma tarefa muito mais fácil.

— Agora estou feliz que você o esteja ajudando na busca para encontrar o assassino de Thomas. — Engolindo a vontade de vomitar, ela se aproximou. — Admito, porém, que tenho minhas dúvidas sobre a culpa de Marley.

— É mesmo?

— Sim. Acho que o assassino deve ter sido uma pessoa muito estúpida, porque deixou alguns papéis para trás. Marley é muito mais inteligente do que isso.

Ela o deixara irritado, podia ver em seus olhos e na curva fria de seus lábios finos. Victoria prendeu a respiração, esperando com todas as forças que Marguerite quisesse se exibir para Kit e repetir a última estrofe com seu famoso floreio.

— O assassino evitou ser detectado por dois anos, minha querida. Esses... papéis aos quais você se refere não devem ser muito importantes, ou já teriam sido usados para levar o culpado à justiça.

— Ah, mas acho que eles são a chave de tudo — sussurrou ela em um tom conspiratório. — Eu acabei de encontrá-los, nem mostrei para Sinclair ainda. Pretendo mostrar a ele amanhã de manhã, como uma surpresa.

Kingsfeld abriu a boca, mas logo a fechou.

— Rezo para que você esteja certa — murmurou ele finalmente —, embora seja melhor não ter muitas esperanças, ou dar esperanças a Sin. Talvez seja melhor me mostrar esses papéis primeiro. Não será nada bom se Sinclair achar que você é tola ou que está simplesmente tentando proteger Marley.

Se o marido soubesse o que ela estava fazendo, ele a acharia pior do que tola.

— Não tenho motivos para proteger Marley, milorde.

— Claro que tem. Sin me disse que só decidiu comprometê-la naquela noite no jardim para provocar Marley. Imagine a surpresa dele quando não foi o suficiente e ele teve que tomar uma atitude mais drástica.

A valsa terminou. Victoria estava certa de que seu coração havia parado de bater com a última nota da música. Tudo dentro dela estava frio, quieto e morto.

— Você está enganado — disse ela finalmente, com a boca seca.

— Ah, creio que não — continuou o conde em um tom baixo e íntimo.

— Agora, por que não me mostra esses tais papéis?

Uma mão segurou seu cotovelo, e ela pulou de susto.

— Com licença, Vixen — disse Alexandra —, mas parece que você precisa de um pouco de ar fresco.

— Sim, seria ótimo — confessou ela, segurando o braço de Lex.

Não mostraria nada a Kingsfeld. E, mesmo que o conde só estivesse tentando perturbá-la, ela ainda precisava decidir se havia verdade no que ele dissera.

— Vamos, querida, você está branca como lençol.

Quando Marguerite começou outra melodia, Victoria permitiu que Alexandra a conduzisse para fora da sala e pelo corredor até seu solário cheio de animais. Elas abriram as altas portas de vidro e a brisa fresca da noite inundou o cômodo.

— Ah, bem melhor — disse Victoria, afundando em uma poltrona.

Senhor Baguete pulou em seu colo e ela afundou a cara no pelo macio.

— Você não está apenas cansada — afirmou Alexandra, sentando-se no braço da poltrona. — O que está acontecendo?

— Nada. Só fiquei com calor.

— Aham. Eu deveria ter imaginado. Você nunca conseguiu tolerar mais de uma dança por noite com esse seu jeitinho delicado e tímido como é.

— Silêncio, Lex. Eu preciso pensar.

— Quer que eu providencie para todos irem embora? Lucien consegue esvaziar uma sala em menos de um minuto. Acredite em mim, já o vi em ação.

Victoria segurou a mão da amiga.

— Não vá.

— Está bem, mas você precisa me contar o que a está chateando.

Mungo Park chegou batendo as asas e se empoleirou no encosto da poltrona.

273

— *Beije-me de novo, Vixen* — grasnou ele, imitando a voz profunda de Sinclair.

Victoria caiu em prantos.

— Oh-oh. O que aconteceu?

Ela não devia dizer nada, mas estava tão cansada de tantos segredos — especialmente se não havia sentido em tentar encerrar aquele capítulo da vida de Sin.

— Acho que Sinclair se casou comigo só para provocar Marley — disse ela entre soluços.

— O quê? Kingsfeld disse isso para você?

— Sim. E… e eu sei que Sinclair odeia Marley, e seria a cara dele fazer algo tão ardiloso… mas eu…

— Mas você o ama — terminou Lex.

— Não, não amo. Seria estúpido da minha parte me apaixonar por ele se o nosso casamento não significa nada.

— É claro que significa algo — consolou a amiga, apertando sua mão. — Por que Kingsfeld diria algo tão horrível? E por que Sinclair odeia Marley?

— Não posso contar!

— Está bem, mas me responda algo: você confia mais em Kingsfeld ou Sinclair?

Victoria se endireitou enquanto enxugava as lágrimas dos olhos.

— Em Sinclair — sussurrou ela.

— Então qual é o problema? Vamos, respire fundo. Ficar chateada não é nada bom para sua saúde.

Alexandra parecia bastante interessada na saúde dela, o que era um tanto estranho. Quando os pensamentos de Victoria clarearam um pouco, ela olhou para a amiga.

— Desde quando você se preocupa tanto com minha saúde? Eu até cavalgava na chuva, lembra?

Alexandra a encarou por um longo momento com seus olhos verde--azulados.

— Talvez eu esteja errada…

Victoria fez uma careta e secou as bochechas.

— Errada sobre o quê?

A amiga suspirou, fitando-a com um olhar divertido.

— Para ser mais discreta, quando foi a última vez que você teve seu...
ciclo mensal?

— Antes do casamento, é claro.

O sorriso de Alexandra se alargou.

— O que foi? Pensei... pensei que ele parava depois que você... fazia
intimidades.

— Ora, bobinha, então você não sabe tanto quanto pensa. Ele para,
Victoria, quando você está grávida.

Capítulo 16

Sinclair sentiu uma raiva sombria e preocupada ao ver Victoria nos braços daquele bastardo. Não interessava o motivo nem quão importante era manter a farsa; ele não a queria perto de Kingsfeld. Wally disse algo, mas Sin mal ouviu o comentário ou prestou atenção na própria resposta. Ele não estava com ciúme; era algo mais quente e mais puro. Estava apavorado que algo pudesse tirar Victoria dele. Eles estavam muito perto do fim, mas se isso significasse perdê-la, não valia a pena. Não mais.

Sin deu um passo para longe de seus companheiros. Ele amava Thomas, mas seu irmão estava morto. Victoria, sua vibrante, quente e bela esposa, estava viva e se colocando em perigo — por ele, ainda por cima! Ele estivera errado ao afirmar que faria qualquer coisa pela missão. Se precisasse escolher entre encontrar o assassino e ficar com Victoria, sabia a resposta. Não apenas admirava Vixen; ele a amava com cada pedaço de sua alma e faria qualquer coisa — *qualquer coisa* — para protegê-la do perigo.

Uma mão pousou em seu ombro.

— O que está fazendo? — murmurou Crispin.

— Tirando minha esposa de perto daquele…

— Ele não vai fazer nada aqui. Apenas espere.

— Não quero esperar.

— Você também não quer cometer um erro agora, Sinclair.

Crispin tinha razão. Sin os observou valsar pela sala com a mandíbula apertada, o controle sobre si esticado até o limite. Seu coração só voltou a bater novamente quando viu que os dois haviam voltado às costumeiras discussões. Enquanto Alexandra escoltava Vixen para fora da sala, ele se forçou a prestar atenção na conversa novamente. Ela estava segura, disse a si mesmo. Tudo o que Sin precisava fazer era mantê-la assim.

Ele se concentrou em fazer sua respiração voltar ao normal enquanto Kingsfeld retornava ao grupo.

— Sua esposa é uma excelente dançarina — elogiou ele, aceitando uma taça de vinho de um criado.

— Você também é, Astin — apontou Kit com um sorriso. — Não pisou no pé dela uma única vez.

Com um rápido olhar de soslaio para a porta pela qual Victoria havia desaparecido, Kingsfeld colocou a mão no ombro de Sinclair.

— Posso conversar com você por um instante, Sin?

Sinclair forçou-se a responder em um tom normal:

— Mas é claro. Peço licença. E não aposte nada com Kit, Wally. Você vai perder.

— Poxa, Sin. Pare de alertar minhas vítimas.

Astin cruzou a sala até as janelas do outro lado e, com uma preocupação crescente, Sin o seguiu. Era óbvio que eles não deveriam ser ouvidos, seja lá o que o conde quisesse falar. Sinclair piscou, tentando se recompor. Victoria estava segura, e ele estava prestes a pegar um assassino. Bom, sua esposa simplesmente teria que perdoá-lo se ele acabasse fazendo um pouco de espionagem naquela noite.

— Não sei se cabe a mim dizer algo — começou Kingsfeld em uma voz baixa —, porque sei o quanto você permitiu que Vixen se envolvesse, mas acho que é importante.

A tensão de Sinclair aumentou ainda mais à menção do nome de Victoria, e ele se perguntou se Kingsfeld sabia quão perto estava de morrer, com ou sem prova de sua culpa.

— O que é?

— Eu sei que você queria que sua investigação fosse mantida em segredo. Porém, enquanto dançávamos, sua esposa não parou de tagarelar sobre Marley não ser o assassino e sobre documentos misteriosos cuja existência só ela sabia e que provariam a identidade do assassino. É desnecessário dizer que fiquei bastante preocupado, Sin. Se ela não tivesse falado comigo, ou se tivesse falado com qualquer outra pessoa da mesma maneira, poderia ter destruído todo o seu trabalho duro e colocado você e sua família em perigo.

Os pulmões de Sin pareciam não funcionar mais. Uma fúria assustada e diferente de tudo que já sentira percorreu seu corpo; fria, quente e terrível. Ele cerrou os punhos para evitar estrangular Kingsfeld bem no meio do salão: o maldito canalha era tão confiante que tivera a pachorra de ameaçar todos na cara de Sin. Outra parte da raiva de Sinclair, no entanto, era dirigida a Vixen — por se colocar tão diretamente na linha do perigo.

— Falarei com aquela tolinha assim que possível — sibilou ele.

O último comentário fora em prol de Kingsfeld; se Sin pudesse falar o que realmente sentia sobre o comportamento imprudente de Victoria, as palavras seriam bem mais fortes. Sem ousar dizer mais nada, ele saiu da sala.

Ela não estava em sua sala de estar ou em seu quarto, então, sem se preocupar em bater, ele abriu a porta do solário. Victoria estava sentada em uma cadeira, soluçando, enquanto Alexandra Balfour dava tapinhas em suas costas. As duas pularam quando ele entrou na sala.

— Lady Kilcairn — rosnou ele —, solicito um momento em privado com minha esposa.

A mulher se endireitou.

— Vixen não está bem, milorde. Isso não pode esperar?

— Não, não pode.

— Está tudo bem, Lex — disse Victoria em uma voz trêmula.

Dando a ele um olhar de advertência, Alexandra soltou a mão da amiga e saiu, fechando a porta suavemente atrás de si. Sin queria marchar de um lado para o outro da sala para descarregar um pouco de sua raiva, mas o chão estava coberto de gatinhos, cachorrinhos, esquilos e coelhos, todos reunidos em torno de sua dona chorosa.

— Eu gostaria de saber o que diabo você estava pensando ao fofocar sobre suas suspeitas para Kingsfeld? — perguntou ele, em uma tentativa de voz controlada.

Ela o encarou com olhos marejados.

— Eu estava ajudando — fungou ela. — E eu não estava fofoc…

— Ajudando? *Ajudando?* Você tem ideia de… quanto problema pode ter causado?

Ele quase deixou escapar que ela havia se colocado em perigo, mas isso significaria admitir que ele mentira para ela novamente, dessa vez sobre suas suspeitas em relação a Kingsfeld. Se ela soubesse quão perto estava da verdade, nunca iria recuar.

Victoria enxugou as lágrimas.

— É verdade que você se casou comigo apenas para provocar Marley? — sussurrou ela.

Sinclair empalideceu, sua mente dando um solavanco. Ele não esperava por aquela pergunta, e não tinha mentiras — ou verdades — para confortá-la.

— Quem...

— Kingsfeld me disse. É verdade?

Astin Hovarth certamente estudara história militar romana; ele conseguira dividi-los no intervalo de uma valsa de quatro minutos, e tudo o que restava era a conquista. O conde o deixara sem tempo para dar explicações, ou mesmo para confessar seu amor por ela. Victoria não acreditaria agora.

— Eu quero você, vovó Augusta e Kit em uma carruagem com destino a Althorpe logo pela manhã. Se você...

— Não! Eu não vo...

— Se você — Sin interrompeu a explosão dela — vai dizer... coisas estúpidas para as pessoas, apenas para provocá-las, então eu... não posso ter você aqui. Não posso ver você fazendo joguinhos ao mesmo tempo que tento pegar um assassino.

Ficar ali e observar a dor, a perplexidade e a decepção raivosa nos olhos violeta foi a coisa mais difícil que Sin já fizera na vida. Queria tomá-la nos braços e dizer que ela havia se colocado em tanto perigo que ele não ousava permitir ela ficasse em qualquer lugar perto de Londres e Kingsfeld. Ao perceber que não suportaria perdê-la, ele aceitou que precisava deixá-la brava o suficiente — que precisava magoá-la o suficiente — para que ela fosse embora.

O plano dela provavelmente exporia o conde, mas apenas o suficiente para matá-la. Era brilhante, mas ele não estava disposto a colocá-la em tal risco.

— Você partirá pela amanhã — repetiu ele. — Estamos entendidos?

Outra lágrima escorreu por sua bochecha delicada.

— Sim. Perfeitamente.

— Ótimo.

Ele virou-se e saiu do cômodo.

Sinclair não tentou disfarçar o fato de que ele e Vixen tinham tido uma discussão terrível. Aquilo deixaria Kingsfeld mais relaxado e explicaria por que Victoria partiria de Londres pela manhã. Mas, caso tudo aquilo não fosse o suficiente para convencer o conde, ele também queria Augusta e Christopher fora de perigo. Se ele perdesse algum deles... Ele não conseguia nem pensar na possibilidade sem suar frio.

Quando os convidados partiram, Sin postou Milo no corredor do andar de cima para se certificar de que Victoria ficaria onde estava e que ninguém mais tentaria entrar. Mesmo assim, ele não queria ficar longe da casa a ponto de não conseguir ouvir quaisquer gritos, então reuniu os companheiros no estábulo escuro.

— O que diabo aconteceu? — questionou Wally quando Sinclair apareceu pela porta.

Outra voz menos familiar falou da escuridão:

— Minha esposa quer estrangulá-lo — comentou Lucien Balfour em um tom calmo.

— Espero que ela tenha a chance — respondeu Sin. — Obrigado por ter vindo.

— Digamos que você me deixou curioso.

Sin decidiu que se preocuparia com aquilo depois.

— Crispin, o que Kingsfeld fez quando saí da sala?

— Ele foi conversar com sua avó — respondeu o escocês. — Nada importante, só perguntou sobre os próximos compromissos que ela tinha.

Sinclair sentiu outro arrepio gelado, mas forçou um sorriso.

— Ainda bem que vocês não ouviram quando eu disse "nada de espionagem esta noite". Ele acha que Victoria sabe algo que nós não sabemos sobre o assassinato e provavelmente decidiu verificar onde todos estarão nos próximos dias.

Lorde Kilcairn se mexeu no escuro.

— Então ninguém deverá estar onde se espera.

— Vou mandá-los para longe amanhã.

— Não é da minha conta — disse o conde em seu tom seco —, mas como você vai convencer Vixen a viajar?

— Eu a deixei brava de propósito. Ela irá.

— E qual é nossa missão? — perguntou Crispin.

Sinclair respirou fundo.

— Kilcairn, agradeço se puder espalhar alguns rumores de que a Vixen me deixou e que passei a noite me embriagando.

— Isso deve ser fácil. Então você não comparecerá ao Parlamento amanhã?

— Vou comparecer apenas para garantir que Kingsfeld estará lá. A cena não será nada bonita.

— E eu vou para a Casa Hovarth? — questionou Roman, a empolgação com uma possível batalha brilhando em seus olhos.

— Não. Quero você com minha família.

O valete o encarou com ceticismo.

— E como vou explicar minha presença?

— Vixen é a única que sabe sua verdadeira identidade. Seja um cavalariço ou cocheiro. Cuide deles.

— É com Vixen que me preocupo.

Sinclair fechou os olhos por um momento. Depois que tudo acabasse, ele ainda se consideraria no lucro se tivesse que implorar pelo perdão de Victoria todos os dias pelo resto da vida.

— Acho que ela não vai prestar muita atenção ao seu redor — disse ele. — Fique longe da vista dela, se possível.

— Isso não vai acabar bem — resmungou o valete.

Wally deu um tapinha no ombro de Roman.

— E a Casa Hovarth?

Aquela seria a parte mais complicada. Se fossem muito sutis, perderiam tempo. Se fossem muito ousados, alertariam Kingsfeld. O conde, porém, já havia sido alertado.

— Ele não terá guardado nada que o ligue ao assassinato — decidiu Sin —, mas quero vê-lo desesperado.

Harding praguejou.

— Sin…

— Crispin, Wally — interrompeu Sinclair —, não sejam vistos por ninguém, mas quero que ele saiba que estiveram em sua casa procurando alguma coisa.

— Não. Se você não estiver no Parlamento, ele vai pensar que foi você — rebateu Crispin, balançando a cabeça. — Se colocar na lista de mortos não vai resolver o assassinato nem vai proteger sua família.

— Não é esse o plano — explicou Sinclair. — Não por enquanto, pelo menos.

— E qual é o plano, então?

— Fazer Marley ser preso.

Lucien riu.

— Estou bastante aliviado por termos nos tornado aliados, Althorpe.

— Kingsfeld terá que vir até mim para descobrir o que está acontecendo. Veremos que tipo de história conseguirei criar.

— É melhor que seja muito boa, Sin, ou ele vai matar você.

— Não se eu o matar primeiro.

— Mas...

— Ele deve ficar aliviado com a prisão de Marley e minha embriaguez. Bagunçar o escritório dele vai preocupá-lo.

— A ideia também me preocupa — resmungou Wally.

— E o fará vir aqui tentar descobrir o motivo — continuou Sin. — Vou ter que pedir mais uma peça-chave de evidência para garantir a condenação de Marley. O resto da carta, eu acho, já que ele deixou bem claro que não tinha mais nada dela. Se acharem algo, não peguem. Nós o pegaremos quando ele conseguir a tal prova.

— Jesus... — murmurou Crispin. — Espero que Bates volte antes dessa festa acabar.

— Eu também. Preciso que ele vá aos arquivos do Parlamento para garantir que alguns itens não desapareçam. Vou escrever uma lista do que preciso.

Crispin o encarou.

— É melhor irmos, então. Eu e o Wallace temos algumas coisas para fazer antes de o sol nascer.

— Eu também — disse Kilcairn, e estendeu a mão. — Boa sorte, Althorpe.

— Até amanhã.

Victoria se perguntou se alguém já havia morrido de coração partido. Ela passara a noite toda no solário imaginando o que poderia fazer, o que poderia ter feito, para consertar as coisas. Porém, se Sinclair nunca sentira nada por ela, não havia nada para consertar. Ela finalmente havia se apaixonado, mas por um homem que parecia não saber nada sobre o amor.

Mas ele *devia* sentir algo por ela. Sua mente se recusava a aceitar que cada palavra gentil ou toque carinhoso haviam sido uma mentira. E agora ela não era a única afetada por acreditar nele. Agora, carregava o bebê de Sinclair. No dia anterior, teria chorado de alegria com a notícia. Quando o sol raiou, entretanto, só queria chorar.

— Milady? — disse Jenny em um tom suave, abrindo a porta da saleta de estar. — Sua senhoria me pediu para arrumar suas malas.

— Sim, por favor.

— Mas… por quanto tempo vamos ficar fora?

Ela se remexeu, levantando o Senhor Baguete adormecido de seu colo.

— Não sei, Jenny.

Depois que Sinclair terminasse sua investigação, ele não precisaria mais dela. Era perfeitamente possível que ele a abandonasse em Althorpe ou em uma de suas propriedades menores, onde ela se tornaria uma reclusa sem esperança.

Victoria finalmente se levantou para trocar o vestido da noite anterior, colocando algo adequado para viajar. Ela poderia bater o pé, fazer um escarcéu e se recusar a viajar, mas, se ele não a amava, seria tudo em vão. Parte dela também estava zangada — zangada por se apaixonar por ele quando sabia que não deveria, e zangada porque as poucas palavras cortantes e indiferentes dele haviam feito seu mundo desmoronar.

— E seus bebês, milady? — perguntou Jenny, enquanto arrumava uma capa de viagem.

Victoria se assustou e encarou a criada com olhos arregalados.

— Meus…

— Vou pedir para Milo cuidar deles.

Sinclair estava parado na porta do quarto. Ao contrário dela, ele parecia composto e calmo, nem um pouco chateado com a perspectiva de sua partida. Mas, até aí, ele nem a queria ali.

Recompondo-se, Victoria ficou de pé.

— Gostaria de partir agora — anunciou ela.

Ele fez um aceno pequeno e brusco com a cabeça.

— A carruagem está esperando.

Sinclair gesticulou e vários criados entraram correndo na saleta para recolher a bagagem. Ele permaneceu na porta, olhando para ela, embora Victoria não soubesse o que o marido esperava ver. Uma raiva rebelde pulsou em suas veias. Ela certamente não choraria de novo — não na frente dele, pelo menos.

Ela seguiu os criados para fora do cômodo. Quando chegaram ao topo da escada, Sinclair ofereceu seu braço.

— Prefiro cair e quebrar o pescoço — resmungou ela, e desceu os degraus sozinha.

Era mentira, claro, mas ela corria o risco de fazer algo estúpido e humilhante, como implorar para ficar, caso ele a tocasse.

— É para o seu bem.

— É para a *sua* conveniência. Não finja que não é.

Ignorando a mão dele novamente, Victoria permitiu que Milo a ajudasse a subir na carruagem. Jenny ficaria com a bagagem no segundo veículo. Ela sabia que deveria contar a ele sobre o bebê, mas aquele com certeza não era o momento. Pareceria apenas que ela estava pedindo para ficar ou, pior ainda, tentando ganhar sua piedade.

— Augusta e Kit estão esperando por você na Casa Drewsbury. De Londres, são dois dias até Althorpe. — Sinclair estendeu a mão como se fosse tocar sua bochecha, mas a abaixou novamente. — Isso vai acabar logo, Victoria.

— Imagino que sim. Agora você não terá nada para distraí-lo do que é importante.

Com outro aceno rígido, ele fechou a porta suavemente. Um momento depois, a carruagem começou a andar. Victoria percebeu tarde demais que, com a maneira como ele parecia determinado a ignorar seus conselhos e suspeitas, havia grandes chances de ela nunca mais vê-lo novamente. Afundando no assento, Vixen chorou.

Sinclair Grafton, você vai para o Inferno por isso. Ele observou a carruagem desaparecer de vista, parte dele desejando que Victoria saísse de seu estupor o bastante para parar a carruagem, voltar e socá-lo. Ele teria deixado. Era óbvio, no entanto, que fizera um ótimo trabalho em irritá-la e humilhá-la, e seria sortudo se conseguisse convencê-la a voltar um dia.

— Maldição — resmungou ele, voltando para a casa.

Milo e os criados estavam o encarando com olhares reprovadores, piores do que quando ele retornara a Londres para reivindicar o título.

Aparecer bêbado no Parlamento não seria difícil. Ele queria um copo de uísque quase com a mesma intensidade que desejava Victoria de volta em seus braços. No entanto, a maneira mais rápida de conseguir a segunda parte era acabar logo com tudo e prender — ou melhor, matar — o conde de Kingsfeld.

— Precisa de mais alguma coisa, milorde? — perguntou Milo.

— Por enquanto, não. Vou à Câmara dos Lordes nesta manhã, mas devo voltar para o almoço.

Caso Kingsfeld viesse à sua procura, ele queria ser fácil de encontrar.

— Está bem, milorde.

Olhando uma última vez para a rua, Sinclair entrou na casa. Era hora do ato final.

Ele chegou à Câmara dos Lordes com exatos vinte e sete minutos de atraso. Enquanto cambaleava pelas velhas portas altas até a câmara principal, ele notou que tanto Kilcairn quanto Kingsfeld estavam presentes. Como ele esperava, depois de propositadamente excluir Marley da festa na noite anterior, o visconde não apareceu.

— Bom dia, cavalheiros — cumprimentou ele com uma voz arrastada, dando tapinhas em ombros pelo caminho e sentando-se na cadeira vaga ao lado de Kingsfeld.

Os olhares irritados dos colegas não demonstravam surpresa, então Kilcairn havia cuidado de sua tarefa.

— Perdi alguma coisa? — perguntou para Kingsfeld, e logo ouviu um "shhhh" de homens que estavam sentados por perto.

— Só um discurso sobre impostos — sussurrou Kingsfeld. — O que aconteceu com você, Sin?

— Bom, graças a você, Vixen acha que me casei com ela apenas por causa do Marley — sussurrou ele de volta, as palavras envoltas em uma raiva verdadeira.

A história ajudava em seu plano, mas seus dedos ainda se contorciam com o desejo de estrangular Astin. O conde já havia destruído seu passado com Thomas, e agora estava arruinando qualquer chance de um futuro feliz — porque o futuro precisava incluir Victoria. Sinclair não queria um sem ela.

— Minha nossa, estávamos apenas brincando. Não achei que ela me levaria tão a sério.

— Bom, ela levou, e agora partiu.

— Shh!

— Partiu? Partiu para onde?

Sinclair bufou.

— Só Deus sabe. Eu disse que ia terminar tudo isso hoje, mas ela apenas ficou me encarando com um olhar assassino e disse que queria ir embora.

— Ele se aproximou do conde. — Você não viu Marley por aí, viu?

— Não. Você não tem ideia para onde sua esposa fugiu?

Por Deus, Kingsfeld estava *mesmo* determinado a prejudicar Victoria. Sinclair apertou a mandíbula e fez uma careta.

— Ela não disse, e eu não perguntei. Realmente não quero falar sobre isso.

— Entendo, rapaz, entendo. Então você vai mesmo seguir com a prisão de Marley?

— Eu com certeza não vou deixar o bastardo à solta quando nem sei onde minha esposa está.

Apesar de sua fúria malcontida, a conversa estava indo melhor do que ele esperava. Sin decidiu continuar: eles não podiam contar que Kingsfeld o acompanharia para um almoço.

— Aliás, queria ter perguntado na noite anterior... — continuou ele, garantindo que o conde sentisse o forte cheiro do uísque que ele havia derramado propositalmente na gravata. — Por acaso você não tem o restante daquela carta em algum lugar, tem? Como só temos umas palavras aqui e ali, não quero nenhum advogado dizendo que a carta era, na verdade, para uma tia doente de Marley.

— Se tenho, não sei onde estaria — sussurrou Kingsfeld de volta. — Mas como encontrei a primeira parte na biblioteca, talvez o restante esteja por lá também.

— Seria muito útil.

— Lorde Althorpe!

Com um sobressalto, Sinclair olhou para o térreo da Câmera. O conde de Liverpool estava o encarando com as mãos na cintura e os lábios apertados, obviamente irritado.

— Milorde?

O primeiro-ministro deu um passo à frente.

— Estamos discutindo impostos. Você tem algo de importante para contribuir com o debate?

Ninguém falava daquela maneira com ele desde que era um adolescente. Mas, como Crispin apontara em várias ocasiões, ele faria qualquer coisa pelo bem da missão. Então, abriu um grande sorriso.

— Depende. O que estamos taxando? Ah, deixe-me adivinhar. O que quer que seja, é só para cobrir os gastos do príncipe.

Um murmurinho começou na extremidade mais conservadora da Câmara e, quando chegou perto de Sinclair, havia se tornado uma grande disputa de protestos. Liverpool estava gritando com ele, mas, com o barulho, Sin demorou um momento para decifrar o que o primeiro-ministro estava dizendo.

— Não vamos tolerar suas interrupções embriagadas! Este é um local sério, não um bordel!

Sinclair ficou de pé.

— Parecia a mesma coisa — disse ele, e cambaleou ao descer a escada. — Um ótimo dia para vocês, cavalheiros.

Quando estava prestes a sair pela porta, deu uma última olhada para Kingsfeld, que verificava seu relógio de bolso, e para lorde Kilcairn, que parecia estar tirando um cochilo, mas o observava por entre os olhos semicerrados.

Menos uma coisa na lista. Agora era a vez de Marley.

— Está bem. Digamos que o Sin decidiu mandar você para longe por causa de uma briga. — Kit estava sentado do lado oposto da carruagem, com uma careta que se intensificava a cada quilômetro. — Se for verdade, então por que raios ele insistiu que eu e a vovó viéssemos juntos? Não brigamos com ele.

Victoria encostou a bochecha no parapeito da janela, tentando sentir um pouco de ar no rosto. Ela não tivera a intenção de discutir sua partida, mas Christopher era tão persistente quanto o irmão. Nem ele nem a avó pareciam saber muito bem o que estava acontecendo, e ela não queria ser a responsável por esclarecer as coisas. Por outro lado, sua tolerância para mentir atingira seu limite havia várias horas.

— Ele está apenas tentando proteger vocês — disse ela, fechando os olhos, mas logo os abriu quando o balançar da carruagem ameaçou deixá--la enjoada.

— Nos proteger do quê? — retrucou Kit. — Da temporada de Londres? Eu tinha marcado um piquenique com a srta. Porter para amanhã.

— Nossa, Hampshire é tão agradável — intercedeu Augusta. — Sempre gostei muito daqui.

Hampshire. Victoria se endireitou no assento.

— Onde exatamente estamos em Hampshire?

— A estrada passa pelo trecho sudeste em direção a Althorpe. — A carranca de Christopher se intensificou. — Eu gostaria muito de saber do que Sin acha que está nos protegendo. Isto é ridículo. Eu não... nós não o vimos por cinco anos, e agora ele decide que está farto de nós?

Ela entendia a mágoa na voz do cunhado, pois era a mesma que ela sentia. Seria muito mais fácil se Sinclair não se culpasse pelo que aconteceu com Thomas; ele se sentia tão responsável que parecia preferir arriscar a perda do amor e da compreensão de sua família a pensar em vê-los machucados.

Victoria piscou. Sinclair estava disposto a arriscar tudo. Inclusive ela?

Ela se endireitou no assento. As coisas haviam se encaixado de maneira bastante conveniente na noite anterior. Isso parecia ser algo comum na vida de Sinclair. E ela caíra como um patinho no plano dele. Pedir para que Kingsfeld a insultasse parecia absurdo, mas Sin não era alguém disposto a esclarecer muitas coisas, nem uma pessoa que deixava oportunidades passarem. Só que Victoria não era uma jovem tímida que aceitaria ser banida para o interior para a conveniência do marido. Não antes de ter algumas respostas.

— Pare a carruagem — ordenou ela, segurando na janela.

— Estamos a poucos quilômetros da próxima hospedaria — disse Augusta. — Podemos descansar lá.

— Não. Pare agora, estou passando mal.

— Minha nossa! — Kit ficou de pé rapidamente. — Motorista, pare a carruagem! — gritou ele, batendo o punho no teto.

A carruagem diminuiu a velocidade aos poucos até parar. Kit abriu a porta e saltou para o chão para ajudar Victoria a descer. Assim que seus pés tocaram a estrada esburacada, seu estômago se acalmou, mas sua mente continuou girando com diversas possibilidades.

Ela andou de um lado para o outro por vários minutos com Christopher ao seu lado, enquanto Augusta os observava da porta da carruagem. Pouco tempo depois, a segunda carruagem com os criados e bagagens surgiu atrás deles e parou.

— Está se sentindo melhor? — perguntou Kit.

— Acho que sim.

Para continuar a encenação, ela manteve a mão sobre a barriga e continuou a soltar gemidos ocasionais. Quanto do que Sinclair havia dito a ela era mentira e quanto era verdade? Ele estava tentando protegê-la ou queria mesmo se livrar dela?

— Está pronta para continuar? — indagou o cunhado.

Ela não podia ficar andando de um lado para o outro da estrada para sempre. Assentindo, Victoria virou-se para a carruagem e parou de supetão com o que viu, fazendo Christopher trombar nela.

— Opa! — grunhiu ele, segurando-a pelo cotovelo. — Peço desculpas. Você não vai desmaiar, não é?

— Talvez.

O motorista da carruagem estava sentado de costas para ela, uma mão grande e torta cobrindo sua face. A mão, porém, era tão reconhecível quanto o rosto, assim como a baixa estatura. Victoria sentiu uma repentina vontade de cantar, mas rapidamente reprimiu o desejo. O simples fato de Sinclair ter enviado Roman para levá-los até Althorpe não significava que ele tinha outros motivos além do que havia declarado para mandá-la para longe.

— Motorista — chamou ela —, podemos conversar?

Roman saltou no banco e a olhou de relance, mas logo voltou a ficar de costas.

— Motorista!

— Sim, milady — resmungou ele, saltando para o chão com relutância.

— Vixen, você…

— Com licença, Kit — interrompeu ela. — Vai ser rapidinho. — Ela foi até Roman. — O que você está fazendo aqui?

— Dirigindo a carruagem, milady. E se puder ser gentil o suficiente para voltar ao seu assento, continuaremos a jornada até a hospedaria Leão Carmim.

Leão Carmim. Um plano começou a se formar na mente dela. Mas, primeiro, tinha mais algumas perguntas.

— Se Sinclair estava cansado da minha presença, por que não me mandou para a casa dos meus pais?

O valete pigarreou.

— Não saberia responder, milady.

— E por que ele enviou a família comigo e nos colocou sob sua proteção?

— Eu não saberia…

— Eu vou voltar. Vire a carruagem.

Era uma jogada ousada, mas valeu a pena. Roman empalideceu — o que a confortou mais que todas as negativas titubeadas que ele lhe dera. Algo estava acontecendo; e a constatação mais importante era a de que, talvez, Sinclair *não* tivesse se cansado dela, afinal.

— Não vou levar vocês de volta para Londres — disse ele em tom firme. — Recebi ordens.

Victoria coçou o queixo, examinando a bela paisagem. Augusta e Christopher complicavam a trama; se ela voltasse para Londres, eles iriam com ela. Não podia colocá-los em risco por causa de um palpite, não quando Sinclair tinha se esforçado tanto para tirar todos do perigo.

Respirando fundo, Victoria tomou uma decisão. Não podia permitir que Sinclair decidisse sua vida ou seu lugar na dele. Uma noite de tensão e estresse sem dormir tornou fácil explodir em lágrimas. Soluçando, ela voltou para a carruagem.

— Qual é o problema, querida? — perguntou Augusta, ajudando-a a subir no veículo.

— Não é nada. Só estou... cansada.

— É claro que está.

— Sabe, estamos muito perto da escola onde estudei.

— A Academia da Srta. Grenville?

Augusta franziu a testa levemente.

— Sim. Uma das minhas... minhas melhores amigas, a Emma, é a diretora. — Ela agarrou a mão de Augusta, sem precisar fingir a preocupação e a tensão que a percorriam. — Eu realmente gostaria de visitá-la por alguns dias, se você... não se importar. Seguirei para Althorpe no final da semana.

— Nada disso, mocinha! Se deseja visitar sua amiga, iremos junto!

Prestes a entrar na carruagem, Kit concordou com um aceno.

— Não vamos abandoná-la, principalmente depois de Sin ter sido um idiota.

Lágrimas reais escorreram pelo rosto de Victoria. Nada iria acontecer com aquelas pessoas. *Nada.*

— Agradeço a preocupação, de verdade, mas só preciso de um dia ou dois... sozinha. — Ao ver o olhar magoado de Kit, ela sorriu. — Além disso, é uma escola só para garotas. A entrada de homens não é permitida.

Augusta a encarou por um longo momento.

— Espero que não esteja fazendo isso pelo comportamento de Sinclair — disse ela finalmente em uma voz baixa. — Acho que ele se importa muito com você.

Victoria fungou.

— Espero que sim.

— Muito bem. Christopher, informe o motorista de que estamos indo para a Academia da Srta. Grenville imediatamente.

— Sim, vovó.

Encontrar Marley deu mais trabalho do que Sinclair esperava. Depois de questionar o mordomo do visconde e, em seguida, visitar metade dos clubes de cavalheiros na Pall Mall, ele concluiu que sua presa poderia muito bem ter partido de Londres com destino a sua propriedade no interior.

E, se ele não pudesse prender Marley, Kingsfeld não teria motivos para relaxar, e Vixen continuaria em perigo.

Quando Sinclair decidiu voltar para a Casa Madsen e pressionar o mordomo até que ele lhe dissesse onde o visconde estava, ele viu o cavalo de Marley amarrado em uma das entradas do Hyde Park.

— Graças a Deus — murmurou ele, incitando Diable a um galope.

Ele queria fazer a prisão em um local público, e parecia que seu desejo seria realizado. A multidão da tarde já havia começado a encher os caminhos do parque, enquanto os vendedores ofereciam sorvete e doces no gramado.

Galopar no Hyde Park era estritamente proibido, além de ser quase impossível, mas Sinclair não estava disposto a arriscar perder Marley de vista. Batendo os calcanhares nas costelas de Diable, ele fez o cavalo pular um banco próximo de uma multidão de piqueniques.

Ignorando os gritos de "Ei!" e "É aquele maldito Althorpe", ele diminuiu a distância entre ele e Marley. Depois que tudo acabasse, ele estaria devendo ao visconde uma baita desculpa, mas faria o possível para tornar Marley um herói. Quanto a si mesmo, ele não se importava, contanto que não perdesse Victoria.

— Marley! — gritou ele, parando o galope.

O visconde o fitou com olhos assustados e não teve tempo para mais nada quando Sinclair pulou de Diable para cima dele. Ambos caíram e rolaram no chão em uma pilha de folhas e grama. Sinclair se levantou primeiro e puxou Marley pela lapela.

— O que... o que é isso? — gaguejou Marley, soltando-se do aperto e empurrando Sinclair para trás.

— Você não achou que ia escapar impune por matar meu irmão, não é? — cuspiu Sinclair antes de puxar a pistola.

— Não sei do que você está falando!

— Não? — Segurando o visconde pela lapela novamente, Sinclair deu-lhe uma cotovelada nas costelas. Marley dobrou o corpo com o impacto, e Sin inclinou-se sobre ele. — Entre no jogo, eu explico depois.

— Eu não! — cuspiu Marley.

Sin bateu a pistola em sua orelha.

— Eu não estava pedindo.

— Você... você está louco, Althorpe! — balbuciou o visconde, sua expressão apavorada claramente real.

— É o que veremos, assassino!

— O que está acontecendo aqui? — gritou uma voz.

Finalmente! Um grupo de policiais corria na direção deles, com as próprias armas em punho. Sinclair esperou até que estivessem perto o suficiente para interceptar Marley se ele tentasse fugir, então abaixou sua pistola.

— Este homem matou meu irmão — afirmou ele. — Quero que ele seja preso.

— Você está louco! Eu não matei ninguém!

— Vamos descobrir isso logo, logo — respondeu o maior policial do grupo, puxando Marley para cima. — Vocês dois vão precisar nos acompanhar até a delegacia para testemunhar — disse o capitão, empurrando Marley na direção do cavalo.

— Você está maluco, Althorpe! Eu não matei seu irmão!

Se Marley estava atuando ou não, ele estava fazendo um ótimo trabalho.

Uma pequena parte de Sinclair lamentou fazer o visconde passar por tudo aquilo, mas Marley *havia* tentado convencer Victoria a terem um caso.

— Guarde suas negativas para alguém que acreditará nelas — retrucou Sin, notando a atenção da plateia que acompanhava tudo. Kingsfeld ouviria sobre tudo aquilo em um piscar de olhos. — A justiça será feita — adicionou, para efeito dramático.

— Ele está bêbado! — suplicou Marley, cercado pelos policiais. — Dá para sentir o cheiro de uísque daqui!

— Vamos resolver tudo isso em breve, milorde. Venha.

Ainda respirando com dificuldade, Sinclair voltou para Diable e subiu nas costas do garanhão. O capitão ficou parado por mais um minuto, informando à multidão que não havia nada mais para ver. Com um sorriso sombrio, Sin virou para seguir o desfile de policiais. Ele tinha que concordar com o capitão: a verdadeira diversão começaria quando ele e Kingsfeld se encontrassem.

Capítulo 17

— Vixen?

Emma Grenville entrou em seu escritório com um sorriso afetuoso e puxou Victoria para um abraço apertado.

— Você é a última pessoa que eu esperava ver em Hampshire. O que está fazendo aqui?

A resposta de Victoria foi cair em prantos pela sexta ou sétima vez no dia. Ela parecia um regador quebrado.

— Preciso de sua ajuda — confessou ela.

Emma gesticulou para a cadeira e sentou-se em outra à sua frente.

— Pode contar comigo — respondeu ela em seu tom prático e reconfortante. — Sinto muito por não estar aqui antes e por tê-la feito esperar.

— Não tem problema. Eu precisava de tempo para pensar.

A diretora a fitou.

— Molly disse que você chegou acompanhada por um jovem cavalheiro e uma senhora, mas que eles partiram.

— Sim, são os parentes de Sinclair. Eles continuaram a viagem para Althorpe.

— Sem você, e aparentemente sem lorde Althorpe.

Emma sempre fora muito astuta.

— É uma longa história, e não sei se tenho muito tempo para contá-la.

— Então é melhor começar logo. — Emma ficou de pé e pegou a mão de Victoria para ajudá-la a se levantar. — Mas durante o jantar. Você está muito pálida. E minhas meninas vão adorar conhecê-la. Você é muito famosa, sabia?

Victoria deu uma risadinha.

— Você só está tentando me animar.

Ela respirou fundo. Por mais que desabafar seus problemas para a sua prática amiga fosse reconfortante, resolvê-los era mais urgente.

— Prometo contar tudo em breve, mas, no momento, preciso de uma carruagem ou um cavalo. Voltarei para Londres.

Emma hesitou.

— Por quê?

— Eu e Sinclair brigamos e ele me mandou para Althorpe. No entanto, refleti muito sobre os motivos dele e acredito que ele estava preocupado com a minha segurança, por isso me mandou para longe do perigo.

— Perigo? — repetiu a diretora. — Então talvez seja melhor seguir as ordens dele, Vixen.

Victoria negou com a cabeça.

— Estou preocupada com a segurança *dele*. — Sua voz estava trêmula, mas pelo menos as lágrimas pareciam ter dado uma trégua. — Não vou abandoná-lo só porque ele pensa que é o melhor para mim. Ha! Nem eu sei o que é melhor para mim, mas com certeza não é ser mandada para o interior para que ele possa arriscar a própria vida.

Emma apertou os dedos de Victoria e a encarou com seus olhos avelã cheios de compreensão.

— Quero conhecer esse seu lorde Sin algum dia — disse ela. — Nunca pensei que a Vixen se apaixonaria.

— Ai, Emma, espero que você se apaixone um dia. Quando não é a pior coisa do mundo, é bastante… incrível.

Emma riu e a abraçou de novo.

— Do jeito que você fala, acho que vou continuar uma solteirona, obrigada. E você pode pegar Pimpinela emprestada, é claro, mas não vou permitir que saia galopando por aí na escuridão da noite.

Victoria fez uma careta.

— Você parece uma diretora falando. E é só três anos mais velha que eu.

— Eu *sou* uma diretora. E você precisa dar o exemplo para as minhas alunas. Você pode ir amanhã de manhã, e espero que com isso haja tempo o suficiente para me contar toda essa história.

Embora quisesse partir imediatamente, Victoria sabia que Emma tinha razão. Ela poderia acabar perdida — ou pior, morta por assaltantes de estrada — caso tentasse viajar à noite. Ela pousou a mão na barriga ainda reta. Ela não tinha apenas a si mesma ou Sinclair para pensar agora.

Victoria podia estar furiosa com Sinclair por sua presunção de mandá-la embora, mas ainda sentia terrivelmente a falta do marido. O coração doía com a vontade de vê-lo, de estar em seus braços e, enfim, de não ter segredos entre eles. Podia ser um desejo tolo de conto de fadas, mas ela queria contar que eles teriam um filho e ouvi-lo dizer que a amava.

Ela suspirou.

— Tudo começou no jardim de lady Franton durante um baile.

Emma sorriu.

— A história é longa, não é?

Victoria assentiu.

— E nem tem um final ainda.

— Então ele não veio?

— Não, milorde.

Sinclair encarou Milo, desejando que o mordomo mudasse sua resposta, mas aquilo parecia tão provável quanto o príncipe George dançando balé. Ele havia perdido o almoço, mas Kingsfeld não tinha como saber que ele não estivera em casa. O conde deveria estar ansioso para descobrir se Marley fora preso ou não.

— Nem uma carta?

— Não, milorde. Nada de visitantes ou cartas.

— Inferno! — praguejou Sinclair baixinho. Ele odiava a parte da investigação na qual já fizera tudo e precisava apenas esperar o alvo cair na armadilha. — Estarei em meu escritório, caso alguém apareça.

— Está bem, milorde. Devo considerar que o senhor também estará em casa para receber cartas?

Milo estava apenas sendo insolente, mas Sin não podia julgá-lo.

— Sim. E para qualquer circense, serenata ou ursos bailarinos que aparecerem. Quero ver tudo e todos que baterem na porta.

Sinclair caminhou pelo corredor até o escritório. Assim que passou pela porta, porém, percebeu que cometera um grande erro. A mesa de Victoria estava lá, vazia, sob o sol pálido da tarde.

Quase se virou e saiu de novo, mas aquilo não faria sentido. Tudo na Casa Grafton o lembrava de Victoria: cada flor em cada vaso, cada papel de parede, cada pedaço iluminado pelo sol parecia tocado por seus pensamentos sobre ela.

Depois de dois longos anos, Sinclair estava prestes a prender o assassino de Thomas. Deveria estar satisfeito, aliviado por terem tido sucesso na missão e feito justiça. Em vez disso, estava andando de um lado para o outro no escritório, sentindo falta de sua esposa e se perguntando se a magoara demais para merecer seu perdão, quiçá seu amor.

Ele estava acostumado a se arrepender, mas nunca um arrependimento doera tanto quanto mandá-la para longe. Os pais de Victoria a trataram como uma criança, desconfiando de seu bom senso e a trancafiando — a mandando embora — quando aquela fora alternativa mais fácil. Ele fizera a mesma coisa, sabendo que aquilo a machucaria o suficiente para fazê-la querer ir embora. Mas nunca faria aquilo novamente.

Sinclair andou de um lado para o outro do tapete por uma hora e já estava achando que ficaria louco de tanto esperar. O Parlamento continuaria durante toda a tarde, mas ele pensava que a curiosidade de Kingsfeld teria feito o conde voltar mais cedo para a casa — uma casa que obviamente fora saqueada, com Sinclair sendo o culpado mais provável. A porta da frente finalmente se abriu, mas ele ouviu uma voz feminina. Ao chegar na entrada, ficou surpreso ao encontrar lady Kilcairn falando com Milo.

— Milady? — questionou ele, aproximando-se. — O qu...

Ela o cumprimentou com um soco no queixo.

— Inferno! — rosnou ele, cambaleando para trás. O soco não doera, mas com certeza o pegara desprevenido. — O que foi isso?

— Como pôde deixá-la partir? — explodiu Alexandra, fechando o punho como se quisesse atacá-lo mais uma vez.

— Isso não é da sua conta — respondeu ele de forma seca.

Se não podia revelar a Victoria o que estava acontecendo, certamente não poderia contar às amigas dela.

— Pode nos dar licença por um momento? — pediu a condessa a Milo.

Sinclair a segurou pelo braço e a levou até os degraus da entrada da casa.

— Sinto muito se a ofendi — disse ele, praticamente a empurrando para a carruagem —, mas não pretendo ficar aqui discutindo sobre a minha esposa. Não hoje.

— Está bem, eu vou embora. Só queria dizer mais uma coisa que "não é da minha conta".

Ele massageou o queixo.

— E o que seria?

— Sua esposa está carregando seu filho — revelou ela, seus olhos brilhando de raiva.

Sinclair empalideceu. De repente, era como se não houvesse mais chão sob seus pés, e ele precisou sentar-se no último degrau.

— *Como é?*

Ela assentiu.

— Do jeito como você gritou com ela, suspeitei que ela não lhe contaria, mas também acho que ela merece uma chance de ser feliz. Ela acredita que você é essa chance, lorde Althorpe. Acho que você não deveria decepcioná-la.

Levantando a barra das saias, ela subiu na carruagem e instruiu o motorista a partir. Sinclair ficou sentado no degrau por um longo tempo, olhando para o chão sem ver nada. Um filho. Era por isso que ela estava tão chateada. E ele era um completo idiota. Ele seria pai, e nem sequer merecia aquilo — ou ela.

No entanto, definitivamente fizera a coisa certa ao mandá-la para longe. Em Althorpe, ela estaria segura até que ele pudesse encontrá-la, pedir desculpas e dizer que a amava. Ele se levantou devagar e voltou para dentro da casa, mal notando Milo na porta ao passar. Ele ia ser pai. Por Deus!

Estava anoitecendo quando finalmente ouviu a porta da frente se abrir e o murmúrio baixo de vozes masculinas. Ele permaneceu sentado atrás da escrivaninha, sua pistola em uma das mãos. Por um momento, desejou não ter removido a enorme mesa de Thomas do escritório; atirar em Kingsfeld do lugar do irmão teria sido quase justiça poética. Mas seu ambiente atual teria que ser suficiente.

Quando a porta do escritório se abriu, ele enrolou os dedos em torno do cabo de marfim da pistola. No entanto, ninguém passou pela soleira.

— Sin? É Crispin. Não atire.

Sinclair praguejou.

— Entre logo.

O escocês entrou, e a respiração de Sinclair entalou na garganta. O rosto de Crispin estava tenso e sério, e um Wally ainda mais sombrio o seguiu. Quando Bates apareceu atrás deles, Sin se levantou tão abruptamente que sua cadeira caiu para trás.

— O que aconteceu? — explodiu ele.

— Não temos certeza. Tiramos as gavetas da mesa de Kingsfeld e jogamos metade dos livros no chão, caso ele precisasse que soletrássemos que havia sido saqueado. — Crispin respirou fundo, sua expressão ficando ainda mais séria. — A culpa é minha. Vim direto para cá, caso você fosse precisar de ajuda. Wallace ficou para ficar de olho na Casa Hovarth.

— E?

Wally pigarreou.

— Kingsfeld foi para casa como esperávamos. Menos de cinco minutos depois, ele saiu correndo como alguém que viu um fantasma, montou num cavalo e partiu. — O homem se remexeu, visivelmente nervoso. — Achei que ele estava vindo para cá, então fui ver se o Bates tinha voltado para mandá-lo atrás dos papéis que você queria.

Sinclair sentou-se lentamente no canto da mesa.

— E para onde Kingsfeld foi? — perguntou ele, apertando tanto a mandíbula que as palavras mal conseguiram sair. — Por um acaso, sei que ele não veio para cá.

— Não sabemos, Sin. Quando percebemos que não estava aqui, ele já havia desaparecido por horas.

— Os clubes — vociferou Sin, endireitando-se e marchando para a porta. — Vamos nos dividir.

— Sin, nós…

— Mas que inferno, Crispin! Por que demorou tanto tempo para me falar? — Ele virou-se de supetão e pressionou um dedo no peito do escocês. — Esqueça o que acabei de falar. A culpa é toda minha por tentar ser espertinho em vez de só atirar no desgraçado.

— Nós já verificamos os clubes — informou Crispin. — E o Cavalheiro Jackson e todas as lojas na Bond Street.

O sangue de Sinclair congelou com o mau pressentimento.

— Verifique de novo. Vou até a Casa Hovarth, e é melhor que Geoffreys saiba para onde o patrão foi.

— Para onde você acha que ele foi?

— Apenas o encontre — disse Sin em um tom sombrio enquanto sentia o peito apertar —, pois não quero pensar para onde mais ele pode ter ido.

Mesmo sem dizer as palavras em voz alta, ele sabia. Kingsfeld não escapara de qualquer indício de culpa por dois anos sendo tolo. Victoria poderia ter ido a qualquer lugar sozinha, mas com Augusta e Kit partindo de Londres ao mesmo tempo, o número de destinos possíveis diminuía consideravelmente. Em sua ânsia por protegê-los, Sin poderia muito bem tê-los colocado em uma bandeja para um assassino. Se alguma coisa acontecesse, ele nunca se perdoaria.

— Sin?

— Vamos nos encontrar aqui em uma hora. Capturem Kingsfeld caso o vejam. Não me importa como.

Milo estava parado no saguão quando eles saíram do escritório, sua expressão uma mistura de aborrecimento e perplexidade. Era hora de parar de se esconder nas sombras e confiar um pouco nas pessoas, decidiu Sinclair.

— Milo, preciso que fique de vigia aqui para caso lorde Kingsfeld apareça. Escolha três criados e armem-se.

— Mi-milorde?

— Acredito que Kingsfeld seja o assassino de Thomas. Não quero vê-lo perambulando por lugares onde pode machucar outras pessoas.

O mordomo endireitou a postura.

— Se ele vier aqui, milorde, não sairá.

Sinclair assentiu.

— Estaremos de volta em uma hora. Pode confiar nestes homens — afirmou ele, apontando para os companheiros — e em lorde Kilcairn.

— Sim, milorde.

Apenas algumas luzes impediam a Casa Hovarth de estar mergulhada na escuridão, o que Sin interpretou como um péssimo sinal. Kingsfeld não havia retornado, e os criados aparentemente não o esperavam de volta tão cedo. Sinclair bateu na porta.

Esperou quase um minuto até Geoffreys aparecer.

— Lorde Althorpe? Sinto informar, mas lorde Kingsfeld não está em casa.

— E onde ele está?

— Não tenho a permissão de dizer, milorde.

— A casa foi invadida mais cedo, não é?

O mordomo pareceu ser pego de surpresa.

— Sim, milorde. Como você...

Sinclair empurrou o mordomo com uma mão no peito para dentro do saguão, entrando com ele.

— Eu sei porque foi a mando meu — rosnou ele, batendo a porta atrás de si. — Onde está Kingsfeld?

— Mil... Eu não... Por favor, me solte.

— Eu quase gosto de você, Geoffreys. Não me force a arrancar alguns dentes seus.

Ele forçou o mordomo contra uma mesinha.

— Isso é altamente irregular, milorde.

— Sim, é mesmo. Responda à minha pergunta. Agora.

— Não posso, milorde. Arthur! Marvin!

Sinclair fez uma careta.

— Isso foi muito burro.

Dois criados altos e corpulentos apareceram pelo corredor.

— É melhor soltá-lo, milorde — disse o maior, andando na direção deles.

Com a mão livre, Sinclair puxou a pistola do bolso e apontou para a testa de Geoffreys.

— Seu patrãozinho matou meu irmão, Geoffreys. Não pense que não retribuirei o favor. Agora, pela última vez, onde está o maldito conde de Kingsfeld?

O mordomo ofegou.

— Eu não...

Antes que pudesse terminar de falar, o homem revirou os olhos e desmaiou com um gemido estranhamente delicado.

— Maldição! — rugiu Sinclair, deixando Geoffreys escorregar para o chão.

Quando ele se virou, os criados o atacaram. Ele pressentira seus movimentos e se abaixou, mas o segundo acertou suas pernas e jogou todos para o chão, em cima de Geoffreys. Praguejando, Sinclair rolou para ficar de pé e acertou com uma coronhada o primeiro homem que tentou se levantar. Então, rodopiou a pistola na mão e a apontou para o segundo, que ainda estava de joelhos, se levantando.

— Qual dos dois é você? — disse sem paciência enquanto limpava sangue dos lábios.

— M-Marvin.

— Marvin, vou fazer uma única pergunta. Se não a responder, vou atirar no meio da sua testa e então perguntar para o Arthur a mesma coisa quando ele acordar. Estamos entendidos?

— Sim, milorde.

— Ótimo. Onde está Kingsfeld? Uma hipótese já seria o suficiente. — Sinclair teve uma breve sensação de que o criado não responderia, então deu uma batidinha na testa dele com o cano da pistola. — Por acaso eu falei que não estou de brincadeira? — sussurrou, estreitando os olhos.

— Ai! Inferno... Ele vai me matar!

— Eu também. Agora ou mais tarde, Marvin. Decida.

— Ele foi a Althorpe.

O coração de Sinclair parou.

— Sozinho?

Marvin negou com a cabeça.

— Ele vai se encontrar com Wilkins e mais dois homens na estrada.

Wilkins era o chefe dos cavalariços, lembrou Sinclair. Outro homem grande e de aparência desagradável.

— Algum deles disse mais alguma coisa?

— Só que deveríamos dizer que o conde viajou para Kingsfeld para tratar de negócios urgentes e que voltaria em breve. Geoffreys não sabia de nada.

— Ainda bem que não precisei matá-lo, então. Sugiro que você e seu amigo estejam aqui quando eu voltar e estejam prontos para repetir o que me disse quantas vezes for necessário — alertou Sinclair. — Se fugirem, eu vou achá-los. Entendido?

— Sim, milorde.

Sin virou-se para a porta da frente. Ele duvidava que os servos de Kingsfeld permaneceriam em Londres até o amanhecer, mas ele não podia perder tempo parando para amarrá-los e garantindo que não houvesse ninguém na casa para libertá-los depois. A não ser que...

— Mudei de ideia. Venha comigo.

— Mas...

— Agora, maldição!

Com as mãos cuidadosamente afastadas do corpo, Marvin seguiu Sin para fora com relutância. Sin gesticulou em direção à rua e guardou a pistola assim que o criado deu as costas.

— Chame um cabriolé — ordenou ele.

Praguejando baixinho, Marvin obedeceu. Sinclair soltou as rédeas de Diable do arbusto onde as havia amarrado e saltou para a sela. O cavalo geralmente calmo parecia estar sentindo sua tensão, pois se remexeu, nervoso, e bufou.

— Calma — murmurou ele, e manobrou o cavalo para o lado do veículo. Marvin subiu e Sinclair fechou a portinhola. — Qual é o seu nome? — perguntou ao cocheiro.

— Gibben. Pra que quer saber?

— Gibben — disse ele, puxando uma nota de cem libras do bolso e levantando-a —, se levar este homem para a Casa Grafton e entregá-lo em segurança para o mordomo, receberá mais duas como esta. O que acha?

— Parece Natal, milorde — respondeu o homem com um sorriso.

Sinclair entregou-lhe a nota.

— O nome do mordomo é Milo. Diga que fui para Althorpe e que ele encontrará seu pagamento na última gaveta da esquerda na minha mesa.

— Sim, milorde.

— Eu ficarei sabendo se chegar lá sem este homem, Gibben.

O motorista abriu um sorriso sombrio enquanto guardava o dinheiro dentro da bota.

— Ah, ele será entregue, milorde. Mas talvez um pouco... abatido.

— Ele só precisa estar vivo.

Gibben tirou o chapéu e puxou as rédeas do cavalo. O cabriolé voltou para a rua a uma velocidade assustadora para um veículo quase caindo aos pedaços. Sin quase sentiu pena de Marvin.

Sinclair respirou fundo e virou Diable em direção ao sudoeste, dando um chutinho nas costelas do garanhão. Crispin e os rapazes o seguiriam, mas ele não esperaria. Eles tinham uma longa distância a percorrer durante a noite, e Sin não pretendia parar até chegar a Althorpe. Não descansaria até estar com Victoria em segurança em seus braços. E depois disso, se ela o perdoasse, ele nunca mais a largaria.

—⚋—

— Não gosto da ideia de você cavalgando sozinha. São muitas horas de viagem até Londres, e a estrada é cheia de assaltantes.

Victoria deu um beijo na bochecha de Emma.

— Eu cavalgava sozinha o tempo todo. Além disso, não há ninguém para me acompanhar.

— Posso pedir para John, o jardineiro. Ou um dos cavalariços de lorde Haverly. Ele mora aqui perto.

— Eu vou ficar bem. Preciso fazer isso, Em. Vou mandar que busquem Jenny daqui alguns dias.

A diretora fez uma careta.

— E o que você acha que fará se chegar viva a Londres? Imagino que lorde Althorpe saiba exatamente o que ele está fazendo.

— Ele pode ser um ótimo espião, mas não faz ideia de como ser um marido — respondeu Victoria enquanto montava em Pimpinela. — Vou ensiná-lo. E não vou deixá-lo enfrentar Kingsfeld sozinho.

Victoria mal dormira a noite passada, de tanta preocupação. Será que Sinclair ficaria tão bravo a ponto de se recusar a acreditar na culpa de Kingsfeld? Se o conde machucasse ou matasse seu marido, ela morreria junto. Nunca encontraria alguém que aceitaria seu jeito bobo e volúvel tão facilmente quanto Sinclair, e sabia que nunca seria feliz nos braços de outra pessoa. Se ele não a amava, Victoria o convenceria a fazê-lo. *Tinha* que haver algo que ela pudesse fazer.

— Está bem, Galahad — disse Emma em tom sarcástico, apesar de seu rosto preocupado. — Sei que não posso impedi-la. Mas tenha cuidado, Vixen, *por favor*. Não ceda às vontades tolas de seu coração.

Victoria sorriu.

— Bobinha. É para isso que serve o coração.

Ela deu uma batidinha nas costelas de Pimpinela, e a égua trotou obedientemente em direção aos portões da Academia da Srta. Grenville. Várias alunas observavam das janelas do andar superior com o nariz colado no vidro, e ela se perguntou qual delas seria a próxima Vixen. Será que sua filha frequentaria a Academia um dia?

O pensamento a fez pensar em Sinclair novamente. Ela queria puxar sua orelha e mandá-lo parar de ser tão teimoso sobre protegê-la. Ele poderia muito bem mantê-la protegida em uma caixa, mas, então, não haveria espaço para os dois.

Victoria parou no topo de uma colina a cerca de três quilômetros a leste da Academia. A estrada sinuosa parecia vazia até onde podia ver, e ela respirou fundo para se acalmar. Se mantivessem um bom ritmo e o tempo não mudasse, ela chegaria em Londres ao anoitecer. Suas costas não gostavam nada da ideia de cavalgar de lado durante todo o dia, mas sua mente não suportava a ideia de ficar longe de Sinclair, sem saber se ele estava seguro.

— Bom, vamos lá, Pimpi...

Quatro cavaleiros apareceram na colina oposta, e o coração dela gelou. O que era ridículo, claro. Emma acabara de dizer que a escola ficava nas terras do lorde Haverly, e os cavaleiros podiam muito bem ser empregados, ou visitantes, ou viajantes, ou qualquer outra coisa. Eles estavam muito longe para que ela distinguisse mais que suas roupas escuras, mas algo sobre o cavaleiro da frente parecia muito familiar.

Então, a percepção a atingiu como um raio. Um dos desenhos de Thomas Grafton mostrava lorde Kingsfeld montado em seu cavalo. O animal parecia o mesmo, assim como seu cavaleiro. O coração dela deu um salto, palpitando contra suas costelas enquanto seu sangue gelava. Se aquele homem era mesmo Kingsfeld, alguma coisa devia ter acontecido com Sinclair.

— Ah não — sussurrou ela, sentindo como se estivesse caindo de um grande abismo.

O grupo não parou na encruzilhada distante e continuou sentido noroeste, ao longo da trilha esburacada. A parte lógica de sua mente reconheceu que eles estavam indo para Althorpe, sem dúvida procurando por ela.

Victoria praguejou enquanto virava Pimpinela para seguir na direção oposta que estivera indo. Ela podia não estar em Althorpe, mas Augusta e Christopher estavam — e eles não tinham ideia da verdadeira identidade de Kingsfeld. Sinclair já havia perdido um irmão, e certamente morreria se perdesse mais alguém da família. Ela não permitiria que isso acontecesse.

Como estava ao norte da estrada sinuosa, ela e Pimpinela tinham uma vantagem de cinco ou seis quilômetros sobre os cavaleiros. Com sorte, ela conseguiria chegar em Althorpe antes deles. Victoria incitou a égua para um galope frenético. Precisava chegar antes. Não podia decepcionar Sinclair ou a si mesma.

Capítulo 18

Os desenhos de Thomas também foram o motivo para Victoria saber que havia chegado em Althorpe. O lago, as árvores e as colinas pareciam tão familiares que ela teve a impressão de já ter visitado o lugar antes.

A residência — branca, extensa e magnífica — era maior até que a propriedade de seu pai em Stiveton. No entanto, ela teve pouco tempo para admirar tudo enquanto galopava em alta velocidade pelo caminho que levava à entrada da casa.

— Olá! — gritou, lembrando-se tardiamente que a casa fora aberta no dia anterior e que deveria haver pouquíssimos criados por perto. — Tem alguém em casa?

A porta se abriu e Roman apareceu.

— Lady Vixen! Mas o que diab...

— Kingsfeld está logo atrás de mim! — ofegou ela.

— Minha nossa! — O valete correu para ajudá-la a descer de Pimpinela. — Ele está sozinho?

— Não, vi mais três homens com ele. Onde estão Augusta e Kit?

— Almoçando. Os homens viram você, milady?

— Acho que não, mas não tenho certeza. Passei por pedaços muito amplos e retos na estrada.

— Certo. Vamos entrar.

Ela apoiou-se nele, pois suas pernas tremiam e doíam.

— Quantos empregados estão aqui?

— Apenas seis, incluindo a cozinheira e a criada. Não é o suficiente para enfrentar quatro homens armados.

— Você acha que estão armados?

— Aposto que sim.

Kit estava de pé na passagem para a sala de jantar, sua expressão mais surpresa que a de Roman.

— Vixen! Pensei que...

— Por favor, me ouça — interrompeu ela enquanto mancava para dentro da sala. — Lorde Kingsfeld está vindo para cá com mais três homens.

— Astin? — repetiu Kit. — Mas por qu...

— Por Deus — sussurrou Augusta, empalidecendo.

— Seu irmão e eu acreditamos que ele matou Thomas — revelou Victoria, desejando mais tempo para poder dar a notícia de forma mais delicada.

— *O quê?* Não! Não acredito!

— Christopher — disse a avó —, no momento, vamos acreditar em Victoria. O que faremos?

— Existe algum vizinho para quem possamos pedir socorro?

Kit negou com a cabeça.

— Não durante a temporada. Todas as residências próximas ficam fechadas no verão.

— Vou preparar a carruagem para partirmos — disse Roman em tom sombrio enquanto se virava para a porta.

— Não! — rebateu Victoria, segurando-o pelo braço. — Eles vão nos alcançar mesmo em cavalos cansados. Não teremos chance em um campo aberto.

— Você acha mesmo que ele pretende nos ferir? — perguntou Kit, sua expressão uma mistura de raiva e dor.

Ela não podia culpá-lo. Astin Hovarth fora um amigo querido até cinco minutos antes.

— Não consigo pensar em outro motivo para ele vir até aqui. E você, Augusta?

Lady Drewsbury negou com a cabeça.

— Eu também não. — Ela ficou de pé. — Esta casa é grande. Sugiro que nos escondamos.

— Nos esconder? Do homem que matou meu irmão? Creio que não!

— Lady Drewsbury está certa — afirmou Roman. — Terei uma chance maior de enfrentá-los se eles estiverem separados enquanto procuram vocês.

— E quem diabos é o senhor, afinal? — demandou Kit.

— Ele era um espião do Ministério da Guerra, igual a Sinclair.

— Um espi... Por Deus, estou enlouquecendo.

— Enlouqueça depois, Christopher — retrucou Augusta secamente. — Agora, veja se consegue encontrar algumas armas para nós.

O som distante de cascos sobre o cascalho reverberou pelas janelas semiabertas.

— Eles chegaram! — alertou Victoria, sentindo o pânico dominar seu corpo. — Para cima, todo mundo! Agora!

Roman tirou uma pistola do bolso.

— Vou recebê-los — falou ele, novamente em tom sombrio.

— Não vai, não. Você vai proteger Augusta e Christopher. Entendido?

— E quem vai proteger você, milady?

Ela o fitou como se o desafiasse a contradizer a mentira que estava prestes a contar.

— Eu mesma.

O homem praguejou, pegou-a pelo braço e a empurrou para o corredor.

— Eu vou proteger *todo mundo* — rosnou ele. — Para cima!

—❧—

Althorpe estava silenciosa e deserta quando Astin Hovarth adentrou o pátio. Uma égua descansava ao lado da porta, o peito brilhando de suor. Quem quer que tivesse chegado antes deles não teria mais sorte do que o resto da família de Sinclair — especialmente a maldita esposa, que tinha começado toda aquela bagunça.

— Não matem ninguém até reunirmos todos — ordenou ele enquanto desmontava da sela. — A não ser que seja necessário, é claro.

— Certo, milorde.

A porta da frente estava semiaberta, e Astin usou o pé para abri-la mais, devagar. O saguão estava vazio. Ele gesticulou para os três homens entrarem primeiro e os seguiu, fechando a porta atrás de si. Se alguém tentasse escapar, ele ouviria.

Quando descobrira que, assim como Vixen, Augusta e Kit haviam desaparecido de Londres, ele entendeu tudo. Sinclair se achava muito inteligente, pedindo mais pistas sobre Marley, quando, na verdade, estava armando uma emboscada para o amigo mais querido de seu falecido irmão. Astin até ficou surpreso com a prisão de Marley, mas o estado de seu escritório deixara claro que Sinclair estava apenas tentando enganá-lo na expectativa de que ele desse um passo em falso. Era uma manobra arrogante que quase havia funcionado.

Mas, assim que percebera que Augusta, Kit e aquela maldita mulherzinha deviam ter ido para Althorpe, soube o que precisava ser feito. Sinclair ainda não tinha nenhuma evidência real contra ele, ou já teria feito a prisão. Um trágico incêndio na casa cuidaria da esposa problemática e distrairia Sin o suficiente para que Astin tivesse tempo de assegurar a existência de todas as evidências restantes contra Marley.

Se ele fizesse aquilo da maneira correta, seria possível até colocar a culpa do fogo em Sin. O rapaz estava claramente perturbado com a partida da esposa, e a alta sociedade já o considerava um desequilibrado. Astin se permitiu um breve sorriso. Sim, seria uma ótima maneira de concluir a história.

— As salas da frente estão vazias, milorde — informou Wilkins, aparecendo ao seu lado.

— Parece que sabiam que estávamos vindo. Isso vai deixar as coisas um pouco complicadas, mas não impossíveis. Encontre-os. Vamos levar todos para a cozinha.

— Para a cozinha, milorde?

— Não é lá que a maioria dos incêndios começa?

—⟋ᨀ⟍—

Victoria nunca sentira tanto medo na vida, assim como nunca sentira tanta raiva. Aquela era a casa *dela*, por Deus, e os homens no andar debaixo não tinham o direito de estar ali. As pessoas escondidas com ela nos aposentos conectados eram *seus* parentes e *seus* criados, e protegê-los era *sua* responsabilidade. Dela e de Sinclair.

Mas Sinclair não estava lá, então ela seria a encarregada de proteger os criados e os entes queridos dele. O coração de Victoria estava apertado com a ideia de que algo podia ter acontecido com o marido, mas ela não podia perder o foco agora. Choraria e lamentaria depois. Naquele momento, precisava planejar uma batalha.

— Roman — sussurrou ela.

O valete contornou o guarda-roupa para chegar até ela.

— Não tenha medo, milady. Não deixarei que esses bastardos a machuquem.

— Shh — pediu ela. — Precisamos capturá-los vivos.

O homem arregalou os olhos.

— Vivos?

— Não sabemos se Sinclair tem a evidência necessária para prender Kingsfeld.

— Peço perdão pela grosseria, mas eu não dou a mínima para isso agora. Ele me disse para cuidar de você, custe o que custar.

— Ele disse isso? — Por Deus, como ela o amava. — E eu pretendo cuidar dele custe o que custar. Ele não quer apenas vingança, Roman. Ele quer justiça.

— Ele quer vê-la em segurança.

Ela fez uma careta.

— Não discuta comigo, Roman. Preciso da sua ajuda.

O valete suspirou.

— Espero que Sin tenha a chance de me matar por isso. Qual é o seu plano?

— Já disse: precisamos capturá-los vivos.

Roman deu uma risadinha e balançou a cabeça.

— Precisamos de mais que isso.

— Bom, sou nova nisso. Você é o veterano. O que acha que devemos fazer?

A porta adjacente se abriu. Victoria ofegou e colocou uma mão no peito. Quando um lenço branco foi ondulado pela abertura, ela quase desmaiou de alívio. A cabeça de Kit seguiu o tecido.

— Quero participar disso — disse ele, andando agachado até os dois.

— Você nos ouviu?

— Não, mas sei que estão planejando alguma coisa. Tenho o mesmo desejo de justiça e vingança que Sin. Até maior, na verdade. Logo após o funeral, Kingsfeld me disse que nunca poderia substituir meu irmão, mas que seria uma honra tentar fazê-lo, já que Sin não estava presente. Eu acreditei nele. Deixei o desgraçado escrever uma carta de recomendação a Oxford para mim.

— Está bem — sussurrou Victoria, apertando a mão do cunhado. — Você pode nos ajudar, contanto que tome cuidado.

Kit deu um sorriso sombrio.

— Justo.

— Esperem um minuto, droga! — protestou Roman. — Não vou permitir que...

— Você tem duas opções, Roman. Podemos atrapalhar ou ajudar — rebateu Victoria.

— Maldição! — praguejou o valete. — Se precisamos capturá-los vivos, teremos que pegar um por vez.

— Vivos? — repetiu Kit, fazendo uma carranca.

— Evidência — sussurrou Victoria.

O cunhado assentiu.

— Ah, sim.

Quando Augusta se juntou ao grupo e eles explicaram tudo mais uma vez, passos já ressoavam na escada mais próxima. Victoria não gostava nada de incluir a avó de Sinclair ou Kit na situação, mas não diria que não poderiam participar. Sabia muito bem como ouvir aquilo doía.

O quarto em que estavam escondidos ficava a sete ou oito portas de distância do topo da escada, enquanto o restante dos empregados estava no final do corredor. Ao ouvir a quinta porta abrir suavemente e o salto das botas batendo devagar pelo corredor, Victoria desejou ter se escondido no primeiro cômodo. Ela estava nervosa por ter que esperar meros dez minutos, mas Sinclair havia esperado, observado e escutado por mais de dois anos.

— Pronta? — sussurrou Roman.

Ela assentiu e engoliu em seco. Aquilo era tanto por ela como por Sinclair. Não havia margem para erro. Não havia segundas chances.

A maçaneta da porta começou a girar lentamente. Victoria prendeu a respiração. Ela estava sentada na cama e, se Roman não atacasse rápido o suficiente, ela não teria para onde correr. A porta se abriu. Um homem grande e atarracado entrou no cômodo com uma pistola na mão.

— Mas o que... — disse ele ao se deparar com Victoria.

— Olá — cumprimentou ela com um sorriso. — Estava esperando por você.

Ele deu mais um passo à frente, a pistola apontada para ela. Mais um pequeno passo e eles o pegariam.

— Você é Vixen, não é?

— Sim. Gostaria de saber por que me deram esse apelido?

— Minha...

Um grosso pedaço de lenha o atingiu na nuca antes que o homem pudesse terminar a frase, e ele caiu no chão com um baque.

— Tarde demais — sussurrou Roman para a vítima, pegando um braço mole enquanto Kit saía de debaixo da cama para agarrar o outro e puxar o homem para longe da porta.

Augusta saiu de seu esconderijo no guarda-roupa e fechou a porta do quarto com cuidado.

— Um já foi, agora faltam três — disse Kit enquanto amarrava as mãos do homem às suas costas com uma corda da cortina.

Roman examinou a pistola do agressor e virou-se para Kit.

— Você sabe usá-la, mestre Kit?

— Mas é claro. — Kit guardou a pistola no bolso. — Vamos esperar aqui até o próximo aparecer? Pode demorar horas.

A porta se abriu com um baque.

Victoria saltou para fora da cama com um grito quando Kingsfeld se lançou sobre ela. A mão dele agarrou seu tornozelo e ela chutou com força com o outro pé. Ele agarrou a outra perna também e a puxou de volta para a cama, embolando as saias do vestido.

— Já chega, Vixen! — rosnou ele, dando-lhe um tapa no rosto.

Ela caiu de costas na cama, atordoada com o golpe. Quando ele a puxou para que ficasse de pé, seu cabelo desarrumado e caindo no rosto, ela avistou um segundo homem na porta apontando uma pistola para Kit e Roman.

— Está bem! Nós nos rendemos! — gritou ela.

— Vocês ouviram a dama — disse Kingsfeld. — Abaixem as armas.

— Astin! O que está acontecendo?

Augusta estava ao lado da janela, um vaso nas mãos. A raiva de aço nos olhos da mulher mostrava de onde Sinclair havia herdado sua força de caráter.

— O que está acontecendo, minha querida Augusta, é que seu neto enlouqueceu e não me deixou escolha a não ser consertar tudo. Abaixe isso. Agora.

Relutante, Augusta colocou o vaso na cama.

— E como você pretende consertar tudo, seu assassino?

— Limpando essa bagunça toda que eu acabei deixando. — Ele deu um sorriso sombrio antes de puxar Victoria pelo cabelo. — Todo mundo, por aqui.

Victoria foi a primeira a sair para o corredor. Ela tropeçou quando o conde a empurrou em direção à escada — e então congelou. Sinclair estava em sua frente, os olhos fervendo em fúria. Ela tinha certeza de que estava alucinando até ele falar baixinho:

— Abaixe-se.

Ela se abaixou e o punho dele disparou no ar, acertando Kingsfeld bem no queixo. Quando o conde cambaleou, ela correu de volta para o quarto e pulou em cima do segundo atirador antes que ele pudesse fazer mais que abrir a boca. Kit o atingiu nas pernas e, com o peso de Vixen nas costas, o homem tombou para a frente, batendo a cabeça de Kit com força contra a mesa de cabeceira.

O bandido a empurrou e ela se chocou contra o guarda-roupa, torcendo o braço. Então, o homem empurrou um Kit atordoado para o lado e rastejou em sua direção, praticamente rosnando. No último segundo, Augusta apareceu em sua frente e o atingiu com um vaso na cabeça. Ele desabou em meio aos sons de porcelana quebrando.

— Belo golpe, vovó — elogiou Kit, enquanto tentava ficar de pé.

— Obrigada, querido.

Um barulho de tiro ecoou e uma bala passou voando por eles, atingindo a parede. Victoria ofegou e se abaixou de novo, mas Sinclair já estava desarmando Kingsfeld.

— Você não vai mais machucar minha família! — rosnou ele, dando outro golpe no conde.

Os dois foram ao chão, e Victoria aproveitou a briga no corredor para se arrastar até a porta do quarto. A boca de Sin começou a sangrar após um soco, mas ele não parecia estar sentindo dor alguma enquanto continuava a desferir golpes em Kingsfeld.

Victoria queria gritar e dizer para o marido ter cuidado, mas não podia arriscar distraí-lo. Então, ela viu o conde puxar uma faca da bota.

— Sinclair! — berrou ela.

— Espero que saiba como usar isso — rosnou Sin enquanto se esquivava de uma facada.

— Sou bom o suficiente para conseguir acabar com a sua vida e a de sua família.

O conde avançou para cima dele novamente.

No último segundo, Sinclair se abaixou para então se erguer com tudo e jogar o conde por cima do ombro. Kingsfeld soltou um grito surpreso antes de rolar de cabeça pelo primeiro lance de degraus e desabar no patamar. Sinclair saltou para o lado do conde num piscar de olhos e chutou a faca dos dedos inertes do homem.

A cabeça de Kingsfeld estava torcida em um ângulo assustador. Sinclair apoiou-se nos calcanhares e pareceu ser tomado por um cansaço e um alívio extremos e repentinos. Ele chegara a tempo, graças a Deus — ou graças a qualquer outra divindade que protegia tolos como ele.

— Ele morreu? — perguntou Kit com uma voz trêmula, enquanto se apoiava no corrimão e massageava um galo feio na testa.

— Sim.

— Ainda tem mais um homem, Sin.

— Não tem. Eu o encontrei na sala de estar e ele não vai conseguir se mexer por um bom tempo.

— Ótimo.

Sinclair se levantou devagar, sentindo seu corpo e mente exaustos. Victoria estava no topo da escada, toda desgrenhada, fitando-o com uma expressão ilegível pela primeira vez.

Parte dele pensava que nunca mais a veria, certo de que a felicidade que sentira com Victoria nunca lhe seria permitida. Mesmo naquele momento, enquanto a encarava, ele não tinha certeza. Ele havia mentido, insultado e manipulado por muitas vezes. Ela certamente não o perdoaria.

Mesmo assim, ele subiu a escada.

— Victoria — chamou ele.

Ela se jogou em seus braços.

— Sinclair! — soluçou ela enquanto agarrava seu casaco com força, como se nunca pretendesse soltá-lo. — Você está bem? Me diga que você está bem!

Sinclair fechou os olhos e afundou o rosto no cabelo da esposa.

— Victoria, eu sinto muito — sussurrou ele. — Me desculpe.

— Nunca mais minta para mim!

— Nunca mais? — repetiu ele, afastando-se um pouco do abraço para encarar os olhos violeta. — Quer dizer que você vai me dar uma nova chance?

— Mas é claro. Eu te amo.

Ele a fitou e, enquanto mergulhava nos olhos dela, sua armadura sombria e desconfiada, que protegia seu interior ferido e cético, derreteu como se nunca tivesse existido.

— Você me ama? — sussurrou ele, como se não acreditasse nas palavras dela. Ele colocou uma mecha do cabelo negro como a meia-noite atrás da orelha dela. — Me ama?

Uma lágrima solitária escorreu pelo rosto delicado.

— Sim. Peguei um cavalo emprestado da Academia. Eu estava indo a Londres encontrar você, mas vi Kingsfeld vindo para cá, então dei meia--volta…

— Você… você se colocou em perigo. De propósito.

— Você também — rebateu ela.

Ele a puxou para um novo abraço.

— Eu te amo — confessou ele, com o rosto apertado contra seu cabelo.

Ela ergueu o rosto e ele a beijou ferozmente. Victoria Fontaine era *dele*. Finalmente, por alguma razão milagrosa, ela queria ficar com ele, e Sin não estava disposto a questionar a sabedoria da esposa.

— Sinclair, preciso contar algo.

— Eu já sei.

Victoria o encarou.

— Você *sabia* e ainda assim me mandou para cá?

— Não, não, não — respondeu ele depressa, apertando-a no abraço para caso ela tentasse escapar. — Alexandra me contou ontem à noite.

— Alexandra?

— Ela me deu um soco e me contou sobre o bebê — explicou ele, beijando-a de novo.

Os olhos violeta brilharam.

— Lex bateu em você? Ela nunca bateu nem em Lucien.

Sin assentiu.

— Tive a impressão de que ela estava muito brava comigo. Furiosa, na verdade. Por Deus, Victoria. Você cavalgou da Academia até aqui? Tem certeza de que está bem?

— Estou agora.

Ele a puxou para mais um beijo.

— Você tem todo o direito de me socar também, sabe? Ou pior. Sei que você ficou magoada e brava.

— Sim, eu estava… até descobrir tudo.

— De novo — disse ele, dando uma risadinha.

— O que fez você finalmente acreditar que Kingsfeld era o culpado?

Ela tentou olhar por cima do ombro dele em direção ao patamar, mas ele a impediu.

— Você não precisa ver isso. Essa história finalmente terminou, graças a você. *Você* me convenceu. E então eu descobri que ele era dono de uma fábrica de lamparinas em Paris.

— Ele matou Thomas por causa de *lamparinas*?

— Não. Acontece que eu visitei essa mesma fábrica uma vez, quando um dos generais de Bonaparte perdeu uma aposta para mim. Ele me devia um rifle e, como ambos estávamos bêbados e, portanto, longe de exercer o julgamento mais sensato, ele me levou a uma fábrica de munições. Descobri há pouco que ela tinha o mesmo nome da fábrica de Astin.

— Então ele merecia morrer — sussurrou ela em tom feroz. — Você acha que Thomas descobriu?

— Acho que Astin estava preocupado com a possibilidade. Ao que tudo indica, Thomas queria ler uma lista de todos os ingleses com propriedades francesas quando apresentasse o tratado à Câmara.

— Ele já suspeitava de Astin, ou não teria escondido aqueles papéis.

Sinclair assentiu antes de desviar o olhar para ver Christopher e sua avó se aproximando.

— Sinto muito por não ter contado nada a vocês. Era muito perigoso.

— Você deveria ter nos contado mesmo assim, seu cabeçudo — disse Kit, exaltado.

As portas duplas da entrada se abriram com um baque.

— Sin?

— Aqui em cima. Estamos bem.

Victoria sorriu para ele.

— Sim, estamos.

Crispin subiu a escada correndo, parando apenas por um segundo para observar o corpo de Kingsfeld.

— Graças a Deus. Ouvimos um tiro enquanto estávamos subindo a colina.

Segundos depois, Wally e Bates apareceram.

— Estou ficando velho demais para isso — resmungou Wally, curvando-se para recuperar o fôlego.

— Não importa — disse Sinclair, abraçando a esposa com força. — Estou me aposentando.

— Hum, Sin, não sei se você lembra, mas temos mais um assunto para tratar em Londres... — disse Crispin.

Sinclair o encarou com uma expressão impassível por alguns segundos. Estava farto daquilo tudo; da espionagem, da vingança de Thomas e de mentiras. Finalmente podia olhar para a frente, em vez de para trás. E tinha algo pelo qual ansiar: uma vida com Victoria, filhos e qualquer animal que ela decidisse resgatar no futuro. Ele não se importaria nem se ela realmente acabasse adotando um elefante abandonado.

— O que é? — questionou Victoria, descansando a cabeça sobre o peito dele.

— Marley — respondeu Wally.

— Marley? — repetiu ela, franzindo a testa. — Ele não fez nada... ou fez?

— Maldição — resmungou Sin. — Não, ele não fez nada, a não ser tentar roubar minha esposa.

— Ele nunca teve chances, Sinclair.

— Mas eu fiz ele ser preso, para tentar enganar Kingsfeld. Precisamos voltar para Londres antes que decidam enforcá-lo.

Os lábios de Victoria tremeram, como se ela estivesse segurando uma risada.

— Pobre Marley.

Sinclair a beijou de novo.

— Pois é. Acho que precisarei assumir o papel de quem coloca você em apuros, a partir de agora.

Victoria riu, abraçando-o.

— Isso é uma promessa?

Este livro foi impresso pela Exklusiva, em 2021, para a Harlequin.
O papel do miolo é pólen soft 70g/m², e o da capa é cartão 250g/m².

TIPOGRAFIA: Adobe Garamond Pro

Agradecimentos

Não tenho palavras para agradecer a todas as pessoas que me ajudaram, que moldaram esta história. Vocês estavam lá o tempo todo, lendo comigo, escrevendo para mim e torcendo por mim, me ajudando em momentos difíceis e sempre segurando minha mão. A meus vários amigos queridos na HarperCollins e na Writers House. À minha família, sempre firme. A Ransom Riggs, um anjo na Terra. A Tara Weikum, uma mágica. A Jodi Reamer, um santo.

E a você, caro leitor, a você, acima de tudo.

Estou em dívida com você por seu apoio, amor e amizade nas páginas e na internet. Obrigada por seguir a jornada de Juliette comigo, obrigada por se importar tão profundamente.